读客外国小说文库

熊猫君激发个人成长

Le Roi des Aulnes

桤木王

[法]米歇尔·图尼埃 著
许钧 译

文汇出版社

图书在版编目（CIP）数据

桤木王/（法）米歇尔·图尼埃著；许钧译.—上海：文汇出版社，2021.7
ISBN 978-7-5496-3533-7

Ⅰ.①桤… Ⅱ.①米…②许… Ⅲ.①长篇小说–法国–现代 Ⅳ.①I565.45

中国版本图书馆CIP数据核字（2021）第087453号

LE ROI DES AULNES by Michel Tournier
Copyright © Éditions Gallimard, Paris, 1970.
Simplified Chinese edition copyright © 2021
by Dook Media Group Limited
All rights reserved.

中文版权 © 2021 读客文化股份有限公司
经授权，读客文化股份有限公司拥有本书的中文（简体）版权
著作权合同登记号：09-2021-0448

桤木王

作　　者	/	［法］米歇尔·图尼埃
译　　者	/	许　钧
责任编辑	/	徐曙蕾
特邀编辑	/	孙宁霞　　夏文彦
封面装帧	/	樊煜钦　　陈艳丽
出版发行	/	文汇出版社 上海市威海路755号 （邮政编码200041）
经　　销	/	全国新华书店
印刷装订	/	北京中科印刷有限公司
版　　次	/	2021年7月第1版
印　　次	/	2021年7月第1次印刷
开　　本	/	880mm×1230mm　1/32
字　　数	/	286千字
印　　张	/	14.5

ISBN 978-7-5496-3533-7
定　　价 / 79.00元

侵权必究
装订质量问题，请致电 010-87681002（免费更换，邮寄到付）

纪 念

为阿列克谢皇太子医治疾病、因反对1914年战争的爆发而被杀害、身败名裂的格里高利·叶菲莫维奇·拉斯普京[①]长老

① 拉斯普京（1869—1916），沙皇尼古拉二世和皇后亚历山德拉宫廷中一个有权势的宠臣，神秘主义者。——译注（本书中注释如无特殊说明，均为译注）

目录

一　阿贝尔·迪弗热用左手写下的文字　001

二　莱茵河的鸽子　161

三　极　北　191

四　罗明滕的吃人魔鬼　235

五　卡尔滕堡的吃人魔鬼　289

六　承载天体　399

在善恶之间：人性与魔性的交织与倒错　440
——再读《桤木王》（许钧）

一

阿贝尔·迪弗热
用左手写下的文字

要让一个东西有意思,只须久久地望着它。

——古斯塔夫·福楼拜

1938年1月3日。你是个吃人魔鬼,拉歇尔常这样对我说。一个吃人的魔鬼?就是说一个在时间的黑夜中出现、浑身充满魔力的怪物?对,我相信自己的魔性,我的意思是说那种隐秘的默契,它将我个人的命运与事物的发展深刻地结合起来,并给我的命运以力量,让事物顺应我的命运发展。

我也觉得我是在时间的黑夜中诞生的。世人总是热切地关注死后等待他们的东西,而对自己生前到底是何种模样毫不在乎,对这一毛病,我向来反感。此世总比彼世强,更何况它很可能掌管着彼世的钥匙。然而我呢,早在一千年前,十万年前,我就已经在世了。当地球还是个在氦天中旋转的火球时,那个使地球燃烧、让地球旋转的灵魂,就是我的灵魂。再说,我出生的年代如此久远而骇人听闻,足以说明我的超然之力:生命与我早就并肩而行,我们是一对如此古老的伴侣,相互间无需特意的爱,只要顺应像世界一般古老的相互适应力,就可互相理解,从不相互拒绝什么。

至于魔性……

首先,何为魔鬼?词源已经有着某种出人意料,令人感到有些惊诧的东西:monstre(魔鬼)一词源自montrer(指示)。所谓魔鬼,就是在集市等场合用手指指示给人看的东西。因此,一个生物越有魔性,就越应该展示。这使我不禁汗毛倒竖,因为我只能在黑暗中生活,并坚信我的那伙同类是因为误会了才让我生活,因为他们不知道我。

若要不当魔鬼,必须类同于同类,与同类一致,甚至要与祖先同一形象。或者必须有着使你从此成为一个新种类的第一个链环的后代。因为魔鬼不是自己繁殖的。六条腿的牛犊是活不了的。骡子和江鳕生来就无生育能力,仿佛大自然有意要断绝了一种它认为不合理的实验。而正是在这里,我获得了永恒,因为它使我同时充当了祖先和后代。我与世界一般古老,和世界一样永恒,因此,我只能有被推定的父母和收养的子女。

…………

我重读了这几行字。我叫阿贝尔·迪弗热,在戴尔纳门广场经营一家汽车修理厂,因此,**我不是个疯子**。不过,我刚刚写的这些文字应该以百分之百的严肃态度去对待。那么又怎样呢?那么,未来将担负起其基本的职能,展示——或更确切地说,阐明——上面这几行文字的**严肃性**。

1938年1月6日。汽车加油站的飞马标志被霓虹灯光清晰地映照在潮湿而黑暗的天际,一道闪光反射在我的手上,随即消失了。这种带有灰红色彩的闪动以及渗透着此处一切东西的陈旧油脂味构成了一种令我痛恨的气氛,然而,我却不可告人地耽于这种气氛。如果说我对它已经习以为常,那实在太轻了:它对我来说,就像我床上的温乎劲儿一样熟悉,或像我每日清晨在镜中重新看到的脸庞一样亲切。但是,我之所以左手执着圆珠笔,再次坐在这张白纸前——《用左手写下的文字》的第三页——是因为我已经认定自己如别人所说,正处于生存的转折点,因为我对这份日记有着某些指望,指望通过它逃脱这家汽车库,摆脱那使我滞留于此,或从某种意义上说,使我难以自拔的种种平庸的忧虑。

一切都是征兆。但是,得有一道耀眼的闪光或一声震耳的呐喊,才能打开我们近视的眼睛,或震击我们发聋的耳朵。打我开始就读于圣克利斯托夫中学以来,我就不断地观察到在我的路上留下痕迹的种种难解的符号,或听到在我耳畔低语的一些模糊不清的言语,然而,对这一切我都没有丝毫领悟,我从中获取的,只能增添对我为人品德的怀疑,当然,这也确实是一种反复显现的证据,说明天空并不是空的。然而,这一线光明,却在昨天最平庸不过的境况中闪现,并不停照耀着我的道路。

一次很平常的事故使我在一段时间内无法使唤我的右手。由于一辆汽车的发动机用蓄电池难以启动,我想用曲柄摇上几圈,清除一下发动机油环的污垢。可曲柄出乎我意料,反弹了一下。幸亏没伤着我柔软的手臂,肩膀也还可以使唤。但是我的手腕承受了那整个的一击,我清楚地听到了韧带的断裂声。我疼得险些呕吐起来，直到现在，看到眼前这密不透气包扎得鼓鼓的手腕，我还感到那脉搏跳得钻心地疼。只有一只手，在车库自然无法做什么事，于是，我躲进了三楼这个窄小的房间，里面堆放着我的账本和旧报纸。为了让自己的脑子不闲着，我用没有受伤的左手在记事本的一张白纸上信手涂画了几个毫无关联的字。

就在这时，我突然发现自己竟会用左手写字！对，事先没有经过任何训练，我的左手便刚劲有力地写下了一个个完美无瑕的字，没有丝毫犹豫，也没有半点迟疑，那字体神奇而陌生，带有几分怪相，与我平常用右手书写的字体迥然不同。对这一令人震惊的事件，我以后还要再谈，我在琢磨到底是什么造成的，不过，首先应该说明是在什么样的情况下，使我第一次拿起笔，而拿笔的唯一目的，只是倾诉衷肠，公布真相。

是否有必要回顾一下另一个情况？这个情况的重要性也许并不更小，那就是我与拉歇尔关系破裂的事。可是这样一来，要说的可就长了，那是一个爱情故事，简单地说，那是我的爱情故事。毋庸赘言，我对此感到厌恶，但这或许只是缺少经验的缘故。对我这样一个自然而然的隐秘之人来说，把自己的五脏六腑全都摊在纸头上，一开始确实让人感到讨厌，可我的手却拉着我，仿佛一旦开始讲述自己的事情，我就再也不可能停下笔来，除非倒尽心里话。也许没有这一被人称为日记的语言反射，我生命中的事件从此将再也难以一个个相继发生？

我失去了拉歇尔。那是我的女人。不是我在上帝和世人面前娶的妻子,而是我生命中的女人,我的意思是说——没有丝毫的夸张——我个人天地中的女性。几年前,我认识了她,跟我结识所有人的方式一样,她不过是作为汽车库的一位女顾客。她露面时,坐在一辆破旧不堪的标致汽车四方的方向盘前,显而易见,她为作为一位女司机引起别人的惊诧而感到满足,当时,开车的女人远比今日更让人感到惊奇。她一开始便跟我装出一股亲热劲儿,凭借汽车这一玩意儿把我们联系在一起,很快,这股亲热劲儿又扩展到了其他的各个方面,以至我毫不迟疑地在床上得到了她。

我一开始便被她赤裸裸的模样吸引住了,她果敢地带着这副赤裸裸的样子,就如同她穿戴着某种衣装一样,如一身旅行装束,或晚礼服。对一个女人来说,最可怕的不幸,无疑是不知道人可以赤身裸体,而且不仅有着裸体的习性,还有着裸体的体形。我只消一眼,就保证可以从她们的衣服贴在肌肤上的那种呆板与怪异的样子,看出那些在这方面纯粹一无所知的女人。

拉歇尔长着一颗小小的脑袋,侧看像长了只鹰嘴;满头乌黑的鬈发,好似戴着头盔;身躯浑圆有力,然而却拥有令人惊愕的女性特征;只见髋部丰满,两只乳房布满巨大的紫色月牙形斑点,只有腰身深深地凹陷进去,浑身上下圆滚滚的,显得有力而完美,然而它如此庞大,无法下手,各个部分构成了一个难以占领的整体。就精神而言,她并无特别的个性,属于"假小子"一类,自从那一本小说轰动以来,这种类型非常时髦。她从事的是机动会计师的职业，去手工匠、小商人或小业主的家里，给他们清讫每日的账目，因而保证了自己的独立性。她本人是犹太人，我也有幸发现她的所有顾客都是犹太人，她负责清查的文书的秘密性对此作出了双重的说明。

对她那种犬儒主义的思想，我本来是会感到厌恶的，她对事物有着某种伤风败俗的看法，看她的举止，仿佛患了大脑瘙痒症，致使她总是生活在对烦恼的恐惧之中，然而，她具有滑稽感，对人物与环境中内在的荒诞因素具有灵巧的捕捉能力，尤其善于在生活的灰暗中激发出令人振奋的欢乐气氛，这一切无不对我那惯于抑郁的天性起着有益的作用。

在写这几行字的同时，我迫使自己进行衡量，她对我到底意味着什么，当我再次重复自己已经失去了拉歇尔的时候，我的喉咙不禁发紧。拉歇尔，我无法说清我们是否曾经爱过，但可以肯定的是，我们俩在一起时笑过，而这，算不了什么吗？

再说，她正是在笑声中，不带丝毫恶意地确定了前提，我们俩不得不从这些前提出发，借助迥然不同的途径，达到了同一的结论，即我们关系的破裂。

她常常像阵风似的到来，把车交给我的修理工，由他去检修或清洗，而我们俩则抓紧机会上我的住所去，她每次总是习惯性地开一个诲淫的玩笑，故意把汽车的命运和开这辆汽车的女人的命运混为一谈。那一天，她一边穿衣服，一边漫不经心地指出我做爱的样子"就像只傻傻的金丝雀"。我一听，以为她是对我的学识与技巧提出疑问。她说我错了。她指的只是我那种仓促的劲头，按她的说法，就像小鸟们为履行交配的义务匆匆地戳一下子。接着，她又若有所思地回忆起她以前的一位情人的往事，这是她实实在在地拥有过的最佳的情人。这人事先给她许诺，说太阳一下山便要她，不到第二天太阳出来决不松手。他履行了自己的诺言，与她一起作乐，直到出现了黎明的第一道曙光。"事实上，"她诚实地补充说，"我们睡得很晚，而且那个季节的黑夜也短。"

这个故事使我想起了塞冈先生的小山羊，它效法老山羊热勒德，为了维护名声，与狼搏斗了整整一夜，直到太阳射出第一道光芒才被狼吃了。

"不错，"拉歇尔最后说道，"要是你以为你一停我就会吃了你，那才好呢。"

这样一来，我马上觉得她那黑黑的眉毛、翘翘的鼻子和贪婪的大嘴，活脱脱是只狼的模样。我们又一次大笑。这是最后一次。因为我知道她那只机动会计师的脑袋已经琢磨出了我的缺陷所在，标定了她将去栖身的另一块地盘。

像只傻傻的金丝雀……打从六个月前说出口之后，这句话便一直不停地一步步往我心底深处爬。我早就知道，性交失败的最常见的形式之一就是ejaculation precox①，简言之，就是一种没有足够地加以控制、推延的性交行为。拉歇尔的责备含义深远，因为它的目的在于说我已经处于无能的边缘，

---

① 拉丁语，意思为"早泄"。

它表达了人世间男女之间的极大的不和谐以及女人的极度失望，她们不断受孕，但从来得不到满足。

"你根本不在乎我是否快活！"

对这一点，我不得不承认。当我用自己的整个躯体紧紧裹住拉歇尔以占有她的时候，在她那紧闭的眼帘后，在她那希伯来牧人似的小脑袋瓜里有可能闪现的，正是我最终挂虑的一点。

"你一旦用鲜肉消除了你的饥饿，就马上要回到你的铁皮堆里去。"

说得对。也确实如此，一个男人吃面包，是决不在乎被吃的面包是否会有满足感的。

"你吃我，就像吃块牛排似的。"

如果毫无争议地采用这种"衡量男子气概的标准"，也许是对的，可这套准则纯粹是女人创造的，是她们软弱的保护甲。不过，首先一点，就是把性交当作进食行为丝毫不让人感到可鄙，因为许多宗教就借用这种比较，如基督教的圣体圣事之说。尽管如此，这种对男子气概的看法——绝对是女人的观念——应该加以剖析。按此观念，男子气概是以性功能加以衡量的，而性功能则仅仅在于尽可能地推延性行为。它是一种克己的行为。因此，功能这一词应取亚里士多德学说赋予的含义，即行为的反面。性功能是性行为的反面，如同对性行为的否定。它是一种许诺在先，但从不守诺，而被无限地围困、克制、中止的行为。女人为功能，男人为行为。因此，男人自然是无能的，与女人那种植物式的缓慢成熟过程也自然是不和谐的。除非男人乖乖地听从女人的调教，按照女人的节奏，投入对方所要求付出的激情，从奉献给他的、反应迟缓的肉体中艰难地获得一束欢乐的火花。

"你不是个情人，你是个吃人魔鬼。"

啊，四季！啊，城堡！以这简简单单的一句话，拉歇尔便呼出了一个魔鬼似的儿童的幽灵，这个孩子早熟得令人可怕，同时却幼稚得让人惶惑，这一幽灵的记忆以不可抗拒的权力占据了我的心。纳斯托尔。我一直预感到他迟早会强行回到我的生活中。实际上，他从来没有离开过我的生活，只是在他死后，才给了我放松的机会，仅限于不时地打一个小小的招呼，并不严重——有时甚至还很有趣——目的是让我别忘乎所以。我最近用左手写的这些文字以及拉歇尔的出走向我提出了警告，他的力量很快就重新勃起了。

1938年1月10日。 最近，我常常看同班同学的一张合照，那是在6月份发奖前不久拍的一套照片中的一张。那一张张面孔凝固在凶神恶煞似的表情中，其中最单薄、苦难最深重的，就是我的形象。里面有尚普达伏瓦纳和吕迪涅，一个头上戴着丑角的假发套，简直像只朝鲜蓟，正扮着鬼脸，另一个眯缝着狡黠的眼睛，仿佛以午休为幌子，在策划着一个阴谋。却找不着纳斯托尔，尽管这幅照片无疑是在他还在人世时拍的。但不管怎么说，完全是他自己逃避了这个有些荒诞可笑的小小仪式，主要是为了在消失前别留下他在世时的任何平庸的痕迹。

我那时恐怕只有十一岁，是我到圣克利斯托夫中学上学的第二年的年初，已经不再是一个新生了。我也不再像初离家乡，在一个陌生的地方飘零时那样痛苦得发狂了，但是，在那平静的外表下，这种痛苦像是一种反射，仿佛已经无可挽回，只是埋得更深了。我记得，在那个时候，我计算着自己的一个又一个不幸，然而并不指望在天边看到一束希望的火光。我把老师和他们负责领入门的精神世界一笔划去。我甚至——可我是否摆脱了这种态度呢？——认为任何作家、任何历史人物、任何作品、任何教育材料，一旦被大人窃为己有，作为仿佛像是自己的东西的精神食物赐予我们时，它们便毫无价值，彻底地丧失了其原有的品质。我查阅一部部辞典，在一本本教科书中寻觅，并在历史课或法文课中注意对我来说举足轻重的任何转瞬即逝的暗示，开始一点一滴地为自己建立起一种边缘的文化，构筑成一座个人的万神殿，在这座万神殿里，亚西比德①和彼拉多②、卡利古拉③与哈德良④、腓特烈-纪尧姆一世⑤与巴拉斯⑥、塔列朗⑦与拉斯普京互为近邻。有一种介绍政治人物或作家的方式——当然是谴责性的，但这并不够，还需要别的什么东西——往往使我侧耳

---

① 亚西比德（约前450—前404），雅典政治家。
② 彼拉多（？—36以后），罗马皇帝提比略在位期间任犹太巡抚，主持对耶稣的审判。
③ 卡利古拉（12—41），罗马皇帝。
④ 哈德良（76—138），罗马皇帝。
⑤ 腓特烈-纪尧姆一世（1620—1688），勃兰登堡-普鲁士国的创建者。
⑥ 巴拉斯（1755—1829），法国大革命期间督政府中的权贵。
⑦ 塔列朗（1754—1838），法国政治家和外交家。

细听,并琢磨着这或许是我的一个亲友。于是,我立即着手调查,就好像要举行一场宣福礼①,动用手头的各种办法,而最终我的万神殿的大门是开启还是关闭,要视情况而定。

我身体孱弱,相貌丑陋,一头黑发耷拉在脑袋上,框着一张既像阿拉伯人,又有几分罗姆人模样的茶褐色的脸,整个身子瘦骨嶙峋,笨手笨脚的,一举一动都是那么不可捉摸,没有丝毫的优雅可言。更有甚者,我恐怕有着某种特征,甚至要遭受最怯懦之人的攻击,最弱小之人的痛打,好像一切都是命中注定。我是他们求之不得的一个证据,证实他们还可以统治别人,加辱于人。课间休息的钟声一响,我往往就被打倒在地,很少有在上课钟声又响之前爬起身来的机会。

佩尔斯纳尔是新来这所中学上学的,可他身体强壮有力,个性纯朴,使他一来就在同班的等级制度中赢得了重要的地位。他的威望有极大一部分来自他系在黑色学生罩衫上的一根宽得吓人的皮带——我后来听说这根皮带是用一根马肚带改制的——皮带的钢扣环至少有上下三枚扣针。他长着一颗四方的脑袋,一头不服帖的金发,端正的五官毫无表情,淡色的眼睛射出直勾勾的目光,当他两个大拇指插进腰带,在三五成群的同学中走过时,一双令人赞叹不已的掌铁牛皮鞋踏得噔噔直响,每到重大场合,那鞋跟可在学校院子的砾石路面上踩出一束束火星子。这是个原本纯洁的生命,

---

① 天主教仪式,用以追封德行、信仰足以升上天堂的已过世者。

没有丝毫的恶念,甚至对恶也没有一点儿防备之心,但是,如同太平洋岛上的土著人,跟白人携带的病菌一接触,便纷纷丧命一样,就在我向他袒露了我内心的复杂性的那一天,他便一下沾染上了邪恶、残忍和仇恨。

学校里突然兴起了"文身"风。一个走读生做起了中国墨和尖头笔的买卖,用了这两样东西,不必破皮,就可在肌肤上深深地留下一个个符号。我们就这样一个又一个小时地相互在手心、手腕或膝盖上"文"上字母、词句和图案,而这都是我们在墙壁和小便池上乱涂的字画中学来的蠢话和似是而非的象征图案。

佩尔斯纳尔对我们这种新的消遣方式的魅力自然不会无动于衷,可他显然缺乏必要的想象力和灵巧性,难以绘上与他威望相称的图案。一天,我装作漫不经心的样子,亮出一张纸,上面有我尽心画的一颗心,心上刺着一支箭——伤口流着一滴滴鲜血——周围写着这样几个字:A toi pour la vie(一生属于你)。他一见,马上便表示出感兴趣的意思。我着实诱惑了他一阵,可最后却说这奇妙的图案是我在我朋友认识的一个外籍军团的士官胸口描下来的。接着,我自告奋勇,要是他乐意,我可以在他左大腿的内侧文上这些神妙的字画,那可是个隐蔽的部位,不过也时刻可以暴露。

整道工序差不多用了整整一个晚自习的时间。我席地坐在佩尔斯纳尔的课桌下面,依靠邻桌的默契配合,唯恐有失地细心操作,而邻桌的同学借用自己的身体、课本和书包筑成一道保护墙,以防备冒冒失失的学监。不过我干得实在不易，因为大腿压在板凳上，表面很不平整，鼓出一块。

佩尔斯纳尔对结果十分满意，可也表示出几分诧异，因为在那颗被箭刺穿的血淋淋的心脏周围写的那句话变成了A T pour la vie。我面不改色，声称外籍军团的军人常把这些起首的字母用作缩写词，这A T两个字母或者表示A toi（属于你），或用以表示对上帝的叛逆，意思为Athèe pour la vie（一生不信神），或者模棱两可，同时表达这种与那种意思。对我这种复杂的解释，佩尔斯纳尔显然没有听明白什么，当时好像还挺满足的。

可是第二天晚上，在6点钟的课间休息时，他把我叫到一边，看那脸色，不像是好事的征兆。肯定有人在这以前给他开了窍，因为他一开口便追问我那两个谜一般的起首字母。

"A T，"他冲着我说，"那是你姓名的起首字母。Abel Tiffauges pour la vie（一生为阿贝尔·迪弗热）。你马上给我去掉这混账玩意儿！"

我的老底被揭穿了，于是干脆豁了出去，做出了几个星期以来我一直强烈渴望的举动。我走到他跟前，把手放在他髋骨部位的皮带上；随着我以神奇的缓慢速度渐渐地往他身上靠近，我让双手沿着皮带往后移动，直到我的双手在他的背后合在一起。这时，我把脑袋靠到他的胸口，恰好落在他心脏的位置上。

佩尔斯纳尔恐怕在纳闷，到底发生了什么，因为他当时一动不动。不过，片刻后，他的右手慢慢地抬起——与我刚才的速度相同——最后啪的一声平落在我的脸上，紧接着猛地一推,这一不可抵挡的突然袭击,把我从他身上分开,我被击到了离他好几米远的地方,仰天摔在地上。然后,他转过身,走开了,皮鞋的铁掌遂溅起了一束束火星。

打从他发现了奴役他人的魅力之后,便使我备尝了他的侮辱和恶行,我简直像个大傻瓜似的乖乖忍受着。我甚至心甘情愿地把食堂分的饭留给他一半,因为我实在毫无胃口;我还百般掩饰自己内心的幸福感,同意每天早晨为他那双令人赞叹不已的高帮皮鞋擦去污泥,涂上鞋油,因为我这人向来喜欢摸皮鞋。

总的说来,这些要求还是合情合理的,但这还不够,对他那被污染的灵魂来说,还需要更为贪婪的满足。为此,他作出决定,要我每天吃草。午休一开始,他便把我扔到神圣的护主塑像周围那片贫瘠的草地上,往我的身上一骑,我便像野兽似的形成了条件反射,马上仰起下巴,他遂把满把的狗牙草往我嘴里填,我认认真真地咀嚼着,以免被草憋死。周围是一群看热闹的,观赏着这一场面,每次都要等哪位学监赶来干涉——不过都是那么不分青红皂白地判定是我的过错,对我进行惩罚——才能结束这一幕,如今回想起来,我心里并不是不会出现丝毫的仇恨与愤怒。

我的这股奴性一直达到了极点,才算告终。那是在初秋的日子,几天几夜的大雨,使课间活动的院子变成了一个大污水坑。一层看似柔软的污泥和枯叶覆盖住了砾石和炉渣。我们这些孤儿似的人本来就命苦,吃不饱,穿不暖,从来没有澡洗,如今天气又这么潮湿,弄得我们的衣服湿乎乎的,黏在身上，就像是披着自然膜、鳞片或甲壳，每次往下扒，可真是痛苦，比如晚上脱衣睡觉，或者任何时候自己的身子要蜷缩一下，那皮肤便起鸡皮疙瘩，肌肉打结，"小鸡鸡"直往里缩。这一天，我们做的游戏与往常不同，异常激烈，几乎到了绝望的地步，仿佛是为了回击一下我们所处条件的恶劣和严酷，想当一当斗士或野兽。有的抡起拳头往对方的脸上死打，发出一记记沉闷的响声，有的给对方的脚猛地一勾，呈抛物线状摔倒在污泥中，还有的斗士抱成一团，喘着粗气在地上翻滚。很少听到有人喊叫，绝对没有辱骂声，但摔倒的很少不顺手抓起满地的烂泥，朝对手砸去，目的只有一个，那就是让对手也一样满身污泥。我独自躲藏在顶棚的柱子中间，企图避开任何交战——交战是频繁的——而对我来说，交战有可能是不可避免的。我绝对不认为自己恐怕是害怕佩尔斯纳尔，因为在这场如此壮观的混战中，他肯定不会把我这样一个孱弱的对手放在眼里。因此，当我为了避开一只像炮弹似的击来的飞球，突然撞到他身上时，我并不感到过分惊恐。他摔倒了，但摔得也许很怪，只有一只膝盖落地，只见他膝盖处的一侧沾上些许污泥，而其他部位几乎是干干净净。我企图一溜了之，可他一把抓住我的胳膊，抬起他的膝盖，冲我吼道："给我擦干净！"我马上蹲到他的脚跟前，用一块脏兮兮的手绢擦了起来。佩尔斯纳尔很不耐烦地说道：

"你难道就没有别的东西了吗？那就用你的舌头舔！"

大腿、膝盖和腿肚的上部仿佛是用一块黑泥均匀地塑成似的，若没有髌骨下方那个开裂的伤口，那简直像是上了釉，完美无瑕，可那伤口处于中心位置，模糊一片，呈紫红色，从里面流出一股鲜红的液体，渐渐地变成赭石色，继而又转为褐色，而且愈来愈深，最终与污泥融为一体。我的舌头在伤口周围舔了一圈，仿佛给它增添了一圈灰色的光晕。有好几次，我从嘴里吐出泥土和碎炉渣。伤口还在继续淌血，就在我的眼前展开一幅任意扩大的地形图，血肉往外鼓凸，被擦破的皮肤布满灰白色的血痂，创口的表面往里翻卷。我快速地用舌头舔了一遍，不过动作并不太轻，以免引起肌肉颤抖，致使保护髌骨的圆肌胀裂，往外鼓。第二遍时，我舔得十分仔细。最后我的双唇紧紧地贴着创口的边缘，到底停留了多长时间，我没有计算。

我无法说清后来发生的一切。我只觉得自己浑身哆嗦，甚至抽搐起来，最后大家不得不把我送到医务室。我好像记得因此而病了好几天。如今，我对在圣克利斯托夫中学的这一生活片断的记忆已经相当模糊了。不过，我可以肯定，我的老师们准是觉得还是把我生病的事告诉我父亲为好，而且他们准是胡说八道，以自己意识不到的极其强烈的讽刺口吻，含沙射影地说我是因为贪吃了甜食，造成了消化不良。

1938年1月13日。我常对拉歇尔说："世上有两种女人。一种是摆设型的女人，男人尽可以摆弄、使唤，还可以用目光去吻她，这种女人只是男人生命中的装饰品。另一种是风景式的女人。对这种女人，人们可以观光，而且可以把自己投进去，但有迷失方向的危险。第一种是垂直型的，第二种是横向型的。前者说起话来滔滔不绝，性情多变，而且要求多，爱卖俏；后者则沉默寡言，性情固执，好支配他人，凡事记挂在心，并爱想入非非。"

拉歇尔总是皱锁着眉头听我说，试图从我的话中找出有可能对她不恭的言辞。为了逗她笑，我故意换一套说法，把我的意思大致地又重复一遍："有两种女人。一种是拥有巴黎式游泳池的女人，另一种是拥有地中海式游泳池的女人。"我边说边用手画了一个小小的符号和一个大大的符号。她嫣然一笑，带着一丝不安的心情，思忖我是否把她归到大的一类——她本来就属于这后一类，不存在丝毫的疑问。

这个无拘无束的假小子，这个凡事都能应付的女人，无疑是个风景式的女人；是个地中海式游泳池（更何况她家的祖籍就在萨洛尼卡）。她长着肥大的身躯，对人殷勤，像个慈母。我守口如瓶，没有把这看法讲给她听，因为怕刺激她——对她来说，话语不是抚爱就是攻击，绝不是真理的明镜——至于当我把手搭在她髋骨上时产生的种种想法，我就更不对她直言了，她的髋骨极为发达，那形状就像是个岬角，俯瞰着周围其他的风景。在高山般的大腿中间，腹部整个儿消失了，成了寒冷的背斜谷，深含着焦虑……我在思索这一神秘的概念：女性的生殖器。能够企求这一名称的，自然不是那一被斩首的腹部，除非依据的是女人的躯体和男人的躯体大致呈现的对称性。女性的生殖器，若到女人的胸脯部位去寻找，也许会更富于灵感，因为那儿神气活现地挂着两只"丰收角"……

《圣经》对这一问题有过奇异的阐述。若你阅读《创世记》,一开始便会对那明显的矛盾之说感到惊诧,这一矛盾之说扭曲了那令人崇敬的经文的形象。**上帝就照着自己的形象造人,乃是照着他的形象造男造女。上帝就赐福给他们,又对他们说:"要生养众多,遍满地面,治理这地……"**①文中由单数突然转为复数,确实难以理解,何况女人是取亚当的肋骨造出来的,而且也是后来的事,这可见《创世记》的第二章。相反,若我援引的那个句子中保持单数,那一切便就明白易解了。**上帝照着自己的形象造人,即同时为男女两性。上帝对他说"生长吧,繁衍吧"**,等等。后来,上帝发现因雌雄同体造成的孤独不是好事。于是,上帝使亚当沉睡,取了他的——不是一根肋骨——肋,他的胸侧,亦即他的女性部位,造了一个独立的生命。

这样一来,人们便可明白为何女人没有纯粹意义上的性部位,因为女人本身就是一个性部位:那原本是男人的一个性部位,过分累赘,难以总是随身携带,于是大部分时间都被搁置一边,需要时才取回。再说,人的本质——与动物相反——就在于能够时刻为自己配备恰好需要的工具、设备或武器,若不需要,也可以立即抛弃,而不像龙虾那样,命中注定要始终拖着那两只螯子爬行。人的手是一种抓取的器官,使人可以根据需要去拿锤,执剑或握笔,同样,人的生

---

① 译义引自中国基督教协会与中国基督教三自爱国运动委员会编印的《新旧约全书》,1986年南京版。

殖器也是一种抓取所有性部位的器官,而不只是性器官。

倘若这是真理的话,那么就应该对婚姻的目的进行严肃的评价,一般认为,婚姻的目的在于将分离的东西尽可能密不可分地重新结合成一体。切勿将上帝拆开的东西重新结合起来!这一恳求纯属枉然!谁也逃脱不了古时亚当多少有点存心的诱惑,原始的亚当身披全套生殖工具,活生生地躺着,也许无法走动,但肯定不能劳作,而是永无尽头地承受着完美出奇的爱的冲击,即拥有激情,又被同一激情所拥有,至少在他怀上自己本身创造的东西时如此,谁知道呢!那么,神话中的人祖的装束就不该是这样的了。神话中的人祖,原本是个负着女人的男人,后又负着孩子,真是负担之上又加负担,就像那些季戈涅①式的玩偶,相互连成一串!

这种形象也许显得滑稽可笑。但是我——面对配偶的错乱,头脑是多么清醒——却被这一形象所感动,唤醒了我对超人性生活的返祖性的思恋之情,这种怀旧之情连我自己也说不清道不明,它整个儿超越了时间与衰亡的曲折变化。倘若说在《创世记》中有**人之堕落**的记载的话,那绝不是在有关苹果的那一段——恰恰相反,它标志着一种升级,达到了区分善与恶的阶段——而是在把原始的亚当一分为三的那个解体阶段,从人中间造出了女人,继而又造出了孩子,一下创造了三个可怜的人:永远为孤儿的孩子,孤独、惊恐、始终在寻找保护者的女人和轻捷灵活的男人,但这位男人却像

---

① 季戈涅是法国木偶戏中的一个角色,身体高大,她的衣裙里常走出一群小孩子。

一个被剥夺了所有特权的国王,被迫像奴隶似的服苦役。

重新登上陡坡,恢复亚当的原貌,婚姻别无意义。但是,难道只有这一条可笑的出路吗?

1938年1月16日。当我离开圣克利斯托夫中学的时候,这座古老学校的灵魂已经弃它而去长达四年之久,在这个既像监狱又似教堂的教学天地里,只剩下了几个孩子和教士的身影。纳斯托尔被活活闷死在学校的地下室里,对他人来说,他已经死了;可对我而言,他却比任何时候都更活生生地活着。

纳斯托尔是学校门房的独子。不管谁,只要熟悉这种学校机构,便可了解这一环境给他带来的是何等的权力。纳斯托尔既是住在学校里,同时也是住在父母身边,所以得到了走读生和寄宿生的双重好处。他父亲经常交给他一些细小的家务事,因此,他常常在学校的各种房子建筑里自由自在地走动,并且几乎掌管着开启各种大门的钥匙,此外,除了上课和自习之外,他还可以自由出入学校,到"城里"去。

不过,若不是纳斯托尔的话,这一切根本就不值一提。随着岁月的流逝,我常给自己提出一个个有关他的问题,而当我还是他朋友的时候,这些问题从未掠过我的脑际。这个富有天才而又充满魔力的畸形的生命,到底是一个成人,一个长到儿童的高度便不再成长的侏儒,还是恰恰相反,如他的身影所让人想象的那样,实为一个巨婴?我难以说清。根据我的记忆,我重新组织了他说过的一些话——也许或多或少有些出入,这些话表明了他早熟得令人惊愕,如果事实证明纳斯托尔确实跟他的同学是一个岁数的话。但是,这实在是再也说不准的事,而且不能排除这样的可能,即恰恰相反,他也许是一个发育迟缓、头脑迟钝、永远处于儿童时代的人,他出生在这所中学,而且命中注定要永世待在这所学校里。在这种种疑问之中,一个我并未格外着意的词出现在我的笔端:超越时间。谈到我自己时,我也说过永恒这一词。因此,纳斯托尔——我无疑源于此——如我一样,摆脱了时间,不受其计量,是毫不奇怪的……

他肥肥的身躯,说实在的,像患了肥胖症,致使他的一举一动都显得那么缓慢而富于威严,与人打架时,仅凭他的这身膘,就令人生畏。他受不了热,长年累月都往外冒汗,只有严寒季节勉强穿点衣服。由于受其异常的智力与记忆的拖累,他说起话来慢悠悠的,抑扬顿挫,字斟句酌,显得一本正经而又做作,没有丝毫自然的感觉,每次说一句什么格言式的话,总是情不自禁地竖起食指,我们都一致认为是句妙语,却毫不明白其意义。开始,我以为他只会用阅读中收集到的警句表达自己的思想,慢慢地,我进入了他的世界,醒悟到自己错了。他对所有学生都具有不可置辩的权威,连老师们也好像害怕他,把一些特殊的权力让给他。开始我对他还不了解时,真认为这些特权实在太过分了。

这种拥有特权的情况我亲眼见过,第一次时,那种表现在我看来确实令人忍俊不禁,可笑极了,因为在那个时候,我对与他有关的一切事情周围所笼罩的可怕氛围还无动于衷。学校的每个教室里,都有一个漆成黑色的箱子,放在老师的讲台下，当作废纸篓用。每当哪位学生想上厕所时，总是举起两个手指，呈V形，以得到同意。只要学监或老师一点头同意，学生总是往纸箱走去，迅速地往下一伸手，抓起一把废纸，遂向门口走。

可纳斯托尔用不着打那个约定俗成的V形手势。开始时，我没有发现这一点，因为他的位置在教室的最后一排。不过，看他往纸箱走的那副懒散的模样，以及随之出现的情景，我立即肃然起敬。他像个怪癖狂似的，把箱子表面各种废纸仔仔细细地打量了一番，好似很不满意，对哪一张都看不上眼，于是在纸箱里乱翻一通，把纸团啦，早先扔的碎纸片啦，全都翻了出来，逐一加以检验，看他那样子，好像还读起了上面写的字来。全班所有同学的注意力不可避免地被他这套把戏吸引过去，老师的地理课虽然还在继续上，可声音悠慢而机械，中间的停顿越来越长。对笼罩全班的令人压抑而不安的死寂，我本该感到紧张，若是另一个同学耍这套把戏，那迎接他的准会是一阵响亮的笑声。可是，我当时是初进圣克利斯托夫中学，见此情景，笑得我扒着课桌，泪水直淌，直到我的邻桌用手肘直捣我的腰部，明显带着恼怒，可我毫不理会；当纳斯托尔终于选准了一本涂得乱七八糟、净是图画的练习本时，邻桌轻声地从牙齿缝里挤出话来，对他的这番评论我也没有明白，只听得他说道："对他来说，重要的不是纸本身，而是上面到底写着什么字，是谁写的。"这番话——还有许许多多其他的话，我将尽力回忆——不仅没说明什么，反而给纳斯托尔罩上了神秘的色彩。

纳斯托尔的胃口非同一般,我每日都可见到,因为他晚饭在家吃,可中午在学校食堂用餐。每张桌子有八副餐具,由一个"桌长"负责监督,保证分餐均匀。开始那几个月,不断出现咄咄怪事,令我惊诧不已,怪事之一,就是纳斯托尔竟然不是桌长。但是,他反而更能从中捞到好处,因为担任桌长这一职责的同学——同桌的其他人也如此——不仅任他把全桌四分之一的菜往自己碟子里扒,连眉头也不皱一下,而且还主动把吃的往他那儿供,就像供奉古代神祇一般。

纳斯托尔不仅吃得快,而且吃得认真,吃得勤奋,不到要去擦从额头上渗出,落到眼镜片上的汗珠时决不停下手来。看他下垂的脸颊、圆滚滚的肚子和肥肥大大的臀部,仿佛他身上有着西勒诺斯[①]的血统。进食、消化与排泄三部曲是他生活的节奏,而且他的这三项活动受到周围普遍的尊敬。然而,这一切还不过是纳斯托尔表面的反映。他那深藏的面目,唯独我在细加揣摩,那都是些征兆,需要对征兆进行剖析。这才是他生命的重要所在,连同他那压迫着整个圣克利斯托夫中学的绝对的独裁和霸道。

征兆,对征兆进行剖析……到底是何种征兆呢?对之进行剖析之后,展示了什么呢?若我能回答这一问题,那我整个生活将完全改变,而且改变的不只是我的生活——我深信谁也不会读到这些文字,所以斗胆写了下来——还有历史的进程。纳斯托尔无疑已经朝这个方向迈出了几步,但我个人却抱有雄

---

① 希腊神话中赫耳墨斯或潘的儿子,身体粗壮短小,秃顶、扁鼻,长有一双马耳,还有一根尾巴。

心，那就是要顺着他的足迹往前走，也许比他还要走得更远些，因为赋予我的时间更长，而且他的幽灵也给我以启示。

1938年1月20日。稀里糊涂的我。一个好消息，一个极好的消息传到了我这里，我高兴得心潮激荡。可不久后，又辟谣了。没有留下什么，绝对没有留下丝毫的痕迹。哦，留下了！曾使我满心欢快的那份喜悦又消隐而去了，但通过一种奇异的剩磁现象，留下了一片幸福，仿佛海潮退去，留下了一个个清澈见底的水洼，蓝天映照其间。在我的心底，还有某个人尚未明白那个好消息纯属谣传，因此很荒唐地依然那么欣喜若狂。

拉歇尔弃我而去时，我没有把这事情往心里去。再说，我至今仍然认为那次分手算不了什么大事；相反，从某种角度看，还有好处，因为我坚信她已经打开了通往重大变化、重大事件的道路。但是，还存在另一个我，一个稀里糊涂的我。这个我一开始时对分手的事情丝毫没有悟出点什么。再说，他未在事情一开始就明白过。这一个我沉重累赘，好积旧怨，多愁善感，身上总黏糊糊地沾着泪水和精液，被自己的习惯和过去紧紧地束缚着。过了好几个星期，他这才明白拉歇尔一去不复返了。现在，他终于醒悟了。他在哭泣。我把他留在自己心底，仿佛带着一个创伤，这个幼稚而又温柔的生命，耳朵有点儿聋，眼睛也有点儿近视，往往轻而易举就上了人家的当。可一旦出现不幸，却又久久不能打起精神来。毫无疑问，是他指使着我在圣克利斯托夫中学那冰冷的走廊里寻找一个弱小的幽灵的踪迹,这是一个永远无法抚慰的幽灵,他被众人的敌意,更被一人的友情击倒了。仿佛在整整二十年过后,我可以用自己的双肩担起他的不幸,让他欢笑似的,对,欢笑!

1938年1月25日。圣克利斯托夫中学在博韦,占据的是一个西都会修道院的建筑,这个修道院也叫圣克利斯托夫,建于1152年,后于1785年被关闭。如今只有重被修复的修道院附属教堂的拱顶还留有中世纪的余迹,中学的主要部分都集中在原修道院巨大的主楼里,这是让·奥贝尔在18世纪建筑的。这些细节并非无关紧要,因为我们被迫沉浸在严厉、清苦的氛围中,这一气氛无疑给主楼四壁的来由和历史增添了某些东西。再也没有比在内院更能感受到这种氛围了,然而内院不仅建筑平庸,而且其历史也只能追溯到17世纪,如今成了寄宿生们在走读生早晨到来之前、晚上离开之后的活动场所。我们只有权去回廊,回廊中间用栏杆围起的小花园,我们也只能透过栏杆欣赏一下。纳斯托尔的父亲精心拾掇小花园,里面种着埃及无花果树,一到夏天,无花果树便放射出一片青绿色的光芒。花园正中,是一个缺了口的喷泉盛水盘,上面长着一丛蕨类植物。在这个地方,处处透出一种凄凉的气氛,由于四周高墙耸立,这一气氛显得更为沉闷,但似乎还可呼吸。

走读生们是我们与外部发生联系的活生生的联结点,一旦他们不在,每天早晚两次,我们便被囚禁在这个绿色的监狱里，私下里，我们都说这是个大鱼缸。在这里，严禁追逐，不许做大声叫喊的游戏，再说，这地方的精灵也足以把我们这种念头扼杀。不过，我们总算还能在这里来回走动，互相之间说说话。因此，这个大鱼缸——比小教堂、饭堂和宿舍更胜一筹——构成了我们这些寄宿生平常聚会的场所，成了我们这一百五十个被迫处在学校这种与世隔绝的囚禁生活中的孩子的集合地点。纳斯托尔很少在此露面，同样，如同我在上面已经说过的，他晚饭也不跟我们一起在饭堂吃。但是，他并不因此而失去存在——远非如此——他的两个管家，尚普达伏瓦纳和吕迪涅，专门负责传送他的文书和命令。一般来说，这不过是某种施加影响的方式，原因是在圣克利斯托夫中学有着严格而微妙的惩罚和免除惩罚系统，另外，纳斯托尔在这一重要领域行使着神秘的权力。

对圣克利斯托夫中学的那套惩罚手段，我实在是太了解不过了，因为我经常受到全套惩治。首先是"示众"，受惩罚者排着长队，在院子的顶篷下默然无声地转圈子，有时一刻钟，半个小时，有时一个小时，甚或更长的时间；其次是"隔离"，受惩罚者严禁跟任何人说话，除非回答老师或学监的问话；再次为"罚站"，罚你孤零零一人在饭厅的一张小桌上吃饭，要站着吃。对这形形色色的处罚，哪一种我都可以忍受，就是听不得那句令人恐怖的传话与我的名字连在一起呼喊：

"Tiffauges ad colaphum！"[①]这对我来说意味着惶恐和耻辱。因

---

① 拉丁语，意思为"迪弗热去惩戒室！"

为听到后，就得立即离开教室，爬两层楼，穿过一道空荡荡的走廊，推开负责惩戒的学监的候见室的门。然后就跪到一张跪凳上，有趣的是，跪凳放在候见室的正中央，面对学监办公室的门，紧接着，便要伸手去摇摆在地上的一只铃。跪凳、下跪以及叮叮当当响的铁铃，至今，我还难以自已，从这一惩戒的仪式中，往往看到对举扬圣体仪式的讽刺和戏谑性的模仿。因为去惩戒室，绝对不是去履行一种敬拜仪式！铃响之后，等待的时间有可能为几秒钟，或一个小时不等，这构成了惩罚手段的极致，最不可忍受。最后，或早或晚，办公室的门骤然打开，学监出现了，身上穿着的长袍发出愤怒的摩擦声，左手拿着一份免予起诉的判决书。他猛地冲向跪垫，给受罚者噼里啪啦一阵耳光，然后把已清洗了罪过的证明书往罪人手里一塞，遂又像出现时那样骤然消失。

一套免除处罚的系统可以使你免遭这形形色色的惩罚，其标准是按照决疑论者最细致不过的决断制定的。免罚牌是一些小小的长方形的硬纸牌，有白色的，蓝色的，粉红色的，还有绿色的——价值不一——作为对学习优秀者或作文优胜者的奖赏。我们也因此了解到，在那些宽容的神父的脑子里，六小时的"示众"的价值与一天的"隔离"是一样的，而两天的"罚站"或一次"惩戒"，若得过一次作文头奖，两次第二名，三次第三名或四个16分[①]以上的分数，就可以赎除。不过，受惩罚的学生往往宁愿受苦，把免罚牌积

---

① 法国学校通用20分制。

起来，因为积多了，也可以买一次"小外出"（星期日下午半天）或一次"大外出"（星期日全天）。

然而，整个系统几乎始终处于理论阶段，仿佛害了瘫痪症似的，其原因是那些宽容的神父们无视圣者的相通之灵和奖赏的通功，作出决定，免罚牌必须严格地属于个人所有——受益者的编号必须写在方纸牌上——只有那些有资格免除受罚的人才能享用。可是，那些获得免罚牌最多的学生——优秀学生，作文优胜者以及老师和学监的宠儿等——恰恰最用不着这些牌牌，因为往往会突然出现神奇的保护神，使他们免遭"示众""隔离""罚站"和"去惩戒室"之苦。只得依靠纳斯托尔的全部天才，才能补救这一不完善的系统。

1938年2月2日。 整整一天，我用一根皮筋在手指上不停地缠上，又不停地松开。明天，我将被迫进行斗争，以摆脱那一虚幻而又神奇的存在，它的存在与结婚戒指颇为相似，但更令人恼怒，而象征性则不足。这根皮筋就像紧扒在我手上的一只小手，每次试图把它拉开时，它便抽搐，并微微地往里缩。

1938年2月8日。 人往往要等到深夜，才能从漆黑的天空中看到希望的闪光。正是"惩戒"第一次向我昭示了那令人惊奇的保护神，我此后一直受到它的保护，它也不断地在我头上张开保护网。

我所在的那个教室角落里传出一阵喧闹声，我蜷缩着身子，真说不清在这片喧闹声中我到底干了些什么。可是，讲台的上方发出了令人可怖的宣判声，落到了我的头上："迪弗热去惩戒室！"如往常出现这种惩罚时那样，残忍而欢乐的颤抖马上传遍了每排座位。我像在梦里似的站立起来，全班四十个同学屏声静气，在因此而形成的一片不洁的死寂中，我往门口走去。当时正值12月，就要跨进一个似乎不可避免的严冬；我跟佩尔斯纳尔发生那次冲突后情况很糟糕，打从走出医务室那一刻起，他眼睛里似乎就再也没有了我。湿漉漉的暮霭浸遮着院子，透过一棵棵栗树组成的黑色栅栏，可看到左侧的挑棚，里面已经寥无人影，深处的小便池毫无遮掩地耸立着，就像男孩世界的祭台，总是烟雾缭绕。挑棚的人行道旁，扔着一只球，我抬脚猛踢了一下。缺口豁嘴的挂衣钩上，挂着黑压压的学生罩衫，在昏黑中犹如一群蝙蝠。一种拒绝生存的情绪在我心头腾起，纷杂而又悄然无声。这是一声隐秘的呼唤，一声被窒息的呐喊，从我心底发出，消融在静物的颤动之中。一股不可抗拒的动力把我们——静物与我——驱向虚无，投向死亡，这一愤怒的撞击，使我的双肩再也抬不起来。我坐到地上，双脚踩在排水沟里，怀抱着双膝。孤寂至少还给我留下了这对双胞胎娃娃，长着四方的脑壳儿，光光的，凹凸不平——它们就是我。我用双唇舐着菱形皮肤网正中的一个黑乎乎的痂盖，有的地方尽是污垢，有的部位则积满黑尘，干巴巴的。我松了一口气，终于又闻到了那十分熟悉的、如同燧石擦打时发出的气味。我这才醒悟到，我刚刚相当猛烈地碰撞到了黑夜的深处，以致我登上苦难的阶梯时，还仍旧茫然不知所措。惩戒学监的候见室沉浸在昏暗中。我尽力按捺住自己，没有去开灯。从跪垫上，只能看清白墙上挂着一幅色彩浓烈的图画，上面画的是个正在遭受凌辱的基督，头顶荆冠，一个粗野之人在打他耳光。当时，我对征兆的释读——这是我一生中的大事——还一窍不通，所以根本没有考虑到两者之间存在着必然的相似性。今天，我才知道一张人的面孔，不管他有多卑劣，遭受多大侮辱，也会很快变成耶稣的面孔。

　　远处响起了铃声。地板嘎吱一下。学监办公室的门下，透出一线咄咄逼人的光亮。我屏住气息，蜷缩在跪凳上。时间一分钟一分钟地过去，我怎么也难以下定决心去摇惩戒室的铃。可是，铃铛在哪儿？我在黑暗中往地面摸去。手指很快碰到了那个沉重而又奸诈的小东西铜壳一端的木镂把。我慢慢地把它举到眼前，小心翼翼，就好似握着一条正在熟睡的毒蛇。当下毒的手指紧紧地捏住了铃锤时，我心里才感到比较踏实。铃锤是用铅做的，表面经过锻打，光溜溜的，像是人的肉体，上端和下端的环形软垫往里翻着。这说明铃铛使用的年代已经十分长久，我想象着铃声响起，那雨点般落在孩子脸上的耳光，那不计其数的惩罚，可不小心，铃铛突然从我手中脱落，在跪凳的软扶手上蹦了一下，咣当一声，滚到了地板上。办公室的门立即打开了，灯光顿时充满了整个候见室。我惊呆了，闭起双眼，等着挨打。

　　没有挨打。恰恰相反，是某种抚摸，一种如丝般柔软的东西在我脸颊上掠了一下，发出窸窣的声响。我终于斗胆看了看。只见尚普达伏瓦纳站在面前,挂着讥讽的冷笑,一如平素,完全一副装腔作势的模样,给我递来一张小小的纸片,他刚才是用它擦了一下我的脸颊。紧接着,他往后退去,像个丑角似的做了个屈膝礼的动作,继而消失在半开半掩的办公室的门后。不一刻,他重又露出了脑袋,扮了个鬼脸,遂又把门关上。

我看了看他刚刚递给我的字条,原来是学监正式签署的一份释放令。

回教室的路上,我脑子里响得愈加厉害了,仿佛我受到了双倍的惩罚。当然,我当时丝毫也没有明白什么,远远没有想到我刚刚经历的,正是那块沉重地压迫着我的命运磐石出现的第一条裂缝。从这值得记忆的一天起,我本该不再把命运看作是一种不可避免的必然,**一种生就抱有**敌意的必然;相反,我可以认为——打那天之后我不得不认为——命运也许与我个人的微不足道的历史维系着某种默契的关系,它可以把迪弗热的某些东西投入事物的发展中去。

但是,惩罚事件不过是个先兆。不得不等待了很长时间,才发生了彻底改变了我在圣克利斯托夫中学地位的事件,为我的生活开启了一个崭新的年代。

圣枝主日那一天,寄宿生们按传统都要进行一次"郊游",并搞一次野餐活动,以表示冬季的结束。我就讨厌被迫走出圣克利斯托夫的高墙,在这深院里,我的生活虽然悲惨,但至少可以蜷缩在温暖的外表底下,因此,这次外出野游,是我最痛恨不过的事。果然,我们出游时被分成两组。

有自行车的组成了——犹如古时军队的骑兵队——令人羡慕不已的精锐队伍,由一位骑着机动脚踏两用车的利末族小伙子指挥,出游的目的地比较远。我自然是默默无闻的步兵队伍中的一员,大伙儿穿着沉重的鞋子,得徒步行走数公里,被一群很不好惹的学监驱赶着。

出发的哨声就要吹响了,可就在这时,发生了一件轰动全校的事。吕迪涅手推一辆光彩夺目的自行车出现了,这是纳斯托尔的自行车。车子为翠鸟牌,石榴红的颜色,直纹则呈淡黄色,镀铬的金属车把,左侧装着一面小巧玲珑的反视镜,右侧有个双声大铃铛,半圆形的轮胎,白色的侧翼,车子后部还有一个车架,架子上固定了一面反折射反光镜;最后,实为当时所罕见的,那就是车子装备有三挡换速叉。

我们大家全都料定吕迪涅会进入自行车队;可他没有这样做。只见他穿过整个院子,在院子的铺石路上,自行车一跳一跳的,犹如一匹踢蹬着前蹄的马儿,我毫不起眼地待在步兵队伍中,可他朝我走了过来。最后竟把自行车交给了我,简单地交代了一句:

"纳斯托尔叫送来的,骑着出游去。"

我惊诧不已,其程度不亚于全校所有的人,可他们却当场指责我,说我具有非同一般的掩饰能力,因为显而易见,如此特殊的恩惠,必定会有长久的亲密友好关系作为先导与准备。对一个对圣克利斯托夫中学的本质生活一无所知的外人,这一场面也许再平凡不过,无疑不会引起他的注意。但是,对我来说,在过去了近四分之一个世纪之后,每当我回想起这一场面,都忍不住会发出欢乐和自豪的颤抖。

随后的一个星期里,纳斯托尔好像根本不认识我似的。不管怎么说,我对礼仪这一套还是比较了解的,知道用不着对他道谢。可第二个星期六,吕迪涅在走读生离校后下午5点钟的大休息时来找我,告诉我座位换了,并帮助我搬位置。

毋庸赘言,学生的位置是由负责惩戒学生的学监一人说了算的,他总是尽可能地违背学生的愿望,不是把朋友拆开,就是在前几排的位置上安排那些又懒又笨或爱想入非非的学生,那些人自然巴不得活个自在,躲在教室的后几排喽。唯有纳斯托尔可以不受制裁地打破这一规矩,让自己的意志取代学监的意志。他自己占了教室最后一排左角一个靠窗户的位置,为了可以不断地监视整个院子,他甚至用小木块垫高了课桌椅,还用一块普通玻璃换下了窗户上的一块小小的毛玻璃,因为全校所有教室都装配着毛玻璃。遵照这一只能出自他的命令,我从此坐到了教室左角他身边的位置上,确切地说,坐在他的右侧。自从那一引起轰动的自行车事件后,这次换座位不仅没有让人感到惊奇;相反,大家都等着这件事的发生,无论是老师、学监,还是学生,概莫能外。

从此之后,我在圣克利斯托夫的生活受到了慎重而卓有成效的保护。在我住校用的存物格子里,每个星期都能发现一点小礼物,大雨倾盆似的惩罚似乎不再落到我的头上;那些头一天对我态度粗暴的大个子第二天往往都神奇地露出一副挨过揍的模样。然而,与在上课和自习课中纳斯托尔让我借到的光相比,这一切实在微不足道。他那庞大的身躯仿佛把整个教室往他所在的左侧深处的角落推。对我来说,这儿确实是整个教室的中心点,不管怎么说,其地位远远超过讲台,在那儿,滑稽可笑的讲演者们上上下下,不过是昙花一现。

1938年2月12日。一位女顾客带着一个五六岁的小女孩来看我。临走时,孩子受到了一顿斥责,因为她把左手递给我握。我突然发现,大部分不满七岁——懂事的年龄——的孩子都自然而然地请我们把左手伸给他们。Sancta simplicitas!①他们出于纯真的本能,知道右手受到了最令人厌恶的接触的玷污,每天都少不了要伸到杀人犯、神父、警察、当权者们的手中,就像钻到富人床上的妓女,而可悲的、默默无闻的和被人忘却的女人总是过着隐居般的生活,就如贞洁淑女,只接受姐妹们的拥抱。切勿忘记这一课。从此之后,要把你的左手伸给不满七岁的孩子。

1938年2月16日。纳斯托尔总是不停地写呀、画呀。我很遗憾没有得到他的一本作业簿,或者把它保存下来。在我看来,他跟我说过的一切都是那么奇妙,尽管对他说的我几乎一点儿不懂,直到这二十年后,我才用这些绝对不是他原话的词语,来解释与表达我的记忆想从他说过的话中汲取的东西。确实,我在他身旁度过的那个时期——总的来说相当短暂——深深地印在了我的脑际,而我后来所经历的种种磨

---

① 拉丁语,意思为"神圣的纯真"。

难显然与这一时期密切相关,因此,在我的行囊中,几乎没有必要去区分哪些是属于他的,又有哪些该是为我所有。

总而言之,倘若非要我拿出无可辩驳的证明,证明我是纳斯托尔的受遗赠人的话,那只须看看我这只在纸上移动的手,看看我这只在书写"左手的"文字那一个个字母的左手。因为这只手,纳斯托尔曾经久久地在他手中握着,因为他曾用他那只沉甸甸、汗涔涔的大手握着我这可怜的小手,孵着这只尽是骨头的半透明的小鸡蛋,它任凭自己投入温暖的怀抱中,却不知道当时获得的是何等的力量。纳斯托尔的浑身力量,他那富于征服、摧毁力的整个精神全都渗入了这只手中。正是从这只手中,这些"左手的"文字一天天产生了,因此,它们是我们俩共同的作品。小鸡蛋孵化了。它成了这样一只左手,长着毛茸茸的、长方形的手指,宽大的手心,像是一只托盘似的,可以肯定,与其说用来握自来水笔写字,倒不如用来操作铅笔。

纳斯托尔右手握着我的左手,用左手写字、画画。也许他向来习惯用左手。可我却喜欢自豪地猜测,他只是为了我才迫使自己使用左手,唯一的目的是能握着我的手,而又不停止写字。可以肯定的是,我与他从来没有像在那值得纪念的一天里那般贴近。这是几个月前的一天,我浑身猛烈地一阵颤抖,突然发现自己竟会使用左手写字,发现自己的左手往纸上一放,不用练习,也不用尝试,就毫不犹豫地在纸上写下了崭新的字体,与我用右手写的字的字体迥然不同。

我就这样拥有了两种字体:一种是**敏捷**的,它可爱、合群，善于交际，表现了我在社会公众面前装出的那种披着伪装的个性；另一种是**不祥**的，它被天才的左手所扭曲，充满了闪电和呼喊，总而言之，附着纳斯托尔的灵魂。

1938年2月18日。每次坐进别人交给我检修的汽车，看到用螺钉固定在仪表盘上的圣克利斯托夫纪念章时，我总是回想起博韦的那所中学，对伴随我一生而出现的众多机遇中的某一次发出赞叹。有的机遇是意外出现的，似乎很可笑。而这一次却是根本性的。如圣克利斯托夫中学、纳斯托尔，还有这一经营汽车库的职业，使我重新置于背负十字架的巨人的庇护之下……还有更多的事。我这茶褐色的皮肤，直直的黑发，是我母亲遗传给我的，因为她长得像个罗姆人。我从来没有起过好奇心，想过要查查她的家谱，我这一生已经充满了够多的先知先觉，若她家中有大篷车和马匹，我决不会感到大惊小怪的。

比如阿贝尔这个名字，我一直觉得纯粹是偶然起的，直到有一天，《圣经》中那段叙述人类历史中第一桩谋杀事件的文字跳到了我的眼前。阿贝尔，也就是亚伯[①]，是个牧羊人，而该隐是个种地的。所谓牧羊人，就是游牧的，而种地的，就是定居的人。亚伯与该隐之争从创世之时一代代延续到今日，如游牧民族与定居民族之间那种祖传性的对立，更确切地说，游牧民族一直遭到定居民族的强烈迫害。这份仇

[①] 《圣经》中的亚伯与法文中的阿贝尔的法语书写形式均为"Abel"。

恨至今还远远没有消除,它又表现在迫使罗姆人服从的种种可耻的、侮辱性的规定——人们总把罗姆人当作死不悔改的罪犯,在每个村寨的入口处,这份仇恨总是显现在一块块告示牌上:"游牧人严禁停留。"

不错,该隐受到了诅咒,对他的惩罚如他对亚伯的仇恨一样,也一代又一代地永远没有完结的尽头。**现在,耶和华对他说,你必将在这地上受到诅咒,这地开了口,要从你手中接受你兄弟的血。你以后种地,地将不再给你果实,你必流浪漂泊在地上。**就这样,该隐也当面受到了最严重的判处:他不得不成为流浪者,就像过去的亚伯一样。他对这一判决说过一些叛逆的话,而且也没有服从判决。他来到了离耶和华很远的地方,在那儿修建了一座城市,这是世间第一座城市,被他命名为以诺。

哦,我认为,对农民的这一诅咒——农民们对他们的游牧兄弟也同样是冷酷无情的——我们今天还依然可以看到。因为土地不再养活他们,乡巴佬们不得不打起铺盖卷,背井离乡,成千上万的种田人从一个地方漂泊到另一个地方,殊不知在上一个世纪,由于把某种定居的状况当作拥有选举权的条件之一,一大群流动的人被排斥在选民团之外,按照原则看,这一人群都是异端分子,因为他们是失去了根的人。后来,他们在一些城市落了脚,构成了工业大城市中的无产者阶层。

而我呀,我躲藏在稳定的人群中,他们都是一些虚假的定居者,一些虚假的正统分子。我虽然一动不动,但是我却在维修这一迁移的最好工具——汽车。我耐心地等待着,因为我知道，迟早有一天，老天将再也忍受不了定居者们的种种罪行，会让天火降临到他们头上。到那时，他们全都会像该隐一样，被乱七八糟地扔到路上，一个个没命地逃离他们那被诅咒的城市和拒绝供养他们的土地。唯独我，阿贝尔，将心满意足，笑眯眯地展开我躲藏在这身汽车库老板的破衣服下的巨翼，双脚踩着他们发黑的脑袋，用力一蹬，飞到群星中去。

1938年2月25日。一天，纳斯托尔从他的课桌中拿出一个四四方方的小硬纸盒，把它凑到我的耳畔。我听到一种上扬的嗡嗡震颤声，好似一架在高空飞翔的飞机传出的隆隆声。我的朋友眯缝着双眼，透过像放大镜一般的厚厚的眼镜片，含讥带讽地打量着我。他把盒子放在桌上。盒上马上竖起一角，继又往下低倾，开始翩翩起舞，那悠悠的动作，给优雅的舞姿平添了几分庄重。嗡嗡声愈来愈响，每次盒子往下倾斜时，那声音便变得更加低沉。最后，盒子往一边倒去，在原地旋转了几圈，然后一动不动了。我好奇地凑到跟前，想看清我发现的印在盒子上的字：**法国著名物理学家莱翁·富科于1852年发明，以展示地球的旋转**……这时，纳斯托尔拿起盒子，一边把它打开，一边神情严肃地对我解释说："这是个陀螺仪，是打开绝对奥秘的钥匙。"这玩意儿由两个同心金属圈组成，在互相垂直的平面处焊接在一起。一个相当沉重的红铜轮嵌在其中一个圆圈之中，铜轮之间有一横轴，两头尖尖的，分别插在另一个圆圈两边的小洞内，从而随铜轮一起转动。纳斯托尔把一根细绳伸入横轴的一个孔眼内，然后把细绳缠绕在轴上。接着，他猛地一拉绳子，细绳立即展开，发出咝咝的声响。铜轮遂转动起来。这时，纳斯托尔把一个表示埃菲尔铁塔的小铁架从盒子上取下来，把陀螺仪平稳地放在架子顶端。于是，优雅的舞蹈便开始了。这件小仪器形状如此简单，但精巧而又严密，围着固定点旋转着，画出一个比一个宽的轨迹，那庄严、悠慢的运动与圆圈上的轮子疯狂的回旋恰成对照，就好似那些蜂鸟，它们那小小的翅膀扇动得愈快，它们似乎就飞得更慢，而且像在原地飞动一般的时间也更长。

埃菲尔铁塔在木桌面上颤振着，发出沉闷的隆隆声，立即吸引了学生和学监的注意力。纳斯托尔对此毫不在意。他支着臂肘，半个身子朝着我，全神贯注地欣赏着还在翩翩起舞的陀螺仪。"一个玩具宇宙，"他低声地说道，"这一小小的形象，完全忠实地表现了地心引力……你知道吧，马贝尔[①]，你眼睛盯着看的这一运动，实际上根本就不存在！在起舞的是你，是圣克利斯托夫，是整个法兰西！陀螺巧妙地摆脱了地球运动，所以好像在旋转。实际上，是我们在围绕着它转。哦，你用手捏一捏它。"他说着就把支架顶端上的陀螺仪拿到手中，递给了我。我用力捏住这一富于生命的小仪器，这一捏，我马上感觉到我手里有一股异常的推力、一股不可抵挡的扭力，这股力量一直传到我的手腕和整个手臂。

"像是个癞蛤蟆似的！"我惊叫道。

---

① 纳斯托尔对阿贝尔的称呼。

"癞蛤蟆,那是你,小弗热,"纳斯托尔对我说道,"你紧紧地抓着一个固定点,可地球要旋转,你永远也阻挡不了它。你手心中所感觉到的,是带动着你的地球的转动对静止不动的陀螺仪所产生的阻力。把它还给我吧。每当事情不妙时,它就是我的依靠。它是我的袖珍的绝对存在……"

1938年2月28日。难道是我两个月来总是沉湎于回忆儿童时代的缘故?如今,我心中一直萦绕着老玛丽在雨天时一边摇晃着我,一边对我唱着的那首荒唐而单调的歌,这首歌使我那悲伤得已经麻木的灵魂蜷缩到了它那最黑暗的洞穴中。

每当我想起它
我的心便拉长……
犹如一块海绵
浸入
深潭
里面充满硫黄
煎熬着如此巨大,如此巨大,如此巨大的悲伤

每当我想起它
我的心便拉长

1938年3月2日。他养成了说话不动嘴唇的习惯,恐怕并不是非做不可的缘故,而是出于对掩饰的嗜好,谁都知道他

在老师和学监那儿享有豁免权,在其他方面,还拥有许许多多的自由权。他常常眯着狡黠的眼睛,久久地看着我,对我说着话,可那话语深奥难解,往往把我推入一种幸福的眩晕境地。

"总有一天,他们全都要走的。"比如他这样对我说,"可你将留在我身边,哪怕我消失。你既不漂亮也不聪慧,可你是属于我的,圣克利斯托夫中学的任何一个学生从来都没有像你这样属于过我。以后,你一定会使我变得毫无用处,可这样很好。"

或者,他扶着我的肩膀说道:

"我把我所有的种子全都播种到了这一矮小的身躯里。你以后必须寻找一种适宜于它们开花的气候。通过那将令你恐惧的一次次发芽、一次次开花,你可以看到你生命的成功所在。"

如今,我完全领悟到了他以前说过的那一预言,那一天,他紧抓着我的下巴,迫使我张开嘴巴。

"不久,"他说道,"这些小小的牙齿将长大。马贝尔将拥有极大的利牙,他下颌的咯咯声传到任何人的耳边,都会被认作一种可怕的威胁。"

也许在正在酝酿的事件的启发之下,我将来终将明白他这番话的意思,他说:

"只要猛烈地敲击一扇门,它最终总会打开的。要不从未见过的邻居的门会打开一条门缝,这就更漂亮了。"

或者还说:

"应该一笔连成始与终。"

我只见过他读一部小说,可小说的许多段落,他烂熟于胸,每当课上得让人厌烦时,他便不动嘴唇,整页整页地背诵起来。这部书是詹姆斯·奥利弗·库伍德的《金圈套》。纳斯托尔朝我倾过身子,一副神秘的模样,像倾诉一个令人陶醉的秘密那样在我耳边低声背诵道:**若在阿萨巴斯卡湖上放一叶独木舟,沿着和平河往北航行,便可抵达大奴湖,然后顺马更些河而下,直驶北极圈**……小说的主人公叫布拉姆,是个野蛮的巨人,为英国人、印第安人和因纽特人的混血后代,他孑然一身,带着一群狼,穿过了茫茫冰原。对布拉姆来说,与狼同嚎绝非一种富有色彩的比喻之说:**他猛地把他那只巨大的脑袋往后仰去,以从他胸腔和喉咙里迸发出一声发自心底的叫喊,让声音冲向天空**。纳斯托夫背诵着,**开始是一阵雷鸣似的隆隆声,继而变成了尖厉的哀吟,可在平坦的冰原上传出数里之遥。这是主人对他那群狼发出的呼喊;是兽人对其弟兄发出的呼唤**……回应这声粗野的呼喊的,是呼呼的北风,可往往也有**天空的音乐,这是北极的曙光在空中发出的神奇而魔幻的和声,以预报它的升起。忽而是刺耳的尖鸣,忽而是轻柔的低吟,宛如一只猫儿的呼噜声,有时又像蜜蜂金属般的嗡嗡声。**

布拉姆的呼喊、群狼的嚎叫、北风的呼吼和北极曙光那金属般的乐声,这一切闯入了我们在圣克利斯托夫的生活,这是一种与世隔绝的幽禁生活,然而既拥挤又杂乱,属于一个未开化的非人世界,如同虚无一般洁白清纯。对我来说,这声呼唤与我在12月的那天夜晚,坐在挑棚的人行道边准备去——或以为要去——惩戒室时听到的那阵悄然的喊叫声混合在一起,难解难分。但是,这声呼唤丰富、扩大了我听到的喊叫声,使它充满了纳斯托尔叙述的故事所带来的那种强烈的诱惑力。我的朋友心情激动地跟我谈起在黑乎乎的松林中怒号的暴风雨,谈起了在穿越冰封的湖面时脚下那青绿色的深渊,雪鞋发出单调的沙沙、沙沙声,群狼在冰冷的黑夜中穷凶极恶地追逐猎物,由圆木搭成的小木屋像个曲背的老人,半截身子埋在雪堆里,夜晚,猎人在里面栖身,点起大火盆,以温暖自己的身躯和心房。

岁月消逝而去,可说真的,我至今还没有摆脱我儿时在里边苦苦挣扎的那种弥漫着疫气和霉味的氛围。对我来说,加拿大始终还是那个遥远的冥世,它往往把折磨着我的那种种微不足道的不幸化为乌有。我敢写下我自己没有放弃努力吗?会有一天,马贝尔,会有一天的,你到时瞧吧!

1938年3月6日。去警察局换牌照。窗前排着死气沉沉的长队,人们无可奈何地等待着,窗后传来那些凶狠的丑女人狗一般的嗷嗷叫声。大家都梦想出现一个善良的专制君主,大笔一挥,取消户籍证、身份证、护照和形形色色的证件,还有那个犯罪记录。总之,取消所有那些噩梦般的纸片,其用途——就算有所用处吧——与其付出的劳动及造成的烦恼也是不成比例的。

不过,若得不到大多数人的承认甚或积极的支持意向,一项法规确实也难以施行下去。所以，死刑并不是野蛮时代的一种血腥的残余；对公众舆论的各种调查无不证明绝大多数人都盲目地抱着死刑不放。至于行政机构推出的各种卡和证，恐怕也是与大多数人的要求相适应的，或者更确切地说，是与人们一种基本的恐惧心理相适应的，这就是恐惧成为动物的心理。因为若无证件生活着，无异于像只动物那样生活。那些无国籍的人、那些奸生子女或私生子所遭受的境况实际上仅仅是依靠某种证件而维持着。这些想法使我起念写了一个小寓言。

从前有一个人，跟警察发生了一次口角。事情了结后，留了一个案底，一遇到什么事情，就有可能翻出来。这个男子下决心把这个案底毁了，为此钻进了金银匠沿河马路的警察局办公楼。他自然没有时间也没有办法找到有关他的那份卷宗。因此，他得把所有"犯罪记录簿"毁了才行，于是，他浇了一桶汽油，一把火把整个办公楼全烧了。

首次壮举大获全胜，他坚信各种材料证件是一种绝对的恶，应该让人类摆脱其束缚，这一信念鼓励着他继续走他开创的路。他把自己的财富全都换成了一桶桶汽油，开始系统地光顾省政府、市政厅和警察局等地方，不管是卷宗、档案还是资料，全都付之一炬，由于他每次都是单独活动，所以谁也逮不着他。

可是，他突然发现了一个异常的现象：在他完成了壮举的居民区，人们行走时总往地面倾着身子，从嘴中发出一些含混不清的词语，总而言之，他们在渐渐地变成动物。最后，他终于醒悟了，发现自己本来想把人类解放出来，没想到反而使人类堕落到了动物的状态，因为人类的灵魂是用纸做的。

1938年3月8日。晚上在饭厅用餐，我们有说话的自由。尽管只有一百五十人，可声音服从于一条正常的规律，自动地逐渐提高，因为若想要让别人听清自己讲话，谁都得不断提高嗓门。当喧哗声达到顶点，形成一座声响大厦，恰好填满了整个大饭堂时，学监便吹起一阵轮哨，将之彻底摧毁。随之降临的死寂有着某种令人眩晕的成分。接着一张张餐桌上又响起窃窃私语声，一把餐叉当的一声碰到了碟子，马上发出一阵哄笑声，各种声音和动静又渐渐织成巨网，重复着先前的一幕。

中午，半寄宿生们又加入了寄宿生们的队伍，总共有二百五十人左右，可我们必须保持安静。"示众"惩罚劈头盖脸地落到了违禁说话的人头上，如有人一犯再犯，那就要"罚站"。饭堂的一个台子，放着一张课桌，总有一个学生站在桌上，高声朗读一页页富有教益的文字，一般来说，都取自某部圣人传。宽敞的大饭堂里，充满餐具的碰撞声和持续的交谈声，为了让众人听清，朗读的人不得不直着嗓子大声地念，也就是说只用一种腔调，那调子没有丝毫说话的味道，纯粹是一种怪模怪样的诵诗调，无情地抹去了任何色彩——询问的、讥讽的、威胁的或逗趣的——无论是哪一句话，都千篇一律地被赋予一种悲怆、哀婉的声调，强烈得到了逼人的地步。

朗诵的差使是学生们极为踊跃的，一般都是作为对各类优胜者的奖赏，当然，他们得有能力完成这一差使。对一个孩子来说，要在四十五分钟内毫不间断、准确无误地高声朗读一篇谁也没想到会派上这等野蛮用场的文字，绝非易事。因此，朗诵者不仅马上会拥有某种威望，而且还有在其他学生之前用餐的好处，按惯例，朗诵者吃的饭比普通伙食要更精细、更丰盛。

不用说，我毫无成为朗诵者的天赋，可是一天早上，有人通知我中午进餐时，由我代替当时的一位朗读者，这人出乎众人的意料，竟然受到了一次"惩戒"，所以便没有资格享受朗诵的殊荣，我得知消息后，感到很惊诧，不禁浑身颤抖。同时，还交给了我要念的有关文字：那是一个圣克利斯托夫的生平片段，摘自雅克·德·沃拉吉纳的《金色传奇》。

我毫不怀疑是因为纳斯托尔，才给了我这份过分的荣誉，给我增添了负担。如今，我清楚自己所了解的一切，重温了昔日曾当着全校学生的面大声朗诵的那几页文字，在这一令人惊奇的文字的字里行间，我仿佛看到了纳斯托尔的签名。但是，在我的一生中，我是否拥有相当的证据，以揭示出将圣克利斯托夫的传奇与纳斯托尔的命运联结在一起的内在关系呢？纳斯托尔的这一命运，是由我掌管、执行的。

雅克·德·沃拉吉纳写道：圣克利斯托夫是迦南人。他长着巨大的躯体，面目可怖。他很乐意伺候人，但这人须为世界上最伟大的君主。于是，他来到一位十分强大的国王宫中。据说，这位国王极为伟大，无与伦比。国王见了圣克利斯托夫，仁慈地接待了他，并让他留在宫中。可是有一天，圣克利斯托夫意外地发现有人在国王面前提到了魔鬼后，国王马上在那人脸上画了个"十"字。圣克利斯托夫便问国王，为何要画十字。国王回答说："每当我听到别人说什么魔鬼，我都要画这个符号，因为我害怕那魔鬼对我施行魔力，加害于我。"这样一来，圣克利斯托夫马上明白了他侍奉的这位国王既不是最伟大的，也不是最强大的，因为他害怕魔鬼。于是，圣克利斯托夫向国王告辞，出发寻找魔鬼去了。他行走在一片荒漠中，这时，他看到了一大群士兵，其中有一位外貌凶狠可怖，朝他走了过来，问他去何处。圣克利斯托夫回答说："我在寻找魔鬼老爷，以拜他为主人。"对方对圣克利斯托夫说："我正是你要寻找的。"圣克利斯托夫欣喜若狂，立誓永远当这人的仆从，把他当作老爷。然而，当他们一起行走时，遇到了立在路旁的一个十字架。魔鬼立即吓坏了，急忙逃跑，离开了行走的路，领着圣克利斯托夫穿过了一片高低不平的地方。然后，他才又把圣克利斯托夫领回路上。圣克利斯托夫目睹了这一切，不胜惊讶，便问他为何如此害怕。魔鬼回答他说："有一个叫耶稣的人被绑在十字架上；我一见到他在十字架上的形象，就无比害怕，吓得连忙逃跑。"圣克利斯托夫对他说："我付出的努力还是白费了，我还没有寻找到世界上最伟大的君主。现在告辞了，我要离开你，去寻找比你更伟大、更强大的耶稣。"

他花费了很长时间，寻找一个可以给他提供基督情况的人。最后，他遇到了一位隐修的修道士，修道士给他宣扬耶稣基督,向他布道。修道士对圣克利斯托夫说:"你想要侍奉的那位国王要求你服从一点,那就是你必须经常禁食。"圣克利斯托夫回答他说:"我是个巨人,饥饿难当。让他给我提别的要求吧,我绝对不能禁食。"修道士对他说:"你是否知道有那么一条河,许多行人正在那里丧命?""知道。"圣克利斯托夫回答说。修道士接着又说道:"你身材高大,强壮有力,若你能待在那条河边,把幸存的人们送过河去,那对你想侍奉的耶稣基督国王来说,也许是十分愉快的事。"圣克利斯托夫对他说:"好,我可以为此效劳,我答应一定为他完成这项义务。"

圣克利斯托夫来到了那条河边,在河岸上建了一幢小木屋。他没有用什么木杠,而是手执一根杆子,用它在水中保持身体平衡,毫不停息地把旅行者一一送过河去。日子一天天地过去了,有一次,他正在屋里休息,忽然听到一个孩子呼喊他的声音:"圣克利斯托夫,出来把我送过岸去。"圣克利斯托夫马上起床,可没有找到半个人影。他回到屋中,可又听到同一声音在呼唤着他。他急忙又跑了出去,可还是没找到人影。第三次,好像呼喊声是从前方发出的。他出了门,发现河岸上有个小男孩,求他送他过河。圣克利斯托夫把孩子举起放到肩上,拿起杆子,下了河,准备把孩子送过河去。可这时,河水渐渐地上涨,孩子像铅块一般,沉沉地压在他身上;圣克利斯托夫向前游去,可水还在继续上涨,在他肩头的孩子也越来越沉,难以支撑,圣克利斯托夫恐慌万分,害怕送命……

他好不容易终于幸免于难。过了河，他把小男孩放到河岸上，对他说："你刚才把我置于极度的危险之中。你那么沉重地压着我，我身上仿佛负载着整个世界，我不知道是否还载过更重的东西。"小男孩回答他说："你不要感到吃惊，圣克利斯托夫，你不仅负载了整个世界，你的双肩还承载了创造世界的人：我就是基督，你的国王，你做的一切已经为他效了力；为了向你证明我说的是真言，请你回到对岸后，把你的杆子插到你屋前的地里，到了清晨，你就会发现杆子将会开花结果。"说罢，小男孩便消失不见了。圣克利斯托夫过了岸，把杆子插进地里，第二天起床后，他果然发现杆子长出了树叶和椰枣，看去像棵棕榈树……

我毫无磕绊，一口气朗诵了整个故事，心里颇为得意。下午2点上自习课时，我坐到纳斯托尔身旁，等着他向我祝贺。可他全神贯注，在画一张画，他画的这种画，总是涂满各种色彩，有时他还要细加修饰，整个脸几乎贴着画纸，花上几个小时。等他抬起头来，我发现他画的正是圣克利斯托夫。不过在他肩上，巨人负载的是整座中学的建筑，各幢楼房的窗口，一群群学生探出身子。纳斯托尔习惯性地用手绢抹了抹脑门，低声说道："圣克利斯托夫寻找绝对的主人，最后在一个小男孩身上找到了。但最重要的，是要弄清小男孩在他肩上的分量与杆子开花之间存在着的确切关系。"

我俯过身子，发现他给负载基督的巨人画上了他自己的五官。

1938年3月11日。两个多月来,我一直在暗中书写回忆性的日记,这种方式具有神奇的力量,能把日记叙述的事件及行为——我的事件与我的行为——置于一个新的视角,加以揭示,并赋予新的尺度。比如,自写下2月18日的日记以后,我的名字阿贝尔在我看来便有了新的含义。同样,那些不被人所知的小习惯,多多少少有些见不得人,而且明显是荒唐的,无法辩解的,每当我就此在这儿写上几行文字,便感到自己可以补救那些不良习惯。

比如号叫,今天早晨,我让右手腕用力撑着,可手腕发出间歇性的疼痛,若没有它的提醒,我准会又习惯地号叫一阵。号叫,这既是一种对绝望的模仿,也是一种战胜绝望的仪式。我趴在地上,双脚向外侧,然后用双手撑起双臂,挺直上身,脑袋向后仰,朝向天花板。随之便是号叫。那像是一阵深沉而连续的嗝儿,仿佛从我肺腑中往上冒,久久地震颤着我的脖子。如此一阵号叫,便发泄了对生活的一切烦恼和对死亡的所有恐惧。

今天早晨,由于不能号叫,我又发明了一种新的仪式,可称之为"洗厕所"或"洗屁屁",我还说不清楚。必须说明的是,每日清晨,我总感到难以继续生存下去,当我试图把这一感觉从其网络中撕开时,它却更为沉重地压迫着我的身躯。这还不过是区区小事,因为每天起床,还有着——比平常的还更苦涩——照镜子的失望。我这人从未肯放弃心中暗暗抱有的一线希望,指望着随着黑夜过去,一张有血有肉的新面孔会取代我平常的那张嘴脸。比如在某天早晨,也许会换上一张狍似的幼稚而严肃的脸，在布满星星的锡汞齐镜面中，用两只细长发绿的杏仁眼打量着我。我也会因为那两只灵活而富于表情的耳朵而乐不可支，那耳朵的勃勃生机将因此而作为对面孔的奇特和僵硬的一种补偿。

但是，出现的总是我自己，脸色比平时更黄，更忧郁，两只眼睛深深地陷在眼眶里，两道浓眉仍然黑如木炭，前额低低的，一副执拗的神气，没有丝毫的灵感，还有那两道深深的皱纹，直穿过我的脸颊，仿佛是一条永不枯竭的泪河侵蚀而成的。我睡得很不好，粗糙的下巴长着浓毛，扎得我手心发疼，一口牙齿上则沾满了灰绿色的东西。不，真的，哪怕就这一次也难以忍受！我高声喊叫："什么嘴脸！可这是一副什么嘴脸！去，去厕所！"我一边喊叫，一边用双手紧紧地卡着脖子，做出要把它拧下来的动作。一气之下，我真的冲到了厕所。到了厕所，我跪倒在抽水马桶前，像是要吐的样子，可我却把整个脑袋全伸了进去，同时举起双手，去摸冲水链。水箱一抽，发出瀑布般的哗哗水声，颈背上随即落上冷水，硬邦邦的，就像是断头台上的铡刀。然后，我抬起身子，浑身淌着水，心里却平静了，尽管还有着几分茫然。不管怎么说，这对我是有好处的！要是不再这么做，那才怪呢！

1938年3月14日。4点钟的课间大休息达到了高潮。院子里腾起一片合拍的喧闹声，几百个学生身着饰有红饰带的黑罩衫，正在院子里活动。我坐在纳斯托尔正倚靠着的窗沿上，观看着这一粗暴得令人着迷的新游戏。体重最轻的男孩子坐在身体最壮的同学的肩上,由此而配成的对子——骑士与坐骑——猛烈撞击对方,以把对手掀下马来。骑士们伸长胳膊,当作长矛直刺敌手的脸部,紧接着手一缩,又成了铁钩,勾住对手的领子,把他往边上或往后拉。常有人猛地摔倒在炉渣地面上,可有的时候,骑士虽然被撞得脑袋后仰在地,但双腿还紧夹着坐骑的脖子不放,两只手拼命抓着对方坐骑的大腿,继续战斗。

开始时,纳斯托尔只是用目光扫视着整个院子,面对这场混战,他若有所思地岿然不动,品味着由此而生的高人一筹的滋味。接着,他张口说了几句话,按照他的习惯,这话并不是专门针对某个人讲的:"一个课间休息的院子,是一个封闭的空间,然而却留下了相当大的游戏场地,可允许各种游戏。这一游戏场地就像一张白纸,各种游戏一个个书写在上面,犹如一个个留待分解的符号。但是,大气的密度与笼罩着大气的空间却成反比。要了解这情景,得看看四边的墙全都挨在一起时会发生怎样的场面。这就像所有的字都挤成了一团。会因此而更容易辨认吗?至少可目睹到凝聚的现象。怎样的凝聚现象呢?也许水族馆,还有学生宿舍,可以提供某个答案。"

这时,一群战成一团、难解难分的骑士摇摇欲坠,最后来了个人仰马翻,纷纷摔倒在高低不平的地面上。纳斯托尔兴奋得浑身颤抖。"来,马贝尔,"他对我说道,"让他们瞧瞧我们的厉害!"说罢,他走到我的身后,把大脑袋伸进我两条细细的大腿间,像吹羽毛似的把我举了起来。他双手紧紧地抓着我的手腕,用力地拉我的胳膊,使我稳稳地坐在他的肩头，可我们俩却因此而腾不出一只手来。对此，纳斯托尔毫不在意，因为他只指望用自己的身躯去战胜对手。事实也是如此，在战场上，他一路冲杀过去，如同一头愤怒的公牛，把对手全都撞翻在地。接着，他又转过身，重新发起进攻，可出其不意的效应已经枯竭，幸存的骑士们勇敢地前来迎战，发生了可怕的撞击。纳斯托尔的眼镜被撞了个粉碎。"我什么也看不见了，"纳斯托尔松开我的双手说道，"给我指路！"我抓住他的耳朵，像拉马嚼子似的，想让他往哪边走，就一拉哪边的耳朵，试图以此给他指路。可是，他很快又变换成另一种战术。为了摆脱穷追不舍的骑士们，他开始拼命地转动起身子来，那庞大的身躯转动之快，令人愕然。我呢，则有力地抓住伸手可及的一切，一抓住进攻者，便猛地往我身上拉，一个个进攻者如九柱戏般纷纷落地。片刻后，只有我们俩还站立着，周围尽是败将，痛苦地胡乱倒在地上。我们身边，围起一圈崇拜者。从中走出一位个子矮小的同学，怀着敬意，把他捡起的纳斯托尔的那副散了架的眼镜交给了我。

纳斯托尔跪了下来，把我放到地上，那动作在无言中使我想到了大象放下驭象人的姿态。接着，他一动不动地待了片刻，露出微微的笑容，一副若有所思的模样，挂我从未见他有过的幸福神情，甚至都忘了他那习惯性的动作，没有用手绢去擦擦挂满汗珠的额头。他还是睁着什么也看不清的眼睛，把手搭在我的肩头，没有考虑再设法把眼镜戴上。就这样，我们又回到了方才离开的那个窗角，他脸上始终挂着那种略含憨态的欣喜神情。他默默地待着,过了很长时间之后,才开口说道:"我原来不知道,小弗热,肩上背着一个孩子,会是那么美妙的事。"

1938年3月14日。我有不少小小的安慰,其中之一就是给自己的皮鞋上油。我的衣柜下,放着一个小箱子,里面堆满了硬度不一的毛刷子,货真价实的羊毛擦鞋布和一盒盒色彩各异的鞋油,有纯黑的,纯白的,还有一整套浅黄褐色的。我就喜欢用巧妙配制而成的不同色彩的鞋油擦鞋,使每天穿的皮鞋都呈现出新的颜色。每天晚上,我先擦去灰土,然后抹上油,第二天早上再细细地擦个锃亮。鞋子本来就该是这么擦的。可是,我特别喜欢用手触摸鞋子,并把手伸到鞋子里面去。我的一双手很大,像是阀门钳,又好似阴沟铲,要是放在一块白桌布或一张白纸上,或用它们来摆弄小巧玲珑的银勺或铅笔,实在滑稽可笑,在我指间,那勺子或铅笔时刻有可能像根火柴棒一样被折断。可与鞋子打交道,那就不一样了。

上个星期,我在一只垃圾箱上发现了一双高帮皮鞋,鞋子破破烂烂的,被脚汗沤得尽是窟窿,此外,这双鞋子还受到了凌辱,因为扔掉前,连鞋带也被抽走了,所以两只鞋子像打着呵欠似的伸着舌头,张着空空的扣眼。我的双手友好地接待了它们,两只角状的拇指把鞋底弯成弓形——硬硬的躯体,却充满深情——其他手指伸进了鞋子的里面。在这富于同情心的触摸之下,这双可怜的鞋子仿佛重新获得了生命，当我把它又放到垃圾堆里时，心中不禁一揪。

在我写字台的一个抽屉里，我有一小套擦鞋的工具：一管无色鞋油、一把刷污泥的硬刷子、一把擦油增亮的软刷子和一块羊毛擦鞋布。要是哪位顾客赖着不走，让我感到厌烦时，我便毫不犹豫地擦起鞋来。在对方惊愕不已的目光之下，我打开全套擦鞋工具，有条不紊地动手擦我的皮鞋。需要时，我还脱下脚上的鞋子，放到桌子上去。无色鞋油的最大好处，就是抹油时可以——甚至有必要——不用刷子。这灰白色的半透明物质，散发着强烈的松油脂香味，把它涂抹在手指上，再慢慢地按摩着皮面，给每一个细孔滋补营养，使每一道褶子变得柔软，细心地抚平每一条裂痕，这是多大的乐趣啊！要是我的客人对我这般冒昧表示不满的话，那他可就错了。我往往可从中获得愉悦，重新学会忍耐和宽容。

我的双手喜爱鞋子。实际上，是因为它们为自己不是脚丫子而感到痛苦，就像那些长得过分高大的姑娘，为自己生就不是男孩而终生抱憾。

1938年3月16日。纳斯托尔倒在他那个角落里，右手紧紧地捏着我的左手。他的眼镜贴着一条条橡皮膏，把碎眼镜片勉强粘到了一起，透过这副显得更加怪模怪样的眼镜，他笑眯眯地打量着我。

"你知道阿德莱男爵吗？"他问我。

当然不知道。我怎么会知道阿德莱男爵呢？再说，纳斯托尔并没有指望别人回答。

"那我给你讲讲他的故事，"他嘴唇也不动一下，对我说道，"他名叫弗朗索瓦·德·博蒙，在多菲内地区的拉弗莱特拥有一座城堡。那是在16世纪，当时，宗教战争使整个王国到处流血，各种强大的造物却应运而生，得以任意发展。

"有一天，阿德莱和手下的军官去打猎，追赶一只熊，熊被一道深渊截住了退路。走投无路的动物对着一个追赶的人发起了进攻，那人开了枪，打伤了熊，可自己也跟着熊在雪地里滚了下去。男爵见此情景，马上冲上去抢救他手下的人。可他却被一种难以言表的快感所控制，猛地停下了脚步。原来他发现那人和熊紧紧地搂抱在一起，正慢慢地往深渊滑去，他被这一慢速滑动给迷住了，目光凝固了似的看着。接着，那团黑乎乎的东西摇晃着跌入深渊，白花花的地面只隐隐约约地留下了一道灰色的痕迹，阿德莱兴奋得直喘粗气。

"几个小时之后，那位军官却又出现了，他受了伤，浑身是血，但总算保住了性命，多亏了熊，他往下坠落时得到了缓冲。军官对男爵一点儿也不着急抢救他感到惊讶，于是毕恭毕敬地问男爵。可男爵笑吟吟的，仿佛还在梦中回味那美妙的往事，回了他一句神秘难解而又充满威胁的话：'我可真不知道一个人往下落会是这么美妙的事。'

"打这之后，他一任自己沉醉在这一新的乐趣之中。他趁宗教战争造成的混乱局面，在信奉新教的国度，把天主教徒投进监狱，又在信奉天主教的地方，把新教徒关进牢房，然后再摔死他们。他还发明了一种考究的坠落仪式：犯人们被迫蒙上眼睛，在一个四周没有栏杆的高塔上，随着古提琴声跳舞。男爵快活得气喘吁吁，看着他们跳到塔边，接着又往回跳，然后又跳到塔边，突然其中一位一失足，号叫着跌入万丈深渊，戳死在塔底地面布满的长矛尖上……"

我从来没有产生过好奇心，去查证纳斯托尔讲的故事历史上是否确有其事。可这又有何妨呢？人性之真实——我将要写作纳斯托尔之真实——远远超过事实之真实。纳斯托尔给我讲述了阿德莱男爵那邪恶的一生之后，没有作任何评论。然而今天，我却情不自禁地把他后来表达的一个看法与这一故事联系了起来，当时我确实不明白他说的是什么意思。他是这样说的："毫无疑问，在一个人的生命中，再也没有比偶然发现他必定怀有的邪恶更动人心弦的了。"我至今还记得，他最喜欢用一个当时在我看来学究气十足的词：欣快感。"阿德莱，"他说道，"发现了**坠落的欣快感。**"说罢，他久久地思索着这一搭配奇怪的词语，也许在寻找别的说法，在寻找开启不为人所知的快感之门的钥匙。

1938年3月20日。今晨的新闻报道说，去年在法国消失且未留下任何踪迹的人数达2783位。可以肯定，多数情况属于离家出走或蓄意逃跑，以摆脱令人憎恶的家庭或妻子。但是，其余的一部分，那纯粹是因为谋杀，用火、土或水彻底销毁"罪证"。除此之外，如果说最为完美的谋杀往往是那些得以借正常死亡为掩护的谋杀的话，那么，大家对我们现在所生活的这个令人恐惧的社会便会有一个大致的看法。毫无疑问，在绝大多数情况下，犯罪是要抵罪的，可杀人却往往不用偿命。每天，我们握过的手中，就有下过砒霜或掐死过人的。就根本而言，司法机关所过问的事件本身就已经是失败，因为它们未能保证不被人察觉。但这类情况只属极少数——每年只有十一二件——这表明它们所具有的纯粹是象征的、暗示的性质，只能勉强让人相信，大家都遵循着一个原则，即尊重生命的原则。

实际上，我们的社会有着它应该具有的公道。这种公道与人们对杀人犯的崇拜是相吻合的，在每一个街角里，在每一块蓝牌上，无不明明白白地显示出对杀人犯的崇拜，一个个最为杰出的军人，亦即我们历史上最为残暴的职业杀手的姓名，全都标在牌上，供众人敬仰。

1938年3月22日。 尽管成为废墟的修道院附属教堂已经修复，可我们还是集中在一座新建的小教堂里做弥撒和祷告，小教堂的建筑和装饰呈拜占庭化的现代风格。平常，每天有人领我们去两次——早祷告与晚祷告，可在礼拜天和鸣钟宣告的节庆日子里，我们得七进七出：早祷告、圣餐弥撒、大弥撒、晚祷告、晚课、圣体降福仪式和夜祷告。可以说，我们在那里边几乎就像在自己家里一样，对自己的凳子、存物格和自己的位置所指示的各种标志都习以为常。里面的社会和在班级里一样有组织，而且等级森严，尽管两者之间有着差别。首先是合唱队队员，他们由于参加排练而相当让人羡慕，因为常常在上课时让他们去排练，有时旷课也可因此而得到庇护。不过，在举行祭礼时，他们的处境——

他们站在台上，围着皮日尔教士正在忙着弹奏的风琴，头顶上是仿焰式的巨大圆花饰——说到底是自由少，遭罪多，除了有那么点好处，那就是可以处在比较高的位置，尤其是可以从背后去观察集合在一起的全校学生。是纳斯托尔提醒我注意到了这一点，他在琢磨，是否有必要提出一个什么借口，在那个廊台里精心设置一个观察点，对这一计划，他后来好像不怎么感兴趣。关于合唱队的事，我后悔没有记下他有一天当着我的面说的那番话，他曾把合唱队的整齐一致以及它所达到的建筑般的整饬性与在课间活动的院子里腾起的那股野蛮、激荡的一致气氛作了比较。

那伙合唱队的孩子，在我看来简直是一桩小小的丑闻——就该词最诙谐的含义而言——纳斯托尔对此大加嘲弄，可它却使我开始明白了一些我极其需要领悟的事理。本来我以为，在一所教会学校里，像辅助主祭主持弥撒圣祭仪式这样的殊荣自然应该归于中学里的精华，归于名列学习优异奖、勤奋奖榜首的学生，他们都是遵守道德规范的楷模和传播圣洁之道的种子。然而，我很快发现，这一标准虽然在选择穿白长衣[①]的对象时起着不可忽视的作用，却要受到其他不同性质的因素的控制，而这些因素与灵魂美毫不相干。事实真相是卑鄙的，但除非遭受了尖桩刑或火刑，善良的教父们绝对不会承认，事实是，若没有一张漂亮面孔，就当不了合唱队员。而且不是一种大致的挑选，只是把长着一副

---

① 在宗教仪式中穿的一种服装。

猩猩相的优等生排斥在外；相反，极其讲究搭配，在祭坛的每道台阶上，金色头发的与棕色头发的相配；身材苗条的与腰圆背厚的为伴，脸蛋胖乎乎、红扑扑的小天使与面孔像梅特·多卢洛萨那样瘦得尽是骨头的搭配在一起，总之，既有令人欢乐的野兽般的无辜，也有经过苦行磨炼的纯洁。

纳斯托尔把我的重重顾虑一扫而光。他在那天和以后各种场合跟我说过不少话，我尤其清楚地记得，他责备善良的神父们——他们的职业就是给小孩子们指路——竟然不知道一个孩子只有在灵魂附体的条件下才是美的。而要灵魂附体，就必须受到过侍奉。在圣克利斯托夫肩头的孩童耶稣既是被背着的，也是被抢夺的。他的光辉全在于此。他是被强行夺走的，同时，被人极其谦恭而又艰难地举在咆哮的波浪之上。圣克利斯托夫的光荣之处，就在于他既是驮重的牲畜，又是圣体显供台。穿越河流中，既有劫持的成分，也有劳役的成分。诚然，我赋予了这些话它本身难以具备的力量和清晰含义，由此而顺应了我基本的天性。不过，我仿佛还依稀记得，纳斯托尔试图在合唱队的孩子身上重新发现这一含混不清的性质，想亲眼看到高级圣职人员跪倒在提香炉的小辅祭跟前。

正是在这座拜占庭式的小教堂里，命运之神将第一次出击，给我们送上彩排的机会，这一年，排演的是圣克利斯托夫悲剧。

我像平常那样，处在一排座位的倒数第二个位置。左边，坐着纳斯托尔，就挨着小教堂边侧的通道，旁边正好有个告解室，所以通道更加狭窄。不同往常的是，我右边的邻座伯努瓦·克莱芒是个巴黎小孩，由于他家人对在首都没有出头之日而感到绝望，所以把他"圈"到了博韦。这个叫克莱芒的不断炫耀一些凶器或富于情调的东西，诸如左轮手枪、罗盘、带保险卡槽的小刀、浮沉子、高尔夫球等，所以在我们这些乡巴佬的眼里，轻而易举地获得了一定威望，我思忖，纳斯托尔的那个陀螺仪，那个被他称为"绝对玩具"的东西，是不是从克莱芒那儿来的。不管怎么说，有一点是肯定的，那就是这两个孩子之间，结成了某种同谋关系——要不就是某种友情——而克莱芒依仗这一点，对纳斯托尔表示出一股亲热劲儿，让我感到好不难受。这既出于嫉妒，也因为我朋友仿佛作出让步，有失身份。大家经常可以看到他们俩在一起商量事情，讨论如何交换物品或交流什么东西——我最终得出了结论，坚信纳斯托尔准是想要榨干这位新生的所有财富，等到再也没有任何好处可捞时，再把他置于本该属于他的卑微境地。

说到底，虽然克莱芒坐在我的右边，却也没有妨碍他们之间进行的交易，弥撒刚一开始，我的两个邻座便在我的脑袋上方展开了谈判，对我根本不在乎，仿佛我压根儿不存在似的。不用说，我没有漏掉他们说的任何一个字，更何况这场交易并不新鲜，好几天以前，他们就已经当着我的面讨价还价了。那玩意儿是1914—1918年那场战争中使用的一只柠檬形状的手雷，后被改制成了打火机。我好像还记得，克莱芒的要价是十张空白的免罚证，可纳斯托尔觉得要价太高了,他要求至少应该试一试这打火机是否好使。"我知道是怎么回事,"一场讨价还价之后,纳斯托尔对我说道,"那打火机呀,准使不了。"原来,要试打火机,得有一定数量的汽油才行,而这只有纳斯托尔才可能弄到。

这个礼拜天早上,事情就讲到了那里,奉献祭品仪式一过,他们的交易差不多就已经成了,由我代表纳斯托尔交给克莱芒一小瓶汽油。克莱芒马上给他的手雷灌油,机芯里塞满了棉花,可要往里灌油并不容易。一个负责看守的修士在中间的过道上来回走动,克莱芒不得不经常停止操作。纳斯托尔全神贯注地监督着每一个步骤,这要是出了事,准得由他兜着,也许他已经有所防备,可就在这时,主持中学的修道院院长登上了讲道台,出口训导了一番,奇怪的是,这番训导仿佛与纳斯托尔有关,致使他似乎很快把克莱芒、柠檬形状的手雷和自己那一小瓶汽油丢到了脑后。院长那番训导的头几句话,我刚刚花了不少精力,好不容易在蒙田的《随笔》中找到了出处。说的是15世纪葡萄牙征服者阿封萨·德·阿尔布克尔克的一段逸事。布道者激昂地吟诵道:"在一次海难的危急关头,阿尔布克尔克把一个小男孩举到了自己的肩头,其唯一的目的在于在遭受海难之时,孩子的无辜可以作为他的担保与依靠,保证他获得上帝的恩赐,将他拯救。"

这番开场白之后,善良的神父很自然地谈起了我们那位神圣的主人,谈到了他肩负着基督的神奇经历,以及他得到的奖赏和他那根长了绿叶、结出果实的杆子。他补充说道,没有任何东西可以让人猜测,也许阿尔布克尔克想到了圣克利斯托夫的故事，想在危难至极的时刻效法圣克利斯托夫，尽管如众人所说，圣克利斯托夫是所有旅行家和航海家的保护神。不，更有可能也更让人激动的是，这位征服者与那位圣人一样，当他们同一的命运之泉枯竭之时，他们不约而同地做出了同一的举动：处于孩子的保护之下，同时，他们也在保护着那位孩子，也就是说在拯救他人之时拯救自己，承受起一个重担，用他们的肩膀去负载，可那是一个光明的重担，一个无辜的重负！

"你来背诵，"这时，纳斯托尔低声说道，"你白纸黑字写下了这一切，而且背得滚瓜烂熟！这可是一部天书，作为我的收藏品恐怕不错！"

善良的神父此刻正把我们与圣克利斯托夫及阿尔布克尔克的经历联系到一起。

"因为你们全都处在圣克利斯托夫的影响之下，所以从今以后，在你们的一生中，都要善于借助无辜的外衣的掩护，渡过难关。无论你们叫皮埃尔、保尔，或者雅克，你们都要永远记住，你们叫'负载孩童之人'，叫皮埃尔·负载孩童之人、保尔·负载孩童之人、雅克·负载孩童之人。只要你们承载着这一神圣的重负，无论河流、风暴，还是罪孽的火焰，你们全都可以穿越。"

就在这时，一溜儿火苗在一排排座位底下滑过，最后在通道中间那晃动的帘子上升腾而起。克莱芒没有发现自己在给手雷灌油时，把瓶里的一部分液体洒在了石板地面上。火石咔嚓一打，灌满汽油的手雷立即烧得像个火把，克莱芒不得不松开手。所有在场的学生全部站了起来，乱成一团，可修道士们却以为见到了圣体显灵，反而跪倒在地。大家恐慌不已，全都往门那边挤，很快挤得谁也出不了门。克莱芒把空瓶子往我手里一塞，以便对付他那颗手雷，只见手雷仍然在座位底下滚动，一边射出带着火苗的汽油。我朝纳斯托尔转过身去，可他早已无影无踪，实在令人无法解释。布道者响雷般的声音终于响起，命令我们保持冷静，回到自己的座位上去。确实，事情并没有那么可怕。由于火苗来得凶猛，所以去得也很快，所有的损失也只不过是烧毁了几本祈祷书。留下要追究的是罪人。布道者用以表示谴责的食指威胁着我们这个角落。克莱芒和迪弗热受到隔离的惩罚，走出座位，跪在中心通道上，直到下达新的惩罚令。就这样，我们处在众目睽睽之下，四周传来令人恐怖的议论声，因为我们手中拿着犯罪的工具，克莱芒拿的是那颗手雷，而我拿着那只实为祸害之源的瓶子。为了清楚地表明事故已经处理完毕，修道院院长放声唱起了《信经》，合唱队员们随即跟着歌唱，开始时声音犹豫不决，而且稀稀拉拉，可慢慢地变得越来越响亮。

在领圣体的时刻，我看见告解室的窗帘晃动了一下，一个不难辨认的黑影从里面溜了出来，混进了队伍之中。他们一个个从克莱芒和我身边绕过，往合唱队那边的栅栏走去。纳斯托尔往圣台走时，碰了我一下，只见他交叉着双臂，三层的下巴耷拉在胸前，一副虔敬、冥思的模样。

1938年3月25日。每天夜里，我都想方设法让自我复归，尽量从睡眠中窃取我得以苦思冥想的时光，对我来说，这是我在这集体生活中唯一可以得到的一份独立的清静，在这个集体中，不是课间休息的喧闹，食堂进餐时的嘈杂，便是自修室和小教堂里隐隐约约的私语声。学校没有禁令，不许你起床上厕所，所以，当我的心灵向我发出呼唤时，我便任凭自己去夜游一番；不过，我并不滥用这一权利，害怕面对面碰上同宿舍的梦游神，殊不知哪一个宿舍里都会有梦游的，就像每一座苏格兰城堡都有幽灵。

手雷事件，惩戒委员会的警告以及我遭受的隔离惩罚使我在那天夜里彻夜难眠。我起了床，踏上了一排排床铺之间的过道。宿舍的幽灵，我好像真的遇到了，只听得一阵轻柔的脚步声拖地而过，一个巨大的黑影慢悠悠地一步步往前走着，察看着已经入睡的人们，不时地朝这一位或另一位俯下身子，然后又变幻莫测地继续向前晃动。我没有细加观察，便认出了他，原来是纳斯托尔，他身上裹着一套厚厚的棉运动衫，使他整个身子显得更笨重。他恐怕也已认出了我，虽然我的出现是出乎意外的，可丝毫没有扰乱他的阴谋活动。即使我在他的身边，他好像也并不怎么把我放在眼里，也许唯一的表示，就是低声地道出他的那些想法，因为他想让我跟他分享，而且他往往也是自言自语。

"这儿，"他说，"拥挤得到了极点。游戏只能勉强进行。运动变成了凝固的姿势，当然，姿势也是有变化的，却无比缓慢。没什么，这也算是千姿百态了，得去理解才行。

也许里边有着某个表示始与终的绝对符号。可到何处去寻觅呢？再说，睡眠是个虚假的胜利。当然，他们全都在这儿，一个个赤身裸体，毫无意识。但实际上，他们身上的某个部分已经整个儿摆脱了我。他们全都在此，但同时也不在此。他们那熄灭的目光就是个证据。可是，这些献出的汗涔涔的躯体，莫非就是所谓的理想的凝聚？"

微蓝色的长明灯将苍白的灯光投射在排列成行的小床铺上，看上去就像月光映照下的一座座坟墓，有几个孩子的呼吸声呼呼作响，宛如柏树林中的风声。里边空气稠密，一点儿也不流通，俨然是一个马厩，因为管理我们的那帮庇卡底和布赖的农夫就害怕气流，仿佛那是万恶之源。我们步履蹒跚地朝厕所走去，到了门口，纳斯托尔猛地把我拉了进去，让我大吃一惊。他插上门销，打开了整扇窗户。城市的楼房和钟楼宛如一幅幅中国的水墨画，清晰地显现在磷光闪闪的空中。圣艾蒂安教堂的排钟鸣响了清晨3时哀怨的钟声。夜间，清纯的空气与我们刚刚走出的宿舍里的那股发闷的臭味恰成对照，我们感到冷飕飕的。纳斯托尔深深地吸了一口空气，说道："凝聚现象充满着令人困惑的奥秘，因为它是生命，不管怎么说，清纯是大有裨益的。清纯就等于虚无。它对我们有着不可抵挡的诱惑力，因为我们全是虚无之子。"接着，他带着油然而生的激动心情，朝我转过身子，高声说道："岂不是这扇可怜巴巴、插着蹩脚的插销的冷杉木门把存在与虚无隔开了！"

灰不溜秋的木便桶奇特地放置在一个搭有两级台阶的

高台上，像个名副其实的"宝座"，雄伟地耸立在屋子的深处。纳斯托尔转过身子，后背朝着我，慢吞吞地登上那两级台阶，仿佛已经在履行一个礼仪行为。走到"宝座"脚下后，他松开了裤子，裤子呈螺旋形落到脚跟。他看了看便桶内侧，取下挂在一个类似白铁箱的地方的小稻草刷，动手刷了起来，先后几次拉动抽水开关。我只能看到他的屁股，由于用力洗刷，他的屁股更是鼓鼓的。然而，令我感到惊诧的，与其说是他屁股的硕大——这在我的意料之内——不如说是他屁股在某种意义上展示的道德表现。怎么说呢？在那被各处挤到一起、鼓鼓囊囊的肉褶所扭曲的两瓣"月亮"中，具有崇高的朴实风范，更有着某种与纳斯托尔其人初次见面似乎觉得格格不入的东西：善良的品性。至此，我一直为纳斯托尔的威望和权力所倾倒，对他的保护很敏感，也为他给我的关心照顾而心动。然而，当我亲眼看到了他的屁股时，我才平生第一次爱上了他，因为他的屁股给我昭示了他身上没有设防、拙笨易攻的弱点所在。

他站了起来，转过身子。运动服的上装一直盖到肚脐眼。下方，那鼓鼓的腹部和两条大腿构成了三个白白净净、呈泡沫状的肉堆，淹没了那个深陷在交界处的小不点儿。纳斯托尔坐到了便桶上，遂显出一副印度圣贤的模样，酷似一个大慈大悲、正在静思冥想的菩萨。接着，他刚刚中断的独白又开始了。

"我一点也不反对院子里的那些土耳其便盆，"他说道，"它们正满足了大多数人每日排泄的需要，不管怎么说，那些人也许并不亵渎神灵，但肯定都是世俗之辈。你明白这两者之间的差别吧。土耳其的便盆要求蹲着上，很不舒服，其中蕴含着忍辱负重的德行。这是一种反跪的姿势，膝盖指向天空，而不是跪在地上。指向地的，是终极，似乎要寻找与大地的直接接触，仿佛可以通过某种磁力，吸取人体中与其最为相似的力量，有助于排泄的进行。"

他翘起一个手指，继续说道：

"不，不该这样表达；在人体中的，是大地的一个狂热的形象，那是一块由活胚揉捏而成的土地，是一块在我们兽性的温暖之中孕育而成的土地。粪便不是别的，它只是一块兽性倾其特有的活力而酿成的土地。但是，就其本质意义而言，土耳其便盆一下便完成了我们所创造的动物土地向矿物土地变化的过程。它只知道物质本身。然而，高雅的人士往往在静观终极所建立的形态中得到特殊的享受，这一终极往往善于精雕细琢，甚至善于创造。这是一份极端的乐趣，要求在正常情况下，宝座周围要笼罩着夜间的宁静与悠缓气氛。"

出现了一阵长时间的沉默。一股风刮进了窗户，吹得上釉的铁皮灯罩直晃动，随风还带来了远处铁路线的滚动声。寂静重又降临，直到厕所门突然咣当直响，原来外面有人想进来，正猛烈地推门。我吓得魂不附体，绝望地看着纳斯托尔，可他坚如磐石，岿然不动。过了很长时间之后，他重又活跃起来，只见他站起身，再一次把脑袋伸进便桶里面。

"今天夜里，"他评论道，"这终极表现出了中世纪的情趣。瞧，小弗热，这里有主堡，还有角楼，周围还有两道厚厚的城墙，中世纪式的，甚至还有封建式的风格，真的！上一个星期，我们建的是火焰哥特式的。"他若有所思地下结论，一边推开我递给他的一卷卫生纸。

"不，瞧你，今天夜里应该庆贺一番，要不就太可惜了。我专门存放了一种稀有的纸张，上面画满了出自一个高级圣明之手的符号，是我留着非凡场合用的。说实在的，我没想到这么快就用到它，不过很明显，再也没有比今天夜里更好的时候了。"

他打开了裤子的后口袋，拿出了三张纸，在我眼前摊开。我惊骇不已，读起了开头的几行字："在一次海难的危急关头，阿尔布克尔克把一个小男孩举到了肩头，其唯一的目的在于在遭受海难之时，孩子的无辜可以作为他的担保与依靠，保证他获得上帝的恩赐，将他拯救。"原来是修道院院长亲笔起草的布道内容！纳斯托尔的巨掌把手稿捏在手心，久久地揉搓着，以便把砑光纸搓软。接着，他又把它递给了我，双手扶着马桶圈，等着我履行职责。

纳斯托尔没有就此罢休。后来，他又拉着我进了迷宫般的佣仆专用楼梯和走廊，我是第一次进入这些地方。到了底楼后，纳斯托尔在一个嵌在墙上的小壁橱前停下脚步，把它打了开来，只见一排排钩子上挂着无数的钥匙。他毫不犹豫地取下其中三把，又拉着我往前走，不过这一次的目标是地下室。里面，再也没有长明灯。整个儿漆黑一团。一直到我的同伴斗胆打开了一个厨房间深处的灯，他的这份胆量，真令我瞠目结舌。接着，他又打开了冰柜的一扇沉重的铁门，拿出几块肉糜、一条羊腿、一块格律耶尔奶酪和一桶杏酱，放在桌子上。他朝我打了个"请"的手势，然后便不再管我，也顾不上没有面包和饮料，便开始大吃起来。

我害怕，我冷，这些食物令我作呕，同时，恐惧感在折磨着我，我惧怕遭受那威胁着我的惩罚。但是，只要纳斯托尔在场，就会给一切事物罩上神奇的外表，他有着令人无法抵挡的支配力。我并不认为孩子们会具备十分深刻的审美意识。我想，若有人生出到孩子们中间去进行调查的念头，了解一下他们对所谓的美与丑的含义，那说不定会有惊人的发现。不过，他们中大都对力量产生的威望很敏感，尤其是对神秘的、神奇的力量，这种力量往往善于对黑暗现实中的薄弱之处施加压力，使其整个儿作出让步，拱手交出它所藏匿的财富。纳斯托尔拥有这一天赋，而且到了无以复加的地步，他总是把我控制在他的诱惑之下，更何况他的诱惑力是如此强大，我甚至都没有胆量让他对他自己在小教堂的行为举止以及手雷事件有可能给我造成的后果作解释。

等我终于回到自己的小床铺时，夜空虽然还是黑乎乎的一片，可附近军营的院子里已经奏响了起床号。我知道我还有一个小时，等到6点半钟，铃声和灯光就将猝然打破我那温馨的黑暗世界，带来莫名的恐惧。

我完全明白，若纳斯托尔与我及克莱芒一起牵扯到手雷事件中去，他就不可能有效地给我帮助。一旦与案件无关，他也就保住了活动与干涉的自由。但不管怎么说，汽油起火时他突然失踪，事后他又保持沉默，这摧毁了我的安全感，自从他成了我的保护人以来，我可一直生活在这一安全感之中。再说，这一事件的当事人只有克莱芒和他，我在整个事件中几乎没有起任何作用，总之，我是在替他受过，对此，我怎能忘记呢？无疑，我们在夜间相遇以及他富有力量、始终保持自我的表现给了我些许安慰。可是，当负责罚戒学生的学监在早上正式向我宣布，教师委员会将于次日举行会议，等我们分别出庭受审过后再对我们作出判处时，我感到一切都在我心中崩溃了。我遭受的隔离惩罚终于使我绝望，我彻底失去了理智，出现了仓皇出逃的冲动。

对善良的神父们来说，寄宿生出逃是不可思议的，所以走读生离校时，出口处的监视几乎是零。我轻而易举地混到了外面，绕过圣艾蒂安教堂，穿过马莱伯街，顺着塔皮斯利街，朝火车站方向大步走去。在博韦，我没有任何熟人。此时，运气也在给我效力，因为去迪耶普的最后一趟火车两分钟后就要发车。这样，我就不会被抓回去了。我买了一张去古尔奈的票，游荡到一个三等车厢，心想所有旅客准会在我的脸上看到遭受隔离惩罚、仓皇出逃的双重羞辱印记。车子每站都停，一遇到什么情况便往后退，从博韦到古尔奈，相隔只有三十公里，可整整用了一个多小时。

路上，我焦急不安，琢磨着该如何向父亲解释我突然回家的原因。可根本不用我费这份精力，圣克利斯托夫中学一个告急电话，我父亲便在车站等候着我。这一次，他对我显出了不可动摇的漠然神态，算是对我的欢迎。他动作机械地用他的胡须在我的两只脸颊上碰了碰，然后便对我解释说，要是还有回博韦的列车，我当晚非得赶回学校去不可，不过，乘第二天早晨7点一刻那班车子，我也误不了去警戒委员会的时间。这番话说得冷冰冰的，没有丝毫的愤怒，也没有一点儿不耐烦。回到家里，工厂里那股熟悉的气味使我得到了些许安宁，可二楼的居室极其强烈地反映了一位处于垂暮之年的单身汉的生活习惯——近乎古怪的精心拾掇与不堪入目的随意摆放兼而有之——置身其间，我感到像在圣克利斯托夫中学一样陌生，尽管我是在这儿出生，也是在这儿长大的。夜里我痛苦极了，不是做噩梦，就是睡不着，在漫漫长夜中经受煎熬。一个形象缠绕着我，一再出现在我的眼前，只见小教堂里，大火突然在我身边熊熊燃起。诚然，这是地狱之火，但同时也是解救之火，原因很简单，倘若圣克利斯托夫中学起了火，倘若整个世界全都燃烧了，那我的不幸便也可葬身于火海了。

天快亮时，我好不容易睡着了，可父亲来了，摇晃着我的身子，我那个死死的念头——大火中的圣克利斯托夫中学——也在等候着我醒来，以便重新占据我的脑际。我从中获得了某种贪恋不舍的满足感，毫不畏惧地想象着我在火灾中化为乌有的情景。至于火灾不可能发生这一点，竟在我的脑中奇怪地被一种简单的想法所取代，我认为要想摆脱噩运，除此没有别的出路。

我父亲告诉我，博韦火车站有位修士在等我。可没有见到人影。看来我的灵感应验了，我心里想，至少这一次，事物该走出它们预定的运行轨道。我不慌不忙地沿着前一天的路线往回走。注意观察着每一个行人脸上的征兆。

中学街上挤满了人，嗡嗡声一片，消防队员们正在把人群往边上赶，同时在马路上放喷水管。为了应付意外情况，带有长梯的红色消防车也开来了，可没有派上用场，因为据说火灾发生在地下室。果然，我发现从锅炉房的排气窗中懒洋洋地冒出一团团气味呛人的黑烟。上方，小教室的窗玻璃全被砸掉了，可以看到里面烧成半焦的桌子、板凳和黑板，那乱七八糟的样子简直无法形容。由于消防队员拼命往里浇水，最终给这乱糟糟的场面增添了几分凄惨。尤为令人注目的，是原来摆讲台的地方的正对面，只见木板地中间喷射出滚滚浓烟。在地下室酝酿已久的大火，如火山爆发，在此喷射而出。幸亏火灾发生在一大清早——据有人说，准确的时间为6点1刻——正好教室里没有学生。据说没有造成人员伤亡。可是，学校大门突然打开，一辆救护车从人群中开了过来。车子从我身边经过时，我看清了纳斯托尔母亲那张浮肿的脸，她神色惊恐地坐在车上。

我在学校大门重又关上之前溜进了学校的院子。所有寄宿生都在院子里，三五成群，一动不动地站着，一边低声地交谈着。凡是走读生，已被尽可能动员回家。谁也没有注意我，这天，我平生第一次领悟到了众人对决定命运的征兆是绝对看不见的，简直到了不可思议的程度，可正是由于这一征兆，我与众人有了区别。对于这场火灾与我个人命运之间的不言而喻的明显关系，别人有可能是一无所知！我稍有一点儿过火——其实我是无辜的——这帮愚蠢的家伙就想置我于死地。如今圣克利斯托夫中学遭到了惩罚，即便我当众说出真相，他们也绝不会承认我在其中所起到的作用！

我在寻找纳斯托尔。他母亲为何在救护车里？我了解到情况后，心里疼痛万分。这天清晨，纳斯托尔的父亲让儿子在5点的时候到地下室里给锅炉添煤。纳斯托尔并不是第一次做这一差使。可后来到底发生了什么事，谁也不清楚。一个多小时后，从小教室里喷出了熊熊大火。最先想办法冲进锅炉房的几位消防队员从里面抬出了纳斯托尔的尸首，他是窒息而死的。

1938年3月28日。 今天早上，我奇怪地惊醒了，心想该是起床的时间了。我的闹钟显示着2点差1刻，可时钟已经停了。我欠身拿起了床头柜上的手表。手表也停了，表针指着2点10分。我不得不给报时台打了电话，才得知已经7点。

街上大雾迷蒙。我的旧奥兹基斯牌车就扔在人行道旁，以便在汽车库开门营业前驱车去墨克斯的一位顾客家。可当我操纵启动拉杆时，汽车却一动不动：蓄电池已经没有电，准是被浓雾掏干了。不用说，由蓄电池供电的汽车仪表盘上的表也停了，上面指着2点1刻。

对类似的一连串的巧合现象，我已经习以为常，不然肯定会感到愕然不解。我的一生中充满了不可解释的偶然事件，我往往将之理解为对我小小的**提醒，提醒我注意遵守秩**

序。这没有什么,只是命运之神在监视着,希望我不要忘记它那无形的,但不可抗拒的存在。

在过去的一个夏天里,我睡觉时总是大敞着窗户。醒来后,打开收音机的开关,让每日最早来临的时刻沉浸在音乐之中。那音乐果然渐渐响起,显得轻快、有力、鲜明,充满魔力。接着,头顶上方的屋顶上,突然响起一片叽叽喳喳的响声,分散着我的注意力。一些鸟儿,个头恐怕不小,正在上面激烈地争斗,相互谩骂。声音越来越响,我猜想双方正在混战之中,在倾斜的铁皮屋顶上不断滑动。最后,摔下一大团毛茸茸的东西,像是一包蓬乱的羽毛,在我窗沿上弹跳了一下,落到了房间里。原来是两只喜鹊,它们惊恐万分,遂分开了身子,不约而同地奋力飞出窗户,重新踏上自由之路。恰在这时,音乐的余音消失了,响起了女播音员的声音。"你们刚才听到的,是罗西尼的《性喜偷盗的喜鹊》的序曲。"我在被窝里笑了。我低声道:"你好,纳斯托尔!"

有时,这也是对我没有意识到的某种不知趣的要求的回答,它往往是含讥带讽的。因为说到底,既然我周围充满各种征兆,有着各种闪光,那我觉得,我恐怕可以说我这人还是走运的,不是吗?

六个月前,由于有一些到期的票据难以支付,我买了一整张国民彩券。买的时候,我简短地祈祷说:"纳斯托尔,至少来一次?"啊,我不能说没有人倾听我的祈祷!相反,有人甚至回答了我。当然是以嘲讽的方式。我的彩券号码是B953716。可奖金高达一百万的获奖的号码为B617359。我的号码正好相反。这无非告诉了我，应该从我跟宇宙的原动力的得天独厚的关系中获取再也普通不过的益处。我心里很恼火，可后来我又笑了。

1938年4月4日。德国执政党的正式机关报《人民观察家》发出了口号：宁要大炮，不要黄油。这以最为基础的方式，对到处发起的大规模的恶毒干涉行动作出了解释。宁要大炮，不要黄油，若用典雅的词语、普通的说法加以表达，意思就是说：宁死勿生！宁要根，不要爱！

1938年4月6日。雷诺公司推出了一套装有煤气发生器的车辆。木料燃烧五六分钟后，载重一吨至五吨不等的卡车和从十八座到三十一座的交通车便可有充足的动力启动并行驶。一种受专利证保护的装置还可保证在汽车连续下坡行驶时生成煤气，使汽车需要时能够有力地加速行驶。这种装置加了一个简单的过滤器，上面没有附加任何织布组织，所以不用担心堵塞或撕裂。

我们这个时代有着明显的特征，那就是从今之后，进步将逆向发展。若在几年前，带木燃装置行驶的汽车要是问世，准会招致耻笑。可是不久之后，就会有人给我们推出最新技术的产物——专用牧草的发动机，人们最终将欣喜地发现用马牵拉的汽车。

1938年4月8日。我在圣克利斯托夫中学一直待到十六岁。我的行为举止无可指责，但是学习成绩却一塌糊涂。我给自己的面孔戴上了无辜的面具，而且再也没有取下来。但是，与拉歇尔关系的破裂，左手字体的发现以及其他征兆的出现使这一面具产生了奇怪的震动。我横下一条心，要让一个我只能期望从中得到不幸的社会把我忘掉。再说，我的灵魂从来都不善于掩饰。我的老师们作出种种努力，试图将其纳入文化的秩序之中，可对人们向它灌输的一切，它全都吐了出来。直到中学学业结束时，我还是那么了不起，连高乃依和拉辛为何许人也不知道，不过私下里，我却常常背诵洛特雷阿蒙和兰波的诗作；至于拿破仑，我只知道他惨败于滑铁卢——而且对英国人没有绞死这个背信弃义之徒而气愤——可对蔷薇十字会、卡廖斯特罗①和拉斯普京等，我却了若指掌；我时刻都在捕捉我周围有可能出现的一切征兆，然而我却一笔勾销了形形色色的科学。到了高二学年的期末，看来我准过不了中学毕业会考这一关了。善良的教父们毫不遗憾地把我划入了被驱逐出校的中学生之列。每年，都有人被类似的学校赶出大门，唯一的目的就在于提高考试过关的比例。就这样，我又回到了古尔奈昂布赖，由我父亲带我入门，干他的机修工行当。我父亲生性冷漠，沉默寡言，只要他一在场，我准会弄得手忙脚乱，脑子一塌糊涂。不过还应该补充一句，如果说我是个极为蹩脚的小学徒的话，那他也不是一个好师父，他这人总是独自埋头干活，讨厌开口

---

① 卡廖斯特罗（1743—1795），意大利江湖骗子、魔术师和冒险家。

去解释什么。没过多长时间，我就跑到了他的竞争对手门下去了。那是古尔奈镇唯一的一座汽修厂。由于服兵役，我获得了去巴黎城的机会，在城里发现了一位叔父，他在巴隆戴尔纳附近开了一家汽车库。叔父接纳了我，对我十分热情，其中夹杂着几分怨恨，想要气气我的父亲，原来由于祖父的遗产清理问题，两兄弟吵翻了，后来他再也没有跟我父亲见过面。服满兵役之后，我到了他身边生活，他身边第一次有了人陪伴，五年后他过世，便把他在巴隆的汽车库遗赠给了我。就是这么偶然，命运让我从事了与我父亲相似的职业，不过比他的要高一个层次，仿佛我这人有着雄心壮志，在不背叛家庭传统的条件下，多登几级社会阶梯。可这不过是可笑的表象！实际上，我是在履行自己的职责——就像我服了兵役，有过女人，也如我在缴纳税金——只是作为一个业已消失的人，一个梦游者，我还在不断地梦想醒来，突破现状，使我获得自由，得以重新成为我自己。这一突破，说我在梦寐以求还不够。我已经说过，我脸上的面具在震动。尤其是这只左手，使崭新的迪弗热首次显现，三个月来，这只左手一直在写字，用我右手肯定寻觅不到的词语，写下了新的事物。空气中洋溢着春天的气息。春天的气息，冰雪融化，一切都在化解……

1938年4月11日。99.06%的奥地利选民昨日投票同意自己的国家归属德国。他们几乎一起往深渊跑，这并不是外部力量起了作用，打消了所有人的顾虑。不，这灾难的根源就在他们每个人的身上,民众处在生与死的关头,呼喊的是"死!死!",就像犹太人同声回答彼拉多:"巴拉巴!巴拉巴!"①

1938年4月13日。一直到十二岁,我的个子都很小,而且体弱多病。可后来,我开始畸形发育,体重却几乎没有增加,因此,我这瘦巴巴的样子开始只是难看而已,接着变得滑稽可笑,不久便让人着急了。二十岁那年,我身高一米九一,可体重只有六十八公斤。还要补充一句,那就是我的近视越来越严重,不得不戴上眼镜,而且镜片也越来越厚,等到我到征兵体检委员会体检时,那眼镜片已经厚得像镇纸。负责体检的乡村警察也许是无心的,但做得委实残酷,他竟然让我摘下眼镜,一把把我推进了市政府的"贵宾室"。我赤身裸体,两眼摸黑的样子一出现,便引起了古尔奈一帮乡绅贵族的哄堂大笑,他们一排排坐在办公桌后。最让他们乐的,是我的生殖器,它与我的身高实在不成比例,活脱脱像是个童男的"小雀"。本地的一位医生说了一个高妙词,再次引起了众人的哄笑,因为大家都觉得"生殖器萎缩症"这个词带有特别强烈的下流意味。我的情况经过了长时间的讨论。最后,我差点被退掉,侥幸进了通信部队:这一部门对新兵身体突出的部位检查并不怎么严格。

---

① 据《圣经·新约》,巴拉巴为囚犯,因作乱被判死刑。总督彼拉多每逢逾越节都应众人要求释放一个囚犯,祭司长和长老便挑唆众人要求释放巴拉巴,而处死耶稣。

后来，我再一次遭受了人们愚蠢的评论，那时我刚勉强服完了兵役，正如纳斯托尔所预言的，我的牙齿又开始疯长，我的意思是说，出现了索求无度的好胃口，开始每天折磨着我的胃。

开始一阵子，我总是在两顿饭的间歇时间，便饿得发慌。在修理工厂或办公室时，往往突然出现一种肚子发空的感觉，弄得双手和双膝直打哆嗦，太阳穴直冒冷汗，舌尖下直淌口水。我得吃东西才行，立即就吃，不管吃什么都行，一刻也不能耽误。一旦出现类似的反应，我便往离我最近的面包店跑，我把一只只羊角面包和奶油圆球蛋糕往嘴里填，面包店老板看得都傻了眼。后来，冬天到了，我想起了摆在一家酒店的人行道出售的一筐筐牡蛎，摊位周围，弥漫着一股潮湿的海藻味。这是个新鲜吃法，喝着干白葡萄酒，吃着海鲜，味道确实不错，渐渐地形成了一股风潮。我让人给我打开了两打零号的葡萄牙牡蛎，外加一杯干白葡萄酒。我的牙齿深深地插入这些黏糊糊的微小躯体中，那里面的黏液咸咸的，含有碘，呈海蓝色，如雾天般清凉，一旦剥去它们那珠光闪闪的外壳，它们便变得柔软而无定形，任凭你的嘴巴所拥有，我贪婪又痛快地吃着，我那吃人魔鬼的天性由此而得到了几分呈现。我领悟到，越接近绝对生食这一理想，就越能满足我在饮食上的要求。有一天，我得知新鲜的沙丁鱼——一般都是炸了吃或煎了吃——也可以生吃或凉吃，只要你有耐心在厨房把它们身上的鳞去尽，因为这种鱼身上的鳞是很难脱的。这一来，我又大大前进了一步。但是，在这方面的重大发现首推"鞑靼牛排",这实际上是一种生吃的碎马肉,吃时拌有蛋黄和味道强烈的作料,其中有盐、胡椒和泡有蒜、洋葱、分葱及刺山柑花蕾的香醋。要满足如此罕见的享受,也同样需要一步步往前走。在纳伊,只有一家餐馆供应这种带有犬儒主义意味的野蛮菜肴,我跟餐馆的服务员商量了好久,才终于让他们去掉了这道菜的所有作料和调味品,说到底,这些玩意儿的唯一作用不过是给完全暴露的生肉裹上一套外衣。由于我也常为食用的数量多少而费口舌,所以我很快自己动手,把从马肉店买来的一块块里脊肉投进绞肉机中绞碎。我因此而明白了那些铁钩子和肉案子对我一直有着吸引力,它们把一切都展现在众人的眼前,一头头巨大的牲畜被剥了皮,赤裸的身子野蛮地暴露无遗,一块块肉血红血红的,金属色的肝脏黏糊糊的一片,海绵状的肺叶呈灰红色,一头头牝犊被诲淫地叉开肥腿,露出鲜红色的内侧,尤其是那股冷油脂和凝血块味,在屠宰场的上空飘忽不散。

就这样,我发现了自己灵魂的这个侧面,可我丝毫没有为此而感到不安。当我说"我喜欢肉、喜欢血、喜欢人肉"时,只有动词"喜欢"才是关键。我充满了爱。我喜欢吃肉,只是因为我喜欢牲畜。我甚至觉得自己可以亲手扼死我一手哺养并与我相伴一生的动物,而且会吃得津津有味。与无名无姓、不具个性的肉相比,我吃这种动物的肉时,连鉴赏力也会变得更深刻,更具有真知灼见。图比小姐因为恐惧屠宰场,竟然连肉也不沾,我想方设法开导这个愚蠢的女人，可纯属枉然。她怎能明白，若大家都像她一样，那大部分家畜将从我们的天地里消失，这岂不悲惨？它们会像马一样消失，如今，随着汽车把马从奴役中解救出来，马类正一步步走向灭亡。

说到底，我心脏的质量——如果有必要的话——可由我的另一种嗜好作证，那就是对牛奶的嗜好。由于食生肉，而且不加任何作料，我的味觉恢复了它本有的敏感性，形形色色的生食，虽然表面上都是那么索然无味，然而我的味觉却善于从中发现各种细致差别，尤其在牛奶中找到了用武之地，所以，牛奶很快成了我唯一的饮料。在巴黎，得走很远很远的路，才能找到一家乳品店，买到没有被统一实施可恶的巴斯德灭菌法与均质法损害的鲜牛奶！实际上，应该去农场，到奶牛那儿，到这一液体的源泉中寻找，这一液体的同义词是生命、慈爱和童年，所有保健医生、清教徒、警察和其他板着面孔的家伙都拼命反对这种牛奶！可是，我需要上面飘着牛毛和麦秸、散发着牛圈味的牛奶，因为它带着真实的印记。

我每天两公斤生肉，五升牛奶，时间长了，自然少不了会改变我的体形以及我与自己身体的关系。如今，如果说我很讨厌自己的面孔的话，我与我的躯体倒是相处融洽。尽管体重已经在一百一十公斤上下，相比较而言，我的两条腿还是比较长、比较瘦的。原因是我全身的力量全部集中到了宽大的髋部和凸出的背部。肩胛周围，我背上的肌肉鼓鼓的，像是一边一个褡裢，仿佛让人不堪重负。平时走路和身体摆动时，我总是给人一副被自己的脊柱压垮的样子。实际上，如果有必要，无论是罗森加特车,还是西姆加V型车,我可以轻而易举地抬起它们的前部或后部,就好比吹根鸿毛似的。

拉歇尔用放大镜观察过我,对我身体的各种特点了如指掌——当然首先包括我的生殖器萎缩症——一有机会,便大加嘲笑,从不放过。"实际上,"她对我说道,"你长的是搬运夫的体形,甚至可以说是役畜的骨架。像匹粗壮的佩尔什公马,你看怎么样?或者更像头公骡,因为大家都说骡子是不生崽的。"

我胸口正中间有个地方往下凹陷,医学院的"蠢材"们称之为"漏斗胸",拉歇尔特别喜欢拿它开玩笑,对它进行攻击。我实在受不了,有一天,给她讲起一个故事来,她听得啧啧称奇,睁大了双眼。

"这是我的保护天使,"我开始说道,"一次,我想做某件不该做的事情时,它便对我加以制止。于是,我们争吵了起来。我动手想扇它耳光。它对准我的胸口就是一拳。这是天使出的一拳。那拳头比大理石更硬、更沉。是铜拳。我仰天摔倒在地,一时透不过气来。如果这一拳是纯物质形态的,那准要了我的命。可这是天使出的一拳,四周裹着精神的洁白羽毛,就像拳击手的手套一样,不过是用精神之羽绒制作的。我爬了起来。可从此之后,我带上了这一印记,在我胸口留下的这个凹陷印记,两边是鼓凸的胸肌,如同两个多节的硬球,又像两只干涸、绝望的小乳房。后来,我常常感到呼吸困难;我仿佛觉得那只大理石似的拳头还没有放过我,仍然沉重地压迫着我的胸口。我当着自己的面,称这种呼吸恐慌现象为天使压迫症,或干脆简而言之,称为**天使病**。"

"可是,你肯定这是你的保护天使吗?"她追问道,那副严肃的神态,真让我吃惊。

"不错,有时我也表示怀疑,"我回答道,"我在纳闷儿,说不定是别人的保护天使在过分打我的主意。恐怕是你的吧?要不就是我在寄宿学校上学时的一个同学的,我同学已经死了。"

"可是,"她还问道,"天使想制止你要做的那件不该做的事,到底是什么事呀?"

至于天使病,这是我得的唯一的疾病。这真的是一种疾病吗?我找了几位大夫,他们给我做了检查,没有发现任何异常,于是作出了种种离奇古怪的推测。我问他们中的一位,想知道胸闷是否与漏斗胸有一定关系,可他一口否认。

"也许不是一种因果关系,"我进一步问道,"可恐怕是一种象征与象征物之间的关系,您说呢?"

不管怎么说,我应该归功于天使病,是它改变了我本质意义上的呼吸生命。还是多亏了它,我的肺才从腺性的黑暗之中走到了若明若暗的肝腑所在,在极端的情况下,还能见到意识的伟大光芒。所谓极端的情况,指的是在胸闷发慌,呼吸极度困难时,我在地上挣扎,与一种无形的,但置人于死地的压迫力量进行的抗争,同时也指那种深刻而又幸福的呼吸,仿佛那群燕纷飞、琴声缭绕的整个苍穹把它的支根直接插进了我的肺腑。

1938年4月14日。积聚在我肩膀和腰部的这一可怖却无用的力量,难道还有必要说明是谁给我的吗?显然是纳斯托尔遗传的。除此之外,他还把近视眼遗传给了我,这一可怕的近视眼足以使我消除对遗传因素的任何怀疑。是他的力量充满了我的肌肉,同样,是他的精神指引着我这只左手。也是他掌握着隐秘的默契之奥秘,它将我的命运与事物的普遍进程联系在一起,并在圣克利斯托夫中学的大火中首次显现,继而通过一次次几乎总是无关紧要的亮相,不断提醒我。这同样也是一次次警告,呼唤着我生命中最深刻、最幽暗的奥秘,等待着伟大的磨难,最终使这一奥秘彻底展示出来。

1938年4月15日。昨天上午,去圣母院做了复活节前的礼拜四的弥撒。每次进入教堂,做弥撒,我总是带着相应的复杂情感。因为尽管有千错万错,路德谴责圣皮埃尔的宝座上出现了撒旦是有道理的。形形色色的等级都是受制于魔鬼,并厚颜无耻地给全世界披上了魔鬼的号衣。打开教会的大事记,只要不因迷信而瞎了眼睛,谁都会看到撒旦稀奇古怪的排场,君不见那一只只主教冠,如同驴耳纸帽;那一根根权杖,表示着一个个问号,象征着怀疑与无知;那一个个主教,身披滑稽可笑的红袍,酷似世界末日的荡妇;还有那一套罗马的用具,诸如蝇拂和圣皮埃尔大教堂最高处的教宗御轿,轿上是出自骑士贝尔尼尼①之手的巨型华盖,猛犸的四

---

① 贝尔尼尼(1578—1680),意大利著名雕刻家、建筑设计师和画家。

条大腿和肚子盖住了祭坛,仿佛要用粪便来玷污它。

但是,在这堆垃圾之下怯生生流淌的细泉,没有任何东西可以使它完全枯竭,尽管撒旦扑向了《新约》这一遗产,但所有的光芒都源自基督,教士们不得不仗恃基督的声望,同时又嘲弄他的教诲。因此,总会有一线光芒射进谎言和罪恶的密林,正是期待着这一似不确实的闪光的出现,我才过段时间就要去参加一次宗教仪式。

这场弥撒是在圣礼拜五①悲切的阴影中进行的,但在静思中赢得了闪光时所丧失的一切。唱罢《荣耀归主颂》之后,圣礼拜六来临前的最后钟声响起。紧接着便是祷告,弹奏管风琴者伴之以巴赫赞美曲主旋律的变奏。

但愿善良的上帝饶恕我,但是,每当上帝的正式乐器——管风琴一奏响它那庄严、金色的声音时,我总是仿佛跨在古尔奈昂布赖庙会的木马上。回转的木马不断地磨出它那猛烈而忧郁的老调子。小男孩们光着大腿,紧紧地贴着坐骑,坐骑的两侧上了漆,马身半立着,张着大口,瞪着疯狂的眼睛,直逼苍穹。幼稚的骑兵队在离地面一米的高度盘旋,开道的是像暴风雨般大作的手摇管风琴声,这可是一座名副其实的音乐工厂,里面有气门、圆轴、铃鼓以及如林的小孔,以干脆而准确的动作弹奏出节奏,如同一位乳房鼓凸、目光恍惚的悍妇。用消失的事物精神化的记忆,把这支旋转的马队变成了使用对位法的赞美曲。在香雾缭绕、彩绘

---

① 也指耶稣受难日,为复活节前的礼拜五。

玻璃映照的光线中，我往往看到已经消逝的年代中的那些小男孩在转呀，转呀……

我沉浸在自己的回忆之中，不禁被《圣经》的吟诵和随后进行的主教训谕吓了一跳。合唱队的十二位儿童坐在神职祷告席上，一个个从他们那身布满褶子的白衣下露出白乎乎的小脚，这赤裸裸的模样在庄严的盛典气氛中显得格外令人心动。维尔迪埃大人先后在他们每个人面前跪下。他用一把银壶，往赤裸的小脚上倒几滴水，用布擦净，顾不得自己的尊严和臃肿的身体，把头低到地面，亲吻小脚。最后，他给孩子一个小面包和一块硬币——如同日耳曼斗士，新婚之夜过后，给新娘子送上晨礼——以向小孩子表示感谢。孩子们对赠礼的反应不一。有的朝四周投去惊恐的目光，有的则闭上双眼，显出一副沉思冥想的神态，可我最喜欢的那个长着天使般脸庞的男孩则紧紧抿着嘴唇，以免憋不住大声狂笑。

这位满身披金、身着红袍的老人形象永远留在了我的心底：他的身子一直弯到了地面，将双唇放在孩子赤裸的脚面上。不管教会在我的眼前显露出怎样卑鄙的行径，但对二十年前纳斯托尔在死的前一天提出的问题，它在昨天早上已经给予了十分深刻而又庄重的回答，对此，我永远也不会忘记。

1938年4月20日。幸福吗？其中有着安逸和安排的成分，可我与这种统筹安排的稳定性是不相容的。所谓经历不幸，就是感觉到幸福这一脚手架在命运的打击下受到了震动，就这一意义而言，我心里是安宁的。我不会受到不幸的打击，因为我没有幸福的脚手架。我呀,是个悲伤而又欢乐的人。这悲伤与欢乐的两极是与不幸和幸福的两极相对应的。我赤裸裸地生活着,孑然一身,没有家庭,没有朋友,为了生存,我从事着一项与我极不相配的职业,因此,当我履行自己的义务时,我想到的只是饮食消化与呼吸。我平时的精神气氛是悲伤,它像乌木一般漆黑漆黑的,不见光明,永远黑暗。但是,这茫茫黑夜往往出乎意料地掠过不该有的欢乐的闪光,转瞬即逝,却给我的双目留下了闪耀的金色光芒。

1938年5月6日。今晨,所有报纸的头版都登了新内阁成员的肖像。今人愕然的凶神画廊!无耻、卑鄙和愚蠢以不同方式表现在这二十二张面孔上——人们已经有幸在其他的"组合"中观赏到这些面孔,先后已有二十次之多。其中大都是上届内阁的成员。

你应该设想一下《倒错宪法》,其序言包括下面六条提案:

1. 神圣性乃孤寡及无俗权之个人的特性。

2. 反之,政权完全从属于玛门①。实施政权之人将社会群体的所有罪恶,即以社会群体的名义每天所犯下的各种罪行集于一身。因此,一个民族的罪魁祸首是占据了政治等级中最高位置的人:共和国总统,在他之后是部长,再后面便是社会群体中的所有显贵,诸如法官、将军、高级神职人员和玛门的所有仆从,他们全都是所谓"既定秩序"这一肮脏杂

---

① 《圣经》中的财神。

乱之物的活的象征，一个个从头到脚都沾满人血。

3. 对这些令人愕然的行当，各机构通过完美的调整，予以适应。为了满足所有行业中最为卑鄙的一行，便进行了逆向的选择，负责在构成垃圾升华物的各团体中精心挑选出全民族有可能奉献的精华之精华。按常规，凡内阁会议、教皇选举会或最高国际会议，都必须散发出腐尸的臭味，连最为麻木的秃鹫也会被赶跑。在次一等的水平上，比如董事会、参谋会或一个随便由什么人组成的团体的会议，也同样是一个个下流之人的所在，是一个连中等诚实水平的人都不可能涉足的。

4. 一个人在其施行法律之时起，便将自己置于法律之外；与此同时，也就脱离了法律的保护。因此，一个施行任何权力的人的生命都不如一只蟑螂或一只阴虱的生命有价值。议员的豁免权应该成为一种良性倒错症的目标，从而赋予每个公民以权利，凡出现在其枪口的政界人物，无需狩猎许可证，便可瞄准射击。任何一桩政治谋杀案都是对道德有益的善行，会令圣母和天堂的天使露出幸福的微笑。

5. 有必要给1875年宪法增补一条，明文规定，任何一个政府被推翻后，其所有成员必须立即枪决，不许违抗。一些被民族刚刚收回信用的人不仅可以不受任何惩罚回到自己府上去，而且还可以带着因舞弊而倒台的光晕继续从政，这是不可思议的。该条款具有三重的好处：一是可以擦净民族中腐尸味最重的脓血；二是可以避免一帮人又回到继任的政府中；三是可以给政治生活带来它最缺乏的东西——严肃性。

6. 任何人都必须知道，一旦自愿穿上了任何式样的制服，便是自命为玛门的创造物，并将招来正派人的报复。法律应该清点可在任何季节狩猎的浑身发臭的牲畜数目，诸如警察、教士、街心公园看守，甚至包括各种院士。

1938年5月13日。良性倒错症。它的功能在于把恶性倒错症已经颠倒的价值观重新颠倒过来。这个世界的主宰撒旦，在它那帮执政者、法官、高级教士、将军和警察的辅助之下，展示出一面上帝面目的镜子。在它的作用之下，右成了左，左成了右，善称为恶，恶称为善。它对各城市的统治表现在各个方面，其中一个方面，就是数不胜数的林荫大道、街道和广场全都献给了职业军人，亦即职业杀手，当然，他们全都是在自己的床榻上死去的，因为若没有像地狱之王的爪子那样荒诞不经的触碰，就绝不会出现撒旦般的恶魔。甚至连上世纪最为可憎的屠夫之一比若①的丑恶名字也玷污了法国数座城市的街道。战争这一绝对的恶必然成为魔鬼崇拜的对象。这是玛门在光天化日之下做的黑暗弥撒，那些使受迷惑的民众在其面前下跪的血迹斑斑的偶像名叫：祖国、牺牲、英勇、荣誉。这一崇拜的圣地是老残军人院，它在巴黎的上空高高地展示其巨大的金球，充满了帝国腐尸和在其间腐烂的几个二等杀手的臭气。连愚不可及的1914—1918年的大屠杀也有其祭仪，有着凯旋门下那臭气烘烘的

---

① 比若（1784—1849），法国元帅，曾任阿尔及利亚总督。

祭台和一帮提香炉的辅祭，就如它有着自己的诗人，如莫里斯、巴莱斯和夏尔·佩吉，他们发挥了自己的一切才能和影响力，为1914年的集体歇斯底里大发作效劳，因此，确实有**资格登上肢解青年的伟人**的宝座——跟许许多多的人一起，这当然不用说。

对恶、痛苦和死亡的崇拜自然伴随着对生命的刻骨仇恨。爱情——只能抽象地宣扬——一旦有了具体的形式，具备了形态，称为性行为或色情，便马上遭到猛烈的迫害。这一欢乐和创造的源泉，这一至善，这一所有呼吸空气的人们的存在理由，受到了那一帮世俗和教会的正统之徒魔鬼般的疯狂攻击。

又及：最传统的和最害人的恶性倒错症之一孕育了纯洁这一概念。

纯洁是天真的恶性倒错。天真是对生命的爱，意味着微笑着接受天上和人间的食粮，不知纯洁与不纯洁这一非此即彼的可恶交替。然而，撒旦模仿了这一自发的，仿佛出自本能的神圣品质，本想使两者相似，不料完全颠倒了，那就是所谓的纯洁。纯洁是生命的恐惧，对人类的仇恨，对虚无的病态性的热爱。一个在化学意义上纯洁的机体必然经受过野蛮的处理，才可能达到这种绝对反自然的状态。被纯洁这一魔鬼驾驭的人往往在自己身边制造废墟和死亡。宗教的净礼、政治的清洗、对人种纯洁性的保护等，有关这一残酷主题的变奏数不胜数，但最终都是那么千篇一律地与无数的罪恶联系在一起，其特殊的工具就是火，火是纯洁的象征和地狱的象征。

1938年5月20日。在卡尔·F家，此君有一台神奇的美国机器，可以用它在磁带上录下——然后再让你重听——由一个麦克风接收的各种声响，与麦克风连接的是一根长长的细线，可以移动。卡尔·F让我听了各种动物声音，尤其是处在发情期的母鹿的哀叫声，我觉得这似乎是在暗示我过去的一种隐秘的小礼仪，要不，该具有何等惊人的唤神力量啊。他跟我说，有一次，他录了一些马的叫声，让博物馆的一位鸟类学教授听，这位正直的人士最后很自信地告知了辨听的结果，说这是哪家音乐馆的吹哨手模仿的。至于好不容易在大自然中录制的真正的歌声，他认为模糊不清，没有什么特征，总而言之，糟透了。

卡尔·F远远料想不到我会对他当作王牌留在最后播放的磁带产生如此的印象。磁带录的不过是一群人越来越响的嘈杂声，从不耐烦到不满，继而又从愤慨到狂怒。难道可能吗？难道F君的窗下真的有可能没有那个千头怪吗？难道不是它在狂叫怒吼，号叫着杀人，致使仇恨的号叫声夹杂着窗玻璃被石块砸碎的当当响声，一起升向天空吗？难道这股诅咒的狂潮有可能是冲我涌来的吗？我惊恐不安，吓得浑身直冒冷汗，恐怕脸色也发白了。F最后终于发现了这一点。他问我是不是感到不舒服；我尽可能缩短了这次拜访的时间，临走时，他带着某种茫然惶惑的神态，好好打量了我一阵。

我只是靠了人们的误会才得以生存的，人们误以为我不过是戴尔纳城门旁的一个默默无名的汽车库经营者，可是，一旦大家怀疑我带有神秘的力量，那我很快便会遭受到林奇裁判①，这些，我怎能给他解释清楚呢？连我自己都很难设想我命运中的这一奥秘：小时候有一天，我身上挨了一魔杖，这种魔杖的作用就是将有肉体的生命的一部分变成大理石塑像。因此，从这一天起，我就拖着一半肉体、一半石头的躯体在世上闯荡，也就是说，我的心脏、右手和微笑是讨人喜欢的，可在我身上也有着某种坚硬、冷酷无情的东西，任何人一碰上它，就必然要被击碎。这是一种祝圣的方式，而我负有授神品之责，不过是半自愿的，我的意思是说我充满热情地服从这一职责，每当显现某个征兆时，我便重申自己的参与立场。

1938年10月3日。这个本子已经丢下四个多月了，要不是出现了一个非同寻常的事件，我本来是不想再把它打开了。今天早上发生的事情具有非凡的重要性，有必要在此作一下汇报，而且要尽可能准确。

约莫在六点钟，我起了床，心情极端糟糕。我想学一阵母鹿的哀叫，然后再洗个头，可是我这种厌生的情绪甚至夺走了我使用这些绝望救命丸的力气。处在这种抑郁的状态中，最为可怕的是头脑的清醒——至少表面如此——它不仅伴随着抑郁的状态，而且还给予刺激。对生命的无意义性，唯一的回答是绝望，这是不可避免的。其他的任何态度——过去的或将来的——看来都属于迷醉之类。只有在迷醉的情况下，生活才

---

① 指美国的私刑处死。

是可以忍受的。而迷醉具有酒精性、爱情性，也有宗教性。作为虚无的创造物，人只能让自己迷醉才可能经受落到自己头上的——有限的生存时间——不可思议的磨难。

我拒绝刮脸。套上工作服后，我也没有到厨房去冲杯咖啡便下楼来到了车库。面对世间万物可怖的敌意，我必须用一身毫无人类缺陷的机器人的铁甲去对抗。今天早上，我就是不折不扣的巴隆汽车库的老板了。可怜的本·阿哈默德最先觉察到了这一点。这个大字不识一个的文盲在机械方面却是真正的天才，不过他干什么事，都是凭"嗅觉"，没有方法可言，也没有个准性。当时修的是一辆乔治·伊拉特车的阀门——车子用的不过是轻便型雪铁龙的两马力发动机——本·阿哈默德把阀门放到了一种专门的砂轮上，把底座磨平了。可是，他就是下不了那个决心去检查一下阀门的底盘，用黑铅笔在斜面上画上间距为二至三厘米的阀门头半径。这恐怕是他不会使用铅笔的缘故。我骂骂咧咧地把他从车旁拖开，自己亲自动手。接着，雅诺也挨了一顿臭骂，因为他姗姗来迟。我很快发配他到工作台去干活，有一打内胎的气门嘴等着要修。后来，我把自己关进了用作办公室的小玻璃房，整理一大摞发票。七点半钟，加雅克留下了他的那辆402B型车，让检修一下点火装置。接着，邮差送来了邮件。这一天就这么勉勉强强地开始了。

9点差一刻，我正在跟图比小姐谈她那辆罗森加特车的事，恰巧本·阿哈默德修完了乔治·伊拉特车，启动了发动机。我一只耳朵听图比小姐说话，另一只耳朵在遥遥地听诊乔治·伊拉特车发动机的毛病，可车子的发动机似乎运转得再正常不过。本·阿哈默德却非要再猛地来几次加速，这下可把我惹急了。发动机像只在呼吸的大猫，声音均匀，可他凭什么要猛地让机子加速空转？整个汽车库响着发动机的隆隆声，到处都是排出的瓦斯，仿佛本·阿哈默德在拿这响声和瓦斯取乐似的。最后终于平静下来了。图比小姐跟我谈起了圣多米尼克教会学校的情况，她在这所学校教哲学。我好奇地问这问那，这股好奇心并不是装出来的，因为寄宿学校的事一直对我有着吸引力，我也在思忖，女子寄宿学校的生活会跟什么生活相似呢？正在这时，乔治·伊拉特车重又隆隆地响了起来，几乎盖过了我们的谈话声。在一片逐渐增强的疯狂的声响中，我清晰地听到了一记清脆的金属碰击声。这一声响也没有躲过本·阿哈默德的耳朵，他立即停止了排气。我在自己的位置上，这时看见雅诺伸手去摸太阳穴，身子朝工作台倾斜，紧接着双膝着地，仰倒在地上。我马上意识到可能是排风机的一个叶片碎了，它以可怖的力量打在了他的身上。我遂向他冲去，用我的双手抱起他那已经毫无知觉的、瘦巴巴的躯体。

就在这一时刻，某种东西朝我涌来，满含着令人无法忍受的、撕心裂肺的温情。这是从天而降的一种令人震撼的祝福，我简直惊呆了。我的眼睛定定地盯在这个弯曲在我双臂上的身躯，一头是覆盖着栗色的头发，瘦骨嶙峋、血迹模糊的面具，另一头是紧挨在一起的两只细薄的膝盖和一双在空中笨拙地晃荡的笨重的皮鞋。本·阿哈默德神色愕然地看着我。我一动不动。我完全可以像这样一直待到世界的末日。巴隆汽车库连同它那蒙着蜘蛛网的大梁和积满污垢的窗玻璃消失不见了。九个品级的天使聚集在我的身边,放射出无形而辉煌的光芒。空气中充满乳香的芬芳和竖琴的和弦。一条温柔的长河在我的血脉中庄严地流淌。本·阿哈默德终于介入了。

"看!"他指着在踩得结结实实的地面上渐渐扩展的一摊灰暗色的东西,对我说,"他在淌血!"

这句话后,一阵长时间的死寂重又降临到我们头上,带着幸福的颤抖。

"我再也没想到,"我好不容易终于吐出了这几个字,"抱着一个孩子会是这么美妙的事情!"

这简简单单的一句话在我的记忆深处唤起了经久不息的回声。

最后,图比小姐打破了迷醉的状态。她不由分说地拉着我往她的罗森加特牌小车走,我勉强带着手中的负担坐进了她的后车座。紧接着,我们往纳伊医院驶去。

雅诺的伤势并不严重。只是头皮破了一个大口子,另外有一处颅外伤。没有头颅骨折的迹象。我把他送回他母亲家,当时他还晕晕乎乎的,他母亲见他头上包着一大团绷带,也险些昏了过去。我们两人中,受到的打击最大的还是我,至今我还在不断地回想这一事故使我猝然置身其间的惊奇发现。

1938年10月6日。出现在我笔下的第一个词看似平淡无力,但它却表现出巨大的潜能:**欣快感**。对,当我的双臂抱起雅诺那失去知觉的躯体时,从头到脚笼罩着我的是某种欣快感。我说得很清楚,是从头到脚,因为我所说的这一幸福的热流与平常那种部位狭窄而诲淫的快感迥然不同,它淹没了我的全身,流入了我体内的最深部位,浸入了每一个遥远的末梢。这不是轻飘、有限的惬意,而是我浑身一致的快活感。在此,我自然又要谈起我对《圣经》的思考,谈起堕落前的原始亚当,他负着女人,同时又负着孩子,永无尽头地经受着色情的焦灼——既拥有又被拥有——我们普通的爱欲不过是其暗淡的影子。我的超人天赋是否会在某些情况下致使我进入假两性畸形的伟大祖先的迷醉状态?

但是,我必须尽可能摆脱思想,接近具体的所在。我昨日的经历中最绝对的客观成分为雅诺的重量,它可以尽可能准确地以公斤进行度量。这一重量,我担起过,所以,我感到欣快!

按照词典中平淡的说法,此为舒适的感觉。但此词的词源比较富于教益——欣快(Euphorie)一词由eu和phorie两部分组成。eu具有满意、幸福和宁静、平衡和欢乐的意思;phorie由ψορεω一词派生而来,为担负的意思。感觉欣快者即为幸福地担负自己的人,亦即感觉良好的意思。不过,如果简单地解释为幸福地担负的含义,恐怕还更完全。这一来,一线光芒便倏然照亮了我的过去、我的现在,谁知道呢,也许还会照亮我的将来。因此phorie这一表示担负的基本意义也出现在负载基督的巨人——圣克利斯托夫的名字之中,同样也被阿尔布克尔克传奇所阐明,同时也体现在这些汽车之中,虽然我很不情愿地将自身中最美好的东西献给了这些汽车,可它们仍然摆脱不了其平庸的品质,不过是负载人的工具,恰为phorie的本义所在。

我得就此打住了。接二连三出现的征兆灼伤了我的眼睛。不过,我还想再记下我的一个想法,10月3日出现的欣快感是由一个与我的体重合成一体的孩子的重量激发的。雅诺并不胖,可他恐怕也足足有四十来公斤,也就是这四十来公斤与我一百一十公斤的体重合到了一起。然而,我的"欣快迷醉感"用轻松、快活和如长翅膀的欢乐感来加以解释却是最合适的。就像一种加负荷的重力造成的轻浮现象!令人惊奇的矛盾!**倒错**一词遂出现在我的笔下。从某种意义上说,出现了符号的变换:多变成了少,少变成了多。此倒错是良性的、有益的、神秘的……

1938年10月20日。今夜失眠。夜空温柔,星光灿烂,我开着自己的这辆破旧的奥兹基斯车在街上漫无目的地行驶。香榭丽舍大街、协和广场、沿河马路。不一会儿,我便被堵塞了中央菜市场周围地段的马车和卡车的长龙挡住了。我丢下车,步行往前走,很快在多得成灾的蔬菜和水果堆中迷了路,在这巴黎城的中心,四处的蔬菜和水果构成了一座超级菜园和果园,散发出浓郁、甜腻的气味,在乙炔灯的金属光的照射下,呈现出粗犷的色彩。开始时,这种景色会令人想到高康大[①]一座座的午餐,可瓜果蔬菜如此之丰富,渐渐地使任何消费食用的念头都变得滑稽可笑,由此而令贪食者气馁。我绕过了一座座花菜砌成的金字塔,一座座芫菁堆成的

[①] 法国小说家拉伯雷创作的《巨人传》中的一个角色,是个食量惊人的巨人。

高山，一辆挤在车流中动弹不得的载重车把满车的韭葱往人行道上倾卸，我差点儿葬身在雪崩似的韭葱下面。

千万不要以为东西这么多就会贬值。恰恰相反，它们身价倍增，因为多得无法使用，多得一开始就打消了人们食用的念头。这样一来，展现在我脚下的便是形形色色的种类，诸如苹果类、豌豆类、胡萝卜类……

到处都是笨拙的女人，喊喊喳喳吵个不停，唯有一位卖淡水鱼的，很有几分姿色，看上去容光焕发，全身沾满鱼鳞，亮晶晶的，宛如水神一般。但是，搬运工和城市里的"苦力"们吸引了我的全部注意力，究其原委，是我感到他们和我之间有着亲缘关系。他们全都长着宽阔的背，巨大的手，身上扛着半头牛或一大桶咸鲱鱼，行走时总迈着快速的碎步，从某种角度看，这一切无疑就是我。但是，这是一种庸俗化的负载行为，沉沦到了唯利是图的低级使用状态。人们粗俗地称他们为中央菜市场的"搬运夫"，而不说"载运夫"，恐怕就是这个原因。"搬运夫"是"载运夫"的粗俗形式。因此，我立即想象出了一个真正的中央菜市场的"载运夫"，他英俊而慷慨，巨大的双肩胜利地扛着象征丰收的羊角，脚下喷吐出永不枯竭的鲜花、瓜果和宝石。

1938年10月28日。 我翻阅一部词典时，发现阿特拉斯[①]的双肩顶着——不是世界，也不是通常表现的大地——天

[①] 希腊神话中的泰坦巨人，伊阿泊托斯和克吕墨涅之子，普罗米修斯的兄弟。他被宙斯降罪用双肩支撑苍天。

空。就地理意义而言，阿特拉斯毕竟是一座高山，如果说把高山比喻成天柱还有一定意义的话，那把这一形象比作大地则是荒诞不经了。这是一个恶性倒错的绝佳例证，倒错的对象是最为荣耀的"负载"英雄之一。他用自己的双肩顶着星星和月亮，顶着星座、银河、星云、彗星和在熔化的众多太阳。钻入星际的脑袋与星球融为了一体。这一切就要被改变。他头顶上那一片给他祝福的无边的金蓝色被改变为地球，这是个不透明的泥球，压弯了他的脖颈，挡住了他的视野。就这样，英雄贬值了，堕落了，负载英雄沉沦为搬运夫，冷静的爱欲变得难以忍受。

但是，我越想越觉得举着天空、顶着星球的阿特拉斯是一个神话中的英雄，我的一生都要向他迈进，以最终从他身上获得他的归宿与殊荣。无论我将来负载什么东西，无论我受到祝福的双肩担负着怎样珍贵、神圣的重担，只要上帝愿意，我胜利的目标终将是肩扛比三王之星更为金光灿烂的星星，行走在大地上……

1938年10月30日。 今天上午，埃尔维又来取他那辆新的雷诺高级敞篷运动车。对这种让人看热闹的车子我很反感，不过销售类似车辆，佣金极为丰厚，自然，我的厌恶感也就减轻了。有了新车，埃尔维激动极了，从来没有像现在这样容光焕发，无论对自身，对自己的社会成就，还是对自己的德行，也是从没这么自信过，不用说，在他的脑子里，这一切当然都是一回事。他刚满三十六岁，对我解释说这是最为丰盈、最为平衡的年龄，是人从生到死这升降曲线的最高峰。

实际上，在我看来，他早就有三十六岁了，至少在我认识他的十年来，他一直就是三十六岁，恐怕早在我认识他之前就已经满三十六了，也许一出生就是这个年龄。只是迄今为止，与他三十六岁这一年龄相比，他实在太年轻了，就像从今之后，随着岁月的流逝，与他三十六岁这一年龄相比，他又将太老了。

每一个人在自己的一生中恐怕都有着这样一个"本质年龄"，只要没有达到它，人们就总是对它充满渴望，可一旦超过了这个年龄，便又紧紧地抓住它不放。贝尔特朗的实际年龄是六十岁，而克洛德一生都将是一个十七岁的小伙子。至于我，我的永恒性使我面对衰老之悲剧有着不可逾越的距离，我总是以夹杂着忧楚的超脱感观察着一代又一代的出现与消失，就像一块磐石，在森林中目睹着季节的不断更迭交替。

但是，看见埃尔维如此神采奕奕，充满乐观精神，我脑中冒出了一个想法：这是个具有超适应力的人。医学若能探索这一"超适应"的新概念，将不无裨益，学校应该注意，若过分担心学生不适应，那就会一下子塑造出一些具有超适应力的学生来。

所谓具有超适应力者，就是幸福地处在自己的环境中，"如鱼得水"。鱼就是对水具有超适应力的典型。这同样也是说，幸福越完整就会越不牢固。原因很简单，如果水太热，太咸，或水位降低，那就……因此，对水还是具有普通的，一般的适应力为好，就像两栖动物，它们无论在干燥的地方还是在潮湿的处所，都没有完全的幸福而言，但是无论在这两者的任何一个环境中，都基本能适应。我并不是想让埃尔维倒霉，可是我觉得，倘若某种东西在他那辉煌的组织中出现了裂缝，倘若命运之神准备给他以不利的打击，那他就将很难再恢复他那完美的平衡。而我们这些两栖动物，遇到什么事情都不是那么坚定，习惯于见机行事，见好就收，所以，我们生来就善于对付周围环境出现的任何背叛行径。

1938年11月4日。每次经过卢浮宫附近时，我总是责怪自己不经常进去看看。人住在巴黎，却从不进卢浮宫，这是最不可饶恕的蠢事。整整克制了两年多之后，我于今天下午进了卢浮宫。这次游览最明显的益处，就是使我从自己的兴趣改变中领悟到了自身所经历的重大变化。

我很难想象谁见到这琳琅满目的杰作，会不热泪盈眶。帕罗斯岛古阿波罗雕像多有魅力！雕像的双腿连在一起，双臂从上身中伸出，身躯圆如石柱，显得庄重严肃，可温柔的面部容光焕发，闪耀着谜一般的微笑，在布满石像表面的刀痕的衬托下，更显得悲怆动人，两者形成了迷人的对比。

我想象着，倘若这位神祇，就在我的家中，为我日夜拥有，那我的一生该会有怎样的变化。说实在的，若这颗二十个世纪前陨落的流星突然火红一片，降临到我的身边，我很难设想该怎样忍受。世间的任何东西都不能比这尊雕像更好地阐明艺术的本质功能：艺术品为我们那被时间折磨成病的心灵——由于时间的侵蚀，由于对艺术品的扼杀，也由于我们所热爱的一切不可避免的消亡结局——带来一定的永恒性。这是一剂灵丹妙药,是一片我们向往的和平绿洲,是一滴落到我们烧得发烫的双唇上的清凉水珠。

在希腊及拉丁展厅中最令我流连的,是胸像。那一张张脸庞上,极为强烈地表现出智慧、雄心、残忍、自信、勇气,以及较为罕见的善良与崇高,无论你怎样细看,都不会感到厌倦。人们也会不厌其烦地向他们提出同一个永远得不到答案的问题:你们是何种环境、何种生命与何种宇宙的神秘象征。

至于剩下的部分,用不着驻足停留,我较为匆忙地走过几个展厅,没有投入什么注意力,除了有那么几幅画——十五年来总是这几幅——我在某种意义上拜访它们一下,问候一下它们的情况,从它们身上观照一下自己的形象,因为这是些无可比拟的明镜。我在这里又有了某种体验,想当初,这最让纳斯托尔感到不安,他在圣克利斯托夫中学的各个场所努力捕捉这种体验的不同变化,这就是对空气饱和的体验。在这一美得饱和的空气中,我领受到了某种飘飘欲仙的迷醉感,它与负载时的迷醉感觉并不是没有远亲关系。在我耐心拼凑的巨大图案中,如今又添上了一块拼板。

走出检查处的栅栏时,我发现一个小孩跟进口处把门的正吵得厉害。我很快明白了他们争执的原因,看来是吵不出名堂的。原来小孩子带了架照相机,可把门的要他交半个法郎才放他进馆。可孩子没有钱,于是把门的便让他把照相机存放在衣帽间,可这个主意很滑稽,因为存放相机也要花半个法郎。最后,孩子放弃了,失望地离去,我当然进行了干涉,给孩子解决了难处——不是成人们那种荒诞的办法,给他五十生丁的照相机赎身钱——而是具有传奇、冒险和走私色彩的做法,我把引起争论的照相机鼓鼓囊囊地塞在腰间,用上衣盖严,然后领着孩子走进了栅门。

艾蒂安十一岁。他长得比实际年龄还矮小,脏兮兮的,令人心动。小脸蛋的五官很不端正,瘦瘦的,尽是骨头,显得坑坑洼洼的,与矮胖的身子、笨拙浑圆的双膝形成了美妙的对比。他的衣袋,全都被书戳破了,两只手短短的,被无情地啃去了指甲,看样子,他属于那种智力成熟得令人震惊的孩子——好像一出生就什么都读过了,都明白了似的——与之相矛盾的,是身体发育的迟缓,不管他们说什么,都给人以天真的印象。

一进展厅,艾蒂安便对展出的作品表现出惊人的熟悉程度,领着我直奔吉多·雷尼①的《大卫》,说要把它拍下来。画中是个胖胖的男孩,饶舌而又愚蠢,宽宽的脸颊,眼睛漂亮但没有丝毫的狡黠,头戴一顶稀奇古怪的羽毛帽,身上紧巴巴地裹着一张兽皮,这样的形象怎能赢得艾蒂安的心呢?艾蒂安向我作了解释,透过那有些模糊不清的解释,我似乎明白了在艾蒂安的眼里,这个大卫是一个从来就无所畏惧、富有慑服力的种类的化身。艾蒂安竟然有这样的发现!有的生命是有限的,虽然有着惊人之美,却没有延续性,直率地说吧,若不是他们向我们展示出对存在无可挑剔的适应力,

---

① 吉多·雷尼(1575—1642),意大利博洛尼亚画派油画家、版画家,新古典主义的先驱。

对他们的愿望，对周围可及的事物，对自己的话语，对人们向他们提出的种种问题，以及对他们自身的能力和他们所从事的职业都表现出神奇的一致性，那我们完全有资格对他们嗤之以鼻。他们降生于世，活着，然后死去，仿佛世界是为他们创造的，他们也是为世界来到人间，别的人——诸如怀疑者、动荡者、愤世者、好奇者，艾蒂安及我之类——看着他们一个个逝去，为他们的自然而惊叹不已。

近段时日的一些忧虑就这样差不多忘却了，可梵蒂冈博物馆一尊雕像的模塑品又猛然把我拉回到忧虑之中。雕像底座的标牌上的字已引起我的惊恐：Héraklés Pédéphore（赫拉克勒斯），果然，雕像表现的赫丘利[①]用他的左臂举着坐在上面的小儿子忒勒福。所谓Pédéphore，就是规范法语中所说的"负载孩子"的意思。因此，全名就为：负载孩子者赫拉克勒斯。

艾蒂安打量着我，实在不明白我为何如此大惊小怪。这时，我笑着蹲到他的身旁，把我的左臂伸到他的双膝后。他马上参加了游戏，坐到了我浑圆的胳膊上，我模仿赫丘利，故意用右手撑着一根大木棒，站立起来。走出不多远，我们本来还可以再模仿一番，学一学赫耳墨斯的模样，这是普拉克西特利斯[②]雕刻的作品，赫耳墨斯的那只左臂也同样举着一个孩子：巴克科斯[③]。可是，我们更被另两件模塑品所吸引，

---

① 赫丘利为罗马神话中的英雄，即希腊神话中的赫拉克勒斯。
② 普拉克西特利斯（活动时期为前370—前330），公元前4世纪雅典雕刻家，古希腊最有创造性的艺术家之一。
③ 巴克科斯，一译巴克斯，为罗马神话中的酒神，即希腊神话中的狄俄尼索斯。

这两件作品的原件都在那不勒斯国家博物馆。其中一件表现的是一个在敲钹的森林之神，脑袋半扭向坐在他颈背上的孩子狄俄尼索斯。孩子用左手牢牢地抓住林神的头发，右手递给林神一串葡萄。很幸运，展厅里就艾蒂安和我两个人，我这位偶然相遇的同伴高高地坐在我的双肩上，我转着圆圈，合着想象中如霹雳般大作的铙钹声的节奏，模仿着跳起林神的舞蹈，肩上的狄俄尼索斯用那两条脏兮兮的光大腿紧紧地夹着我的脸颊。不过，使我们得以一展雄风的是那不勒斯的另一尊雕像：赫克托耳背着他受伤的小弟弟特洛伊罗斯。可这是怎样的背法！赫克托耳把孩子往肩上一丢，用手抓着孩子的右腿肚，就像抓着一只往下坠的袋子，小特洛伊罗斯脑袋冲下，左脚在空中挣扎。我显出一副想邀他一试的征询神态，看了看艾蒂安，他二话没说，把他的左腿递给了我。我抓住他的脚腕，一下子把他抛向空中，用力相当猛，以免他的脑袋碰到地上，紧接着，我装出一副无所顾忌的样子（可我那温柔而非凡的承载使命在暗中予以克制），把他甩到我的背后，笑得几乎发不出声来。多惬意啊！在我心间缓缓流淌的是一条多么美妙的蜜之河！

艾蒂安和我在门口分了手，恐怕我再也见不到他了。想到这一点，我喉间不禁发出一小阵无声的呜咽，可我从可靠的、正确无误、绝对必须听其劝告的渠道得知，对我来说，与这个或那个孩子建立个人的关系是不妥当的。说到底，这该是怎样的关系呢？我想这种关系势必要顺着早已划定的道路轻易发展，那就是父子的关系，或者性的关系。我的使命要更崇高、更普遍。若只拥有一位，那就等于一无所有；若失去了一位，那便无异于失去一切。

1938年11月10日。整个夜里，天使之症憋得我透不过气来，噩梦缠绕着我，我被淹没在泥沙和淤泥之中……我起床时，胸口还像被碾碎了一般，可总算结束了那给本来已经相当苦涩的现实又扩展了地盘的一个个幻觉，心里还是高兴的。咖啡苦得不能喝。来一阵大声号叫。又是两阵号叫。没有任何轻松的感觉。早上唯一的安慰是在粪便之中。我在无意中出色地拉出了一根美不可言的长屎，这屎长得两头搭在一起，恰好在马桶里绕了一圈。我满怀着温情望着我刚刚生出的这个漂亮的"活泥胖娃娃"，重又对生活有了兴趣。

便秘是造成心情抑郁的主要原因。我多么理解这个伟大的世纪，理解它为何如此嗜好灌肠剂和泻药！人类最难以容忍的，是当一只带有两条腿的粪袋。只有排泄正常、丰富而且惬意，才可能医治这一命运，然而，赋予我们的这一恩赐是多么吝啬啊！

1938年11月12日。拉歇尔与纯洁的行为（功能=0）。雅诺与欣快感。《圣经》中关于古亚当的教诲。这些因素在我脑中排列组合，构成了一个有机的整体，我看到一个名字的六个字母从中隐隐约约地显现出来：Nestor（纳斯托尔）。

对统治的渴求。没有什么比这几个字更能勾勒出纳斯托尔的个性了。为了达到自己的目的，保证自己能控制他人，在我今天看来，他似乎具有两条途径。一条是与圣克利斯托夫中学这个禁闭的天地紧紧结合在一起的，他像一只蜘蛛，蜷缩在这所网一样的中学中心，学校里的每一座建筑，他都掌握着钥匙，里面的孩子全都盲目地崇拜他，而大人们在他面前也是浑身发抖。对这个禁闭的天地，他警觉而又细心地测量着一个个不同地方的大气密度变化情况，比如，课间活动的院子里，密度要比小教堂里小；可在饭堂里，空气甚至要比玻璃水族缸里更沉闷，而深更半夜的宿舍里，则可获得大气最丰富的配方。

另一条途径，他无疑早已预见到，而且也是有点儿主动踏入这条道路的，不过时间较晚，未能深入其间。我想说的是那条承载之路。圣克利斯托夫和阿尔布克尔克，骑士之战以及他那辆神奇的自行车——是小学生最佳的承载工具——这一切无不表明他并非不知道这条途径。就此，我想提出一个假设，虽然不怎么经得起推敲，但还是留待将来去证实吧。我在纳闷儿，这两条途径是否相互排斥，就像两条不能同时行走的道路，虽然抵达的终点是一致的。学校的禁闭性——"寄宿"学校，说得多么贴切——使承载之术无用武之地，除非作为一项有益的活动，以备将来能有到自由的空间去的一天。承载之术是与开放的空间，密度很少的空间相适应的，就此而言，就像飞行员的氧气罩，戴着它在高空飞翔。

当然，这一切纯粹是推想，但毕竟是我的大脑做出的一份努力，以理解不由分说呈现在我面前的原始材料。

就这样，自从离开寄宿学校后早已忘却的"大气密度"，在短短的几天里又再次回到我的脑中，第一次在卢浮宫，仅是暗示性的，第二次就是今天上午，来得是何等猛烈！

事情发生在里沃利街，恰好是119号。那是个路口，小路通往查理曼街，离一所同名的中学不远。由于我有事要去塞莱斯坦沿河马路的供货商家，我走进了这条昏暗而狭窄的小巷，巷子连续穿过了两家小院子。学校肯定是刚刚开了门。迎面突然涌来一群孩子，又喊又叫地在狭窄的巷子里拼命挤，最后挤进了稍稍宽阔一些的小院子，紧接着又你挤我撞地向里沃利街涌去。面对这群孩子，我就像是一条在山间湍流中搏击的鲑鱼，虽然经受着击打与挤撞，心间却有着妙不可言的幸福感，宛如一朵玲珑的小花，展开所有的雄蕊，经受着挟裹着花粉的狂风的猛烈吹打。这阵幸福感仿佛长了翅膀，就像我抱起被风扇叶击伤头部的雅诺的那一时刻，向我涌来。不过，这一次的欢乐感更丰富，更激荡，只差补完这一最后的印章，就可超越"负载的迷醉之感"。

如今，我终于明白了笛卡儿那短短的几行字为何会在阴沉的哲学课中突然在我眼前冒出熊熊火焰。我隐隐约约感觉到，《方法谈》中阐述的下面这条规律与纳斯托尔的主要忧虑是有一定联系的："到处进行极为完整的清点和全面的核查，从而保证没有任何疏漏。"自我封闭、不向外界开放的世界只遵循自行规定的内部规律，它的最大功绩就在于满足了上述这一基本的定律。

可是我呢，我生活在开放的天地里，远离纳斯托尔的城堡和他清点在册的子民。我在摸索着，唯一给我安慰的就是心中怀有的信念，我坚信一条无形的细线在指挥着我的双脚神秘地向前迈进。"看着圣克利斯托夫,步子要走稳。"

回到车库后,我想查清目前法国到底有多少儿童。我以十二岁为限,这是儿童的最佳年龄,从某种意义上说,它达到了儿童的成熟期的顶峰和美妙的成长阶段,同时也令人遗憾,因为这个年龄期面临着青春期的灾难。下面就是一位专门研究人口问题的记者朋友给我提供的有关数字:

法国出生人数表

	总计	男婴	女婴
1926	767 500	392 100	375 400
1927	743 800	379 700	364 100
1928	749 300	383 600	365 700
1929	730 100	373 000	357 100

今年是1938年,是个特别不祥的年份。外部的空气处于稀薄的极限状态,眼前的密度用不了多长时间就将不复存在,学校里年龄为十二岁的人数在1939年突然下降,1940年有所回升,可1941年又急剧下降。

1938年11月15日。昨天晚上,埃尔维夫妇终于战胜了我的抵触情绪,拖着我去了巴黎歌剧院,那里正上演莫扎特的《唐璜》。

我一直知道自己讨厌歌剧,可现在我明白了产生讨厌情绪的原因。这是因为在他们为我们表演的这个天地中,人物的性特征被夸大到了滑稽的地步。男人充满雄风，与兽性不相上下，女人则表现出无以复加的女性特征，歇斯底里仿佛就是她们平常的气氛。我自己也说不太清楚，反正在我看来，清纯具有重要的价值——与它相比，其他各种不过是空头支票和伪币——而歌剧是最没有资格赞颂这一价值的。勇敢、崇高、庄严、某种美的形式——高雅的、高傲的或激荡的——以及深沉、残酷、爱情等，都可以。唯独清纯不行。无论是音乐、布景，还是情节，或者人物，都不能给它留下任何位置。实际上，歌剧院——无论是指整个剧院还是仅指演出的台子——对我来说是个令人窒息的场所，显而易见，孩子们是不能入内的。呸！

至于昨晚的演出，我不得不承认它像一根刺，已经扎进了我的心脏，原因十分简单：唐璜就是我。哦，当然，这是个经过乔装打扮、戴上假面具、穿上化装服的人物，如果人们要把我推进一个清纯性被完全排斥在外的天地里，让所有人都上当受骗，使人们无法识别出那个人物就是我，那必然要进行化装。勒波雷洛炫耀他主人征服了多少多少女性，宣布在德国有一百四十位、意大利二百三十位、法国四百五十位、西班牙一千零三位，这场戏所表达的正是我再了解不过的穷极意志。任何一个拉歇尔，也都会对唐璜说："你呀，不是个情人，是个吃人魔鬼！"既然我的眼睛看得清，我的耳朵也听得见，我自然明白了那一可怖的结尾，它所表现的不过是我自己的死，当然与情节安排的前提是相适应的。我毫不怀疑，总有一天深夜，在墓石中雕刻出来的一位来访者会用他的石拳来敲击我的房门,握住我伸给他的手,把我领到有去无回的黑暗世界。但是,他长得不会是一个遭受嘲讽和杀害的老人形象。他的面孔一定是我自己的面孔。

如今,我已经知道了我的结局:它将是我心中的石人对我身上剩下的血与肉的最终胜利。当我的命运彻底掌握了我,当我的最后一声呼喊,最后一声叹息终于在石唇上消失时,那么这天夜里,整个残局就完成了。

1938年12月2日。刚才我目睹了拉索塞伊大街市镇小学学生放学离校的景象,我仿佛看到了一只巨大的水斗,一下子把所有的学生全都舀了进去。它不仅沿着门墙逮住了大队人马,而且还横扫人行道,连最先出了校门的几个学生也不放过。就这样,我眼前猛然出现了一片黑罩衫,上面沾满了红点,到处是一条条裸露的小腿和一张张笑脸,像蚂蚁般在攒动不息。

1938年12月9日。各家报纸都刊载了维德曼在拉塞尔圣克鲁的"拉伍尔齐"别墅被逮捕的消息,这是个德国人,被怀疑杀害了七条人命。

1938年12月12日。今天早晨,城市覆盖了薄薄的一层白雪。这可是出门漫游一番,拍几张照片的难得机会。我胸前挂着"禄来福来"反光照相机,沿着鲁尔大街向上方走去。来到圣克洛瓦中学课间活动院子前,我停下脚步,细细地观看了一阵,孩子们正在做四组舞游戏,男女舞伴不断前后交叉移动位置。毫无疑问，这一新奇的舞蹈，这些不断重新组合、忽而消失忽而重现的脸蛋儿必定具有某种意义。可有什么意义呢？分组、排列、组合、集中、分散，这儿的一切和在别处一样均是符号，甚至比别处更为突出。可到底是什么符号呢？在这个充满难解的符号的世界中，我永远在探索这个问题，可我一直没有得到打开它的钥匙。

我走到将圣克洛瓦中学的院子与人行道隔开的栅栏旁，透过铁栅栏，像机枪连射似的，噼里啪啦拍下一张张照片，如同对着动物园铁笼子里的动物开枪射击的猎手一样，心中荡漾着强烈但负罪的欢乐感。这一个个形象，我将从容地加以研究。对这个有时放任自流、但时刻有人控制的小社会的不同发展状况进行比较。要是我不能从中发现一点儿什么，那才见鬼呢！把孩子们装进笼子……我这吃人魔鬼的灵魂也许可以从中获利。但是，还存在比普通的文字游戏更为深远的东西。任何格子都是破译密码的格子，关键是要善于运用。

1938年12月15日。午休。雅诺坐在我的对面，左手插进栗色的头发里，正在读书。有时一时中断，他就用手指着正在念的那行字；如果必须停止阅读，他就从口袋里掏出一根铅笔头，在以后接着往下读的地方画上一个"十"字。

他刚才读的，是意大利人科洛迪[①]的《匹诺曹》。我随手翻了翻这本被丢在一边的书，一开始心里就紧张，料定准少

[①] 科洛迪（1826—1890），意大利著名作家、童话家，《匹诺曹》是其代表作之一，又译为《木偶奇遇记》。

不了残酷的描写，因为童话往往充塞着这些玩意儿。仿佛孩子们是些又呆又笨的木头人，最不聪明，也最不敏感，唯有糟糕透顶的故事——名副其实的文学劣酒——才可能把他们打动！贝洛[①]、卡罗尔、布施[②]等，都是一些虐待狂，连神授的侯爵也没有任何东西可以传授给他们。

开头时《匹诺曹》让我放下了心。它讲述的是一个突然拥有了生命的木偶的故事，与古老而温柔的仙魔传统是一脉相承的。可是，由于匹诺曹和他的朋友洛米尼翁在学校学习很不用功，两人变成了驴子，当我读到这段可怖的描写时，心里很不好受。他们俩吓坏了，马上跪到地上，双手合十，乞求饶恕。可是，只听得他们的祈求声渐渐地变成了稀奇古怪的驴叫声，合十的双手变成了蹄子，嘴巴变成了驴嘴，裤子的后裆鼓了起来，随着一声不堪入耳的撕裂声，钻出一条毛茸茸的黑尾巴。真的，我不知道竟然会有如此可怖的场面。即使《驴皮记》中的让那个乱伦的父亲放弃纠缠而出现的那张越来越丑的驴皮，也不像这两个孩子的苦苦挣扎一样，令我产生如此强烈的憎恶感。

但是，我想到了匹诺曹和洛米尼翁的悲惨经历对我来说并不新鲜。魔杖一挥，将马车变成南瓜，把小男孩变成驴子的妖魔，我每天都能遇到，这就是"发育妖魔"。十二岁的

[①] 贝洛（1628—1703），法国诗人、作家，被后世视为现代童话故事的奠基人。
[②] 布施（1832—1908），德国画家、诗人，作过一系列连环画，在欧洲很有影响力。

儿童达到了平衡与发育的不可超越的极限，使儿童得以成为创造的杰作。这个年龄的儿童幸福、自信，对周围的世界充满信心，在他看来世界是那么整齐有序，可谓完美无瑕。就其自身而言，无论是面容还是躯体，都是那么美丽，以至人类的任何美貌都不过是这个年岁的或近或远的反光而已。过了十二岁，便是灾难。雄性的一切丑恶——那毛茸茸的污垢、死尸般的成人肤色、粗糙不平的脸颊，还有那个像驴鞭似的、大得畸形、臭烘烘的生殖器——全都涌向从宝座上拖下地来的小王子。转眼间，他变成了瘦骨嶙峋的狗，弓着腰，满脸疱疹，目光不可捉摸，贪婪地泡在像垃圾般污秽不堪的电影院、音乐厅里，总而言之，成了一个少年。

变化的方向是明确的。开花的季节已经消逝。必须结果，必须变成种子。婚姻陷阱遂像钳子般在稚童头上合拢。就这样，他跟别人一起套上了传宗接代的沉重大车，被迫为人口的大腹泻做出自己的一份贡献，如今，人类正因此疾而慢慢死去。悲伤啊，愤慨啊。可这又有何用？难道不正是在这堆粪土上不久又要盛开别的花朵吗？

1938年12月18日。杀害了七条人命的维德曼一案正在预审。此人身高一米九一，体重一百一十公斤。这正好是我的人体测量值。

1938年12月21日。今晨，在鲁尔大街。我正要走过圣克洛瓦中学院子的尽头，顺着一个紧挨一个的工厂和泵站，往我的汽车库走去，可突然响起一声长长的喊叫，淹没了学生课间游戏的喧闹声，我立即像钉子般被钉在了原地。这是一个拖得长长的喉音，纯洁无比，仿佛是发自内心最深处的呼唤，最后变成了一连串欢快动人的变调，渐渐消失了。精确、饱满、平衡、洋溢，多么令人惊诧的深刻印象！

我立即掉转步子往回走，心想我一定会在院子里发现非凡、辉煌的东西或非凡、辉煌的人。但是没有，什么也没有发现。我耳中回荡着这声清纯而又蕴含着人体一切和声的呼唤，可孩子们依然来来回回，仿佛从未发生过这一声响的奇迹。这群孩子中间到底是哪一位在内心深处发出了如此幸福而清纯的呼唤？在我看来，他们一个个难分你我，也就是说，他们全都是同一的本质。

我伫立良久，沉浸在这声"呼唤"之回音的摇荡中，回音越来越遥远，可呼唤声已经在我心中激起了对圣克利斯托夫中学的回忆，孩子们的打闹嬉戏声如响亮的多重奏，淹没了这声呼唤。接着，铃声响起，教室的门口立即出现了长队。最后，我也离开了变得空荡荡的院子。

回到汽车库前，我记下了这声"呼唤"的日期和时间，显而易见，这呼唤声就像经常会有奇迹显现的想法一样荒唐。

1938年12月23日。在拉索塞伊大街，一幢毫无装饰的大楼房里设有幼儿园，男生小学和女生小学。如今，我养成了习惯，常在晚上6时去看孩子们离校的情景。有一天，我在小学生课间休息的时候经过学校的高墙，忽然高墙后传出一串欢乐的声音，我立即被吸引住了。我停下脚步，被这巨大的合唱声裹挟而去，飘飘欲仙，这合唱声显得一致而又丰富，不时地出现毫无规则的停顿和感叹，还有延长号和小声演唱的反复记号。我始终在等待着"呼唤"，前天在圣克洛瓦中学的栅栏前，那声呼唤触动了我的心，而且是那么热烈，我坚信那绝不是一种个人的发声天赋的表现，而是儿童的本质以声响形式的显露。

今天上午，我没有听到"呼唤"，可继合唱队那个强烈、激荡的声部之后，突然出现了一个细腻的颤音，一个尖细的拨奏，细得就像一条小花边，既充满嘲讽意味，又给人以抚摸的愉悦，刺激着我的眼睛，竟然使我眼中溢出了泪水。我打定了主意，要让卡尔·F把他的录音机借给我，把这些声音全部录下来。我一定要每天都到这儿来，把每一次课间活动都固定在磁带上。然后再回到家里安安静静地听，一遍一遍地听，直至获得交响乐的主旋律。谁知道呢？也许我可以跟着一起歌唱，也许我可以把一切记在心里，或许还可以在我记忆的深潭里重现11月25日5时或12月20日10时的课间活动的情景，就如我可以在自己的想象中奏起贝多芬的四重奏或肖邦的练习曲。

我等待着，以获得这一新型的音乐文化，在这等待的时刻，我观察着关闭了多时的孩子们涌向校门外，突然被甩到街上时的情景，我总是带着一种惊奇的心情，而且这份惊奇中有着永不消失的新鲜感。我发现最先跑出校门的和最后从学校里出来的总是那么几位。慢慢地，我认识了他们，与在瓶口似的大门中号叫着往外拥挤的大队人马相比，我对他们更熟悉。

另一扇大门里"汩汩地流淌出"一群小女孩,我兴奋而好奇地盯着她们看。把男孩和女孩分隔开来,谁也无法说清这在我们的儿童时代到底产生了多大害处!男人和女人是那么格格不入,难以在共同生活中结合起来,可是,当孩子们达到分享一切的年龄时却又不让他们相互适应,真是愚蠢,真是罪过。谁都知道,只要用同一个奶瓶喂养狗和猫,它们就可以共处!

1938年12月28日。 因圣诞节放假而变得空无一人的学校和操场笼罩着深不可测的悲伤气氛。一旦失去了这些令人振奋、空气新鲜的小岛屿和这些令人一时忘却了成人世界恶臭的氧气球,该怎样生活呢?我顿时领悟到这世上再也没有比孩子们的自由更有害的了。他们随风飘散在各地,只给稀薄得几乎难以呼吸的大气留下位置。

正是怀着这种忧伤的心情,我在今天上午参加了献给圣婴的弥撒,这些圣婴是在大希律王①的命令下被杀害的。我怎么就没有把这一可怖的大屠杀与我每日领略的儿童喊叫交响曲联系在一起呢?耳边响起了《圣经·马太福音》中有关这一罪恶的记载的吟诵声,我躲到了一根柱子后,满怀柔情和怜悯,不禁哭泣起来。

1938年12月31日。 再过片刻,1939年就要开始了。男人和女人们都戴着小丑帽,朝对方的脸上抛彩纸屑。由于失眠,

---

① 大希律王(前73—前4),罗马帝国在犹太行省耶路撒冷的代理王,希律王朝的创建人。

这床榻变得干燥乏味,绝对冷淡。我离开床铺,像个梦游者似的在一条檐槽边游荡。没有天火和硫黄雨,这一年就永远结束不了,这一死死的念头使我恐惧而悲伤,以致浑身麻木。我打开了《圣经》,可这部由与我同类的夜行动物撰写的书只能给我带来自己哀叹的回声。这回声被扩大到令人害怕的地步。

  我双眼被悲伤蚀损,
  四肢宛若黑影。
  我等待的所在,是死者的去处,
  我要在地狱中搭起安身的床铺。
  我朝坟墓呼喊:你是我的生父!
  朝蠕虫呼唤:你们是我的弟兄!
  死者的黑影在水下晃动,
  死者的处所赤裸裸地面对上帝,
  深渊无遮无掩。
  它在空虚之上铺展北方,
  在虚无之上悬挂地球。
  它把水注入云团,
  乌云决不会在水的重压下碎裂。
  它遮蔽了宝座的视野,
  笼罩上片片乌云,
  在水里画上一个圆圈,
  构成了光明与黑暗的临界。
  上帝在我的小道上铺撒黑暗,

夺走了我紫红色的长袍，

摘取了我头顶的王冠，砸碎在崖石上。

它粉碎了我的一切，

如拔树，连根拔走了我的希望。

上帝制造了创伤，继而又把伤口扎上，

它伤害了众人，又用双手医治创伤。

我知道，终有一天它会把微笑还给我的双唇，

使我的嘴里充满欢快的歌声。

那时，大地会因欢乐而颤抖，

笑声将在大海上回荡，

爱意中必将是原野的震颤，

森林中，万木的枝叶定将在嘶鸣中晃动，

如同烈马抖动着长鬃。

1939年3月2日。年初以来，我什么也没有写。说实在的，我是勉强活了过来！对一个被投入了黑暗之中的孩子来说，严冬的潮湿与寒冷总是与存在的痛苦连在一起的。我经历了多少个岁月之后，终于明白了这不过是一个季节，一个恶劣的季节而已。随着我一年年衰老，时光对我来说消逝得越来越快了，因此，我慢慢地可以测量并驾驭越来越长的时间。但是，寒冬还没有被缩短到足够的程度，我没有能力大胆地跨越它，在另一个深渊的边缘站稳脚跟。也许总会有这么一天。眼下，我又一次失足了，陷入了一月份和二月份的

深潭之中,感到永远难以从中摆脱出来。

确实,我痛恨冬天,因为冬天憎恶肉体。无论在何处,只要发现裸露的地方,它就像个严厉的清教派予以惩罚,进行鞭笞。寒冷是堂道德课,这是最可恶的冉森教派的发明。从逻辑上讲,由于**征兆需要肉体才能表现**。冬季便迫使各种声音保持沉默,同时熄灭了平素构成了我人生旅途标记的火光。这样一来,我便遇到了障碍。我脑袋靠着墙,双拳顶着耳朵,在冬眠……

但是今天早晨,阵阵暖风扇去了整夜击打着汽车库玻璃天棚的雨点。海洋的一阵怒吼,感动了苍天。一走出家门,我便突然被一群寄宿学校的小姑娘包围了,她们全都露出冬天捂得白乎乎的小腿。马贝尔,我们不久就又要看到短袖衬衫、白色短袜,还有短裙和短裤了!你可以准备好录音机和照相机,去偷录喊叫声和各种声响,去抢拍一个个形象。

但你也要小心谨慎,因为各种预兆将迫不及待地显现在你的脸上!

1939年3月4日。 六十二位枢机主教各携一名随员和一名显贵于前日上午被关进了梵蒂冈那个专门用作教皇选举会场的地方,他们歌唱着《造物主降临颂》,可苍天大怒,发起狂风暴雨,淹没了他们的歌声。就这样,在选举教皇会议总管齐吉君主的关照下,世界教会渣滓中的精华分子被禁闭在一个与世隔绝的地方,各个出口由教皇部队和天主教最高法院的助理办案人员严加监视。

只要尽力想象一下由这一百八十六位老翁主持的巫魔夜会，想想里面的空气已经密集到迄今闻所未闻的地步，你准会不寒而栗！只有从西克斯图斯小教堂烟囱冒出的缭绕的黑烟表明了这群不受任何制裁而昏了头脑的人所施行的种种魔法。

17点30分，加亚西·多米尼奥尼枢机主教登上了司仪们打开的圣皮埃尔中心阳台，阳台下方，展开了一幅巨大的挂毯，上面织有庇护九世的徽章。

"我向诸位宣布一个十分令人欣喜的消息，"他宣告道，"我们的教皇为十分受众人尊敬的犹金·帕塞尼主教。"

全体人员立即唱起了《感恩颂》。

我不知道帕塞尼为何许人。他的名字叫犹金，跟案子正在预审中的维德曼一个名字。此外，我在报纸上见到他的照片：简直就是拉美西斯二世的木乃伊，只是更干，更没有人味罢了。活脱脱一个反牧师的形象，被临近的世界末日召来的"纯洁"魔鬼们毁了面容。

1939年3月15日。我注意到了一个小姑娘，跟她一起从拉索塞伊大街市立小学出来的有一大群同学，她有着惊人的外貌，在我看来，尽管她上身还是扁扁的，双膝还被擦伤了，可已经有着十分明显的女性特征。我注意到了她，可说得更确切些，是她注意到了我。这是必然的。这几个星期以来，我常来这儿，带着"禄来福来"照相机，或者卡尔·F的录音机，我把录音机藏在我的旧奥兹基斯车里，把一根类似天线的杆子垂直固定在两个车门中间，天线上端安了一只麦克风，露在车外；有时，我干脆把照相机和录音机全带上，供不同时刻使用，学生课间休息时用录音机录音，学生放学时用照相机拍照。

我知道她名叫玛尔蒂娜，因为我听到同学们这样呼喊她。我给自己提出了这样一个问题：背小女孩该是什么滋味？我在圣克利斯托夫中学接受的纯粹是男孩的教育，因此对我来说，女性儿童是一块陌生的土地，我迫不及待想进行探索。

1939年3月21日。在我看来，这春季的第一天标上了一块黑石和一块白石，仿佛从今天开始，我人生道路上吉祥与不吉祥的成分将不断取得相互的平衡。

所谓黑石，是因为我通过新闻获悉，我每天都在关注其预审案进展情况的维德曼于1908年2月5日生于法兰克福，是个独子。我也是独子。我于1908年2月5日生于古尔奈昂布莱。因此，这位杀害了七条人命的凶手不但体重和身高与我的完全一致，连出生也非要跟我同一个日子。这种种巧合伤害了我，其伤害远远超过了我所能表述的程度。

所谓白石，是因为昨日4点半的反应被录了下来，可以成为这类作品的伟大经典之作。我平生第一次听到了纯粹的乐器演奏的交响曲渐渐地向戏剧性表演情节，即向清唱剧发展。内容被一圈圈录制在磁带上。我恐怕已经反复听了二十遍，我不觉得会有听得厌烦的时候。

如同序曲般最先出现的是一连串雄壮欢快的乐声，在周围造成了一片寂静，吸净了所有其他的动静。接着，这个听似和谐一致的声部渐渐地分散成千百个细微的声音，它因此而呈现出多样性，但同时也受到了削弱。突然一个延长号，是那么响亮，令人窒息，使你的心脏不禁停止跳动。然后又是另一串声音，可这一次千百种声音变成了话语，变成了数不胜数的低语声，其中压倒一切的是一种忧虑，根据不同的棱面，千万次地反复出现、回应。总之，在这颤抖的背景上，刚刚书写了两个鲜红的大字：混账！啊，这声经过长时间酝酿和多种色彩烘托的咒骂，我每次都是浑身颤抖地等待着它，因此，当它爆发时，我已经提前数秒钟蜷缩在扶手椅里，以预防打击。随之而来的，是声部不可避免地化为碎片，往四处辐射——描绘性音乐的爱好者们很容易就可从中分辨出足球赛、两个孩子的疯狂争斗、抢四角游戏或儿歌合唱的情景——但是，对这种文学性的解释必须嗤之以鼻，相反，在这四处分散的声响中，应该看到全体同学为追求别具一格的表现所做的努力，甚至有可能对学校造成最大的危险，因为这也是为造就特殊人物所做出的努力。但是，一切又重新化为一个巨大的宣判声，充斥着哄笑或呻吟，闪烁着银白色的水珠，颤动着一个个满含微笑或悲怆动人的脸蛋儿。这声音一直延续着，直到急骤的钟声重又击打着宏阔的圆顶，向四处出击，渐渐缩小包围圈，最终将它消灭，只听得木底鞋踏在坚实的地面上发出的嗒嗒声。

当我的磁带第二十次围着转盘旋转时，我发现在录制时竟然没有注意到这十五分钟的内容具有如此明确又显而易见的细节——当时，我只听出了动人但杂乱的喧闹声——只有一遍遍细听之后，它才渐渐表现出来，我为此而深感震惊。

要穿透近视或耳聋这一堵墙，必须让各种征兆加倍地撞击我们。要明白世间的一切都是象征与喻义，我们只须拥有无限的专注力。

1939年4月6日。阿尔贝·勒布伦重新当选为共和国总统，集中在凡尔赛议会宫的九百一十位参议员与众议员中，有五百零六位投了赞成票。他们在自己的选择中表现出了考究的分辨能力。唯有勒布伦成功地实现了这一壮举：让卑微与下流结成了同盟。

1939年4月14日。今天晚上，玛尔蒂娜在头上围着一块黑丝巾，相当紧地裹着她那三角形的脸蛋儿。一旦摆脱了金黄色环形鬈发滔滔不绝的轻佻炫耀，集中到主要的线条上，这张脸庞便拥有了圣母一般的纯洁性，尽管神情严肃，但仍然充满稚气，把纯洁的面容衬托得愈加鲜明。她是多么美丽啊！她紧紧地盯着我看，可她没有对我微笑。

1939年5月1日。每当我开着我那辆破旧的奥兹基斯车在街上游荡时，交叉悬挂在我脖子上的"禄来福来"照相机非得紧紧地夹在我的大腿间，我才会真正地拥有完美的欢乐感。就这样，我乐滋滋地装备着一个巨大的生殖器，外面套着皮套，只要我对它一声令下，"看"，它那独眼巨人似的眼睛就会像闪电般睁开，并毫不留情地捕捉住所看到的目标。神奇的器官，喜欢热闹，具有存储功能，犹如一只勤快的猎隼，猛地扑向猎物，抢夺走猎物身上最深刻和最浅表——猎物的外表——的一切，然后呈现给主人！就这样，这件美丽的东西随时都可使用，令人飘飘欲仙，它是实在的，同时也是奇妙而虚空的，在皮带顶端晃荡，宛若一只香炉，赞美着世间一切美的事物！在暗中展开的胶卷是一张巨大的视网膜，看一次就会失明——受到了炫目的刺激——但决不会丧失记忆。

我向来喜爱拍照、冲洗、扩大，自我在巴隆车库安家之后，我把一个小房间改成了暗室，房间很容易挡上光，而且有自来水。如今，我明白了这一爱好是多么凑巧，为我目前的忧虑起了多大的解脱作用。殊不知摄影是一种施展魔法的实践，目的在于拥有被摄入镜头的生命。任何害怕被"抓入"镜头的人都表现出最为基本的良知。这是一种在没有更令人满意的方式的情况下人们普遍使用的消费方式，显然，如果美丽的风光可以吃的话，那人们就会减少拍摄的次数。

这里，有必要与在光天化日下工作的画家作一比较，画家以其耐心而又看得见的笔触，把自己的感情与个性一笔笔画在画布上；与此相反，摄影的动作是瞬间完成的，而且也看不见，就此而言，与魔杖颇为相似，神仙的魔杖一挥，南瓜变成了马车，醒着的少女变成了沉睡的少女。画家爱袒露自己的感情，是慷慨的、离心的；摄影家却吝啬、贪婪、贪食，是向心的。这样说来，我是一个天生的摄影家。我不具备独裁的权力，无法保证我拥有我下决心占取的儿童，所以，我便使用了摄影这一诡计——我得马上作一个说明，这绝对不是权宜之计。无论将来会给我留下什么，我将永远保持对这些形象的爱，这是些光辉的形象，但又像湖泊一样深不见底。有的夜晚，我孤寂一人，往往疯狂地一次次跳入这些湖泊。生命就在这里，含着微笑，有血有肉，奉献在你面前，然而它被魔纸囚禁着，成了那失去的天堂中最后的幸存者，至今，我还为失去这奴役的天堂而不停哭泣。施魔术及其应用早已利用了摄影者对被摄影者的那种半是伤害半是爱恋的占有手段。在我看来，摄影技术的发展，若不放弃施魔术的法力，就会达到更高更远的目标。其目的在于使实在的事物上升一步，拥有新的力量，**即想象的力量。**摄下的形象，无疑出自真实的事物，但同时与我的幻觉又是不可分离的，与我想象的世界处于同一位置。摄影术把真实推向幻想的层次，把实在的事物变成自身的神话。镜头是一扇狭窄的门，被召唤去充当受人支配的神祇和英雄的候选人通过这扇门神秘地进入我心间的万贤祠。

显而易见，我没有必要摄下法国和全世界的所有儿童以满足一直折磨着我的对穷尽一切的渴求。原因很简单，因为每一张照片都把上面的人推向了抽象的高度，同时赋予它某种普遍性，因此，一个被拍照的儿童，便是X个——千个、万个——被拥有的儿童……

"五一"这一天，是个阳光明媚的美好日子，我在饭桌的一角，愉快地用完了早餐之后，便满怀深情把"禄来福来"照相机放在传宗接代的位置上,出发去猎捕形象。我的双眼早已变成了瞄准器,捕捉住树枝间、人行道上甚至擦边而过的汽车里的一切可以捕捉的形象。"五一"的行人,"五一"的狗,无不在以天主般的步履行走在因劳动节放假而变得宁静的街道上。世界在我车子的挡风玻璃后飞逝而去。世界本身就是一个大玻璃橱窗,由一个称作"五一"的橱窗布置专家作了奇妙的安排。在"五一"这个假日里以指挥交通为乐的警察们挥动着白色指挥棒,频频向我作出友好的表示。

我把破旧的奥兹基斯车丢在香榭丽舍桥边的陡坡上。只见灰色的海鸥、纹丝不动的垂钓者、弃而不用的游艇和几位正在河边洗车的小职员,这或许是他们一周里最美好的时光。有个船员猛地发动起一条驳船的水泵,随着马达每次转动,便有一股灰黄色的东西贴着吃水线喷射出来。我溜进了一条小船,冒着被掀入水中的危险,把喷射而出的灰黄色水柱和船体悬崖峭壁般的黑影全都捕捉进镜头,镜头的上方,在蓝天的一角,小人儿正跃身扑去,以自己的整个躯体紧紧地压住水泵的操纵杆。在码头上,一个顽童正在闹着用镜子的反光刺行人的眼睛。我让他把反光射进我照相机的镜头里,预先想象着在偶然的机遇中拍出的照片:一片白色的闪光,顶端是一只头发蓬乱的脑袋,快活的神态,嘴巴正咧着大笑。

在东京宫广场上,一些小男孩脚穿带轮子的溜冰鞋在旋转,另一些在玩球。溜旱冰的双脚一刻不离溜冰鞋。玩球的却从来不溜冰。两伙人从不相互混合，仿佛被一种生物上的差异所隔离。由此而想到了蚂蚁：有的长着翅膀，有的却没有。

我注意到了两个溜旱冰的，是两个小男孩，深棕色的头发，十有八九是两兄弟，穿着相似的服装，脸蛋儿和身躯也差不多，唯一不同的是年龄和个头，有着农牧神和小农牧神的区别。他们摆出一个个快速的迎风展翅的姿势，有时一个起跳，可以跃上好几级台阶。我请他们俩手拉手，在巨大的高浮雕下方旋转，浮雕上表现的是忒耳西科瑞①和一位在绿廊的背景中翩翩起舞的仙女。于是我拍摄下了两对——一对小肉体，一对大雕石——他们互不知晓，然而却如此协调。接着，我告诉孩子们忒耳西科瑞是谁：是希腊的一位文艺女神，主管溜冰。片刻后，大家的注意力被一位骑自行车的小伙子吸引住了，他把一只带轮子的溜冰鞋固定在自行车的前轮上向前行驶。令人惊奇的发明，小学生的两个基本属性的组合，一般来说，这两个属性是不能并存的。被固定住的自行车前轮在石板地上滑动，发出巨大的金属声。

一时中断的游戏重又开始了。追逐、打圈、起跳、跳法兰多拉舞，他们在雷鸣般的金属声响中，旋转起伏。法兰多拉舞队突然分散，起身一跳，跃上了几级台阶。其中一个孩子绊了一下。由于冲力过猛，他在台阶上弹跳了几下，最后摔倒在台阶下，看上去像一小堆可怜巴巴的衣服，一动不动。我认出了他，就是两兄弟中的那位弟弟，小农牧神。他

---

① 希腊神话中九位文艺女神之一，主管抒情故事和诗歌。

慢慢地转过身，坐了起来，然后顶着右膝侧倾着身子。他没有哭，可疼得已经变了脸色。我蹲到他的身旁，把手伸到他的膝盖下，伸到那柔软、颤抖、汗涔涔的凹陷部位——恰好在膝弯部位——心底不禁涌起一股神奇的暖流。他无疑是被大理石台阶上的尖脊碰伤了，伤口十分醒目，令人赞叹不已：一条鲜红的口子构成了一个完美无瑕的椭圆形，宛如独眼巨人的那只眼睛，像缲了边似的眼睑，中间只有一条细缝，眼珠自然是爆裂了，从中透出一束死死的目光，但微微地淌着血，像是玻璃液体，渗出一线细细的淋巴液，在腿肚和护膝上渐渐地积了一摊含有蛋白质的液体。两个孩子忙着帮受伤的儿童解溜冰鞋，我趁机调整照相机取景器与镜头的两个反光镜。现在，得让受伤的孩子站起来，至少要站立几秒钟才行。我扶他站稳，可他摇摇晃晃的，脸色如未成熟的木瓜一样发青。"他要摔倒了。"其中一个孩子喊叫道。摔倒可不行。我使劲地拍了一下受伤儿童的脸。然后，我扶他背靠墙壁。我拍了第一张照片，可在这种直接光线下拍摄的照片肯定毫无特色。我需要一种斜斜掠过的光线以展现如眼眶般的鲜红的伤口深度。于是，我让孩子的身子侧转四分之一圈。我的"禄来福来"照相机把它那机器人的晶体眼睛对准了独眼巨人那只开裂的眼睛，这是与陷入了被动状态的受伤肉体的本质对峙，这是痛苦而公开的对峙，只能用我这把武器的目光去观察，也只有这样才能观察到，因为这种目光是纯洁的，决定性的，并具有支配力。我蹲在这尊小小的痛苦的塑像前，在一种我难以驾驭的幸福的迷醉状态中完成了摄影。接着，我兴高采烈等待着的时刻终于来临了。我让照相机悬空吊着，把右臂伸到受伤孩子的双膝下，又把左臂伸进孩子的腋下，抱着这一柔弱的躯体，站了起来。

我站了起来，双肩触到了天空，脑袋四周簇拥着音乐大天使，在歌唱我的光辉。神奇的玫瑰花为我散发出最为清凉的芬芳。短短几个月中，这是我第二次怀抱一个受伤的孩子，"负载"的迷醉感笼罩在我的心头。这足以证明我已经进入了一个新的纪元。

光线斜照在我的脸上，周围的孩子们觉得莫名其妙。哦，必须重新返回原来的时光中，重新抓住日常事件的发展线索，伪装成人类大家族中的普通一员……

我朝自己的车子走去，把小农牧神放在农牧神的身旁，让他照看着。最后，我把他们俩丢在了阿尔玛广场的一家药店，一边唱着歌，抚摸着腿间的照相机，离去了，相机里存满了新的珍宝，我事先就知道，它们的美必定超过我的期望。

1939年5月4日。今天上午，我在凉拱下溜达，一线阳光透过纳伊圣皮埃尔教堂的彩绘大玻璃，照在凉拱上。一个婴儿的哇哇啼哭声把我引到了偏祭台，那儿高高地放着洗礼盆。一群亲戚朋友围着一个长着深棕色头发的高个子男子，他正神情严肃地用双臂托着一个婴儿，婴儿的身上裹着的好像是新娘子的头纱。**教父在洗礼盆的上方抱着教女**。我第一次抓住了洗礼仪式的迪弗热式含义：这是大人与小孩之间的一次小小的负载联姻仪式。

诚然，这不过是对一种礼仪的派生解释，该礼仪的重要性当然不在这里——不管怎么说，有一点是很明显的，那就是我从来没有被人认作教父。但是，我很高兴地看到，这种事情与我的生命是可以适应的。我从中看到了征兆——要不就是证据——只要事情发生变化，变化自然有些突然，但并非是毁灭性的，也许就足以促使它们改观，而且是朝着我的方向，因为在事物的表面，已经在凹陷处留下了我的印记，由此而展示了我与真正的生命有着亲缘关系。

1939年5月7日。 冲洗胶卷与观察底片往往带着诱惑与遗憾。这些透明的底片有着无可比拟的魅力，可见，旨在恢复正面图像的晒印过程在一定意义上是一个破坏的过程。无论是色彩差别与细节的丰富性、色调的深度，还是暗室中照射底片的光度，一旦失去了从价值颠倒中产生的奇异性，便变得微不足道。看底片中的整个脸，头发是白色的，牙齿是黑色的，还有黑的额头，白的眉毛，眼白变成了黑色，眼珠成了一个淡色的小窟窿；看底片中的风景，只见树木清晰地呈现在墨色的空中，犹如天鹅的羽毛；在那赤裸裸的躯体中，本来最柔和、乳白色最明显的部位在这儿颜色变得最暗、最灰，对我们视觉习惯的这种毫无例外的否定仿佛把人们引进了一个颠倒的世界，不过这是一个形象世界，所以没有任何真正的害处，任何时候都可以根据人的意愿进行复原，这也就是说，是一个可以准确还原的世界。

正是在暗室的红色黑暗中，底片确立了至高无上的地位。昨天晚上7时许,我把自己关进了小房间里。一进去,我便像往常一样,马上失去了时间概念。出来时,已经到了半夜时分,我累得浑身颤抖,神气恐慌不安。随意处置他人极具个性的展露,亦即随意处置他人的形象,而不受任何制裁,这总归有着黑弥撒的成分,就如在放大器里有着圣体柜的影子,人们置身其间的血红的光线中有着地狱的模样,至于按先后次序把感光的硬片往里面扔的显影、停影和定影液中,则有着炼金术的因素。且不谈亚硫酸氢盐、对苯二酚、醋酸和硫代硫酸盐的气味,使已经十分浑浊的空气充满了不祥的气氛。

但是,摄影家最为罕见的能力还是源自相片的放大器以及它所提供的各种颠倒的可能性。因为不只是把黑变成白,或相反,把白变成黑。在底片夹上翻转底片时,还有可能左右倒错。因此,冲洗之后,就有了两次倒错,在这两次之前,还有着幼稚的序曲,尤其是那些老式的照相机,在取景时,人就已经倒错了——头朝下。摄影中最为神奇的东西——既是有益的,也是不祥的——就这样由这些细小但特有的现象作了极为充分的说明。

我有满满一小盒底片,是我在四处闯荡时一张张收集起来的。这些像照片一样乖的孩子也就完全可以召之即来了。我任何时候都可以把其中的一位塞进我的放大器的底片夹里,刹那间,他便可占据整个房间,贴在墙上、桌上,甚至我的身上。我也可以用极大的比例,随意复制他身上或脸上的任何一个部位,而且愿意复制多少就复制多少。如果说广阔的世界是个永远取之不尽的狩猎场的话——令穷尽法无计可施——我的形象池则是完全有限的（不管有多丰富），我的这群充满稚气的牲畜也是有数的，经过一一清点，对其来源，我也一清二楚，这自然是应该掌握的。总之，我拥有的底片数目有限，可我从每一张底片中，有可能印出数量无限的照片来，这两者恰好就得到了平衡。经验的无限开始时表现为我收藏品的有限，继而又变成了可能的无限，但是这一次，只有通过我，它才有可能表现出来。通过摄影术，野蛮的无限变成了驯服的无限。

1939年5月14日。 昂布洛瓦兹一家。我把汽车库主楼底层的三个房间租给了他们。昂布洛瓦兹做门房的差事，汽车库关门时，他就当看护人。欧也妮太太什么也不做，她这一辈子很可能从来都是无所事事。

昂布洛瓦兹给我讲述了他的身世。四十年前，他跟欧也妮在北火车站相遇。开始，他干的是木匠活。当时她还是个年轻的姑娘，身上戴着孝，从布拉邦特省来到巴黎。她应该说是个美人儿，一头金发，性情温柔，但也怠惰，总是唉声叹气的，唯一的武器就是那种不可摧毁的惰性力量。她抛弃了一切，她父亲是在巴黎过世的，死在他儿子——一个牧师——的怀中。老人有一笔财产，做哥哥的与小妹公平合理地各拥有了一份。至少在车站的人行道上，欧也妮对年轻的昂布洛瓦兹是这么解释的。那时，他身穿一套黑色的有光夹里布西装，虽然干瘪、枯瘦，但生性好激动，而且敢作敢为。嗅到了这一双重意义上的好运气，于是，他提起了年轻姑娘的两只行李箱，由于她不知该去何处，他干脆主动提出把她安顿在自己的家里，他还向她保证，绝对不怀任何邪念。"这两只行李箱，"有一天，他在万般无奈的愤怒中冲动地对我说，"我已经提了四十年了！"

安顿下来之后，欧也妮轻易地失了身，于是便坚定不移地赖在昂布洛瓦兹的小屋子里不走了，对他的生活来说，这实在是一个沉重的负担，更何况继承遗产的希望很快化为泡影，反正不是牧师为人不道德——欧也妮就说他不道德——就是她父亲死时连一个子儿也没有。我心想，四十年来，昂布洛瓦兹和欧也妮一直扮演着双人剧，如今又在我的屋顶下继续演下去。他这人性情冷酷，脾气也很古怪，动不动就翘起八字胡，对自己的愚蠢和老婆（实际上，他们根本没有结婚）天生的懒惰大发雷霆。她整天瘫在一张椅子里，胖乎乎的一堆，白白的皮肤，像海绵似的，灰色的头发如西班牙种猎犬的长耳朵，垂挂在她那痛苦不堪的胖脸上。她总是不断地为这位善良的昂布洛瓦兹祝福，这可真是个天堂的圣人，除了在工厂当差之外，他还要忙家务、买东西，连做饭洗碗也全包了。当然还有繁重的房事，假若果真有的话！

欧也妮话很多，那声音很阴沉，总是千篇一律的哀叹，犹如一首单调的哀歌，没完没了地反复数落世道、世事与世人的卑鄙龌龊。每次我有事到昂布洛瓦兹家，总听到这汩汩不断的苦涩而又温和的流水声，在很长一段时间内，我一直没有把它放心上。直到有一天，我注意到在一段唱段的结尾时，她的嗓音往往要提高一个八度，伴随着清亮的和声、春天的啁啾声和乡村的铃铛声。此后，我便意兴盎然地等待着这一突然的变调，等待着这段我在私下里称作"铃铛组曲"的演奏，我势必会觉察到这铃铛声和啁啾声不可避免地拥有的意义。开始，往往是半死不活、没完没了的一阵啰唆，随之而来的便是卑鄙的诬蔑、恶毒的指责和伤人的含沙射影。我因此而获知，雅诺常偷一家商店货架上的东西，本·阿哈默德"供养"着居民区一位柏柏尔族的妓女，我在忙不过来的日子雇用的那个意大利加油工总是贪心不足，拿了工钱和小费还不满足；我还特别了解到，我四处拍照的行动没有逃过她这个警觉而又恶毒的证人的眼睛。

有一天，我出猎归来，收获格外丰富，"禄来福来"照相机吊在挂带上晃荡着，仿佛任凭一条刚刚立下了奇功的猎犬在面前奔跑、蹦跳，我陶醉在深情和欢乐之中，从昂布洛瓦兹家经过时，恰巧听到了这么几句话：

"瞧，迪弗热先生买了新鲜的人肉从市场上回来了。他现在准要把自己关进黑乎乎的地方去吃那些玩意儿。有些事在光天化日之下是不能干的，难道不是吗？"

这是欧也妮说的，她的声音中像是有一支钟铃乐队。

1939年5月18日。很长一段时间里，我都是偷拍照片，也就是说是在被拍照者不知道的情况下拍的。这种方法实用，且富有成效。再说，这对我每次强行拍照时多多少少折磨着我的怯懦心理也是种安抚。但是说到底，这是权宜之计,今天我也承认,与被拍者对阵,不管有多可怕,自然是更可取的做法。道理很简单,最好还是应该让被拍照者对拍照作出反应,无论是惊诧、愤怒、恐惧,还是高兴、虚荣心的满足,甚或庸俗、诲淫或挑逗的举动,都表现在他的脸上和姿态中。一百年前,当麻醉术进入手术室时,有的外科大夫大为不满。"外科学消亡了,"其中一位惊呼道,"外科学是建立在病人的痛苦与大夫的结合基础之上的。用了麻醉术,外科学便被糟蹋到尸体解剖的水平。"对摄影术,也有着同样的道理。有了远距照相镜头,可以在远处拍照,与被拍者没有任何接触,但这样一来,便扼杀了拍照中最为动人的东西,那就是被拍照者与拍照者所共有的轻微的痛苦感觉,不过,这种痛苦感是截然不同的,前者知道自己被拍了照,后者则知道对方心里很清楚,这采取的是一种掠夺性行为,是一种抢劫形象的行动。

1939年5月20日。在黑与白的相互变化中,灰色也经历着一种转换,不过幅度比较小,而且与调和的灰色越接近,变化幅度就越小,因为调和的灰色中,白色和黑色的因素是完全平衡的。这种调和的灰色,是色彩变换的旋转轴,而轴本身是不变的,绝对的。是否有人试图肯定并调出这种不起任何变化的绝对灰色?我反正从来没有听说过。

1939年5月25日。孩子们全都四散回家了,我失望地等待着,始终没有见到玛尔蒂娜。终于,她出来了,就她单独一人，而且是最后一个。我走到她的身边，强装出一副笑脸，以掩盖我内心经受着严峻考验的怯懦。我向她问了一声好，仿佛我们早就已经认识似的，接着，我壮了壮胆子，提出用我的旧奥兹基斯车送她回家。她一句话也没说，可她跟着我，坐进了我为她开着门的车子，她把短裙往腿上拉了拉，这动作很有女人味，美极了。

我像喉咙卡住了似的，整个路途中没有跟她说过三句话。她不愿意我把她送到她家门口才下车——我是多么喜欢在我们之间建立的这份略含犯罪感的默契啊！——请我在勒瓦洛瓦大街大雅特岛的一座刚完成主体工程的大楼前停了车。她一晃眼就跑开了，宛若爱尔菲①一般轻盈，最后，她钻进了空无一人的工地，消失在大楼地下室的楼梯中，我见状甚感惊诧。

1939年5月28日。玛尔蒂娜的父亲是个铁路工人。当她告诉我她有三个姊妹时，我好奇得浑身颤抖起来。我多么希望能看到玛尔蒂娜的另外几个翻版啊——分别为四岁、九岁和十六岁——恰似同一个音乐主题，由不同的乐器，按照不同的音阶进行了演奏！由此，我再次发现了自己的怪癖，很难专注于某个人，往往无法控制自己，总是试图从一个独特的配方中寻找出不同的配制方法，虽有反复而又不千篇一律。

她总是让我把她丢在正施工的大楼前。她对我解释说，

---

① 北欧神话中象征空气、火、土等的精灵。

通过地下室，她可以抄近路回到家去，她家就在大楼另一侧的维塔尔布奥大街。

1939年5月30日。真怪，自从我把心思猛地用到孩子们身上之后，我的胃口好像不如从前了。我意识到乳品店的橱窗和肉店的挂钩已经不再像以前那样刺激我的食欲。我甚至放弃了生肉和生奶，采取了比较普通的饮食方法。可是，我人却没有瘦！仿佛与孩子们的接触以较为微妙的方式——似乎是精神的——平息了我的饥饿感；同时，这种饥饿感也向更为文雅的形态方向发展，与心越来越接近，相比之下，离胃反而远了……

1939年6月3日。我每天都要看尤金·维德曼一案的审理通报。这不仅是因为整个社会集团非要这个罪恶累累的孤家寡人完蛋不可的场面激起了我心中对这位被指控者的同情和冲动，而是因为命运之神似乎越来越起劲地把他往我这边推。我因此在今天早上得知他也习惯用左手，所有凶杀案都是用左手干的。那么便是左手犯下的罪恶，如果真有什么罪恶的话！就像我那些用左手写下的文字。

万幸的是，只要我一想到玛尔蒂娜，就足以驱散萦绕在我脑际的各种念头。

1939年6月6日。人的皮肤、皮肤组织、其方形或菱形网、皮层的不同厚度、毛孔的紧密或松散、汗毛的柔软或硬直，总之，皮肤之栅，是摄影艺术的用武之地，而与绘画则是格格不入的。

1939年6月10日。有一幅照片，我回忆起来总是带着最温馨的感觉，这就是玛尔蒂娜一家的照片：她的三个姊妹和她父母，在夜晚合家围聚在灯下。我从来就没有过家，我多么喜欢在他们中间坐一坐，把自己关进这一与世隔绝的天地里，里面的空气恐怕有着独特的质量和令人赞叹的密度！我的猎捕活动——无论是拍照还是其他活动——的目标自然是特殊的个体，但令人奇怪的是，对我来说，这些活动的目标最终总是指向一个封闭的群体。我想到了一个比喻，受启发于吃人魔鬼的形象，虽然是再也明显不过的，但是，对我的情况来说，仍有着启迪的作用。经历过多少个世纪的原始的食物采摘活动之后，人类发明了农业。同样，人类经历了多少个世纪的狩猎活动之后才发现了畜牧业。在冰封的草原上奔波，让我感到疲惫，我梦想封闭的果园，那儿，最美的果实主动送到我的手上；我也梦想无边的畜群，它们驯服而任人随意支配，被关在暖烘烘的栏圈里，弥漫着粪便的气味，在冬日，若与它们睡在一起，该有多美……

1939年6月16日。卑鄙的勒布伦刚刚拒绝了维德曼的特赦请求。维德曼到底犯下多少桩凶杀案，谁都不知道，甚至连他自己恐怕也说不准。但是，不管怎么说，那个经过精心打扮、坐在巨大的办公桌后的人，虽然没有任何压力，却拒绝去完成那一举手之劳，阻止合法凶杀案的发生，难道还有比这更为可鄙的罪恶吗？

1939年6月17日。我一直与一种隐秘的力量抗争，但白费气力，它最终迫使我对欧也妮太太的要求作出了让步，昨天晚上，她非要我带她跟几个女邻居去凡尔赛，因为维德曼就要在那儿被处决。即使鬼使神差，我产生了去的念头，但凭这些女人对杀人的场面竟然表现出无耻的兴奋这一点，就足以使我放弃自己的念头，可是，一股不可抗拒的力量却迫使我去与那位杀了七条人命的巨人约会，而约会的时间正是他死的时刻，在这之前，每天都有报刊的文章出现在我的眼前，不断报道此案的预审及审理的过程。

我们都知道处决的时间为次日清晨，可欧也妮太太和她那几位女友非要晚上9点钟就出发，以保证占取最好的位置。昂布洛瓦兹一口拒绝参加这次不光彩的行动，他私下里对我说，妻子不在家，自己独自度过一个夜晚，那才幸福呢。刚一出门，我便被挤在车上的那四个饶舌女人无事生非、中伤他人的恶言恶语激怒了。我有规律地等待着欧也妮太太的铃铛组曲奏响，每一次，我都可以分辨出她话中带有的毒箭。

一到市郊，便可感觉到发生了什么事。除了节日的夜晚拥挤在街上、人行道上那种热闹的人群之外，在空气中仿佛还飘荡着某种无耻的勾当所特有的气氛。这些男人、女人，甚至儿童，都是为了同一的目标而来的，他们自己心里全都清楚。我也是其中一个，所以没有什么可多说的……

我好不容易才把车子停靠在霞飞元帅街，然后，我们步行前往。人群越来越挤，街道的交通全都被车辆堵塞了。城堡对面的检阅场和警察局广场被围成了停车场。随着一列列地铁的到站，附近两个地铁站便涌出潮水般的旅客。但占主要地位的还是骑自行车的人，其中有很大一部分是双座自行车，夫妇俩一前一后，穿着高尔夫球裤和卷领羊毛套衫。

夜半时分，煤气灯熄灭了，遂响起经久不息的欢呼声。黑暗中只有星星点点的车灯、手电和乙炔灯笼的光亮，充斥着浪笑声、咒骂声和母鸡下蛋似的咯咯声，不时被巴黎顽童的下流玩笑声或齐奏般的喇叭声所淹没。我嘟嘟囔囔直发牢骚，任凭自己被四个饶舌婆拖着往前走，她们像被绳子捆在了一起，由疯狂的欧也妮太太在前面开路。就带着这种滑稽可笑的架势，我们慢慢向圣路易广场推进，只见那儿的三家小酒店打开了所有的灯光，辉煌一片。全仗着欧也妮太太的灵活与卖力，我们在挤满了所有人行道的众多露天咖啡座中赢得了一席之地，占了一张独脚小圆桌和五把椅子。可这还不够。我们的这位领头人硬把椅子放到了小圆桌上，让我们费了九牛二虎之力，把她送到摇摇晃晃的高台上之后，她才罢休。这样一来，她高高地坐在嘈杂的人群之上，犹如主持着即将完成的"伟大事业"的女神。这可把她的三位女伴和我折腾坏了，人群每次涌动，都有把小圆桌掀翻的危险，我们得紧紧护着桌子，而我们真正能看得见的，只是欧也妮太太如象腿似的脚脖子和夏朗德地区产的带搭扣的毛毡鞋。周围，如同一大片野餐地。人们纷纷打开了食物，开始野餐，一块块三明治和一瓶瓶柠檬汽水在人们脑袋上方传递着,到处弥漫着那些生来就畏寒的人呼出的油腻腻的气味。凌晨1时许,三家小酒店里几乎同时缺货,再没有啤酒供应。于是人群中出现了一阵不快的冲动,人们纷纷涌向一辆酒罐车,车子正在用装瓶机迅速出售一瓶瓶普通的红葡萄酒,车后,是带着盛酒的器皿在排队的人群。欧也妮太太从她那只家庭主妇用的草提包里拿出了两只热水瓶,一副看戏用的望远镜和一条宽宽的披巾。她把披巾披好,然后给我们分发热咖啡。

2点钟时,一群宪兵竭尽全力,想驱散人群,腾出圣皮埃尔监狱前的小广场,在那儿架起刑具。人群中一时发生了猛烈的挤撞;一位妇女被人们踩到了脚下。宪兵们放弃了阵地,可一些机动警察再次采取行动,部队最终占领了那个神圣的四方形的地盘。警察部队的行动造成了激烈的骚乱,一直波及我们所在的露天咖啡座。一把把椅子被撞得翻了跟头,两个汉子喝了酒,等得实在不耐烦,一气之下扭打在一起,在桌子中间翻滚。我们不得不多次用身体组成人墙,才使欧也妮太太的观察台免遭破坏。不过,欢快的情绪已经化为乌有。愤怒的人们实在不明白为何让他们一等再等。花多少力气就得有多少报偿。突然,零零星星地响起了两个节奏分明的字眼,紧接着千万只嘴巴节奏一致地同声呼喊:"开始,开始,开始!"难道感到被这人群的诅咒声所压垮的,真的就我一个人?那些把守着即刻就要酿成罪恶的场所的军人为何不向人群开枪,或者干脆用喷火器把这些化脓的人渣消灭干净?最后,有节奏的高喊声停止了,响起了"啊"的一声惊呼,巨大的声音持续了很久。欧也妮太太居高临下,在她的观察台上向我们解释说,一辆黑色的马车由一匹瘦马拉着,在用石块铺砌的路面上颠簸着慢慢靠近。挂在一根杆子上的乙炔灯笼在风中晃荡,映照出两个男子的身影,他们正忙着从车子里搬出木架,开始装配断头台的各个部件。出现了可怖的死寂,偶尔响起木槌的击打声和销闩的嘎吱声。我额头顶在仿大理石的圆桌上,陷入垂死挣扎的状态。可是,我还得听着欧也妮太太的话声,她不时地掷下重如石块的字眼,诸如"摆杆、木屑箱、承颈圆孔、铡刀"等,接着,她又宣布一束光线正在监狱楼群的黑影中颤动,放声呼喊,要那个被围困的孤家寡人死路一条的时刻终于就要到了。不,还得再等待,人群重又开始怒吼,膨胀,收缩,存在冲击一切的危险。

　　东方已经开始泛白,这时,监狱的大门突然亮起了灯光。一伙黑黑的矮个子男人从监狱中走了出来,推着前面的一个巨人,巨人的白衬衫在昏暗中形成了一个闪光的白点。维德曼双臂反绑在背后,双腿拴着绊索,只能小步往前移动。人群中掀起一股满足的叹气声。那伙黑黑的矮个子已经到了断头台下。维德曼被四个助手举到了斩首台上,就像中世纪的一尊巨大的死者卧像。等到他恢复站立姿势后,灯光便如鞭子般唰地抽打着他那苍白的面孔。这时,在一片寂静中,响起了欧也妮太太银铃般的声音,仿佛举扬圣体仪式中侍童晃动的铃铛在响:

　　"啊,迪弗热先生,他多么像您啊!真的,就像您的兄弟！就是您，迪弗热先生，完全就是您！"

亨利·戴斯福尔诺一挥手，四个副手立即掀倒了那尊苍白的雕像，脑袋朝铁颈圈飞速落去。可发生了什么事？处决的整个程序似乎出现了混乱。人们在被处死刑者的身旁忙碌着。原来摆杆没有调整好。巨大的身躯没有落准位置，脖颈错过了本该卡准的"承颈圆孔"，弄得整个身子半蜷缩着横在摆杆上。他被紧紧地抓着，有人扯着他的耳朵，有人拉着他的头发。这场面太怪诞了，简直不能容忍。上行音阶中，断断续续地响起铡刀的吱吱声。紧接着唑的一声。血如泉涌。时间为4点32分。

我蹲在欧也妮太太的宝座下，连胆汁也吐出来了。

1939年6月20日。整整一夜，噩梦、幻觉和毁灭性的清醒临界状态纠缠在一起，不时突现出拉斯普京那张巨大的、神采焕发的脸。在我看来，他始终是一个致力于宣扬性清白的人，虽然招致种种非议，但以自己的全部力量——他的力量在宫廷中是巨大的——抵挡着沙皇四周的好战之流。人们一般认为1914年6月28日是第一次世界大战爆发的日子，因为在这一天，弗兰顿·费迪南大公在萨拉热窝被杀害。但是，谁还记得也是在这1914年的6月28日——或许在同一时刻——拉斯普京在西伯利亚的一个城镇里暗遭一个俄罗斯民族主义分子雇用的妓女的刺杀？拉斯普京长老卧床不起数个星期，因而未能阻止尼克拉二世——尽管长老在医院的病床上给他寄去多封谏诤信——下令全民动员，引起冲突。

在今夜充满呜咽的黑暗世界中,拉斯普京出现在我的眼前,他不再是一个预言家和良性错位的受害者,而是拥有了其第三级的,亦即最高级地位的一切特征:我们时代的伟大的"承载英雄"。因为他的神奇之手可以解除一个孩子的病体中的疾病,确保他走向生命和光明。今天夜里,我的种种忧虑在他那严肃而神采奕奕的身影下获得了避难所,他的身影宛如一个黑色的枝形大烛台,高举着那束因痛苦而弯曲的金黄色火花:沉睡中的皇太子阿列克谢。

1939年6月23日。 从此戒烟戒酒,孩子们都不抽烟,也不喝酒。倘若你只能通过进食才可获得基本的气色,那你至少得除掉那些污染了成年人的不良嗜好。

1939年6月25日。 四天来,便秘总是不见好。除了出现便秘后必然伴随的某种肛门瘙痒刺激着我之外,我的整个下腹部鼓鼓的,沉沉的,弄得我就像一尊置放在粪便底座上的半身像。

1939年6月27日。 维德曼被杀,使我心情难以平静。天使之疾宛若铅块重压在我的胸口。我无时不在打呵欠,想给肺部注入一点新鲜空气,但是纵然我想方设法,想打开求生的反射机制,都纯属枉然,泪水如溪水般在我眼镜后流淌。

我紧紧地抓住敞开的窗户的框沿,闷得就像扔在干燥的沙滩上的鱼。我在绝望之中考虑去找医生看看,尽管干这个可怖的行当的人总是令我厌恶：干这一行，从来都是不带任何爱心地去暴露并触摸恰恰最需要爱心的人的躯体。且不说灵魂！那一个个疯人院中，关着魔鬼缠身的人们，然而罗马培养出来的大批假牧师却不愿也不能为他们驱邪，而是称他们为"精神病人"，以便把他们推给医生，关进夹有软层的高墙，一想到那高墙后的疯人院，怎么能不感到恐怖呢？

若我去看医生，得是最卑微、最贫寒、最没有"学究气"的一位才行。我到时坐进他的候诊室，周围尽是流浪汉和妓女，在他的目光里，我可以首先找到我创伤的薄弱之处。

但是，我还有一个比较好的主意。既然兽医可以医治好蜂鸟和大象，为何就不能给人看病？我这就到最近的兽医家去候诊，坐在一只不育的母猫和一只尽是眼屎的鹦鹉中间，等轮到我，我就央求他，如果有必要就下跪，求他千万别拒绝给我看病，对我的那些次等的兄弟，他总是给以精心的治疗。反正，我将不惜一切代价，让他像医治印度猪或波美拉尼亚狐犬一样为我治疗。虽然得不到人间的温情，我至少可在他这儿获得动物的温暖，他也至少不会想法子让我开口说话。

1939年7月3日。我怎么会这么疯，竟然以为这个可恶的社会会让一个躲藏在大众之中的无辜之人安安静静地生活，安安静静地爱？前天，那些社会渣滓竭力玷污我，使我陷入了绝望的境地，恶毒与愚蠢的巨大呼喊声敲响了正义与爱心的丧钟。但是，永福已经显现，对他们是一种威胁，而对我却是一份温情。

要冷静，马贝尔，别愤怒，别诅咒。你现在已经清楚地知道巨大的磨难正在酝酿，你卑微的命运已经由伟大的命运所担当！

我像往常那样，到学校门口去找玛尔蒂娜，然后把她丢在勒瓦洛瓦大街大雅特岛那幢正在施工的大楼前。她步履轻盈，欢快活泼地走了，在下地下室前，用手给我打了个挖苦人的手势。我双肘支在旧奥兹基斯车的方向盘上，在等待着，一边观察着街道尽头那淡紫色的夜晚天空，心里升腾起一股情意绵绵、温馨万分的暖流，仿佛面对着玛尔蒂娜。

我不知道就这样过了多长时间，突然大楼里传来一声撕心裂肺的呼喊，令我浑身冰冷。啊，这不是圣克洛瓦中学的院子里那充满和声的抑扬的呼唤！这是一头受伤的野兽发出的嚎叫，仿佛撕裂了空气，我整个儿被惊呆了，片刻后才冲出汽车，穿过工地的瓦砾，奔进地下室的楼梯。里面一片昏暗，淹没了我周围的一切，可地下室深处升起不断的、刺耳的哭泣声，我循声而去，看见了一个发亮的长方形，原来是地下室的另一个出口。我的双眼很快适应了黑暗，终于认出了玛尔蒂娜。她仰躺在地上，裙子掀起，露出瘦瘦的大腿，地面上尽是灰泥，布满水洼。我跟她说话，可她仿佛耳朵聋了似的，双臂交叉在脸上，好不容易透过气来，发出孩子的哼哼叫声。我不由分说地握住她的手腕，带着我可能拥有的全部温柔，逼着她坐了起来。这时，她突然发现自己的脸上血糊糊的，便用手指着大门方向，喊叫起来："救命啊！松开我！他害了我，害了我，害了我！"我一看，发现门口晃动着一个男人的身影。

随之响起了阵阵呼叫声、奔跑声,突然,一束电光刺花了我的眼睛。一个声音在问玛尔蒂娜:"谁害了你!"她用手指着我,喊叫着:"他,他,就是他!"我一听,仿佛整个天空塌在了我的头上。这时,我昏了头,撒腿朝另一个出口逃去,可有人一绊腿,啪的一声,把我掀翻在结实的泥地上。等我从地上爬起来时,四周已经围了一圈男人,咄咄逼人,另外有两位妇女照料着玛尔蒂娜。几只大手紧紧地抓住我的胳膊,一张张黑乎乎的面孔俯在我的头上,发出下流的咒骂声。接着,他们把我的一只胳膊扭到背后,推着我往前走,迎着整条大街,只听得街上响着呜呜的警车鸣笛声。

有人猛地一推,把我推进了囚车,我顿时感到一阵轻松。这样,我至少摆脱了人群,他们刚才已经围聚在我的周围,发出仇恨的喊叫。我原想,等把我押到纳伊警察局后,一切都会弄明白的。但是,第一场审问之后,我便惊恐地发现,面对确凿的罪行景状,尤其是面对玛尔蒂娜的明确指控,我的否认是多么滑稽可笑。这个女孩子难道疯了吗?要不她真的以为是我在昏暗的地下室里袭击了她?抑或她觉得一旦认定我就是袭击她的罪犯,就可以更快地摆脱我?我经常发现,孩子们撒谎,不过是想把事情简单化,让大人们面临一种他们根本意料不到的棘手境地。说到底,我不过是因为冒险抄近路,吃点苦头而已。

我在纳伊警察局过了一夜。第二天清晨,一辆囚车把我押到了奥费弗尔码头的风化警察总部,这儿主管的是妨害风化案件。当天下午，一个警察分局局长审问了我，或者更确切地说——因为有必要提出两者的细微差别——他把我的声明全都记录在案。

经历过昨日的场面，跟那些权杆儿和醉鬼熬过了地狱般的黑夜之后，分局长不失礼貌的接待总算给了我一点安慰，尽管他的态度是冷淡的。有生以来，人们第一次人道地对待我，我是说待我有礼貌的意思。但是，他对我冷冷的打击更伤人。他使我认识到，当天早上搜集的证言无不证明我常常在拉索塞伊大街一些学校附近出现，这是无法辩解的。对汽车库进行搜查之后，他们没收了我的所有照片与录音资料。只要稍微设想一下欧也妮太太的证言，我便不寒而栗，担心最可怕的事情到来。接着，分局长没有作出任何过渡性的解释，向我出示了医学鉴定的结论，对强奸的事实没有任何疑点。最后他依据这些材料，短短数言，便勾勒出了我的形象：一个危险的怪人。门突然开了，玛尔蒂娜走了进来。啊，全都是精心策划好的，目的是要毁了我！这个女魔竟然疯狂地对我进行了不厌其烦的指控，还编造了猥亵的细节，与此相比，我之前遭受的一切都微不足道。我的笔拒绝在纸上写下她为了毁了我而编造——夹杂着一些细小的真实情节——的种种谎言，哪怕是其中的百分之一。最后，分局长提醒我注意，依据刑法典第332条，强奸不满十五周岁的少女，应判处二十年的苦役。

"我想，您的律师会建议您以精神错乱为由进行辩护的，"他站起身来，对我说道，"但这意味着您在我管辖的部门里已经毫不迟疑地全部招认了。我们这就把您送到监察员那儿去,由他复核您的陈述。只要预审法官没有对您提出指控,您在这个案件中不过是个……就算是个特殊的证人吧。"

他对自己的措辞很是得意,说罢把我交给了一个警察,由他领着我爬了三层楼,到了最高的顶屋。在那儿,他们让我十个指头蘸了墨水,然后往一份证件上按;接着,他们又拍了我的正面照和侧面照,我可是一个偷拍照片的窃贼,所患的实为可笑的恶性倒错症!这时,才开始了正儿八经的事情。

房间里,他们总共有三个人,房间狭小,太热,就像地狱一样不堪入目,但毫无特色。他们中一个是矮个子,一个是胖子,还有一个是中等个儿。中等个儿操作着一架老掉牙的打字机,冲锋枪似的啪啪作响,胖子装出憨厚的模样。矮个子则露出满脸仇恨。一开始,胖子对我说这不过是普通的手续而已。既然有现行犯罪事实,而且所有证言全都一致,那我只得在马上就要一起撰写的陈述上乖乖签字。我立即反驳他说,对其中关键的一点,特殊证人阿贝尔·迪弗热是不同意的,因为他否认自己是强奸犯。胖子往扶手椅上一躺,脸上浮现出一丝美滋滋的、下流的笑容。

"我给您讲一个故事,"他开始说道,"从前有一个汽车的老板,单身一人住在戴尔纳门广场……"

就这样,他带着一副油滑的神态,绘声绘色地念完了我的所有材料,其中集中了一些连我自己都不了解的细节情况,包括根据照片而复现的东京宫的场景、欧也妮太太讲述的雅诺事件以及那一错综复杂的情节——相关的任何证据都是无可辩解的——这一来,强奸玛尔蒂娜的罪行也就确凿无疑了。我断然否认这一切,自然是无理取闹,若我这样出庭,只能让陪审团成员恼火。

一连六个小时,我都断然否认,饱尝了辱骂与毒打,浑身大汗淋漓,累得连站也站不稳。最后,矮个子把我拖到挂在一个盥洗盆上方的镜子前。"瞧瞧,"他冲我说道,"瞧瞧你到时给陪审员看的是什么嘴脸!真的是一副杀人犯的嘴脸!"我不由自主地看了一眼。这是他说的第一句实话。接着,他又补充说,他有一个跟玛尔蒂娜一样年轻的女儿,像我这种垃圾,他恨不得亲自把我往尖刑桩上推。由于我高他一头,他都不及我肩膀,所以他又让我坐了下来。我以为他要动手扇我耳光,马上伸手摘下了眼镜,担心他把我眼镜给砸了,弄得我什么也看不见。但他没有打我耳光,而是朝我脸上吐了一口唾沫。当我明白了刚刚发生的事情,感觉到在我脸颊上流淌的唾沫的刺激时,我站了起来。他们几个人往后退去,无疑害怕某种暴力行动。于是他们又一次错了!我心中刚才涌起一股巨大的冷静感,几乎带着幸福。因为我摘下了眼镜,周围出现了一片模糊的色彩,温柔而淡雅。我感到脚下仿佛出现了地震般的颤动,向旅客们预示底舱里的机器终于启动,轮船就要起锚,并且刚刚达成了长久、深刻且多方面的默契,推动轮船起航。伟大的命运已经在前进,承担了我渺小可怜的个人命运。一个遥远的形象浮现在我的脑际:纳斯托尔的绝对玩具——陀螺仪,它以细小的震动给纳斯托尔提供了地球运动直接而可感觉的证据。我身上的每块骨头，都能感受到世界的心脏那沉闷的搏动。

我笑了。我说在我看来，审问已经结束了。胖子表现出了在任何其他场合都会令人感到震惊的顺从劲儿，叫来了一个警察，把我押回到了囚室。这天夜里，我乐得无法入睡。我再也没有丝毫的忧虑。历史的大锅已经开始煎熬，任何东西都无法阻止它，任何人也不知道从中将出现什么，谁将被扔进锅中。学校就要烧起来了，就像二十年前在博韦所发生的一样。但是这一次，火灾的规模与巨人迪弗热以及笼罩着他的可怖的危险将是相适应的。

1939年7月12日。 按规定被指定为我辩护的勒费弗尔先生来看我。他提醒我切勿乐观，觉得这样乐观是反常的现象。我的案子很糟糕，他认为还是以精神不正常为理由进行辩护为好。我对他说，就不要跟我浪费时间了，因为绝对不可能会有诉讼与辩护。历史在前进。杰里科①的号角不久就要掀翻我监狱的四壁。我边说边感觉到他以精神病为理由进行辩护的决心越来越坚定。他问我，除了入狱第二天就交给我的纸张和铅笔之外，我是否需要一些阅读品，以度过一切都将进入沉睡状态的几个星期的假期。我准备向他要一部《圣经》；可我马上就改变了主意。我需要的是部《刑法典》，而不是其他任何东西。

---

① 杰里科为约旦一城镇名。据《圣经》上说，此镇是约书亚率领犹太人渡过约旦河后攻打的第一座城镇。

1939年7月16日。我不应该隐瞒自己，所有这些因误会而憎恨我的人，若他们了解我，知道我的底细，他们对我的仇恨将增加千倍，那才叫恰如其分呢。但是，还必须补充一句，倘若他们完全了解我，那他们就会无限地热爱我，就像上帝那样爱我，上帝可是完全了解我的。

1939年7月30日。《刑法典》。什么读物！脱光了裤子的社会暴露了自己最为可耻的部位和最不可明言的烦恼。首要的忧虑：保护所有权。没有比侵犯所有权罪受到更为野蛮惩罚的罪行了。蓄意伤害或攻击罪只处以极轻微的监禁。但是，若罪犯携带任何武器行偷窃罪，就会判处死刑，哪怕武器是放在去行窃地点所乘坐的车上。不过，这些法律条文大都残忍而愚蠢，致使它们绝对无法付诸实施。人们也许会认为，在清静的办公室里凭想象行事的立法者会尽量通过其制定的法律条文来缓和法官和陪审员的冲动报复，面对犯罪，他们往往被迫作出白热化的决断。可出现的是相反的情况。这些法律条文显然是由一个残忍的疯子制定出来的，得依靠法官和陪审员的理智，才能减轻其愚蠢的严重后果。

在法律的眼里，有些人天生就是有罪的，哪怕他们什么也没做过。如第277条："凡携带武器，即使未加使用或借以威胁，或身带锉刀、铁钩或其他工具……的乞丐或流浪汉处以两年至五年监禁。"凡被证实犯有通奸罪的妇女可判处两年监禁，唯其丈夫可以免除其刑罚，若同意将罪犯接回其家中（见第337条）。若在家中当场抓获妻子与他人通奸，丈夫有权处死其妻子及同谋。显然，在类似的情况下，妻子绝无同样的权利（见第324条）。关于乱伦罪只字未提。因此，一个男人可以公然与母亲或女儿、与祖母或孙女姘居，拥有一个成员众多的美满家庭，而不受到司法机关追究。

就此不再写什么了。这一夹杂着愚蠢、仇恨和无耻的怯懦的大杂烩令人不堪重负，欲愤慨而不能。

1939年8月3日。我的铁窗之夜不可抗拒地把我引向了在圣克利斯托夫中学不眠的漫长时光。纳斯托尔不在身边，但面对强大的回忆力量，这甚至构不成什么障碍，因为他以某种方式重新生活在我的心中，我就是纳斯托尔。就这样，我过去的整个生活呈全景展现在我紧闭的双眼前，仿佛我就要死去。

…………

我试图从因与玛尔蒂娜在一起而带来的厄运中学习人生哲学。我始终热爱孩子，但从今以后，小女孩将被排斥在外。首先，到底什么是小女孩？有时如人们所说，是"假"小子，但更多情况下，是小女人，纯粹意义上的小女孩任何地方都不存在。正是这一点赋予小学的女生以一种极为可爱滑稽的神态：都是些女矮人。她们迈着两条短腿碎步疾行，短裙上的花冠装饰直晃，与成年女子的服饰毫无差别，除了身段之外。她们的行为举止也是如此。我经常发现一些年纪很小的女孩子——三四岁——对男人有一种极为典型而滑稽的女性姿态，而这点在小男孩对女人的行为中是绝无相似之处的。既然不存在什么小女孩，为何要说小女孩呢？

我认为小女孩真的不存在，这不过是一种对称的幻影。实际上，大自然不善于抵挡对称的要求。既然成人分为男人或女人，那么便有必要让小孩也分成小男孩和小女孩。但是，小女孩不过是扇虚假的窗户，跟男人的乳房或某些大邮轮的装饰性壁炉一样虚假。我是一种幻影的受害者。我身陷囹圄，对此没有别的解释。

1939年9月3日。 我在自己家，在巴隆汽车库我的办公室里写下这几行字，车库已经关了两个月了，它还要关很长时间。我是在上午快结束时被释放的，9时许，我见了预审法官。他差不多跟我说了这样一番话：

"迪弗热，您的情况很严重，十分严重。若在一般的年代，我有义务对您提出指控，送您上法庭。但法国在动员，战争就要爆发。从您的材料中我看到您将首批应征入伍。说到底，您什么也没有承认，那个小玛尔蒂娜也许患有谎话癖，像她那样年轻的小女孩往往都有这个毛病。因此，我作出了不予起诉的决定。但是，请您不要忘记，只是因为战争才使您免除了刑事审判，要永远记住以自己在沙场上的实际行动去赎罪。"

实际上，这是劝我去送命，不可能有比这番话更合适的劝告了！但这没有什么！学校又一次着火了。整个法兰西像蚁穴般躁动不安，准备开战。哦，只是没有1914年的那股激情！贝玑与巴莱斯之流这一次没有以他们的讲话与文字在年青一代中传播爱国的"梅毒"。被动员入伍的人们似乎都不清楚他们为何要去打仗。他们怎么能弄明白呢？只有我，阿贝尔·迪弗热，又称"负载儿童者""生殖器萎缩症患者""承载巨人族的最后一个子孙"，才知道，原因自不必说……

警察们把这儿翻得乱七八糟，这样倒好。他们拿走了所有照片和所有录音磁带，可我把乱丢在地板上的"用左手写下的文字"又收到了一起。那些文盲恐怕很讨厌这些写得密密麻麻的纸张，由于字体"笨拙"，那上面的字实在难以辨认，然而，他们本来可以在这里面获得一切内情……

1939年9月4日。阳光灿烂时，我完全可以摆出一副嘲弄者的模样。可在黑夜之中，巨大的灾难正在酝酿，我时刻等待着它的降临，因而心中充满恐惧。在睡意袭击了我众弟兄的时刻，我那绷得紧紧的面孔却在恐怖地探测着黑暗的世界……

一句话悄悄地传到了我这儿，我的耳朵捕捉住了它那低微的声响。我吓得毛骨悚然，浑身颤抖。一个黑影晃到了我的身边，我睁大双眼，辨清了它的轮廓，随着它那巨大的脚步的每一次落下，大地便发出一阵震颤。

上帝为我作证，我从来没有祈求过世界末日降临！我是一个温和的巨人，没有危害，渴求温情，伸出合在一起的巨手，宛若摇篮。再说，你对我的了解胜于我对自己的了解。不等我的话到舌尖上，你就已经全知道了。那么，这充满仇恨、布满闪电的天空，这大地散发出的血腥的水汽，还有这些黑烟遮住了星星的焚尸堆，到底是为了什么？我只要求往温暖、黑暗的大寝室倾下我伐木工人般的双肩，扛起满脸欢笑的、专横的小骑士们。但是，你的号角打破了黑夜温柔的寂静，你的幻影令我恐惧，你就像一大群轻盈的蝴蝶摇晃着我的梦幻。你抓住我的双脚，扯着我的头发，把我拖进了你光明的阶梯之中！

　　…………

　　今天上午在纳伊至皮埃尔教堂的偏祭台与神秘的感情有了交流。透过干巴巴的无酵面小圣体饼上面那层透明的薄纱，感受到了儿童耶稣抽动的肉体令人精神振奋的清新气息。但是，罗马的教士们却拒绝让信徒们领受这两种圣体，而独自享用这浇上了自身热血的肉体的美味，对他们的这种无耻行径，该如何形容呢？

二

莱茵河的鸽子

在爱丽舍宫，共和国总统朝元帅所代表的最高军事权威转过身子。

"元帅先生，对这次史无前例的溃退您到底作何解释？"

阿尔贝·勒布伦先生刚刚这样提出了关键问题。我们越来越专心。通过这个提问，便提出了战争的整个战略问题。我耳中传进了元帅的回答。

"也许我们过分发展了电信。它们被掐断了。也许我们过早抛弃了喂养信鸽者和信鸽。也许在后方应该有个总司令部可与其保持正常联络的鸽棚。"

我们面面相觑，惊得说不出话来。

——洛朗-埃纳克[①]

[①] 引自《贝当与戴高乐》，普隆出版社，J-R.图尔诺著。

9月6日,阿贝尔·迪弗热被召到纳伊动员中心,由于他的身高体重与常人不一样,所以不费什么事便解决了从头到脚的着装问题。原因是中号的军装已被先来的人一抢而空,但还剩下足够的服装,可装备地球上所有的侏儒和巨人。三天后,他被编入电报工兵第18团的工兵见习军官培训队,被派往南锡。

与莫尔斯电码一接触,他多少年来第一次又清晰地感觉到了内心的障碍,这一障碍曾毒害了他的整个童年和少年,表明他的智力与记忆已对新的物质关闭。指挥培训队的军官毕业于综合工科学校,为了刺激手下人员的热情,他作出决定,谁若想请假进城,必须证明自己已经完全熟悉电码。迪弗热轻松地拿定了主意,在军营里闭门不出。对他来说,使他得以出狱的动员不过是另一种形式的囚禁生活的继续。实际上,这是一个等待的时期,单调的节奏不可避免地会被一些值得纪念的动荡事件所打破,但是,这种单调生活必将变得更为漫长、枯燥,因为它在酝酿着再次出现,而且这一次将愈加辉煌。

通信训练很快把所有学员的水平降低到了迪弗热的层次。教官们始终不忘每夜回家时必须提交一份尽可能充分、完美的器材使用的笔头报告,所以宁愿自己把着发报台。至于那些负责收报的准尉,他们在大部分时间里都难以对付像雪崩般朝他们倾砸的信号,除非借助求救信号"RPTML":请重复,发得再慢些。因此,迪弗热只剩转动发电机的摇柄,工作卑微而单调,但他较为知足,何况每天他都可以看到步兵兄弟的好戏,他们不是在烂泥里滚爬,就是没完没了地跑步,累得喘不过气来。1940年1月,由于他无法驾驭抽象、琐碎、没有必然命运的约定信号,下士考试没有通过,于是作为二等兵被派遣到斯特拉斯堡城南二十公里处的埃尔斯坦,此地的一侧是83号国道,另一侧是莱茵河岸。

他所在连队有二十名电话兵和二十名无线电报务员,负责将这座重镇——六千名居民大都已经疏散——建成全师的中枢,保证设在镇政府大楼的指挥部与驻守在莱茵河一线防御工事里的三个步兵团、一个由北非骑兵组成的侦察分队,以及野战炮队、重炮队、工兵队和后勤部门之间的联络畅通。

一连几个星期,迪弗热推着野战放线车或胸挂快速放线盘,在该地区的大路和小路上奔波,另两位战友带着梯子或长叉,在墙上、树上或电线杆上一路布线。迪弗热把自己比作一只大蜘蛛,没完没了地在自己身后放出长线,他很喜欢在冬眠的乡野里长时间地行走,这使他精神抖擞,同时也使他思路大开。再说，没过多久，埃尔斯坦电话站成了一个名副其实的蜘蛛网中心，空中架着四十条线，朝四面八方伸去，因对有线电兵出言不逊而出了名的贝尔托德少尉指出，这可是个侦察机极易发现的目标。

原来在有线电兵和无线电兵之间存在暗中的争斗，后者认为自己属于比较现代的技术部门，采用的器材也不是那么粗糙，根本用不着吃那么多苦去架设和监护线网。圣诞节前不久，时局的发展似乎证明了他们言之有理。奥滕海姆的德军大喇叭在莱茵河混浊的河水上方给防御工事里的法军不断播放消息与口号，直呼部队的番号和军官的名字，一一问候，并含讥带讽地请他向刚刚完成埃尔斯坦线网架设任务的架线兵表示祝贺。紧接着，便是对技术装备与通信能力的详细描绘。事情本来可以就此罢休，可一个法国观察哨兵发现了河右岸装在一辆军用卡车上花冠似的高音喇叭，觉得还不如干脆用带瞄准镜的勒贝尔式步枪一枪把它打个粉碎了事。这可是直接破坏了双方默认遵守的安宁的睦邻关系，最终招致了一次报复行动。

报复行动发生在次日拂晓时分，一架斯图卡轰炸机对埃尔斯坦电话站进行了俯冲射击。房顶的瓦片上刚噼里啪啦地响起机枪射击声，迪弗热和另六位值班人员便连滚带爬地躲进了由几根木桩支撑着的地下掩体里。飞机在空中翻了几个跟头，投下了念珠似的一串小炸弹，炸弹全都落到了镇上的花园里。损失本来不大，没想到屋里的炉子煤装得太多，防空时又没有人看管，引起了火灾，把最近处的电话交换机烧焦了一大块，幸好火灾发生不久便被扑灭了。

在防区单调的生活中，这次事件成了大家议论的焦点。首先是就斯图卡轰炸机发起俯冲攻击时发出的刺耳的轰鸣声展开了激烈的争论。一派认为飞机上装有汽笛，是为了造成心理效果，另一派则觉得这声音是飞机俯冲时以避免与地面相撞而发出的警报声。双方观点针锋相对。飞机靠近时，这声音又尖又细，飞机飞远时反倒越来越沉闷，这哪有什么汽笛的效果。争议时，迪弗热都在场，但没有加入，他因此而渐渐地形成了一个固定的观念，认为战争不过是数字及信号的对抗，纯属视听性的混战，除了造成模糊难解或解释错误之外，没有其他的危害。显然，对这些信号接收、破译、发送方面的问题，谁也不比他更有心理准备。但是，这些问题始终与他格格不入，由于缺乏血液循环般热烈奔放的活的因素，缺乏对他来说犹如生命之标志的因素，它们总是在一个抽象、静观与非理性的空间飘忽不定。他信心十足地耐心等待着征兆与肉体的结合，在他看来，这是世间万物的最终结果，尤其是这场战争的最后结局。再过几个星期，这一结合的图景将呈现在他的眼前，虽然表现形式微不足道，但是对将来的结局却有着启示作用。

指挥部却对其通信部门如此薄弱易击甚为惊慌，这对迪弗热来说确实有着意料不到的后果。首先，是无线电兵的暂时的胜利。但是，整个防区过大，加之人员器材缺乏，设置的收发报站之间距离过远，相互之间无法接应。此外，敌方情报能力很强——奥滕海姆的大喇叭每天都在作出说明——

不得不采用新的电码,减低了通信速度,同时人员缺乏的问题愈加突出。这时,热衷于信鸽的贝尔托德少尉提出在参谋部附近建一个往返信鸽棚。指挥官格拉耐是参加过凡尔登之战的老战士;在沃堡英勇保卫战中,他就在雷纳尔司令的左右。当时,沃堡就是通过信鸽与贝当将军保持联络的。因此,对贝尔托德的建议,他热烈赞成。可是,得找一个打杂的给少尉当助手。最后迪弗热被派给了他,迪弗热也确实抽得出来,因为谁也不愿意留他。

整个1月份都用于了鸽棚的建筑与布置。棚子就搭在镇政府大楼旁边的一个塔楼顶上,这座塔楼占的位置真有点儿怪,底层用作市镇养路工的工具库。里面有一座又陡又窄的楼梯,可从塔楼里登上一间圆形的屋子。屋子到处开着狭小的窗洞,过去也许是专用的枪眼。这些窗洞每一个都配有窗板,根据不同的位置分为四个档:关、出、进、开。不过,房子一分为二,中间有一道隔墙,贝尔托德解释说,有必要把两类鸽子隔开,一类叫"对鸽",由于习惯因素以及雌雄相吸,一定会飞回这个鸽棚来;另一类是属于别的棚子的鸽子,不管鸽棚是远还是近,只要对方一放,这些鸽子都会带着信飞回去。这后一类信鸽关留的时间不能久,而且要雌雄分开,不然,它们就会留在目前停留的棚舍里,变为前一类。在一个木匠的帮助下,我们建成了一个完整的鸽棚,总共有七十格,每个格子可以接受单鸽,或一雌一雄,这样整个棚舍最多可容约一百四十只。"这是个小小的开端。"

贝尔托德经常这样说，他梦想的显然是一场以巨群信鸽对位飞翔为主的战争。在塔楼底层的一角，存放着十三只小木箱，军鸽规定食用的饲料一应俱全：大麦、燕麦、小米、亚麻籽、油菜籽、玉米、小麦、兵豆、野豌豆、大麻籽、小蚕豆、大米和豌豆。另外，盛土箱也没有疏忽，箱子由砖块、石灰和牡蛎壳配加燧石和黏土砌成，所有材料都浸泡过咸水。

元月20日，万事俱备，准备迎接"带翼的小战士"，贝尔托德每次冲动时，便这样充满柔情地称呼信鸽。指挥官比伊雅隆签署了一份征用命令，按照此命令，该防线区域内凡拥有信鸽者务必来信说明自己身份，并出让信鸽兵在各地征用时看准的信鸽，出让者可领取一定数量的出让费。就这样，迪弗热在月底开着一辆装有特用柳条筐——步兵No.1——的军用小卡车，奔波在阿尔萨斯的公路上，车上的柳条筐每一只可装六只鸽子，鸽子全用细绳拴在紧身褡里。

贝尔托德亲自给迪弗热上了课，主要内容都取自卡斯塔涅上尉编的《信鸽兵专业合格检测手册》。迪弗热因此而了解到，一只良种军鸽，一个白昼能飞行七百至九百公里，并可将心理和生理方面的优良品质遗传给后代，这样的鸽子脑袋一般都呈凸状，嘴巴硬实，眼睛转动快捷，睫肌灵活，反应敏捷，雄鸽的目光冷峻而率直，母鸽的则较为温柔，脖颈的羽毛都特别光滑，但雄鸽的颈子坚硬有力，而母鸽比较柔软弯曲。另外，鸽胸宽大，前部隆起，双肩健壮，腰部强健，羽毛十分光滑，胸骨则结实，前部呈弓形，后部逐渐倾斜，与腰部合为一体；腹部尽可能小，双翼与肩部有力地连接起来，展开时略呈内曲形状，翅毛如同屋顶上的石板瓦，错落有致；背部宽阔、结实，尾部羽毛丰满且细软，十二根尾羽较短，不是很长；底部长着无数的小羽毛，形成了一个灵活、柔软但健壮的飞舵；双腿多筋，爪子瘦削，指甲锐利，深深陷入鸽趾。迪弗热还知道，一个信鸽兵需要具备温柔、有耐心等品质，凡事须谨慎，勤思考，并要善于观察，且有坚定的性格和纪律观念。贝尔托德要他牢牢记住法国各军鸽棚都非常了解的几行字："对信鸽狂热的爱是一件法宝，当信鸽兵进入鸽棚，它可赋予他上述的大部分品质。脾气最暴躁、易怒的人一旦面对自己的鸽子，便会变得温柔而富有耐心，最粗心大意的也会精心照顾自己的鸽子，保持清洁卫生，而对自身却常常忽略。"

从那时起，常可看见迪弗热穿过乡村的一片片田野树林，进入农家的一个个院子，迎战自由不羁的公牛和高大的牧羊犬，唤醒死气沉沉的村寨，敲击茅屋的小门，拉响农场主住宅栅栏的门铃，手里总是拿着一封信，要求看一看、摸一摸他们所说的鸽子。他已经习惯了抓拿、轻触鸽子，做得是那么轻而易举，不过，他自己并不为此感到大惊小怪。他轻轻地在鸽子上方举起双手，然后慢慢朝鸽子落下，左手抓住鸽子的后部，中指和食指夹着尾部下方两条细长的腿，大拇指向食指弯曲，捏住交叉在尾部上部的双翼，右手同时放到鸽子的胸部，托住它的前身，让鸽子的脑袋往右倾。当迪弗热想要用自己的右手时，他便用自己的胸部顶着鸽子的前身，以免鸽子失去平衡，从他左手上滑落下来。鸽子各种颜色的技术称谓，他都背得滚瓜烂熟，诸如翅膀上的黑横道"旺多姆蓝"、铅蓝、砖红、红鳞、面灰、银白及镶嵌色等；他知道在鸽子品质不相上下的情况下，应该挑选羽毛最暗的，因为这种鸽子不太容易受影响，一般来说也最有抵抗力。他还善于区别各种类型的鸽子，如"宽骨鸽"，其骨盆的两块骨头相距至少一厘米；"粘骨鸽"，这种鸽子的两块骨头连在一起；还有"近骨鸽"，它们的两块骨头差不多碰在一起。他闭着眼睛一摸，就可辨别出鸽子的年龄与性别，知道鸽子刚刚换毛不久或者鸽子马上就要换毛。

夜晚，迪弗热带着鸽笼回到埃尔斯坦后，贝尔托德便细细地评价他所征用的一只只鸽子的品质，在每只鸽子的左腿上套一只金属圈，圈上标有编号，出生年份（取年份的后两位数）及"A·F"（法国军队）这两个并列的起首字母。新的鸽子一到，便分别关进各自的笼子里，里面，美味可口的混合籽粒等待着它们。

迪弗热的个子和体力都与众不同，因此，对战友们沉默寡言，不易接触，而且对他们的日常忧虑无动于衷，也就算不了什么了。换任何一个人，大家都会给他一个傲慢的罪名。可对他，大家只是认为这是个愚蠢的家伙，或者给予最为善意的评价：一只没有坏心眼的大熊。他对这些评价毫不介意，在心里测量着由于自己的特殊使命而在战友和他之间造成的不可逾越的距离。这场战争，或如人们在当时所说的，这场"怪诞的战争"，正是他的事，他个人的事，尽管这场战争使他感到恐惧，而且远远地超越了他的范围。他和战友们全都脑袋朝下被投入这场战争之中，相互对视着，根据不同的境况，发出愕然的欢叫声或抱怨声。他知道灾难才刚刚开始降临，还会发生别的灾祸和历史大动乱，而他的命运正在孕育着这一切。在他看来，就连他被派遣到团里的信鸽排来，也是与他有关的整个计划的一部分，隐含着一个更高使命的端倪。

原来，迪弗热很快爱上了贝尔托德少尉的这一癖好，从此之后，信鸽构成了他生命中的一个温暖、多情的部分。开始时，他在阿尔萨斯乡村四处奔波，不过是为了摆脱排里那种单调而狭窄的生活的幸福的消遣，可后来很快变成了狂热的追捕，鸽子不再是他外出散心的适时借口，而成为令人心动的可爱的小生命，每一只都有着不可替代的个性。每天上午，他总是激动得浑身颤抖，迫不及待地拆阅鸽子主人们的一封封来信，他们获悉征用令后，纷纷向军事当局申报自己的鸽棚。每次长途跋涉之后，当他来到一家偏僻的农庄或一座古墙高耸的大宅，用他的巨手握住那微微颤动的小躯体时，往往激动不已，喉咙像打了结一般。他知道，这些惹他喜爱的小生命，他可以带走。不过，他可以肯定，许多拥有鸽子的人没有履行他们的爱国义务，对征用令置若罔闻，未给埃尔斯坦指挥部写信，并非出于疏忽，而是因为舍不得自己的鸽子，唯恐失去它们。他迫不及待想看一看、摸一摸的，正是这些鸽子，他也渴望得到它们，因为这些鸽子最受主人钟爱，所以也该是最令人渴求的。

对主动向他提供鸽子的,他越来越不放在心上,不久后,他竟然开始了不懈的调查,询问商人和宪兵,以发现地下鸽棚,这种棚舍往往养着众多令人赞叹的鸽子,但严密提防着他的贪欲。他还养成了时刻观察天空的习惯,用目光捕抓从空中飞过的孤鸽,想方设法跟踪追击,登上某个秘密的鸽子喂养点。

就这样,在4月的一个早晨——确切的日期是19号,这一日子已经印在他的记忆里——当他沿着伊尔河走出本费尔德镇时,他隐隐约约地感觉到头顶上方的空中刚刚飞过了一只银白色的鸽子,正朝一条稀疏的松林带方向飞去。他来到林带旁,用从不离身的望远镜细细搜索每一棵松树。他没有费很长时间寻找,因为灰色的松枝上,赫然衬托出鸽子那一身银白色的羽毛。这只鸽子令人赞叹不已,只见翅膀宽大无比,一只小小的脑袋神气活现地吊立在高高隆起的雪白色的嗉囊上,宛如一艘轮船的船首。它正在漫不经心地叼啄去年留下的松子,一点也不认真,仿佛在消磨这短暂的休息时间。不一会儿,它又振翅飞翔,越过了一片房舍的屋顶。"若它是在迁徙,"迪弗热心里一揪,想道,"我就再也见不到它了。"

他很快折回到本费尔德,向一位在门牌上标明了身份的兽医打听消息。不,附近没有值得这般称赞的鸽棚。不过,有一位叫昂儒赫太太的寡妇倒用一只再普通不过的大鸟笼养着几只相当古怪的鸟儿。兽医把寡妇住的房子的位置告诉了迪弗热。

昂儒赫太太——她没有理睬征用令——接待了迪弗热，但带着鄙视和怀疑。不错，她是有几只鸽子，不过都是些稀有的纯种鸽的标本，是她丈夫精心挑选出来的。昂儒赫教授是位遗传学学者，开始时实验性地养了几只鸽子，只是想观察一下某些遗传特征在一代代鸽子身上继承或失传的情况。后来，他入了迷，到处收集那些长得漂亮、品种纯正或怪得非同一般的鸽子，在他死后——他刚过世不久——留下的鸽棚里，已经很难分辨出科学和癖好这两者的成分了。他的遗孀对这两者都不感兴趣，但还在继续精心地喂着最后的这几只鸽子，权当丈夫留下的一笔活的遗产。

她没完没了地说着，但口气冷冰冰的，丝毫没有表现出请迪弗热进屋，带他去鸽棚看看的意思，迪弗热不得不硬着头皮往前闯，她这才勉强地在他前面引路。

这是一处豪华的住宅，不过，要是四壁上没有那些大小不一、颜色各异的纯种鸽标本，整座房子绝无什么特色。这里，有灰黑的野鸽、金褐色的鸠鸽、朗德红羽鸽、雀褐色野鸽、胆小的孔雀鸽、爪子粗大的燕鸽，甚至还有一只中国的条羽鸽和一只鼓鸽。每只鸽子都凝固在标本剥制师凭想象赋予的姿态中，鸽子站立的栖木下挂着一张长卡片，上面标着系谱与遗传情况。就这样，他们俩穿过了两间宽畅的屋子，一间四壁上布满了大张的翅膀和标枪似的鸽嘴，而另一间，则完全是资产者的风范，按规定整齐地摆放着家具，布置着挂饰与吊帘，两者形成了鲜明的对照——这显然是两个天地，一个是教授的天地，另一个是夫人的天地，在夫妇的生活中，这两个天地相伴而不混淆，犹如同一只桶中的水与油，叠合在一起——最后，他们来到了一个像是阳台间的地方，朝着一个小小的园子，园子小极了，罩着一个用铁丝做的锥形网，竟然整个儿被改建成一个大鸟笼。里面，有一丛干枯的小灌木，几根竹竿，还有一排鸽舍，无论是灌木上，竹竿上，还是鸽舍的出入踏板上，都有鸽子在嬉戏，一只只活蹦乱跳，模样奇特，仔细一看，有一只翻头鸽，一只摇尾鸽，一只黑鸽，一只信鸽，一只文鸽，还有两只球形鸽的标本，爪子大得畸形，脑袋整个儿缩进鼓得出奇的嗉囊里。

迪弗热不太自在地观察着这群鸽子，它们隐隐约约地有着某种异国的风采，又好似有些畸形，最后，他发现鸽棚的一个格子里，有一团红棕色的羽毛紧倚着格架，呈椭圆形，像是一只硕大的鸡蛋，表面看去，不见爪子，也不见脑袋。他好奇地走到格子旁，伸出手去。鸡蛋立即一分为二，出现了两只美丽的鸽子，那颜色像是枯草，长得一模一样。它们只要缩进爪子和脑袋，紧紧地挨在一起，便可组成一个毛茸茸的椭圆体，刚才正是它吸引了迪弗热的注意力。迪弗热一手抓起两个鸽子，以行家的目光细细地察看，试图寻找它们俩身上某个不同的细小部位，可这是白费力气。等他抬起头看，不禁感到诧异，只见昂儒赫太太严肃的脸上闪现出一个十分温柔的笑容。

"先生，从您触摸这些鸽子的方式，"她对迪弗热说，"我看出您是一个真正侍弄鸽子的人。得跟它们亲密相处多少年之后，才可能达到这一步。再说，还得有真正的天赋。

我丈夫也不比您强。至于我,我虽然尽可能辅助我丈夫搞试验,可要我学会这门令人愉快而又具有奥秘的艺术可难了,我丈夫简直都绝望了……"

迪弗热一手抚着一只鸽子,把它们合在一起,然后又分开,就像是同一件普通而又和谐天成的物品,由于一次偶然的碰撞,破成了两半。凡是这种孪生红羽鸽,只要碰到一起,便会自动地组合成蛋形,身上的各个部位都互相啮合。仿佛有一种磁力把它们吸引到一起,彼此黏合为一体。

"这些鸽子看上去再普通不过,"昂儒赫太太解释道,"实际上却是教授收集的鸽子中最为奇特的。这是人工培育的孪生鸽。我丈夫好奇心十足地采取了日本大师木里塔的试验方法。他通过胎盘接触法,把青蛙或老鼠的细小组织植入鸽蛋里,使细胞受到刺激,一只鸽蛋有时会育出两只或三只独立的鸽子,可有时也会育出连体的畸形鸽。比如,我们就育出过双头连体鸽。不过,它们没有活下来。"

在带着这对孪生鸽子离去之前,迪弗热又向昂儒赫太太打听他正在搜寻的那只银白色鸽子的情况。昂儒赫太太一听,马上警觉起来,说些模棱两可的话,避而不谈那只稀有的鸽子,但也不完全否认它的存在。当时,迪弗热已走到门口,正要告辞,可耳边忽然响起翅膀扑动的声音,声音很大,遂把他的注意力引向了一棵细弱的椴梓树。只见椴梓树半死不活地紧倚着房墙。正是那只银白色的鸽子,它刚刚飞落到树上,正趾高气扬地在鸣叫,一边摆出神气活现的姿态。看它的模样,仿佛它完全清楚自己的辉煌价值:细长的脑袋，紫色的大眼，银白色的羽毛——拿养鸽的行话说，是只"勇鸽"——机身式的躯体和隆起的翅膀，一看就知道其肌肉的力量，尤其是那一身如同镀了白金似的锃亮的羽毛，像是属于矿物界，而不像是动物界的成员。

迪弗热朝鸽子伸出手去——他这只手从不会惊吓鸽子，打一开始，他就发现了这一点，而且对此并不感到奇怪——抓住了它，鸽子很快将尾部的十二根舵羽像扇子般展开在他的手腕上，这是归顺的表示，也是鸽子对捕鸽者表达的敬意。这时，他发现昂儒赫太太面如土色，双唇颤抖。

"先生，"她终于费力地开口说道，"我无法阻止您带走这只鸽子。但是应该让您知道，您这样做只是给你们的军鸽棚增添了一员，却夺走了自教授过世后我在世上最珍爱的东西。这只鸽子，我丈夫有意要把它培养成我们之间的爱情与结合的象征。它远远超过一只普通的飞鸟，而是……"

她的话戛然而止，不再言语，看着迪弗热毫不动情地解开了斜背在身上的可携式笼盖上的皮带。他把银鸽放进笼里，目光直勾勾地看着她的脸。她马上明白了，如果说这只如同镀了白金似的鸽子对她来说是个象征的话，那么对迪弗热，就远远不只是个象征了。碰到这样一个最无人情味、绝对不可改变的蛮横的掠夺者，纵然她千求百乞，也是毫无用处。

随着鸽子侵入了迪弗热的生活，他渐渐地陷入一种越来越不合群的孤独状态。他向来不爱说话，如今更变得缄默不语。他从不参与战友们的闲谈和玩乐，常常几天不见他的影子，但谁也不会为他担忧。可是，较之其他的岗位，征召与照料鸽子的活儿完全可以给他提供更多的闲暇，倘若他想乘机享乐的话。然而，他所有的自由时间，全都用到了路上，内心被一种欢欣的贪欲所驱使，渴求得到令他大喜过望的猎物，或者一个人待在鸽棚里，这是更为幸福的事，他沉浸在宁静之中，眼前有茸茸的羽毛，耳边有咕咕的叫声，他整个儿忘却了外部世界，每当他从这儿走出去时，身上总是粘满鸽粪和羽毛，脸上洋溢着幸福的神情。他给鸽子以无微不至的关怀，发现了一种尤为珍贵的饲料。事情发生在4月底，他在泥泞的小路中捡到了一只因饥饿和寒冷已经处于半死状态的雏鸽，这是一只提早出世的小鸽子，十有八九是从鸽窝里掉落下来的。他把粘满湿泥巴的鸽子放到了衬衣下，紧贴在怀里，以不懈的努力，尽心尽力，设法把它救活。

他在一个单独隔开的格子里为小鸽子做了一个窝，格子关闭着，他想方设法喂它进食，每天都要好几次。这可不是一件小事情，因为小鸽子总是张着大得出奇的嘴巴，不管什么东西，只要往里面送，它都贪婪地一股脑儿全部吞下。可这不分好坏全部吞下肚去的东西，还得消化才行呀。开始一段时间，迪弗热有几次不得不用硫酸钠为它治便秘，可紧接着小鸽子又拉稀，他只得专门给它米吃。后来，在某种隐隐约约却相当可靠的本能力量的提醒下，他最终醒悟了。凡是没经过他细细咀嚼，并用舌头沾湿，慢慢研磨过的食料，绝不能喂给他的小宠儿吃，除非经过这道口腔预先消化的工序。这样，他不分白天黑夜，以令人惊叹的耐心，把一钵钵小蚕豆和野豌豆——后来还有碎肉团——研成绝对均匀的糊糊，带着他的体温，从他自己的嘴里一点点儿吐到小鸽子那张朝他大张着的嘴中。

小鸽子长大了，终于在鸽棚里占了一席之地。可是，它总是那么孱弱，那身黑色的羽毛也从不见同伴们都有的光泽。然而，迪弗热还是特别地喜爱它，自以为在它的双眼中看到了因过早饱尝了孤独与不幸而不再抱有幻想的智慧的闪光。

指挥官格拉纳的主要烦恼之一，就是比伊雅隆上校脾气暴躁，他怎么都无法制服。原来，格拉纳在生活中有个秘密，到了最后才被揭穿，而且也只有那些最细心观察的人才有数。他放着舒适与豪华的房子不住，却愿意住在镇门口一座简陋的砖房里，开始时，大家对此大惑不解。后来，这个一直找不到答案的谜也就慢慢被人忘却了。但是，这个答案就在房子的后面，原来房后有一块长方形的土地，约有一千平方米，指挥官亲手耐心地开垦了这块土地，然后播种。格拉纳十分喜爱园艺，尤其喜爱蔬菜植物，他生活中最幸福的时刻，是他手执锹子或草锄度过的黄昏时分。

可是，脾气暴躁的比伊雅隆上校只渴望大部队的大规模调动。他开口总离不开什么"调遣部队"，见到谁都要慷慨一番，说他就讨厌"稳而不动的局面"。有一次，他派遣一位上尉去斯特拉斯堡执行任务，行前对他说道："我要求我的指挥部的坐标永远拥有不同的参数。"这句名言在防区的各饭堂里广为传诵，深得众人赞叹。但是，比伊雅隆公开提出的各种计划和想法，格拉纳都想方设法一一扼杀，因为他最害怕的，莫过于在收获新产的胡萝卜和青豌豆之前调防。

从5月10日开始，局势发展迅猛，激化了他俩之间的这种对立情绪。比伊雅隆胸有成竹，认为徒然集结在马其诺防线后的东部军团，不久就要奉命去增援在北部受到冲击的乔治将军，所以让手下的部队处于时刻出发的状态。格拉纳却唱反调，放风说他有种种理由认为冯·利布有着突破莱茵河的企图，河对岸驻扎的就是冯·利布的部队。5月28日，比利时军队投降，紧接着法方又连连溃败，致使德军侵入巴黎，形成了起自南部的夹攻之势，上校深感不安，担心越来越吝于发出指令的南锡总指挥会撤离防区，而不通知埃尔斯坦的驻军。他决心把情况摸个清楚，装备了一辆前轴驱动汽车，进行一次短促的侦察行动。他带上了贴身司机厄纳斯特和参谋部的两名军官。在临行动前，他害怕与埃尔斯坦中断联系，于是决定建立救急的信鸽联络通信。就这样，在6月17日清晨，迪弗热背着鸽笼——笼里装着四只鸽子——坐到了汽车的后排座位上。他预感到这一走将再也见不到埃尔斯坦的鸽棚了，所以按照自己的心愿，挑选了那只小黑鸽、大银鸽和另两只枯叶色孪生鸽。

天空没有一丝儿云彩，阳光灿烂，草地上鲜花朵朵，色彩缤纷，一片片朱红色的树林，树叶在喃喃细语，这一切仿佛都想给沦陷的法兰西装点上辉煌和温柔的景色。迪弗热把鸽笼放在膝头，蜷缩着身子靠在车座上，把左手伸进鸽笼的门，一边抚摸着鸽子的肚子——他不用看便可辨别出是哪一只——一边在暗中思忖,维德曼在凡尔赛被杀害已经整整一年了,软弱而又残忍的贱民们罪有应得逃脱不了惩罚,可它将以何种面目出现呢?这个答案,他在埃皮纳勒城得到了,由于直通南锡的公路被禁止通行,他们不得不走埃皮纳勒这条线。禁止通行的原因实在无法理解,可执行禁令的是宪兵,上校的军衔也无法让他们让步。这座孚日山地区的小城,淹没在人潮之中,不断涌出乱哄哄的行人、马车、自行车和汽车,仿佛在经受着世界末日的噩梦的折磨。汽油泵站已经枯竭,食品商店空空如也,所有商人都拿定了主意,关闭了店门,绝对不可能再想买到什么东西。所有这些疲惫不堪、一触即怒的人群全是从南锡城涌出来的。在前一天,南锡城里宣布了德军马上就要进城的消息,于是,人们丧失了理智,在逃生的心理驱动下,纷纷逃往普隆比耶尔方向。一辆设有长凳的载人马车停在一家小酒店门前,小酒店关着门,好几位男子敲着铁窗,喊着要点水喝,最后不耐烦起来,动手举起独脚小圆桌当作大头棒或羊头撞锤,拼命破门。比伊雅隆佯装要干涉,可马上遭到了人群的猛烈攻击,他急忙撤退,吩咐司机驱车沿着摩泽尔河,朝北部行驶。迪弗热心中交织着恐惧与狂喜,尤其他耳边响起了一个流氓的戏谑声,只见那家伙蓬头垢面,嬉皮笑脸地把脑袋探进车窗,一见鸽子笼,便大声讥笑:"是你的信鸽吗?它们会捎信吗?"

汽车迎着拥挤而又纷乱的逃难者浊流,整整两个小时只走了九公里。到了唐镇,就彻底无法动弹了。一个女人号叫着躺在地上跟一个无形的敌手在搏斗，四周尽是围观的人群，堵死了通道。有的人在传说她喝了第五纵队投了毒的摩泽尔河的河水，还有的人说她是在犯癫痫病，可一个留着高卢式长髯的农夫说得很干脆，说她明明是在装疯，得教训她一顿才是。最后，妇人在挣扎中掀起了裙子，张开的双腿中间露出一只死婴的脑袋。

上校一气之下，下令往右行驶，越过摩泽尔河，以摆脱这些想甩也甩不掉的人群。河桥完好无损，他说，这清楚地证明了德国人离此地还远。挣脱了57号国道那可怕嘈杂的人群后，车子进入在田野里蜿蜒的省级小公路，四周一片麦苗，有小麦和大麦，旅人们转眼间沉没在一片宁静和田园般幸福的气氛中。汽车飞速穿过了在正午的闷热中昏昏欲睡的吉尔蒙村，然后又驶过了一片片清凉的树林，林间响彻着鸟儿的歌唱。最后，车子开上了一条舒缓的坡道，坡道上有几座房子，正中是一家大旅店，招牌上写着"真诚之泉"几个大字，果然，在一扇可通行马车的宽敞的大门旁边，有一个心形的花岗岩水池，里面一只铜水龙头正在欢快地喷着水。上校下令停车，果断地钻进了旅店。不一会儿，上校从店里走了出来，身边跟着一个脸色苍白的胖男人，那人恐怕就是旅店的老板，正在打着手势，装出一副无能为力、一无所有的模样。

"旅店已经关门了，"上校对手下的人解释说，"还有点喝的，可吃的一点儿也没有了。我建议迪弗热和厄纳斯特到居民家里去买点什么吃的，我在这儿设法用电话跟埃尔斯坦联系上。"

这个村子叫赞古尔,迪弗热敲遍了村庄每一家住户的门,三刻钟后回到了旅店,带回了一盒青豌豆、一公斤面包和四分之一块黄油,花费了足足三倍于这些东西所值的价钱。上校已跟手下的军官在大厅的桌子旁坐定,面前摆着几瓶阿尔萨斯产的白葡萄酒,心情异常愉快。

"青豌豆!"他马上惊叫起来,"迪弗热,您来得最巧不过了。配上鸽肉,就美味极了!"

一开始,迪弗热没有反应过来,可当他往厨房走时,心里陡然产生了一丝不祥的预感。鸽笼就放在桌子上。里面还剩下一只鸽子。铺着方砖的地面上,扔着红色和银白色的羽毛;壁炉里,烧着熊熊的柴火,三个光溜溜的小躯体用铁钎子穿在一起,淌着油,正在火上翻动着,好不凄惨。

"是上校下的命令,"厄纳斯特解释道,"可他要我们留下一只,以防万一。他说谁也说不准会有什么事。我选择了那只黑鸽,它是四只中最瘦的。"迪弗热惊得说不出一句话来,厄纳斯特最后说道,"没啥,不过五个人吃三只鸽子,确实不算丰盛!"

迪弗热默默地放下食物,朝鸽笼看了最后一眼,只见那只黑鸽吓得蜷缩成一团,接着,他回到大厅,坐了下来,离那几位军官远远的,他们正在喝着酒,一边在大声说话。

"五个人吃三只鸽子?绝对不行。"他怒气冲冲地想。至少有一个人是不会碰鸽子一下的,那就是他,迪弗热,他曾带着爱心亲手喂养过这些鸽子,一心要把它们训练成忠心耿耿的信使,培养成活蹦乱跳的传送信息的使者。接着,他脑子里又冒出了另一个想法。难道不是只有他才有权吃这些被杀害的小生命的遗体吗?首先,他饿得要死,而且在这种刺人的感觉中领悟到了某种劝告,几乎像是一道命令,催促他独享这顿丰盛异常的酒筵。可耻的,是要和这帮嗜酒如命而粗野的丘八同席。但是,若带着虔诚的心理,默默地吃下这三个惨遭屠杀的小战士的遗体,也许含有几近宗教的性质,不管怎么说,恐怕是有可能向它们表达的最好的悼念。迪弗热感到心中充满了对比伊雅隆的强烈的仇恨,比伊雅隆正在高声嚷叫,身边的两位参谋部的军官洗耳恭听,一副奴才相。至于厄纳斯特,准是他不想去村子里寻找食物,给上校出了鬼点子,把鸽子宰了吃。迪弗热再一次孤独一人,面对着这些粗野的家伙,他们全都鄙视他,因为他笨拙,而且沉默寡言;可实际上,他是最优秀的,是强大的,是唯一清白无辜的选民,只要借助命运的力量,他一定能战胜这群狂饮暴食的败类。

他正在这样闷闷不乐反复思虑着,突然,旅店的门悄然无声地打开了,射进了爆炸似的阳光。旅店老板朝上校的桌子冲来。

"危险!德国人!"他压着嗓子说道,可话声是那么强烈,仿佛是竭尽全力呼喊出来的。

他们三个人马上跳了起来,扣上了腰带。厄纳斯特从厨房的门缝中探出脑袋,满脸惊恐的神色。

"他们是从阿迪涅方向来的,骑着摩托车,你们赶快跑!

但不要坐车了。"旅店老板明确地说,"要是发现你们,他们肯定会用机枪扫射。从庄稼地里跑走吧,想办法溜进费埃弗树林。我这就给你们指路。"

说罢,他又走进了午后的大太阳下,身后跟着比伊雅隆、厄纳斯特和两位军官。

迪弗热孤零零一人,慢悠悠地站了起来。他微微一笑,深深地呼吸了一口空气。自他在奥费弗尔码头遭受侮辱以来,地球一直没有停止颤抖,这一次,它又要猛烈震动了。他想起了比伊雅隆的那句名言:"我就讨厌稳而不动的局面!"上校得到报应了!迪弗热穿过悄无声息的昏暗的大厅,往厨房走去。笼子里,闪动着剩下的最后一只鸽子狂躁不安的黑色身影。迪弗热把鸽笼夹在胳膊下。他正要往外走,可突然改变了主意,又把笼子放到了桌子上。三只烤得金光闪闪的鸽子还乖乖地排列在铁钎上。他在壁炉上摊了一张买肉用的纸,把烤熟的三只鸽子轻轻地包在纸里,然后全部装进挎包里。这时,他才又用胳膊夹着鸽笼,迈出门去,可不料撞上了旅店老板。

"您还在这儿!"那家伙惊叫道,"德国人已经进村了!我不愿意他们在我家找到法国士兵。您快去跟上您的战友。我马上领您去。"

迪弗热态度漠然地跟着他。他们穿过了空荡荡的公路。太阳仿佛把整个村庄变成了一个虚无的空间。唯独"真诚之泉"还在永不枯竭地喷射着。他俩溜进了由一条砾石小道分开的村舍中间,进入了一家菜园子。迪弗热马上想到了格拉纳。至少对这个人来说,战争还有着某种具体而无可争议的意义,可惨败将使他落到与众人同样的命运。然而他,迪弗热……

他们来到了一条羊肠小道的路口,小路伸进了一片矮林之中。旅店老板示意迪弗热赶快钻进去,接着又监视着他往里钻,过了一会儿才转过身去。"他马上要打开酒窖欢迎德国人去了,"迪弗热心里想,"对这个家伙来说,有意义的是溃败。"

他好像朝南边的方向走了两三公里,穿过了一条柏油公路,越过了一条小河,不久便看到了一片树木,那恐怕就是费埃弗树林了。刚到林子,他发现厄纳斯特突然从一条壕沟里窜了出来,那家伙刚才准是在壕沟里观察动静。上校和两位军官就躲在附近的一间烧炭工的小屋里,正等着消息呢。厄纳斯特和迪弗热来到了他们身边。一见迪弗热还没有扔掉那只还关着最后一只鸽子的笼子,比伊雅隆显得很满意。

"很好,我的小伙子,"他对迪弗热说道,"即使在最为严重的情况下,你都没有扔掉武器,尽管这武器是那么微不足道。我一定要给你嘉奖。哦,既然我们还有可能与埃尔斯坦联系,你马上照我口授写下一封信,一旦我们被俘,就马上给他们发出去。"

迪弗热顺从地从笼子里拿出钢笔和那本信鸽通信专用的薄型纸。上校在茅屋里踱着大步,用手杖不停地击打着皮绑腿,一边给迪弗热口授慷慨激昂的致辞,致给他所辖防区的所有部下("我的孩子们,你们的上校经过浴血奋战,不幸落入敌手。想当初你们在我麾下,充分地向我证明了你们有着高尚的情操,在祖国遭受危难之时,我完全可以信赖你们……"),可迪弗热写下的完全是另一封信,信是给贝尔托德少尉的:"我敬爱的少尉。我们被俘了。白鸽和两只红棕鸽被上校杀害了。黑鸽在闷热中经受了长时间的颠簸。它得喝点水,但只能喂它温水,它身体有点虚弱,请每日给它两颗鱼肝油。大灰母鸽生的蛋又白费了,因为它只愿跟母鸽在一起嬉戏。六只'旺多姆蓝鸽'应该清一清肠子。请让它们空腹各吃两颗蓖麻油丸。我想那只'明鳞鸽'的左翅膀不久就会长出胼胝。我在它的肢体连接部发现了一个黄灰色的小包。请试着给它抹点碘酒……"就这样密密麻麻写了两张纸,文字中自由地流淌着迪弗热对他那些传递信息的使者的温情与关心。上校早就结束了口授,可迪弗热还在疯狂地写着。最后,他签了字,不等上校请他复读,便匆匆忙忙把信叠了三折,卷成细条,放进捎信管里。黑鸽一感觉到挂在左爪上的沉甸甸的信管,遂摆脱了昏昏沉沉的状态,迫不及待地想起飞。可迪弗热又把黑鸽放进了笼子里。

在吉尔蒙村口费埃弗树林的一块林间空地里,他们五人当了俘虏,当时,太阳已经开始下山。一支由德军某部副官率领的巡逻队把他们团团围住。"放下武器!"三把手枪应声落在软绵绵的青苔上。迪弗热打开鸽笼的门,小心地抓出黑鸽,然后轻轻地把它往手枪那边扔去。鸽子翅膀一振,飞到地上。圆滚滚的小眼睛睨视着一支枪的枪托,两只瘦削的爪子落到了青铜色的枪管上。接着,它往下一蹲,展开翅膀,大声鸣叫着从德国人的头顶飞过。

迪弗热弯下腰,把空笼子放在脚旁。正要挺身起来,后脑勺猛地被靴子踢了一下。疼痛立即在他脊柱里辐射开来。他嘴巴一咧,用双手支撑着腰部,上校见状,连忙帮他恢复了平衡。

"好,我的小伙子,"他对迪弗热说,"你要了他们!我的信最迟明天就能送到埃尔斯坦的小伙子们手中。你伤着了吗?我一定推荐你得战争伤残人奖章。"

翌日,迪弗热便与三位军官分开,被送到了斯特拉斯堡的一家工厂的院子里,里面有数百名被囚禁的战友。他至少还有个熟人,那就是司机厄纳斯特,可他很不情愿跟谁有什么往来,尤其是不愿跟厄纳斯特这个屠杀鸽子的刽子手有什么瓜葛。第一天夜里,他独自吃掉了三只烤鸽中的一只。他坚信是那只银鸽。无疑是分量的缘故,可也因为它有某种味道,与鸽子生前通常散发的那股气味多少有些关联。后来又吃了另两只烤鸽,他不仅因此解除了正折磨着战友们的饥饿感,还暗暗地让自己的灵魂与他六个月来唯一爱过的生命融为了一体,从而使自己的灵魂得到了精神食粮。

几乎彻底断绝了消息的俘虏们一听到什么传闻,便信以为真,哪怕是最不可靠的谣传。既然法国和德国之间已经签署了停战协定,他们肯定自己不久就要被释放。不过还要等待,等交通工具安排妥帖,还要等难民回到自己的故乡。迪弗热并不跟大家一样相信这些幻想,这并非因为他比别人头脑更清醒，而是因为他深知自己寻找的真理是在东方，若他又回到巴黎的巴隆汽车库，那简直是不可思议的嘲讽。他个人的命运早就有着牢靠的安排，因此，他绝不可能考虑如此的迷惑误途行为。6月24日，他们六十人一组，被押出了大院，往在莱茵河原凯尔桥位置上架设的浮桥方向走去，迪弗热心中马上洋溢着欢快的情绪，但它同时也是深沉的、隐秘的，与他正在履行的重要行为和谐一致。难友中间，有的看清了不久就要被释放的美梦终于破灭，遂陷入绝望之中，默默无言；可有的还继续抱有幻想，各种无稽之谈如赝币一样在他们中间传递。这是派他们去德国帮助收割庄稼，夏收后很快就会被送回故乡；或是送他们去一个临时的河港，好从水路把他们遣返回国。

出了斯特拉斯城堡，太阳高挂，他们感到口渴难耐。一些年轻的姑娘纷纷从河岸边的房子里出来，给俘虏们送水喝，负责看管他们的德国兵也都自愿闭眼不管。可是，迪弗热那一组却因为一位阿尔萨斯老人与一个德国军官发生了口角耽搁了，老人在人行道上放了一只水桶，还有不少茶杯，可德国军官硬说这样关心是不妥当的。趁着这场口角引起的混乱机会，一个妇人从自己家中跑了出来，一把抓住迪弗热的胳膊，把他拉进屋里，由于着急，这位妇女说话声断断续续，她主动提出要把他藏起来，并给他提供便衣。他们出发时，本来就没有点名，这六十个人中少了一个是很难发现的。这次逃跑行动完全有可能大告成功。可是，迪弗热很严厉，认为命运偏偏选择了他，给他提供了这一独一无二的逃跑机会，是对他的嘲弄。他接受了一杯牛奶，以并非虚假的激动心情表达了谢意，又回到了队伍中。不一会儿，临时搭建的浮桥的木板上便响起了他们那疲惫不堪的脚步声，透过木板缝，只见莱茵河水后浪推前浪，滚滚流去。

"我们进德国了。"迪弗热对身边一个长着浓眉棕发的矮个子说道。

尽管他抱定主意不说一句话，可他还是没有憋住这六个字，因为这种场合在他看来是那么庄严。

"要是在圣诞节之前还回不去，还不如投河死了算了。"满头棕发的矮个子下巴一阵抽搐，回答他说。

迪弗热欢快不已，心潮更是激荡，因为他坚信自己将再也不会回到法国去。

三

极 北

凡传递的都可荣称为表达，凡被传递的均可荣称为意义，一切都是象征或寓言。

——保尔·克洛岱尔[①]

[①] 保尔·克洛岱尔（1868—1955），法国象征主义的代表诗人。

迪弗热没有丝毫抵触情绪，任凭自己投入战俘生活，就像一位有着乐观信念的游人，胸有成竹，在各站停留时放松地休息，知道自己几个小时后一定会醒来；与此同时，太阳也消除了前夕的疲惫，焕然一新，时刻准备再次升起。他像丢掉脏衣服、破裤子、剥去身上破裂的皮肤一样把巴黎和法国甩在自己的身后，首当其冲的是拉谢尔、巴隆车库和昂布洛瓦兹一家，处在背景深处的是古尔奈昂布赖、博韦和圣克利斯托夫中学。谁也没有他那样清醒地意识到自己的命运，这是勇往直前的不屈命运，不受任何干扰，连世界上最为重大的事件也要听它的召唤、服从它的意志。但是，这种意识同时也要求对偶然的、细枝末节性的和形形色色但不足挂齿的一切有着毫不宽容的清醒认识，对这些东西，凡夫俗子们总是割舍不下，不得不启程离去时，扔掉一点东西就像一片片撕下自己的心。他有过备受凌辱的童年，反叛的少年和火热的青年——长时间里一直掩盖在最为卑贱的面目之下，但是后来被群氓所揭穿，遭受了嘲弄——如今，从过去之中迸发出一声呐喊，这是对不公与罪恶的秩序的谴责。上天回答了这声呐喊。迪弗热曾受尽苦难的社会被摧毁了，连同它那些法官、将军和主教，以及法典、法令和政令，也被一扫而光。

现在，他在向东方奔去。他们六十个人一组，挤在一个车厢里，火车像患了哮喘，走走停停，停停走走。有几个执迷不悟之徒，还紧紧抓住自己的幻想不放，围着一个拥有指南针的工兵中士，只要发现铁道稍稍地回转甚或火车在某个车站倒车，就振振有词地说他们不是被送往东北方向，而说不定是往南、往西，谁知道呢……迪弗热就知道得一清二楚，他根本用不着指南针，就知道他们是驶往光明。**光明的东方。**那是怎样的光明？他说不清楚，可他知道，通过不懈的努力，随着一天天过去，经过一个个寒冬般黑暗而又孕育着希望的漫长岁月，透过那一次次令人眼花缭乱的突然昭示，他会了解清楚的。

他们在一座名叫施韦福特的工业小城下了车。一开始，他们被关押在一些相互隔开的木板房里，可第二天便强迫他们全身清洗消毒，清除身上的虱子。就这样，他们被剥光了衣服，一丝不挂地在院子和木板屋之间走动，一个个全都剃成了光头，全身擦满了黑肥皂，经过一番冲洗，然后被赶到一块四周布满着铁丝网的草地中间，光着可怜的身子，一待就是几个小时，有的人不堪重辱，泪水直流。迪弗热对这种做法却无动于衷，在他看来，这恰恰具有涤罪仪式的价值。他甚至为裸体状态赋予他一种出乎意料的优越感而高兴，他们全都裸露着生殖器和满身的汗毛，可迪弗热那肌肉发达的高大躯体完全压倒了难友们那孱弱而又有缺陷的身体。他唯一企求的，是可以快些把递给他的这身制服扔到蒸煮荨麻的铁锅里去，拿出来时冒着蒸汽，缩得再也穿不进去。等到哪天他换上另一种服装，穿上与他真正的地位匹配的服装时，他就可以知道——众人也将和他一起醒悟——黑暗的年代终于结束了。

第三天，火车继续行驶，还是往东北方向开去。他们穿过了图林根、萨克森和勃兰登堡。爱森纳赫的瓦尔特堡、哥达城堡的高塔、爱尔福特地区鲜花盛开的田野、魏玛大厦以及耶拿的蔡司①集团的一座座工厂在他们狭小的车窗前飞掠而过。到了莱比锡，他们才终于下车，来到月台上，分散在因他们而被封锁的车站的一角，活动一下身子。这次，火车要停好几个小时。在三等车的候车室里，为他们分发了吃的。于是，他们三五成群，按编组、省份，或干脆根据个人的好恶，相互聚在一起。迪弗热本来一个人待着，可司机厄纳斯特却死皮赖脸地待在他的身边。这份忠诚并不使迪弗热感到厌烦，却令他诧异，何况他从厄纳斯特的身上好像看到了某种含有恭敬成分的态度，而他们的军衔谁也不比谁高，这般恭敬是完全没有理由的。迪弗热设法让他开口说话。厄纳斯特入伍前干的是侍者的差事，这种职业如今越来越少见了，在迪弗热的眼里倒有几分淡淡的诱惑力，因为他猜想干

---

① 蔡司（1816—1888），德国著名企业家，光学仪器制造商。

这一行需要冷酷而伪善,既要工于心计,又会阿谀奉承,因而掩盖了需要这一行的富有阶层与干这一行的出身卑贱的下人之间那种格格不入的非协调性。说到底,迪弗热原谅了厄纳斯特在屠杀鸽子中所做的一切,他认为鸽子和他一生所遇到的、几乎所有的重大事件一样,都有着某种命中注定的性质,含有无辜与可理解的成分。他最终接受了这个似乎选择他作为主子的人。

火车在深夜又上路了,看守的人关上了车门和车窗。车子又开始走走停停,没有入睡的人们由此而明白了他们正在穿越柏林城。接着,车速恢复了正常,均匀的节奏摇晃着一个个拥挤在一起的躯体。列车恐怕正行驶在一片辽阔的平原上,多亏这茫茫黑夜,才使这永无尽头的平原显得不那么可怖和令人晕眩。

天比往常亮得早,也更阴冷。随着阵阵沉闷的声响,一道道滑门打开了。耳边传来口令声、点名声。人们神情愕然,纷纷跳下车厢,一阵并不强劲却刺骨的寒风扑面而来。只见一座相当大的木板房耸立在眼前,木板上全刷着漆黑的柏油,那黑油油的轮廓几乎显得雄伟壮观,因为周围是那么平坦。阵风吹打晃动着架在两根柱子上的一块长方形木牌,木牌漆成白色,用哥特体写着几个黑色的大字:穆尔霍。放眼远望,周围是一个连着一个的水滩,间或有几片草地,不难想象,一到秋天,便将变成一片沼泽。远处,偶尔显出一小片松树,仿佛构成了某个刻度,令人备感天涯的无边无际,天边的一切都淹没在烟雾之中,团团的烟雾贴着灯芯草和高高的野草往前飞速滚动。出了巴黎，迪弗热只见过丘陵或多树木的乡野，此刻，他被这广袤的土地深深地吸引住了。他的目光无穷地伸向四面八方，在雾中驰骋，在欧石楠和如镜的水面上方遨游。他的心底腾起了一种从未体味过的自由感。可是，他们疲惫不堪，正排着长队，在一位副官的叱责声中被迫往北部走去，他跟着大家往前走，而对这矛盾的处境，他不禁笑了。

突然，他们发现了离公路数百米处的集中营，可穆尔霍村却懒得露面，一直不见影子。他们慢慢地会有所体会的：在这个像手一样平坦的地方，表面看去是那么袒露，毫无秘密，可是，只要你稍稍地离开一段距离，那地面上的房屋、谷仓，甚或集中营的观察哨便会变得无影无踪，仿佛被厚实的土地和植被吸了进去。这个集中营规模并不大，总共只有四处双排的木棚，棚子全都架在低矮的木柱上，棚顶盖着柏油毡，每一处可容纳两百人。没过几个星期，根据要完成的不同工程，又来了几批俘虏，这总共可容纳八百人的地方很快满员，可对囚禁在这儿的俘虏来说，这个数字实在不利，因为人数少，无法组织需要众多人力的复杂行动，可对性格孤僻的人来说，却又很难在这拥挤的犯人中得到躲避的机会。这四处双排木棚布着双层的铁丝网，两层铁丝网之间的空地上又布上了死缠在一起的铁蒺藜。整个空间十分有限，只占了半公顷的地盘。四个角耸立着四个观察哨。

一进这新的栖身之地，他们便发现房子简陋，条件极差。周围的铁丝网充满敌意，四角的观察哨凶神恶煞，戒备森严。可是迪弗热在下车时产生的自由感和无拘无束的感觉反倒越来越强烈了。仿佛这里的一切全都是专门安排的，广袤的平原随时都可出现在居住在这集中营里的人们的眼际。他回想起庇卡底地区的几家大农场，那里房子的门全都朝院子里开着，因此呈现在人们眼前的只是一堵堵高墙，绝对看不到外部世界。可这里，完全相反。由铁丝网组成的栅栏是空心透明的墙。观察哨又似乎在邀请人们搜寻观察天际。在指定他居住的木棚里，迪弗热挑选了一个上铺，离大炉远远的，可在床铺上，只要扭转一下脑袋，便可透过天窗，看到平原的整个东部。经过几天几夜毫无规律的劳顿与颠簸，他已经精疲力竭，马上一头扎到了床上。打从在纳伊被捕之后，他始终像是失去了根，无依无傍。可现在，他第一天感到来到了某个落脚地，由此而赋予了他某种安全感。欧洲已经被远远地抛在了他身后落日的方向，正经受着罪有应得的惩罚。但是，这里却有着原始的空间发出的洪亮而温柔的呼唤，这块银灰色的土地，淡淡地装点着宛若卷边的柔紫色的欧石楠，唯见一棵桦树孱弱的身影，这漫天的沙土，这层层的泥炭，匆匆地往东方逃遁，也许会一直奔向西伯利亚，犹如一个苍白的光涡，吸引着他。不管怎么说，通过在他之前到达集中营的人，他弄清了穆尔霍村在东普鲁士版图上的确切位置。这个村子总共有四百个居民，西边是因斯特堡，东边是贡宾嫩，都离村子十余公里，临村有一条河流，名叫安格拉普，流至因斯特堡与因斯特河交汇，合二为一，形成了普雷吉尔河。

按规定，进行了二十四个小时的休整，新来的囚犯很快明白了等待他们的是什么样的活计，他们马上就要与这透湿的黑土地天天打交道。这是一项巨大的工程，给安格拉普河边一大片地挖沟排水。工程的物质条件十分缺乏，可有这众多的廉价劳动力，自然弥补了不足。每天晚上，一到7点钟，便收起囚犯们的裤子和鞋子——更确切地说，是统一发给他们的木底鞋——把他们关进木棚。于是每个人便开始了在黑夜中的茫茫神游，唯有那五盏防风油灯给这黑夜一点生气。他们实在是太累了，根本想不到还有什么厌倦。清晨6时，他们便被赶出门外，分给每人四分之一升药茶，这是一种用树木煎成的药茶，配方神秘，里面有松木、桦木、桤木、还有桑叶，另外，再发给他们一份白天吃的东西，只有一片面包和一些水煮土豆，当然都是冷冰冰的。晚上，迎接他们的是稀得照得见人的汤，不过这汤倒是热腾腾的。

他们十个人一组，由一个德国兵看着，走向指定由他们开沟排水的那片土地。他们先平整土地。这块土地约有五百公顷，大都属于距离穆尔霍一段路程的一家大农庄。整个排水工程计划开挖一个渠道网，渠道深二米五、渠底修成街沟的式样，由三块石板修成，一侧一块竖的石板，上面再横着铺一块，然后再铺上碎石，最后再填上疏松的泥土。如此修成的排水沟以明显的倾斜度流向一条汇水渠，最后全都排进安格拉普河。绝大部分囚犯用铁锹挖沟。等沟挖好后，沟底便放一架大泥耙，由两个分别站在沟两旁的囚犯往前拉，把沟耙平。排水沟底由德国工人修砌，他们还负责未来水渠的水位测量及走向规划等。

大家挤在木棚里,不得不处在一起,最终使这些不可调和的人们融合成了一体,仿佛构成了一个团结、平衡的小共同体。在这里,每个人都有自己的位置。对许多人来说,不得不与社会出身迥然而异,出生的地点或职业都不相同的难友分享一切,这确实令人不知所措。虽然也带来某些令人充实的东西,但往往使人感到痛苦。一旦失去了平常的生活环境,失去了家庭或家乡的环境,有的人便整个儿陷入了迷惘的迟钝状态,他们的精神与智慧表现出了可怕的退化。可对另一些人来说,却恰恰相反,这是一种解放,使他们最为迫切的愿望得到了全面的表达。还有的人整日闷声不响,在默默地考虑着什么,即使这往往不过是动物性的沉默,但它也很可能充满着叛意与盘算。与这些人相反,有的人总是不停地发表宏论,让难友们一一倾听他们心中渴望实现的计划与事业。他们中就有这么一个小商人,原是做服饰用品生意的,名叫米米尔,家住莫伯日,他结婚很早,娶了个乖顺过分的妻子。在这里,他总是没完没了地唠叨他那两件心病:女人和金钱。他毫不怀疑这两者是连在一起的,他经常琢磨着生意场上的一些诀窍,虽然开始只限于集中营的范围之内,可很快就会打起整个地区的主意来,盘算着找一个德国情妇,把她用作自己的保护人,替他出面,通过她买些产品,购置一座房子,也许还可以购置点地产。

"这个地方的男人全都被动员入伍了,"他不厌其烦地推断道,"这儿只有女人和财产。只有女人、财产,还有我们!一定要从这强加给我们的形势中得出实际的结论来。"

木棚里最年轻的一位,是庞坦人,名叫费飞,他整天朝你扮鬼脸,做文字游戏,把大家都烦透了。他一听,马上反驳说,只有法国女人,只有巴黎女郎才值得想念。自他们进入德国以来,看见的女人都是那么笨重,拖着辫子,穿着毛袜,俗不可耐,怎么能被她们诱惑上呢?

米米尔一耸肩膀,让希腊语教师苏格拉底出来证实,此人总是透过他的眼镜来观察这个与世隔绝、互不调和的社会,不动声色一个劲儿地抽他的烟斗。每当他改变自己的保留态度,发表的百分之百都是权威性的决断,可开始时往往说一些人云亦云的常理,继而话锋一转——谁也不明白是怎么转的——遂变成令人左右为难的悖论。

"一切都取决于战争持续的时间与结局,"他有一天说道,"若我们在圣诞节之前被释放,那费飞说得自然有理。我们要忠于自己的家乡。但是,更有可能的是,胜利的德国一定会用数代年轻人的尸体来加固他们征服的天地,倘若这样,那只有以安逸的惨败带来的好处去抗衡杀人的胜利所赢得的荣誉啰!当残存的那些四肢健全的德国人守卫着千年大帝国的国境时,我们将用我们的汗水来肥沃他们的土地,用我们的精液来为他们传宗接代。"

类似的悖论只能在贝尔热隆——贝里的一位佃农,留着下垂的胡子——那乡气十足的小眼睛里激起一束怀疑与斥责的闪光,可维克多听了却会发出马嘶般的纵声朗笑,大家都管他叫疯子，在"荒诞的战争"期间，尤其在法国溃败之时，他可是个了不起的人物。他患有性格障碍症，与社会格格不入，还有躁郁症，法兰西岛地区的所有精神病院，他都待过，有时也放出来几天，可总是又做出一些荒唐出格的事情来，只得再被送进精神病院里去。战争爆发时，他碰巧在外面，很快自愿报名参军，进入步兵部队。到了部队，老毛病又犯了，却表现不同：在敌方的阵地里，他勇敢拼杀，当他所在的团队灾难临头，连连败退时，他又有过多次英勇壮举，因此，一再获奖，屡次建功。对他的这种特殊症状，苏格拉底自有评说，作出了如下的解释：此人与秩序安宁的世界极不适应，可对战乱，尤其是对溃败却应付自如。

厄纳斯特对谁都很殷勤，尽管他到处撮合，可迪弗热还是离住在同一木棚里的那一小伙人远远的。但是，他与他的难友们并非格格不入；相反，他往往在这些或那些人的身上发现某些与他相似的东西。他在每个人的身上都看到了解决战俘生活这一问题的方法，而且或多或少都与他自己的解决方法相像，他还不能下个明确的定义，但他已经清醒地认识到这是一种绝对的存在，而且已经启动。比如，米米尔渴望拥有物质、占有肉体的梦想在他身上有着某种反响，而维克多的疯狂幻想更是如此。维克多受到了社会等级的压迫，但在战争的旋涡之中，却能像一条鱼在浑水中畅游。

但是，大家对迪弗热如此卖力地干活甚为不满。他使劲地开沟挖土，直到见到水为止，这样的热情，单凭他的体力是无法作出解释的。他这样做是因为他指望从这个国度得到某种东西——一种征兆,一种预兆,他也不清楚——这样挖土掘地,对他来说,似乎是在加速解脱一项只属于他个人的使命,这一切,他怎能让难友们明白呢?

再说,他也很乐意这样全力地投入这片肥沃土地的内心深处去,他已经开始爱上了这个地方。就此而言,他已经得到了某种表示。有一天,一位执勤的哨兵对他很通融,他终于如愿以偿,登上了集中营的一个观察哨。他刚到这个地方时,便马上产生了这个愿望。观察哨是用圆木建成的塔楼,高六米,塔顶有一平台,可登梯上去。迪弗热只朝集中营匆匆瞥了一眼,只见集中营结构严密,新建的房屋呈几何图形,与在挖沟的囚犯那衣衫褴褛、人情味十足的身影形成对照。他朝平原转过身去,把目光投向东北的方向,这似乎是他近一年前开始的漫长跋涉的终点。这地方坦荡无垠,他的目光可以无限地射向远方,尽管他所在的这个观察哨高度不高。眼前是一片片黑麦田,麦子已经成熟,几乎呈现出白色。远处,麦田的景色被淡灰色的一线松林和水滩切断,那水滩熠熠发光,宛如铜镜,周围是明晃晃的沙滩,还有一片泥炭沼,布满了银白色的桦树树干,再就是成片的沼泽地,映照出乳白色的云彩,四周点缀着深暗色的茂密的桤木,以及与白亚麻地相间的黑麦田。"这是个黑与白的世界,"迪弗热心里想,"没有什么灰色,也没有别的色彩,只是一张雪白的纸,上面写满了黑色的符号。"

突然,太阳推开了阻塞着天空的云层,映红了从沼泽地上升腾而起的雾气和穆尔霍村冒出的炊烟。只见一座房屋的一扇玻璃窗不停地放射出束束光芒，好似无线电信标在发莫尔斯电码。迪弗热终于发现了这个村庄，一座座低矮的房子，房顶铺着盖板。房子中间，是一座矮矮的大教堂，墙上刷着白色的石灰浆，笨重简陋的钟楼平顶下，好像有一条巡查道。村庄后，隐隐约约可看到一片洼地，高高的野草丛间，闪烁着水光；更远处，是一条冰碛斜坡，斜坡上高耸着一架荷兰风车，清晰地显现出它那破损不堪，却疯狂转动的侧影。一群水鹭慢悠悠地扇动着翅膀，从空中飞过，一只铜钟在风中播撒着它那破碎而悲哀的乐点。迪弗热十分强烈地感受到一种归属的关系把他紧紧地与这块土地联结在一起。作为开端——也许要经历很长时间——他当了这块土地的囚犯，他就应该全身心地为这块土地效力。但是，这不过是一个试修式的阶段。总之，像是订婚期，以后，通过伴随着他一生的某一次彻底的转折，他也许可以成为这片土地的主人。

他日复一日、不断地翻动的这片肥沃的黑土地也许起着某种作用：自他到集中营后，尽管吃的东西很少，而且质量差，可他排便通畅，他始终生活在伟大的至福之中。每天夜晚，在第二次熄灯号响之前——这一次是最后的熄灯号——他总是要到茅坑去，在里面尽可能多待一会儿。对他来说，这恐怕是一天中最美好的时光，往往有力地把他拉回到在博韦度过的岁月中去。排便之际，是他清静、安宁、静心沉思的时光。他"慷慨"排泄，不用费多少力气，粪便十分正常地排出，外面裹着一层润滑的黏膜。

但是，排泄的场所却很不适应沉思仪式。这是一个简陋的茅坑。坑沿上横放着一块狭窄的木板，每隔两米由一截圆木支撑着，以保证给每位来客有个坐的位置，尽管很不舒服。迪弗热想起了纳斯托尔对在无底坑拉大便发的那番议论。这里，差不多每十天掏一次粪坑，这大大改善了茅厕异味，因此掏粪带来的不便并非完全没有意义。装粪用的是小矿车，掏粪的人把一只木桶固定在一根长杆上，把粪掏进车里。那木桶看去就像是一个长柄的大水勺，与在集中营的伙房里使用的一模一样，因而惹出了一个个百开不厌的笑话。掏出来的成车的粪便最后倒进一条水沟里，潜移默化地肥沃着整个平原。对此，迪弗热一直很敏感。他不知何故，很想自告奋勇，去干掏粪的苦差事，但是，自尊使他控制住了自己，后来，看管茅坑事件使他对茅坑厌恶透了。原来，大家很快发现囚犯们往往很随便，由于偷懒或大便很急，常常不到茅坑就在路上拉起来，弄得路两旁像是布满了暗中给人指路的哨兵。为此，德国人建立了看管系统，专门由一个法国人负责看管，每四个小时换一次岗。负责看管的人胸前悬挂着一块铁皮牌子，上面写着加辱于人的几个字：看管茅坑。这一来，对完成人的基本行为不可缺少的清静与沉思便谈不上了，迪弗热很快便只使用在干活的地方随时搭建的个人活动茅坑。

他干活卖力的名声使他可以免受严密的监视，他经常自个儿待在正在开挖的水沟的一头，有时一连几个小时无人过问。每到这种时候，他总可以从容不迫地选择一个有利的地形,用锹挖几下,摆上两块随身携带的木板,搭起一个"祭台",然后坐在上面,与普鲁士的土地进行富有成效的"亲密结合"。

但是,后来一次惊人的发现又赋予了他的自由时间以新的意义。一天,他参加水沟的走向定位工作,一不小心,差点儿跌进了一条被齐腰高的野草完全遮住了的排水沟,水沟里是干干的。这条地下街巷的起点距他干活的地方只有百来米远。第二天,他便溜进了这条排水沟,径直往前走去,以发现新的东西。沟里的土很结实,也很平整。头顶上方的花草搭在一起,宛如轻便的活动顶篷,射进如箭的阳光。他把一只野鸡从窝里赶了出来,野鸡顺着狭窄而弯曲的水沟在他前面没命地飞跑。不一会儿,迪弗热感到水沟呈坡道往上升,恐怕是伸向那一小片松树林,那里是穆尔霍村可耕地的交界处。他走了很久,面前一直跑着那只野鸡,后来又有两只山鹑和一只红棕色的大野兔加入了这个行列。接着,花草越来越稀少了,有时,一连几米都不见任何植物,被沟沿框住的蓝天像条蓝色的带子,没有任何破损,最后,出现了网状的树莓与山楂树,说明地势有了变化。突然,野鸡呼啦啦飞了起来。几米开外,一面生土墙标志着水沟已经到了尽头。

迪弗热爬到了地面。身后,是那片小松林,它不过是一条相当细长的林带。此时,他正站在一片桦树林的边缘,树林微微起伏,林中间有低矮的鼠李树。他仿佛被带到了另一个国度,来到了另一片土地,这无疑是因为他摆脱了集中营的气氛,但把他一直引到这儿的那条奇特的半地下通道也起了作用。他顺着一条在遍地丛生的欧石楠中蜿蜒伸展的沙砾小道往前走去，爬下一个背斜谷，然后登上一条斜坡，发现了他一直在寻找的天地：几朵早早盛开的秋水仙给一片树林抹上了淡紫色；林边，一座用圆木搭在石基上的小屋门窗紧闭，仿佛自创世以来，就一直等待着他的光临。

他在林边停下了脚步，心情激动，赞叹不已，张口惊叹道：加拿大！这三个字把人们拉到遥远的历史中去，同时又蕴含着对未来幸福的希望。对，他是置身在加拿大，不错，这片桦树林，这块林间空地，还有这间小木屋，确实在东普鲁士的土地上再现了加拿大。他重又听到了纳斯托尔低沉的声音，脑袋埋在杰克·伦敦或柯伍德的小说中，在自修室闷热的臭气中展现出哈得孙湾、格兰德湖、卡里布、大奴湖和大熊湖周围那白雪皑皑的纯净的林海。

这一天，迪弗热只是围着他的这座房子转了一圈。他发现屋门被一把黄铜锁的锁舌扣住了，但轻而易举就可把锁撬开。接着，他踏上了归程，走进了那条被野草遮住的地下通道。他前后差不多失踪了三个小时，可谁也没有觉察到。

秋初，下起了头几场大雨，负责管理集中营的特施马歇中尉忽然想到迪弗热过去是个汽车修理库的老板，于是把他升为司机，让他开集中营的那辆马其鲁斯牌五吨载重卡车。这一来，他便驾着车在整个地区跑，开始时身边还有个人看着他，可慢慢地经常任他单独出车，或让厄纳斯特陪着他，两人轮流开车。一般情况下，他们出车是拉集中营的给养，也就是说到一座座农庄的院子里去装成袋成袋的土豆，偶尔也有几大片肥肉或一把把像木柴似的捆扎好的细长的干红肠。大雨下得公路坑坑洼洼，有时车轮陷得那么深，真担心车身碰到了车辙下凸出的碎石层。从10月末开始，公路便被反复地用钉齿耙一遍遍地耙平，法国人见了好不奇怪，原来这是为早临的结冰期做准备，以便到时可用滑橇。有时，大雨滂沱，下个不停，挖排水沟的工程不得不经常中断。囚犯们被关在一个部分还淹在水中的集中营里，一种令人压抑的忧郁感笼罩着他们。可是，迪弗热还开着马其鲁斯牌卡车在跑，刮雨器不断地刮着风窗，但纯属枉然，他整个脸贴在了风窗上，载重卡车悠悠晃动着他的身子，将他淹没在飞溅的泥水和水汽之中，他经常觉得自己在驾驶着一艘轮船，在波浪滔天的大海中颠簸。

他慢慢熟悉了附近的一个个村寨，这些村庄的名字无不散发着荒原、树林或沼泽的气息，诸如安吉穆尔、弗洛霍夫、普鲁森瓦尔德、哈森洛德、维埃霍芬、格鲁恩黑德等，不久便在他的心中响起了欢快的副歌，那是由村庄小客栈的一个个招牌组成的，金色的豪华招牌如齐放的鲜花，上面布满了环形饰和阿拉伯风格的装饰图案，每一块招牌都赞颂着一个动物图腾，如金羊羔、鳟鱼、狍、金牛或鲑鱼等。迪弗热常常待在烟雾缭绕的店堂深处，每当某个顾客认出他是一个法国俘虏时，就态度鲁莽地纠缠着他，他总是不解地摇着头。慢慢地，他开始喜欢上了别人递给他抽的呛人的麦管嘴小雪茄烟。他还有机会一直往东部去，到了重镇贡宾嫩，这是个还带着乡土气息的镇子，一条河流从镇中穿流而过；他还去过拉皮萨，这个地名成了他们开玩笑的一个主题，永远都有开不完的玩笑。在拉皮萨市政厅的旁边，有一排人字墙，像是一条宽阔无边的台阶，在这儿，每个星期三都有一个马市，这儿卖的马闻名遐迩，均由离此地十五公里的特拉克赫南皇家种马场提供。再往南去，不远处便是罗明滕森林，那是一个广阔的自然保护区，有乔林，有湖泊，有数不胜数的地面猎物与野禽，是欧洲最美丽的鹿之天堂。随着时间的推移，迪弗热常和老百姓混在一起，慢慢地发现了德国，试着讲德语，渐渐地陷入了一个崭新的世界，他隐隐约约地感觉到这是一个丰富的世界，但还没有掌握开启这个世界的钥匙。

在这个恶劣的季节里，集中营里的人数明显减少了，劳力调配办公室经常单个或以小组为单位派遣囚徒去远处执行任务，与集中营领导部门只保持行政管理上的联系。他们大都被分散派往周围的山区去伐木，但根据各人不同的爱好或职业技能，也有不少人被分到了手工场、采石场、锯木场或畜牧场干活。

一有机会，迪弗热便去"加拿大"。他心中有数，知道看林的全都被总动员夺走了性命，因此，到那间木屋里不会有多少危险，惹不上什么麻烦。他砸开了木屋的门，尽自己的最大能力把这个单间拾掇了一番。他常常在壁炉里生起火，把火烧得旺旺的，还在屋后的挡雨披檐下搭了个排便的"祭台"，经常高高地坐在上面进行"祭献仪式"，度过漫长的如梦如幻的沉思时光,沉浸在奇特、奢侈的幸福之中:清静。他唯一要做的事情,就是捡些柴火,堆放在屋檐下,以备冬天取火用。为了使猎人生活的形象臻于完美,他还在附近一个野蕨丛生、常有野兔出没的地方安放了几个捕兔套,开始时他觉得肯定是毫无收获,可后来,看到那一个个血迹,他才明白早有狐狸或野猫抢在他的前面,把东西给抢走了。

一天,突然下起大雨,迪弗热干脆不再顾忌什么,在木屋里待着,炉火的噼啪声和屋顶木板上哗哗的雨声宛如一首摇篮曲,催他入眠。他睡着了。待他一觉醒来,夜幕已经降临,可大雨还在哗哗地下个不停。毫无疑问,集中营里已经点过名,熄灯号也肯定已经吹过了。也许别人以为他逃跑了?他决定听天由命,就在自己的这座房子里过夜。等第二天大清早再回集中营去。他往壁炉里一个劲地放柴火,一直碰到了边梁;然后,他又就地取材,给自己搭了一个床铺,他心里高兴极了,就像一个逃学的小学生。因为太兴奋,他久久不能入睡,脸朝着烧得通红的炉膛,观看着这个炽热的小舞台,上面正演着一出无乐歌剧;高潮迭起,充满策划的阴谋,然后又在火光冲天的动乱中暴露于天下。第二天清晨回到集中营,他发现根本就没有人注意到他夜里不在,因为外出的人员进进出出,谁也察觉不到什么,对此,他并没有感到特别吃惊。于是,在他的战俘囚禁生涯中,一种奇特的解放倾向在发展着,并进入了一个新的阶段。

然而,他的难友们却与他不同,这恶劣的天气,最终使他们一个个全都变得精神低落。一群群候鸟飞过淡蓝色的天空，发出如泣如诉的叫声，凛冽的北风吹打着木棚，呜呜声响个不停，大地笼罩着阴郁的气氛，一切都对他们充满敌意，尤其是这降临在他们头上的严冬，吞没了他们获释的希望，仿佛世间的一切全都在串通一气，要把这些被一场不可思议的风暴剥夺了幸福的正常生活的弱者逼到绝望的境地。只有苏格拉底和米米尔给木棚带来一点生活的回声。苏格拉底组织了一系列的文学史讲座。至于米米尔，他每天都在一个细木工匠家干活。每当别人开玩笑，说他跟木匠妻子有什么关系时，他总是做出种种神秘莫测的表情。一天夜晚，费飞表现得异常放纵，难友们缠着他不放，认定他弄到了酒喝，非要他承认不可。他就是不承认，放点不置可否的烟幕弹，夹杂着一个个名字，比如街名、子虚乌有的小酒店的名字，还混杂着一些古德语的词——全都法语化了，怪极了——这都是他当了战俘，被囚禁以后学来的。

"至少对你来说，普鲁士的寒冬是起到了作用的，"米米尔冲着他说，"瞧，有多美啊！"

可第二天，大家发现他用腰带在铁丝网的木桩上上吊死了。这一自杀事件在集中营造成了恐慌。突然间，大家仿佛全都明白了，谁也不可能活着或精神健全地从这儿出去，病魔、绝望症或精神病将在未来的几个月中选择各自的受害者。再说，这些木棚——显而易见！——原来就只准备用一年的时间，肯定就会腾空的，可决不会是要把他们全部释放了的缘故！

他们在策划一个个逃跑的计划。维克多每天都有新的主意,准备偷偷地从集中营逃走,可逢人就讲自己的想法,包括哨兵。有的人在暗中准备吃的东西,还想方设法搞点马克①,用香皂或灰纸包装的香烟跟看守或偶尔遇到的老百姓交换东西。一张张路线图相继画成。有一天,厄纳斯特对迪弗热公开了他跟另一个俘虏出的主意,想用马其鲁斯牌卡车和手头的证件逃跑。只要稍微有点儿运气,就可逃到波兰,那儿肯定看管得更松,居民们按道理也会随时准备帮他们的忙。可是,迪弗热只是耸了耸肩。后来,他又不得不对付米米尔,这家伙发现大卡车到处跑,可是一个求之不得的好机会,有望在集中营外面建立一个买卖网。于是一个劲地跟迪弗热套近乎。他还向迪弗热提出分成,虽然极为诱人,但迪弗热还是没有动心,仍旧一副漠然的神情,不过,见同胞们与他之间的鸿沟越来越深,他不免感到揪心地痛苦。

一天清晨,他发现马其鲁斯牌卡车不见了,厄纳斯特和住在隔壁棚子里的贝尔代也无影无踪。贝尔代是格勒诺布尔人,原来是个会计师。第三天,在南部一百五十公里处,卡车又被找到了,车子是因为用完了汽油抛锚,扔在那儿的。这一来,集中营里的人全都受到了惩罚。前几个星期,跟"蒙图瓦尔握手言和"②事件不谋而合,战俘们的生活刚刚有了些改善,这下又彻底泡汤了。大家纷纷打赌,猜测那两个逃跑的难友到底有几分成功的可能。这第一次逃跑事件有着典范性的价值。倘若成功,也许会给那些从来没有胆量效法

---

① 原德国货币单位。
② 此指贝当与希特勒于1940年10月24日在蒙图瓦尔和谈之事。

的人们增添希望。

可四天后,厄纳斯特被抓了回来。只见他浑身是泥,衣服破破烂烂,被打得不成人样。与他一起的,还有一副帆布担架,上面放着贝尔代的尸首。他们俩逃跑之后不久,便扔掉了汽车,不得不离开了经常有宪兵队巡逻的公路,钻进了荒原。后来,他们误入了一片沼泽地,贝尔代被活活淹死了。厄纳斯特本人最后到了一个镇上,向指挥部投降。他被投进了黑牢——以儆效尤——在里面待了一个星期,然后又被送进了格劳登兹的军队监狱。

秋季的大雨与风暴暂时停止了,迪弗热终于又可以踏进那条野草遮掩的地下通道了,下雨时,那里面简直寸步难行。此后,他还经常享受一番,到"加拿大"过上一夜,每一次都像是个充满梦幻的清静的节日。周围不时响起森林中各种神秘的声音,如在打猎的某位白衣女子模仿鸟叫的诱鸟笛声,在交配的雌野兔发颤的呻吟声,惊动了狐狸的山兔沙沙的击爪声,有时还有群鹿遥远而凄惨的嚎叫声。迪弗热终于设圈套逮住了一些小野兔,他剥掉了兔皮,然后架在炉火上慢慢烤,看他那股孩子似的高兴劲儿,仿佛在过着名副其实的北极猎人的生活。兔皮挂在小木杈上,放在炉壁旁烤,散发出一股旧毛皮和野兽味。

一天夜里,他突然被房墙边的沙沙声惊醒了。好像有人在扶着木板墙走路,似乎还在摸门。他虽然有些恐慌,但实在不愿承认,干脆背朝隔墙,又一觉睡了过去。后来几天,他一直琢磨着有谁会在夜间来访。他在"加拿大"的事情或迟或早，势必会被发现。从小木屋的烟囱里冒出的黑烟无不在向周围的人们通报他的存在。但是，怎能放弃生火呢？他责备自己胆子太小了。若真的还有人来访，最好还是去对付他，设法跟不速之客谈一谈，何必冒着被人告发的危险呢。

又好几个星期过去了，一直平安无事。秋天在延续，时光仿佛迟疑不决，迟迟不愿进入严冬。一天夜里，在"加拿大木屋"周围走动的沉重的脚步声和摸墙声重又惊醒了迪弗热。他嗖地爬了起来，跑到门后站好。外面，又恢复一片死寂。突然，传来一种低沉的喘息声，他顿时慌了手脚，浑身冰凉。接着，又响起了刮门的声音。迪弗热猛地把门打开，只见门口站着一只怪兽，像马似牛，也好像是鹿，三者兼而有之。它往前走了一步，可很快被头上的巨角挡住了，锯齿状的角尖撞上了门框。它抬起头，朝迪弗热伸出圆滚滚的大鼻子，鼻下方呈三角形的上嘴唇敏感地抖动着，活像是一只大象的长鼻尖。迪弗热曾有过耳闻，听说还常有成群结队的驼鹿在东普鲁士的北部出没，可面前这庞然大物，浑身是毛，肌肉发达，张着巨角，时刻有闯进小木屋的危险，不禁使他感到惊愕。朝他伸来的嘴唇仿佛发出表现力无比强烈的恳求，迪弗热马上到桌上拿了一大块面包，送给驼鹿。巨兽呼啦一声，用鼻子吸进嘴里，吞了进去。接着，下巴颏仿佛脱了位，往边上一耷拉，随之开始慢悠悠地认真咀嚼起来。驼鹿恐怕很知足，送给它这点吃的之后，它很快往后退去，笨拙而沉重的身影遂消失在夜色之中，那副孤零零的失宠样子令人心疼。

就这样,东普鲁士的动物界刚刚给迪弗热派来了第一位代表,这是一只具有半传奇色彩的野兽,仿佛是从史前的海西森林深处走出来的。一直到天蒙蒙亮,迪弗热都没有睡着,他被这次突然来访再一次引回到自己那奇特的信念之中,他向来认为自己有着远古的起源,有着某种意义上的根,一直可以追溯到时间的黑夜最深处。

从此之后,每当他顺着野草遮掩的地下通道到"加拿大"来时,他都带上几片芜菁甘蓝,准备给驼鹿吃。一天,驼鹿来木屋的时间比较晚,迪弗热终于可以借着晨曦,细细地端详它。它庞大而又可怜,高达两米的鬐甲坑洼洼,支配着短短的脖颈,巨大的脑袋上,挂着两只驴耳,支着两根粗大而沉重的犄角,瘦骨嶙峋的臀部由四条瘦长而有缺陷的腿支撑着。它在慢慢地吃着欧洲越橘树枝,由于脖颈太短,为了能吃到地上的树枝,不得不叉开两条前腿,模样滑稽可笑。接着,它嘴巴一扭一歪,开始咀嚼起来,同时抬起了脑袋。这时,迪弗热发现它的眼睛上布着两块白膜。"加拿大"的驼鹿是看不见东西的。迪弗热这才明白,怪不得它的一举一动都像在乞讨,步子笨拙,行动缓慢,如同一位梦游者。由于自己眼睛也近视得厉害,迪弗热感到自己与这个永远处在黑暗之中的庞然大物很亲近。

一天清晨,他突然感到异常寒冷。透过白花花的窗户,一束奇特而强烈的光线射进了木屋。屋门压着松动的障碍物,好不容易才被他打开。他顿时眼睛发花,向后退去。前夕潮湿而黑暗的世界变成了冰雪的天地,在阳光下闪烁,周围一片寂静，仿佛裹上了棉絮似的。他心中洋溢着欢乐，虽然这白雪皑皑的仙境总是在他幼稚的心中激起不尽的惊叹，但它不足以解释这份欢乐。他坚信，普鲁士的土地发生了如此闪光的变化，势必是向他预示一个新的阶段的到来，预兆着意料不到的关键事件的发生。他双脚深深地陷入雪中，刚走了几步，便获得了证实——虽然是微不足道的，但富于象征意义——只见在他脚下展开的巨幅白纸上，鸟儿、啮齿动物和食肉动物留下了纵横交错的痕迹，形成了一个个精致的速写符号。

他重又驾驶马其鲁斯牌卡车，车子的轮胎安上了防滑链，在一个随着冬天的降临、将充分显示出其个性的天地里如滑雪般往前行驶，发出咣当咣当的声音。周围的风光简练到了极致，仿佛用中国的水墨在洁白无瑕的广阔平原上泼洒上片片黑色，一座座房屋消融在棉絮般的整体之中，微微隆起，头戴风帽，脚穿长靴的人们全都一个模样，彼此难以辨别。

一天，迪弗热碰到一个在公路旁的深雪中艰难行走的农夫，让他上了车，把他捎回家中。农夫请他到农庄喝一杯。这是他生来第一次踏进一个德国人的家门，他感到很不自在——一种窒息的感觉，同时又有一种闯入私宅的犯罪感——这使他深切地体会到由于战争、战俘生活，特别是他天性的自然蜕变，他已到了何等的野蛮程度。倘若一只狼、一头熊误入一间卧室，恐怕也会产生这种恐慌不定的感觉。

主人请他坐在壁炉旁，巨大的通风罩装饰着雅致的玫瑰色纸花边，上面散乱地放着一些纪念物品，有结婚照、石榴红绒座铁十字架,还有一束已经干枯的薰衣草、几盒系着饰带的"8"字形松饼以及一顶将临期[1]时戴的松枝冠,上面插着四支蜡烛。迪弗热有幸品尝到了散发着陈旧炭炱味的熏肥肉、熏鳗、茴芹炖奶酪和黑麦饼——纯粹用黑麦粉做的,又黑又硬,就像一块沥青似的——还喝了一杯皮尔卡勒酒,这是用粮食酿制的烧酒,就像肥肉汁那样难以入口。好心的主人自以为可以讨得客人的欢心,回忆起了1914年间占领杜埃时的往事,最后诅咒了战争造成的不幸。在一只玻璃橱的架子上,放着几支枪,这又给主人提供了机会,他激动地讲起辉煌的狩猎史,在约翰尼斯堡和罗明滕森林里,有庞大无比的十角兽;在埃尔兹瓦尔德的北部,一群群驼鹿慢腾腾地走着,动作笨拙而呆板;在水滩边,飞来一群群黑天鹅。

烈酒加深了迪弗热脑中那种始终保持着一定距离的看法,这是一种纯思辨性的超脱的看法,他称之为"预言之眼",最适应于探索命运线。他坐在一扇双层的小玻璃窗旁,窗框的两边,爬着一些毫无生机的细茎。透过一块小玻璃,恰可看到维尔德霍斯特村的低洼处!只见一座座房屋全都用石灰水浆从底部一直刷到二楼的窗户处,从窗户到屋顶,都装有护板。还可看到一座小巧玲珑的教堂,钟楼是木结构的;一条环形的小路上,一位年迈的妇人拉着小雪橇,雪橇里放着一个婴儿,还有一位小女孩在用棍子追赶着一群愤怒的鹅,两匹马在拖着一雪橇松木材。这一切,全都框在

---

[1] 即圣诞节前的四星期。

一块边长为三十厘米的四方形窗玻璃里，那么清晰，那般突出，位置不偏不倚，他仿佛以前就已经见过，只是过去模糊不清难以界定，而今焦距对得比较精确，第一次校正那模糊的镜头。

自他跨越了莱茵河以后，他一直在给自己提出疑问，现在就这样获得了答案。他终于明白了自己千里迢迢来东北方寻觅的到底是什么东西：**在极北这冷峻而又刺骨的光线下，一切征兆都闪烁着无与伦比的光芒。**法国濒临大西洋，淹没在浓雾里，线条渐弱，消失在无限远的背景之中，德国大陆与法国截然不同，画面线条更生硬、粗略，但浓重、简练，富于单线条勾勒而呈现的装饰风格，容易看懂，也易于留下印象。在法国，一切都消失在感觉、模糊的动作、尚未完善的整体、雾蒙蒙的天空和无限的温情之中。法国人厌恶职权、制服和狭窄地限定在某个组织或等级制度中的位置。就说法国邮差吧，他总是忘不了以放肆的语言提醒别人注意他也是个一家之主、有选举权的公民，同时也是个玩滚球戏的老手。德国邮差则不同，穿着漂亮的制服，从来都与他扮演的角色相一致，无可指责。同样，德国的家庭妇女、德国的小学生、德国的捅烟囱工人比法国的要更像家庭妇女、小学生和捅烟囱工人。德国的商人也要比法国的更像商人。法国人那卑劣的天性不可避免地引向容光的消退与灰暗，退化成无脊椎的生物和导致令人生疑的懈怠——引向混杂、肮脏和怯懦——而德国则始终存在威胁，有可能变成一个充满怪相和漫画人物的舞台，她的军队就是一个证明，好一个屠宰游戏集团的样品,从长着牛前额的副官到戴着单片眼镜、穿着紧身背心的军官,可谓样品齐全。但是,对迪弗热来说,天空充满了寓意,布满了象形文字,不断地响起模糊难辨的声音和谜一般的呐喊,德国在渐渐地展现,宛若一个希望之乡,**一个纯质的国度。**通过农夫的介绍,透过窗户上的小玻璃,他看到了德国,一个个村庄仿佛涂上了彩釉,看似玩具一般,到处挂着画着图腾的招牌,凸现在黑白分明的风光之中;一座座森林排列有致,如同管风琴的管子般整齐有序;男男女女无不在不懈地完善各自的身份所拥有的品质;尤其是这富有象征意义的动物——特拉克赫南的马、罗明滕的鹿、埃尔兹瓦尔德的驼鹿,还有啼声四起、飞翼遮蔽了平原的群群候鸟——这都是在文章中常见的动物,在普鲁士所有容克[①]的衣橱上都刻有它们的形象。

这一切都是命运赋予他的,就像命运曾经赋予他圣克利斯托夫中学的火灾、怪诞的战争和溃败。但是,自他越过莱茵河之后,命运的祭献品不再表现为对诅咒的秩序的关键产物的猛烈打击,而转变为完满和积极的奉献。阿尔萨斯的信鸽已经给了某种预感——多么微弱,几乎不值一提,但在他心中始终留有温暖的记忆——使他预感到了他未来的命运。"加拿大"更是一个证明,即将奉献给他的土地,尽管是块崭新的处女地,但与他隐藏在心灵深处的童年记忆仍有着联系。如今,他得到了昭示,整个东普鲁士是一个充满寓意的

---

① 即普鲁士的贵族地主。

星座，要由他深入每一个寓言，不仅像用钥匙开锁，更像在灯笼中点燃一束火光。因为，他不仅具有辨别本质的天赋，也有着激发本质的使命，要把一切德行都推向炽热的高度。他要让这片土地得到迪弗热式的阐释，同时，也要使它得到升华，拥有从未有过的崇高力量。

白昼开始越来越长了，但寒冷也在加剧。除非不断地添柴，让壁炉里的火烧得旺旺的，不然，在林中木屋消受"加拿大"之夜，可是个相当严峻的考验，迪弗热减少了在这儿过夜的次数，但与木棚里的混杂和潮湿相比，他更欣赏"加拿大"之夜的清纯与振奋。一天清晨，极度的冰冻仿佛使星星布满了绒毛，还在黑压压的空中一眨一眨地闪烁着，迪弗热突然被一记敲门声惊醒。他睡眼惺忪，骂骂咧咧地从床上爬了起来，拿了几块放在壁炉上的芜菁甘蓝。他知道，只要驼鹿感觉到屋子里有人，那就会没完没了地催人开门，即使你装着没听见，也是白搭。门被冻住了，他忙乎了好一阵子，最后门突然松开，打了开来，只见门外一个高大的身影：一个身穿制服，脚蹬皮靴的男子。一时间，两人都惊呆了。接着，陌生人擅自走进屋里，砰的一声关上了身后的门，果断地朝壁炉走去。他从柴堆上拿起一根干柴，扔进炉膛，然后朝迪弗热转过身子。

"您在这儿干什么？"他问迪弗热道。

迪弗热一眼就看出了这人不是德军的军官。首先是他的年龄——差不多快六十岁了——再就是那身翻领上饰着鹿角图案徽章的灰绿色制服和那支三管猎枪,一切都表明他很可能是河泊森林管理处的一位职员——护林员、县森林管理员、护林官或省森林总管——由于被动员入伍,河泊森林管理处的人员大大减少,剩下的人尽可能地保护与维持这个备受战争与偷猎者蹂躏的毛皮动物的天堂。

他脱下了带护耳的滑雪帽,见迪弗热迟迟没有答话,遂又问道:

"是逃跑的战俘?"

法国人这时朝他伸出张开的双手,让对方看手中的芜菁甘蓝片。

"我在喂看不见任何东西的驼鹿!"迪弗热回答道。

对这声辩白,陌生人并没有表现出特别的惊诧神色,迪弗热继续说道:

"我是穆尔霍战俘营的。我马上就回去。本人名叫阿贝尔·迪弗热,原为南锡第十八工兵团的信鸽兵,于6月17日在赞古尔森林被俘。"

"信鸽兵?"身着绿制服的男子带着一点感兴趣的意思问道,"那可是最著名的兵种,当然在骑兵之后。可怜的鸽子!"

他说罢坐到炉火旁,壁炉里的柴火呼的一声烧得很旺,有可能要落到炉膛外面来,他捡起一根柴火,把柴火往里捅了捅。迪弗热对听懂德国语言很吃力,实在不明白对信鸽兵的这番充满怀旧之情的颂扬到底是否夹杂着讽刺的意味。他决定把这看作与陌生人的一种友好联系。

"据您所说,好像您熟悉昂霍尔德喽?"见迪弗热一副莫名其妙的神态,护林官员向他解释道,"这是一只眼睛瞎了的驼鹿的名字,它害怕跟同类待在一起,别的雄驼鹿都爱欺负它。它就在这一带的森林里过冬,大家都跟它很熟悉,因为它常向过路人讨吃的。不幸的是,一开春,它就要往南迁徙几公里,到一个谁也不熟悉它的地区,它就有可能遇到各种危险了。总有一天会有人打死它的,"他神情忧郁地说道,"何况它也不随和。您也许已经注意到了。昂霍尔德。您明白吧?我是说它很笨拙,样子又不好看,像个妖怪似的,面目丑陋。尤其是那两只白花花的眼睛和紧逼着人家的蠢模样,真让人害怕!"

"它来了。"迪弗热说。

果然,响起那种特有的搔墙声,紧接着传来刮门声,与噼啪作响的柴火声交织在一起。迪弗热打开门,浑身黑毛的庞然大物遂堵到门口,虽然护林官员与昂霍尔德数次相逢,但此时见状也不禁愕然。迪弗热微张开手,呈水果篓状,朝颤抖的大嘴递去几片芜菁甘蓝。驼鹿张开它那两片钳子似的小嘴唇,小心翼翼,像用拇指和食指把东西准确无误地夹进嘴里。然后,他俩交谈起来。迪弗热把指甲掐进它那两只富有异常的生气与表现力的长耳朵,对昂霍尔德细加解释,说它漂亮、温柔、强壮,没有一点儿坏心眼,可世界却邪恶,背信弃义。昂霍尔德报之以一声抑扬的嚎叫,是那般欢快,仿佛是一个擅长腹语的巨人发出的笑声,两只耳朵不停地颤动,击打着空气,分明表现出欢乐和信赖。接着,驼鹿往后退去,迪弗热跟随着它,仿佛在护送它,一直把它送到府宅的门口,不一会儿,随着它远去,极北巨兽走动时特有的咔嚓咔嚓声也渐渐消失了。迪弗热回到木屋,护林官员背朝着炉火,一时默默地打量着他。

"您是个法国战俘,也许不是逃出来的,但您至少离开了战俘营,"他终于开口对迪弗热说,"您撬锁闯入了一座由我负责看管的林间小屋。从晾晒在我头顶的这些毛皮看,您违禁偷猎。凭这些,就足以把您送进格劳登兹集中营。但是,我觉得您很善于跟极难相处的昂霍尔德打交道,赢得了它的友情。再说,能把一个信鸽兵打入充当监狱的地堡吗?不,真的……(他站了起来。)回穆尔霍集中营去吧。我们也许还会再见面。我是罗明滕保护区的森林总管。"

他戴上了滑雪帽,放下护耳,扣上制服的纽扣,走出门外。离去前,他再次止住脚步,朝迪弗热转过身子。

"天这么冷,不要滥用芜菁甘蓝!我马上让人往木屋的草房送几捆干草和一袋燕麦来。这也许可以留住昂霍尔德,免得它再往南去。"

对迪弗热来说,春天到来的标志是他遇到的一次小事故,虽然没过二十四个小时,集中营里的人就把事情忘了,但它却改变了迪弗热对自身和对自己在东普鲁士的命运所持的看法。

番红花已开始从残雪的硬壳中探出身子,每天夜里,都可听到笑鸥的欢叫,它们集结在库尔兰的哈夫地区的潟湖上，等待着春天的气息把它们推向更北的地方。几个星期前，迪弗热不得不交出他忠实的马其鲁斯牌卡车，换来一辆破旧的奥佩尔车，这车用的是煤气发生器，凡装有汽油发动机的汽车从此全都交给战斗部队使用。这一措施说明希特勒不久就要发起新的军事行动，眼下也有这方面的消息在流传，可迪弗热对此无动于衷，觉得换了汽车，倒又有了一根联结他与普鲁士森林的纽带，如今，森林中的木材给他提供了出游的动因。他在这项无疑是限制性的倒退措施中预感到德国已经朝毁灭与倒退迈出了第一步，必将使这个不可一世的战胜国落到他的水平，唾手可得，甚或——谁知道呢，也许会有那么一天——在他的任意支配之下。

寒冬过后，木棚需要翻修，迪弗热便被派往较远的北部地区的埃尔兹瓦尔德大锯木场去装运木板。他没费什么气力，便在那儿发现了特有的风光与氛围，昂霍尔德简直就是这种风光与氛围的最纯粹的化身：这儿的土壤比他来东普鲁士以来所看到的所有土地都含有更多的沙质，也更易流失，泥土四处飞扬，有的落到水中，有的飞往天上，天边永远是淡蓝色一片；地面也是那么不结实，不得不给马匹安上宽底板的木蹄，给马车配上传送带似的宽木轮——Puffraeder——为了对付春秋两季的洪水，每个农庄都备有平底小船和平底驳船。

更远处，是一线沙丘，被狂风不倦地塑捏着，人们想方设法锁住沙丘，在上面播种固沙草；沙丘顶上，有时可以看到一群驼鹿晃动着它们那庞大而古老的身影。再过去，就是库尔兰的哈夫，那是个不深的潟湖，面积有一千六百多平方公里，几千年来，由梅梅尔河、代姆河、鲁斯河和吉尔吉河的冲积层慢慢地积淀而成。这个巨大的死水咸水湖与波罗的海只隔着尼赫伦地区，这是一条狭长的舌形沙土带，长九十八公里，宽五百米至四千米不等。迪弗热绝不可能深入极北土地的这些边界线。但是，他却不断地梦想着这些地区，尤其是位于尼赫伦中心地带的一个村庄，这个村庄有一个如带翅膀的轻快名字，叫作罗西滕，那儿居住的都是鸟类学家，他们一生中从事的是观察与保护候鸟的事业，无数的候鸟成群结队，每年两次从他们头上飞过，落下纷纷的羽毛，仿佛布上巨大的活动羽网。

迪弗热如今重又闯入了他的王国的北部边境地区，一路上事故不断。车上堆着小山似的木板，几乎遮住了驾驶室，煤气发生器时刻有熄火的危险。但是，不管气喘吁吁的迪弗热有多固执，路面行驶的艰难还是最终征服了他。刚驶出一片小森林，公路便被积水所淹没，仿佛映着一面明镜，迪弗热快活地驱车前进，车两旁溅起了污水，仿佛长出两片巨翼，浸湿了在寒冬中变得黝黑的荆棘丛。但是，他突然感到方向不对，恐惧的心理一时起了作用，他来了个急刹车。卡车滑出了二十来米，最后横停在路当中。迪弗热想再启动汽车，可车轮在污泥中直打转，随着马力的加大，车轮越陷越深。他只得步行来到附近的格鲁斯斯卡依斯吉伦村，出示了他的任务书，请村政府帮忙。当他带着一位农业工人，牵着两匹马回到汽车旁时，夜幕已经降临。但是，两匹马在泥浆中打滑,其中一匹膝盖一弯,摔跪在泥潭中,膝关节险些受伤。除非有结实的地面,这两匹马才可能套上绳子把陷在烂泥中的车子拉起来。迪弗热无奈找了警察队,任他们安排,在一间很不舒服的破旧小屋过了一夜。第二天清晨,卡车终于被拉出了死路,可发动机就是不愿启动。他又不得不在警察队的小屋里过了一夜,第三天才启程回穆尔霍,整整迟到了四十八个小时。

特施马歇中尉接待了他,中尉终于松了一口气。

"昨天在瓦尔克诺的泥炭沼泽地里拉出了一具尸首,"中尉对他说道,"我真担心是你,更何况他们在电话中向我报告的情况与你长的模样相当像。真怪,无论在营地里,还是在附近的村庄里,谁也没有报告过有人失踪。"

迪弗热特别注意征兆与机缘,不可能就让这次事故这样过去了。有人告诉他那具尸体就放在瓦尔克诺村的小学里,因为复活节放假,学校里空无一人。学校离集中营有两公里路程。迪弗热抓了个机会,就往那儿去了。

"请诸位注意此人手脚的纤细、脸庞的清秀,尽管额头很宽,仍有着猛禽似的轮廓,尤其是死者的贵族气派,与他的这件仿佛用金线织成的短披风的华丽是很协调的,与他身边的这些物品也是相一致的,这些东西,恐怕他是想带到彼世去使用。"

迪弗热的到来打断了凯尔教授的介绍,凯尔教授来自柯尼希山人类学考古学研究所,正在教室里作报告,面前只有五六个听众,其中有瓦尔克诺村的村长,一个戴着眼镜的矮个子男人,恐怕是位小学教师——就是他惊动了柯尼希山研究所——还有牧师和几位地方显贵。在他们面前的一张桌子上,躺着一具半裸的尸体,颜色发灰,皮肤皱巴巴的,就像是一个皮质的人体模型,看这架势,仿佛正在上一堂人体解剖课。死者那超凡脱俗的清秀面孔上系着一块细薄的布,遮住了他的眼睛,布带系得那么紧,仿佛嵌入了鼻根和脖颈里。一个金色的金属质六角星固定在蒙眼带上,正好处在两只眼睛的中央。

从教授的介绍中,迪弗热只抓住了一点,那就是死者属于那种泥炭沼人。在丹麦和德国的北部,常常会挖掘出这类尸首,由于周围环境酸性高,尸体保存完好,令人惊奇,村民们往往以为是最近淹死或被人害死的。然而,这都是些古日耳曼人,他们把死者沉入泥炭沼底层的风俗可追溯到公元1世纪,甚至可追溯到公元前的年代。不幸的是,人们对这些部落了解甚微,为澄清有关问题,不得不参考塔西佗的《日耳曼人风俗》,可凯尔教授指出,这部著作用的是二手资料,很不可靠。接着,凯尔请大家注意,尽管已经历时两千年,尸体的肤质还很好,怪不得乡镇的警察还取下死者的指纹,试图鉴别死者的身份。更值得一提的是,凯尔教授亲自进行尸体解剖。他通过检查死者的肺部,证明此人是淹死的——再说,死者身上没发现任何伤痕,也没有遭受任何力的痕迹。至于什么原因,教授微笑着,扬扬得意地装出神秘的样子,望着公元前的这位死者,显示出同谋犯的神态,仿

佛在与死者共享无比有味而又无法识破的秘密。接着,他盘算着沉默了片刻,然后以庄严的口吻斟词酌句地又开始说道:

"女士们(并没有女士在场),先生们,我亲自检查了我们这位伟大的祖先的胃、小肠和大肠。尽管肠胃已经压扁,但完好无损,里面还保留着摄入的食物。因此,我得以科学地——(他把重声有力地落在这几个字上)——还原了瓦尔克诺人吃的最后一餐饭,那是在他死前——我可以加以证实——十二至二十四个小时内吃的。这餐饭的内容是浓汤,主要成分是一些蓼属植物,俗称水胡椒,还混有不同比例的伞形科植物、巴天酸模、旋花属植物和雏菊类菊科植物。我并不真的认为善于渔猎的古日耳曼人平时吃的就是这种植物浓汤。更确切地说,我想这恐怕是一种举行仪式时吃的食物,是在举行圣祭前与教徒们共享的一种集体圣餐。

"至于死者的年代,显然不可能确定得十分精确。但是,从尸体旁发现的金币可以推定为公元1世纪,因为金币上有提比略①的头像。这是我们的发现中最为动人的一个方面。我们可以不受限制地加以猜测,此人无疑是个重要人物,很可能是位君主,他在遭受可怕却自愿选择的死亡之前吃的最后晚餐,与耶稣的最后晚餐时间相同——同一年,谁知道呢,也许在同一天,同一个时刻!——就是受难的耶稣与他的弟子相聚的最后一个晚餐。因此,在犹太与地中海地区的宗教在近东盛传之时,类似的仪式也许正在这儿建立起了一

---

① 提比略(前42—37),罗马帝国第二代皇帝。

种相似的宗教,但它纯粹是北欧的,甚至纯粹是日耳曼的宗教。"

他停顿片刻,仿佛被自己的话语所蕴含的激情与重要性压垮了。接着,他继续往下说,但口气不那么庄严了:

"请允许我再补充说明,我们的这位祖先是在离此地很近的一片小桤木林中挖掘出来的,这种黑色的桤木,在沼泽地里到处可见。说到这里,我不禁想到了最伟大的德语诗人歌德,想到了他那篇最著名,也最神秘的作品,那篇题为《桤木王》的叙事诗。它为我们德国人的耳朵而歌唱,安抚着我们德国人的心,实际上,它是德国灵魂的精华所在。因此,我向你们建议——我也一定会向柏林科学院提出建议——这个人应该以'桤木王'的名字载入考古研究的年鉴。"

接着,他吟诵道:

谁在风夜中迟迟骑行?
是父亲与他的孩子……

这时,他的话被打断了,一个农业工人像阵风似的冲了进来,径直朝他奔去,低声地对他说了几句。

"先生们,"凯尔说道,"来人告诉我在同一个泥炭沼又发现了一具尸体。我建议诸位立即去那儿迎接从时间的黑夜中派来的新使者。"

人们小心翼翼地刮去无疑是蜷缩着的尸体身上裹着的泥

炭，尸体慢慢露出了脑袋，或更确切地说，露出了右侧面，它的脑袋仿佛嵌在泥团中，比纪念章的头像厚不了多少。脑袋的颜色与泥炭的色彩过于相似，好像就是直接雕塑在泥炭团上的浅浮雕。这是一张瘦小的脸，充满稚气与悲伤，头上戴着一顶帽子，帽子是用三块布粗粗地缝制而成的，给了他一种囚犯，甚或苦役犯的神态。泥炭矿工们等着教授来了以后才开始用镘刀来对付那一大团泥炭。他们首先刮出了整个脑袋，然后是双肩，肩上好像披着一种羊皮披风。整件衣服很快露了出来，可仿佛空空荡荡的。人们把"时间之黑夜的新使者"的遗体放到草地上，终于摊开了他的牧羊人披风后，果然发现整个躯体都被消解了：唯有脑袋神秘地穿越了数千年历程。

"这样！"凯尔下结论道，"我们永远无法弄清这到底是个男人，还是女人或孩子。根据类似的挖掘结果，我倾向于假设这是位妇女。一个重要的人物往往要由自己的夫人伴随着一起进入幽灵王国，如你们所知，古日耳曼人严格实行一夫一妻制。这将又是一个围绕着'桤木王'的谜。就像他眼睛上蒙着的那块饰着金星的布条：就我们目前所了解的情况看，其意义无法解释。但是，我们越在时间的长河中向前进，过去将离我们越近。奇怪的是，与一百年前相比，我们今天对古代了解的情况要多得多。也许在不久的将来，我们就会得到有关古日耳曼人风俗礼仪的新认识。不过，在桤木王那裹着泥炭的永恒之中，深藏着最为神圣的东西，而它将永远蒙着这个谜揭不开的一部分。"

动身回穆尔霍之前,迪弗热长时间地打量着那张羸弱而阴郁的苦役犯似的小脸,在泥炭中经历了多少个世纪的黑暗之后,太阳第一次抚摸着它。看他的样子,仿佛他想竭力把此人的五官印入自己的脑海中,以便有机会再次相逢时,可以认出他来。

从1940年秋季开始,小城拉斯滕堡的居民们便被禁止进入格尔利茨森林,他们甚感奇怪,那可是个举办民间舞会、射击比赛和集市的传统场所,而且也是星期六下午举家出游的去处。人们平常相聚在一起、细细品尝点心的卡尔索夫咖啡店也被征用了,店里的招待人员被赶走,住进了党卫队的一个排。后来,又涌来了托德特①组织的筑路队以及一些建筑公司,如"维氏与弗雷塔格公司"和"迪克霍夫与维德曼公司"等,甚至还开来了斯图加特的"塞滕斯皮纳园林设计与苗木培植公司"的大卡车。公路被拓宽了,在附近修了一个飞机场,拉斯滕堡至昂厄贝格的铁路线停止了民运。报纸上公开解释说准备在格尔利茨森林的原址上建一个阿斯卡尼亚化学公司的规模庞大的子公司,但是,这一解释与工程建设的奢侈与规模不相符合。尽管人们所称的这座"新城"始终蒙着神秘的色彩,但传说周围建起了一道宽三米、高一点五米的铁丝网,紧靠铁丝网的五十米内,布满了地雷,巡逻队沿着布雷区日夜巡逻。高射炮和机关炮布满了另两个防区的

---

① 弗里茨·托德特(1891—1942),曾任希特勒手下的军需部长与帝国公路总督察。

进口,来访人员须经过一系列检查方可入内。除了十几座单独的别墅之外,"城"内拥有一个极端现代的通信中心、一座停车场、一个蒸汽浴室、一座锅炉房、一座影院、几间会议室和报告厅,还有一个军官"娱乐场",尤其在北侧,还筑有一个豪华的地堡,浇有八米厚的水泥,一道阶梯通入堡内。

1941年6月22日,就在苏联境内疯狂地发起"红胡须战役"的同一天,希特勒与参谋长博尔曼及主要幕僚住进了他的新"狼穴"。德国政府的大头目们很快在周围的贴近处安顿下来,希姆莱占据了格鲁斯加滕的海格瓦尔德,里宾特洛甫住在施泰诺尔,司法部长拉姆斯在罗森加滕,戈林为这个求之不得的机会欣喜不已,住进了罗明滕的"猎宫"。

这一天,德军220个师出动3200架飞机和10000辆坦克,扑向苏联边境,北部有芬兰军队,南部有匈牙利和罗马尼亚军队支援。从这一天起,东普鲁士的土地在装甲车的履带下,不断颤抖,它的天空在轰炸机群的飞行中不断震荡。仿佛在遥远的东部有一种向心力量,把人、武器、马匹和车辆组成的一个巨大的旋涡有力地吸引了过去。希望的颤抖唤醒了战俘营。这是一种征兆,说明时局发生了变化,也许他们的命运也会改变。然而对迪弗热来说,情况恰恰相反,继冬季和春季中引人注目的发现与启迪之后,外部世界的突变陷入了等待与成熟的阶段。他驾着装有煤气发生器的奥佩尔车四处奔波,随着时间一天天流逝,他渐渐发现了德国和德国人——并学习德语——有时,他也在集中营待着,唯一的消遣就是去"加拿大"访问。春风刚刚开始吹动，昂霍尔德便消失不见了，它恐怕在继续往罗明滕的森林总管所说的南方神秘地迁徙，仿佛它应该在"加拿大"度过的时光已经过去，在迪弗热身边的使命也已经完成。说到底，昂霍尔德从远古带来的消息是令人感动的，那就是捎来了桤木王和被迪弗热称为小苦役犯的消息。

10月3日，希特勒在柏林体育馆发表演说，向世界宣布发起旨在占领莫斯科、彻底消灭红军的"台风"行动。整个国家再一次出现了来往不断的人流和车潮，人越来越年轻，装备越来越先进，但乱七八糟地全都被投入到巨大的战争火炉里。就这样，当首批候鸟开始在高空贴着黑云呻吟着飞过时，迪弗热喉咙像被卡住一般，想到了被断送了美好年华的青年一代，仿佛在空中逃窜的是受害者孤独的灵魂，它们为彼此的深不可测而恐惧，为这块熟悉的母土而哭泣，他们热爱这块土地，但是爱的时间是多么短促啊。

初冻使沼泽地披上了白装，迪弗热被召到了战俘营的劳力调配办公室。一个身材魁梧的男子在等着他，只见那人满头白发，身着灰绿色制服，饰着鹿角徽章。迪弗热马上认出了他，原来就是六个月前在"加拿大"突然出现在他面前的那位森林总管。

"我需要一位会维修汽车，并协助我处理在罗明滕一切事务的助手，"那人对迪弗热说道，"我想到了您。您所在的战俘营管理机关已经准备好了您的调动证。不过，我要的可不是一个奴隶。得经您同意，我才会领您走。"

一个小时后,迪弗热与难友及特施马歇中尉匆匆告别,上了一辆使用汽油驾驶的奔驰牌重型卡车,坐在森林总管的身旁。

他们朝东南方向行驶了五十来公里,穿过了因战争和早临的寒冬而僵死的乡野。当他们抵达罗明滕自然保护区入口处的栅栏前时,天还没有黑,只见木栅栏中间有一扇圆木搭成的大门,门楣上用哥特体刻着几个大字:罗明滕自然保护区。

四

罗明滕的
吃人魔鬼

他左嗅右闻,说闻到了鲜肉味。

——夏尔·贝洛

他们把官方的奔驰卡车扔在了一座守林员的屋子里，坐上一辆狩猎用的马车继续赶路。马车由一匹栗色的特拉克赫南马拉着，这样，可以尽量避免把机动车辆开进罗明滕保护区内，破坏自然的纯洁。夜幕渐渐降临了，他们在森林总管的房子前停了车，这是一座带走廊的别墅，屋顶盖着旧石板瓦，人字墙头上装饰着鹿角。迪弗热得替马卸套，把它牵到马厩去，这是项新的任务，他在一位老仆人挑剔的目光下，尽最大努力完成了这项任务。老仆人是听到车轮在院子石块铺成的地面上滚动的声音，匆匆跑过来的。接着，他们给迪弗热指了一间顶楼的小屋；然后，迪弗热到厨房与仆人及仆人的妻子一起吃饭，有汤、肥肉、红叶卷心菜和黑面包等。

随后的几个星期里，迪弗热乘坐马车或走路，陪着森林总管在保护区内的各个地方进行巡视。这个司机、马车夫加打杂的差事，以前是仆人的儿子干的，由于最近年轻人收到了赴苏联前线的动员令，才使迪弗热的命运有了转机。开始时,年轻人的父母对迪弗热十分冷淡,但他们的敌意很快就耗尽了,迪弗热感到自己渐渐地扮演起养子的角色,他们对他越来越亲,更何况他们对另一位的生命越来越担心。

当大门在身后关上,他第一次钻进罗明滕那枝叶锦簇的浅黄褐色天盖之下时,迪弗热顿时觉得自己在一位巫师的引导下,进入了一个仙境的深处,虽然这是一位次等的巫师,却得到林中精灵的承认。首先接待他的,是一只巨大的金色猞猁,它坐在一个树根上,翘着两撇亚洲王子似的小胡子,摇晃着耳朵上两个浅色的毛刷子,笑眯眯地望着他从面前走过。接着,一对河狸、一只白色的猎隼和一只大灰狗护送着他,只见大灰狗长着两只带有蒙古褶的眼睛,脊柱向后倾斜,他一看便知道这是只西伯利亚狼,它们往往成群结伙穿过波兰平原,迁徙到这一带来。但是,与仙境的精灵关系最为明显的,还是时而邪恶、时而吉祥的花神。森林总管指点着他注意观察那一个个顶着白色碎花红帽的大蘑菇,红帽下,爱尔菲和特洛尔①在沉睡;嚏根草令人疯狂,每到12月24日便会布满粉红色的花朵;俗称"死人号"的喇叭菌张着号角,虽然可以食用,却散发着腐臭,说明附近准有腐尸;颠茄往往能让人脱水,瞳孔放大;牛肝菌的根部鼓鼓的,颜色深红;尤其是斜坡上一个个小洞穴,洞口盘根错节,那是地下精灵的宫殿进口,看上去,这些地下精灵已经衰弱无比,满头白发,但声音却如同雷鸣,遇到马儿经过,便会把

---

① 斯堪的纳维亚民间传说中的妖精。

它拦住，向它大献殷勤。

迪弗热指望森林总管领他进入神奇的天地。也许会让他下到崖洞中，里面，几个小矮人从崖壁上摘下钻石；或领他进入荆棘和虎耳草遮蔽下的城堡，一口水晶石棺里，睡着一位美丽的裸体少女；抑或教他把几种植物放在一起碾碎，提炼出一种春药或媚药。主宰着这片森林与这些动物的老爷给了他意想不到的发现，他那天真而幼稚的脑袋确实感到惊讶，但并没有失望：虽然他既没有遇到地下精灵、沉睡的公主，也没有见到以橡树的空心树干为御座的千岁君主，但他不久就被带到了罗明滕的吃人魔鬼的面前。

罗明滕保护区总面积为两万五千公顷，有好几位管理人员，他们的别墅掩映在分别由他们看护的保护区段的林下灌木丛中。最为非凡的建筑是威廉二世的"狩猎行宫"和赫尔曼·戈林的"猎宫"，这两个建筑建在保护区的中心地带，相隔两公里。

皇上狩猎行宫是1891年由一位挪威建筑师运来组装而成的，实为一座令人惊奇的木结构小城堡，顶上小尖塔林立，下方回廊曲折，统一粉刷成深红色，既像中国的宝塔，又似瑞士的山区木屋。最为怪诞的是，建筑师意欲突出其北欧风格，加长了屋脊，边上饰以刻成龙头的船首像。一座圣于贝尔小教堂、一尊与原物同样大小的铜雕鹿像——出自凯泽的画家、动物雕塑家里查德·弗里斯之手——以及同一风格的附属建筑组成了完整的皇上行宫。

1936年，陆军元帅赫尔曼·戈林以普鲁士政府首脑与帝国犬猎队队长的双重身份控制了罗明滕,他在附近修建了自己的"猎宫",小屋外表绝对土气,但内部装饰的考究是皇上的狩猎行宫幼稚的排场所远远不及的。这是一个四合院,四面的房子矮矮的,盖着灯芯草,中间有个院子,一半像内院,一半像回廊。人字墙上标有古老的玛祖卡幸运符,长有十叉的鹿角赫然入目。屋里,一座巨大的冰碛石壁炉成了整个空间的焦点,这是一间像教堂大殿一般宽敞的起居室,明亮的大窗户,嵌着铅封的彩色小四方玻璃,冠形的灯烛,一根裸露的大梁如同一艘大船翻转的船身。围着这间起居室的,是一个个房间,全都饰有护壁,但木料不同,可分别称之为桦木室、榆木室、橡木室、落叶松室等。在这个森林的天地里,帝国的犬猎队队长大讲排场,若不讲排场,那就不是他了。无论他在柏林的官邸,在肖夫山的卡琳宫,还是在贝斯特斯加登的山间木屋,无不奢华至极,甚至连他专用的"亚洲号"装甲列车也是如此,简直就是一座铁轨上的活动宫殿。里面有堆积如山、豪华无比的挂毯、地毯、名画、裘皮、小摆设、餐具、银器、珠宝等,俨然一个大盗的老巢,什么古玩旧货都有,正是战争给这个大盗打开了显贵的府邸与欧洲博物馆的大门。希特勒与他的参谋部就住在离这儿不到九十公里的拉斯滕堡的"狼穴",这对戈林来说是个求之不得的良机,可以两者兼得,既可履行对第三帝国之王的义务,也可享受猎鹿与大吃野味的乐趣。他在罗明滕慷慨地招待四方来客,向政府的显贵人物和盟国的国务活动家大摆阔气,往往给他们以殊荣,让他们亲自射鹿。不过,这鹿是他跟森林总管根据来宾的地位预先选定的，与他专留给自己的庞大漂亮的猎物相比，显然要低一个档次。

紧挨罗明滕西部的林边，有一片土地，农民们叫苦不迭，抱怨经常有野猪从保护区里跑出来在庄稼地里乱拱，糟蹋得颗粒无收。落到迪弗热肩上的主要任务之一，就是针对农民的抱怨采取一项措施。倘若一只雄性的老野猪死心塌地，要为母猪打开通道，那任何围墙——除非石墙——都是抵挡不住的，因此，当人们认真地修补栅栏和绿篱中撞开的缺口时，心里并不存任何幻想。守林员们也为自己的苗圃和撒播的庄稼担惊受怕，所以主张采取彻底的措施，那就是把保护区的野猪杀尽灭绝。可是，帝国的犬猎队队长却作出了迥然不同的决定。他太喜欢这胖乎乎的野兽了，这家伙胆子大、爱热闹，又贪馋，什么谷物啦，昆虫啦，或者腐尸啦，从不挑三拣四，见到就吃，他尤其欢喜它那反复无常的放浪习性，不像鹿和狍之类，那么小心谨慎，凡事都讲究个方法，无论是对于出外觅食行走的小径、经常捕食的区域，还是白天栖身的地方，全都依依不舍。帝国犬猎队队长命令采取截然相反的措施，那就是让罗明滕东部森林深处变成一个惬意的所在，能够吸引野猪，在那儿待着不走。为此，他们设想宰马喂野猪，马宰了以后，当场肢解，让野猪自己来吃。

迪弗热觉得屠宰的差使——让他扮演屠夫的角色——实在是一种残酷的考验，但恐怕也富有意义。他得去附近的村庄或种马场——特拉克赫南就在北边的十余公里处——去拉被判了死刑的马匹，与马匹的主人坐着马车一起去牺祭的地方。可怜的马儿瘦骨嶙峋，往往都是精疲力竭——一旦被判了死刑，就很少喂了——他们只能慢吞吞地往前赶。有关人员甚至把针和刺激剂交给迪弗热，万一牲畜昏厥，可以暂时救急。

他杀马用的是枪，装上七号子弹，在距离马的耳朵五十厘米的地方，从后面对准就是一枪。马当即死亡，瘫倒在地。主人遂剥下马蹄铁，如果马皮还值得一剥的话，就动手剥下马皮。迪弗热厌恶得几乎昏厥过去，觉得这些野蛮的行为给人们以大屠杀的印象，在森林的一角不断地重演，更何况他还发现自己和马之间有着深刻的联系，因为马就是典型的承载性动物，因此，他认为这屠杀行为也有着自杀的特征。一天，他回到犯罪的地点，意外地发现一群猪正在野蛮而疯狂地糟蹋一匹尸体已经腐烂的死牝马，把它撕开，在林间空地里扔得到处都是。但这还算不了什么。他还目睹过一只离群的老野猪向一匹刚刚被杀死的马发起进攻的情景。野猪用嘴和獠牙对准马的肛门不停地乱击，直到整个肛门被糟蹋得像野猪头那么大才罢休。那匹死马被捅得浑身是窟窿，仿佛颤抖着，四只蹄子在空中挣扎。迪弗热受到了伤害，觉得这种离奇的凌辱行为中有着针对他的成分。

食物源源不断地运到"猎宫"，一群仆人忙乱不堪，说明那位身为帝国犬猎队队长、元帅和空军司令的人物就要到来。当"亚洲号"专列一停在托尔明克赫南站，插着小旗的奔驰车马上迎上前去,像阵风似的把这位大人物送往仙境般的山间木屋。木屋那巨大的壁炉里,燃着地狱般的熊熊大火。几位膳食总管戴着白手套,把插着蜡烛的枝形烛台放在修道院里使用的那种长条桌上,桌上铺着精致的白桌布,由金银匠制作的餐具在桌上熠熠闪光;仆从们在用长柄炉暖着主人那张整个儿铺盖着绸缎和裘皮的大床;厨房里,用木炭烤制的传统菜肴——塞肉小野猪在滴油盘里滴着油。森林总管是帝国犬猎队队长最先招来的一批人中的一位——"猎宫"里,响彻了他那带着巴伐利亚口音的粗喉咙发出的发号施令声。老人穿着他那身最好的制服,衣服紧裹着腰身,每次接见之后,他离开时总是头昏脑涨,神色迷茫,然后把满腹烦恼撒到与驾车的栗色马一起在马厩里等着他的迪弗热头上。

迪弗热第一次有幸见到帝国元帅是在寒冬季节,这次机会竟是一次事故给予的,罗明滕的主人听得乐极了。

那次,迪弗热赶着马车从戈乌达普回来,车子由两匹高大的耕马拉着,车上装着喂鹿的甜菜和玉米。马儿吃力地拉着,防滑的蹄铁在冰凉的路面上嗒嗒作响,迪弗热裹着羊皮袄,只见光秃秃的树枝连成一片,盖着霜花,在自己头顶上方慢慢移动。他暗暗在想,玛尔蒂娜事件使自己陷入了往东方的漫漫迁徙之中,后来又导致战争,随之而来的是对过去时光的朝圣,一路上留下了令人深思的标记,比如昂霍尔德和"泥炭沼人"的出现,以及更为具体的标记,如把使用汽油的汽车换成装有煤气发生器的卡车,继又换了马车。他带着某种夹杂着快感的不安心情,猜度自己的人生历程将把他引向更遥远、更深奥的所在，引到更易受到攻击的黑暗世界，也许最终将走入桤木王那遥远得令人无法追忆的黑夜之中。

正在这时，他产生了幻觉，坚信自己的思想有着可怖的力量，只要想到什么形象，就会真有同样的生灵出现。右边，是高大的松树，光秃秃的树干之间，飞奔着一群黑色巨兽，毛茸茸的，如同黑熊，但又驼着背，酷似野牛。迪弗热认出这原来是一群公牛，当然是史前的那种，就如新石器时代岩洞中的壁画所表现的，总之是些原牛，长着形如匕首的短角，浓鬃凸鼓的鬐甲。不幸的是，见到它们出现的，不只他自己。马儿猛地摆脱了麻木不仁的脚步，奔跑起来，遂又疯狂地向前冲去，身后的马车在路上猛颠，不时斜滑。迪弗热犹豫不决，没有立即勒住缰绳，他和受惊的马儿一样，感到害怕，何况又有一群原牛出现，有切断他们退路的危险。他数了数，第一群有十二头，第二群有十来头，总共约有二十二头，但离得比较远、跑得比较慢的那一群显然大都是母的和小的。他们侥幸躲过了后面赶来的那群原牛，它们很快与第一群合为一体，黑压压的一片，实为壮观，如同汹涌的波涛，摧枯拉朽，把路上的一切全都毁尽灭绝。前面出现了弯道口，脱缰的马儿无法避免倒霉的命运。失去平衡的马车拖着一侧的两只轮子滑动了几米，紧接着翻倒在弯道外，但马儿还是拖着往前飞奔，迪弗热像球似的在雪中滚动。其中一匹马挣脱了马套，拖着碎裂的马具，逃走了；另一匹还套在车子上，拼命挣扎，往车身直尥蹶子。迪弗热急忙把马拉开，爬到马的前背上，以免它也挣脱了马套。当他扭过头去，突然发现那群原牛老老实实地围着翻倒在地的马车，正在大口吃着甜菜和玉米。

发生车祸的那天，罗明滕的原牛之父恰好也在"猎宫"——他是一位常客。这就是柏林动物园主任，路茨·海格博士、教授。正是他设想通过西班牙卡马格岛和科西嘉岛的种公牛的科学交配，经过几代的淘汰选择，重新培育出在中世纪绝迹的原牛。他觉得自己差不多已经大功告成，征得帝国犬猎队队长的准许，把这批原牛——他欣喜而学究气十足地称之为"Bos Primigenius Redivivus"[①]——放到了罗明滕保护区。

后来，这一大群黑原牛使保护区笼罩着恐怖的气氛。传说有一支自行车巡逻队跟一头原牛遭遇上了。当时，这头原牛恐怕是想在附近的树丛枝丫中找个安宁之处。它最后把气撒到了乱扔在路中的自行车身上，把车子踩了个稀烂，不管是钢管还是车胎，乱七八糟全往角上套，然后头顶着这些战利品，得意忘形地离去。

当戈林听到了迪弗热的遭遇，乐得无法形容，非要召见他，听他亲口讲一讲自己的故事。于是在第二天晚上，迪弗热来到了"猎宫"，只见他把胡子刮得干干净净，身着绿色制服，脚蹬黑色皮靴——这全都是一位个子与他差不多的护林员死后留下的。既然帝国犬猎队队长都瞧得起他，同行人员对他自然都很敬畏，他跟他们一起在厨房里细细品味，用

[①] 拉丁语，意思为"重新培育的原牛"。

了一顿丰盛的晚餐。主子们围着巨大的壁炉,抽着雪茄烟,喝着美酒,正在编造离奇的故事,等到他们兴致上来,迪弗热被叫了进去。

尽管大家都身着制服,但是帝国犬猎队队长的穿着与众不同,加上他身材魁梧,显得神采奕奕,相比之下,围在他身边的宾客全都黯然失色。虽然椅子十分宽敞,但他那重达一百二十七公斤的躯体还是没有全挤进去,这是一张古老的太师椅,镂刻的靠背在他的头顶和双肩处形成了一个呈孔雀尾状的光晕。他穿着一件白衬衫,衬衫饰着花边,袖子是活动的,上面盖着一件淡紫色的麂皮服,像是祭披似的,露出一条沉甸甸的金链,金链的末端晃动着一颗鸽子蛋大小的绿宝石。

在迪弗热这个法国人眼里,这种炫耀本来是无法容忍的,但是,德国语言在这些人物和他之间竖起了一道不透明的、模糊不清的屏障,淡化了他们的粗俗,同时也使他得以用对一个德国人来说无法容忍的词语和声调与帝国的第二号人物说话。

迪弗热不得不准确地叙述遭遇的时间与地点、原牛的数目、出现的方向、马的反应以及他本人的态度等。每听到一个新的细节,帝国犬猎队队长都笑得直拍大腿。接着,他们拿迪弗热的眼镜开玩笑,说他透过那副"放大镜",也许把野兔错看作巨大的原牛了,迪弗热第一次发现了第三帝国的老爷们的好恶之一,发现了他们对眼镜的憎恨,在他们看来,眼镜象征着智慧、知识与思辨,简言之,是犹太人的具体体现。然后,"原牛"之父路茨·海格博士、教授作了解释,说事情实在矛盾,只要这些原牛身上还留有驯化的痕迹,就存在危险。因为它们出生时是圈养的,所以多少年内,它们都害怕人,见到人就逃得远远的,逃到人们发现不了它们的地方。直到今天——不过也只是它们新的野蛮生活的开始——它们还不明白为何突然把它们抛弃在冰封的,几乎都找不到吃的的森林里,可这个地区明明有不少丰富的牧场和富庶的农庄。它们曾不止一次冲出藩篱,闯进马厩和干草房,大吃干草,路上要是撞到稚嫩的小牛犊,也从不放过交配的机会。海格教授最后做出结论道,在原牛对人们的侵犯行为之中,满含着弃儿的怨恨和辛酸,法国人的遭遇就是最好的证明。

但是,罗明滕的兽王,是鹿,得采取驱赶与潜伏并举的方式才能猎获,只有在茂密的森林中,才能采取这种方式。在帝国犬猎队队长的眼里,鹿是他崇拜的对象,而这份崇拜之中,夹杂着爱、祭与食的成分。这种崇拜有着它的一套神学理论,对圈外之人来说是玄奥难解的,其要素就是对脱角的确认与解释,尤其是对猎获之鹿的鹿角所得"分数"的评估,但至少要等鹿死后八天才进行评估,这段时间里,鹿角晾在一间烧火加温的屋子里,所谓的评估委员会全由官方的犬猎队队员组成。

冬季就要过去,迪弗热的主要任务是在乔林和矮林中捡鹿换下的脱角,在这个季节寻找脱角是很关键的,因为最老的鹿正是在二月和三月间换角，而最幼的有时则要等到入夏时分才脱角。这项任务也相当艰巨，因一头鹿的两只角的脱落时间一般要相差两三天，因此，一旦发现了一只鹿角，就非得经过细细寻找，才能找到另一只，不然，一只角就一钱不值。虽然迪弗热干得很认真，而且对寻找鹿角也越来越有兴致，但要是没有那两只经过特别训练的猎狗的帮助，他也绝不可能出色地完成这项任务。那是两只粗毛短绒的长头猎狗，是趁戈林不在保护区时从邻县运来的——戈林的怪癖之一，就是恨狗，不能容忍它们的出现——它们可谓立下了奇功。更令人吃惊的，是森林总管的鉴别才能，只要把鹿角送到他面前，他可以毫不犹豫地辨认出这只是忒奥多的四年角，那只是塞尔让的七年角，或是老波塞东的十年角。每头鹿都有一块挂脱角的牌子，脱角按年份置放，从下往上有秩序地各占其位，挂放的形状就像金字塔，塔尖上有的存放着十一年角或十二年角，直到老鹿被杀，砍下鹿头喂猎犬为止。

根据通知，帝国元帅将于这天上午的结束时分到来，一支猎号队集合在"猎宫"前，准备在元帅下车时吹号迎接。迪弗热和森林总管把自帝国犬猎队队长上次逗留之后捡到的鹿角全都摆放在一张桌子上。这一只只鹿角构成了罗明滕最准确、最深刻的生活日历，这些鹿角的辨别往往是护林员们与帝国犬猎队队长进行热烈争论的焦点。更重要的是，通过这些鹿角，可以了解到这只或那只鹿的不同生长时期与鼎盛期，从而准确地确定杀鹿的季节，因为鹿一旦到了生长的顶峰，第二年就势必开始"走下坡路"。

插着小旗的奔驰车驶进了通往"猎宫"的大道，始终保持立正姿势的猎号手们正准备奏乐，可突然发现汽车前面有一位副官朝猎号队奔来，一边喊叫着：

"别吹猎号！狮子讨厌！"

众人愕然，他们一时纳闷儿，这"狮子"是不是"铁人"自封的又一个绰号，本来这是他最喜欢的音乐，可突然间又这么讨厌，该作何解释呢？

庞大的轿车缓缓地停了下来，四扇车门同时打开，只见从一扇后车门里滑出一个浅黄褐色的、长长的躯体，一只狮子，是只真正的狮子，系着一根皮绳，帝国元帅拉着绳端，他显得快活而又笨拙，身上裹着雪白的军服，圆滚滚的，简直就像只圆球。

"巴比、巴比、巴比。"他穿过院子，一路吆喝着，被那只因受到惊吓、眼睛只盯着地面的巨兽拉着往前走去。末了，下人们一阵慌乱之后，他俩消失在房子里。

下人们急得团团转，到处寻找屋子，以便让狮子有个暂时安身的地方，最后把戈林专用的浴室改成了兽栏，按照所有猫科动物的习性，运来了一独轮车的沙，撒在淋浴池里，使狮子有块松软的地方拉屎撒尿。不一会儿，帝国元帅从屋里走了出来，面对号手，以立正姿势听着号手们几个星期以来专门为他排练的欢迎曲。接着，他一抬镀金的蓝杖，表示谢意，遂钻进自己的套间更换衣装。一个小时后，他跟森林总管慢慢地商议，一边摆弄着鹿角，根据这些鹿角，来决定夏季和冬季的狩猎计划。

晚上，迪弗热有幸目睹了一幕，像一幅色彩简练而又刺眼的埃皮纳勒画深深地刻在了他的脑中：戈林身着一件雅致的浅蓝色和服坐在餐桌前，面前摆着半头野猪，手中正高举着一只野猪腿，仿佛举着赫拉克勒斯的大头棒。狮子就坐在他的身旁，猛烈地盯着那块在它头上移动的猎品，可当猎品朝它的方向靠近时，却拿不定主意，慢慢地把嘴往前凑几下。最后，帝国犬猎队队长大口地啃咬起来，一时间，他的整个面孔消失在巨大的野猪腿后面。接着，他满嘴塞得鼓鼓的，把野猪腿递给了狮子，狮子跟着张牙猛咬。就这样，那块猎品在两个魔鬼之间正常地来回移动，只见两个魔鬼满含深情地相互凝望着，一边大口大口地咀嚼着散发着麝香味的黑色野猪肉。

根据来宾的地位，分配猎杀的鹿，这对森林总管来说，是最残酷的考验，常常引起激烈的纷争，而他只能忍受着。陆军元帅冯·布劳希奇就造成了一场类似的悲剧，主要原因是帝国犬猎队队长对保护区内的鹿极为珍惜。德军的最高首领是深夜出发的，由邻县的一位守林员陪着，此人发现了一只鹿的踪迹，从鹿蹄看，这只鹿长有十只叉角，很可能是那头"好斗鹿"。帝国犬猎队队长出门的时间稍晚了一些，他跟森林总管一起出发，看准了两只"美角鹿"，朝它们的躲藏处方向赶去，根据它们的脱角，这两只鹿已经被他们指定为猎杀的目标。等帝国犬猎队队长回到"猎宫"时，夜幕已经降临，只见他的后车厢里装着一只长有十只叉角的老鹿和一只刚长满十个叉的六岁雄鹿,鹿角呈掌形,漂亮极了,老鹿的叉角状若烛台,另一只则有点儿凹形,宛如一只手,长着三根手指。帝国犬猎队队长精神焕发,走进套间,准备换装用晚餐。一个小时后,又传来了布劳希奇狩猎归来的马车声。

按照惯例,每遇到这种场合,都要于子夜时分在"猎宫"的内院里架起火盆,用多树脂的木柴把火燃得旺旺的,举行"冷餐"庆祝仪式。痛痛快快地大吃一顿之后,猎手们来到了三只鹿的面前,按照规定,这三只鹿按大小次序排列。帝国犬猎队队长朝鹿瞥了一眼,马上朝最大的那只"好斗鹿"俯下身子,只见鹿的头上长着二十二个叉角,至少有九公斤重。他用手抚摸着布满鹿角的小珠、根部的硬瘤和叉角上明显的细纹。他还用指尖触摸着鹿角侧枝和枝角锋利的尖头,那宛如象牙的洁白色泽与鹿角主干的棕褐色恰成对照。当他站起来时,愉悦的神色在他那张娃娃脸上消失了,只见他抑郁地噘着嘴,下嘴唇鼓凸着。

"这正是我爱猎杀的一种鹿。"他大声说道。

十二位猎号手已经排成了弓形,在森林总管的指挥下,奏起了表示猎物已被猎犬围住的号角声。森林总管光着脑袋,庄严地宣读着猎手与献祭之鹿的名字,最后说了几句表达谢意与再见之类的话,作为结束语。号角重又奏起了那嘶哑而又模糊不清的乐声,以庆祝这天的结束;迪弗热藏在木回廊的黑影中,在脑海中搜寻着被这一野蛮而又如泣如诉的乐声唤起的往事。他仿佛重又置身在圣克利斯托夫的挑棚里,谛听着那遥远却绝望的死神的呼唤声;继而又回到纳伊，回到那辆破旧的奥兹基斯车中，竭力捕捉他偶然耳闻的某个声音，但它却像长枪一样，猛地刺破了他的心。在今晚的号角声中，有着某些和音，和那个声音存在不可置疑的亲缘关系，但这是一种间接、旁属的亲缘关系，仿佛是人为的。然而在这天夜里，他隐约感觉到以后一定会听到那纯粹状态的哀乐声，而那将从古老的普鲁士大地发出的哀乐声恐怕不会是为鹿而奏响。

"这正是我爱猎杀的一种鹿。"戈林咄咄逼人地又重复了一句，语气也更加重了。

森林总管恰好站在他的正对面，戈林一把抓住他的上衣翻领，给了他一个耳光：

"你让客人猎杀最漂亮的动物，可我却只能满足于次等的野兽！"

"可是，帝国犬猎队队长先生，"森林总管声音失真地嗫嚅道，"陆军元帅冯·布劳希奇是军队的最高首领！"

"蠢蛋！"戈林松开手，转身离去之前，冲着森林总管骂道，"我跟你说的是鹿！要知道，鹿分两种：一种是我帝国犬猎队队长的！其余才是别人的！好好学着，别把它们混淆了！"

帝国犬猎队队长最珍贵的鹿之一无疑是冈代拉布尔，森林总管几乎逐月记录下它的情况，它很有希望成为罗明滕的鹿王。一天晚上，戈林裹着厚厚的衣服，像只熊似的，迈着沉重的步子，在软软的雪地里一步步走着，四处搜索有人向他报告的几只狼的踪迹，突然，冈代拉布尔像幽灵般出现在覆盖着冰霜的枝丫丛中。只见它酷似一尊深暗的乌木雕像，在它那肌肉发达的脖颈上方，高耸着一丛侧枝，总共有二十四支，如同水晶玻璃的线条，分布极为均匀。它高大而挺拔，犹如一棵大树，一棵有着生命气息的活的大树，长着箭头似的耳朵，明镜般的眼睛，正视着对面的三个人。帝国犬猎队队长那下垂的脸颊开始抖动起来。

"这是我这一辈子最漂亮的捕杀目标，我还从来没有见到过这么漂亮的鹿角！"

他合上了枪栓，颤抖的前臂托着枪，然后慢慢地往肩膀部位移去。就在这时，森林总管不由分说地出面阻挡戈林这一疯狂的欲望，令迪弗热大为吃惊。

"帝国犬猎队队长先生，"森林总管对他说道，声音相当响亮，以便让鹿赶快逃走，"冈代拉布尔是罗明滕最漂亮的种鹿。再让它活一个季节吧。它是我们保护区的未来！"

"可您知道我可能会有多大的损失吗？"戈林大发雷霆，"它至少有四百磅，头上的角差不多有二十磅！要是遇上一只跑得比较快、比较好斗的小鹿，它说不定就会被捅破肚子。您知道它换角以后会怎样吗？"

"它的角会更漂亮，元帅先生，更珍贵，我三十年的森林管理生涯告诉了我这一点。至于它的生命，我以自己的生命担保。它绝不会遇到不测！"

"让我打。"戈林一把把他推开，毫不退让地说道。

可是，待他举枪瞄准时，冈代拉布尔已经消失得无影无踪。树枝没有发出任何声音与动静,它就这样不留痕迹地逃走了,仿佛高大的乔树把它吸走了,就如一个活的幽灵。帝国犬猎队队长怒气冲冲,不知道他会怎么发作,幸亏森林总管有先见之明,了解他的火气,知道怎么对付,赶在夜幕降临之前,匆匆把他领到数公里外的一个背斜谷,那里有高高的欧石楠遍地丛生,还有茂密的小榛树,几乎难以穿越。眼前出现了一条斜坡,通往下方一个类似马戏场的谷底,为了穿过这片黑刺荆棘丛,帝国犬猎队队长不得不匍匐爬行,闷不住又大骂了几句。他上气不接下气,终于爬到了荆棘丛中的一块锅形空地,得以跪起身子,用望远镜观察谷底的情况。猛然发现足足有三十来只鹿,挤在一起,躲藏在陡峭的斜坡上,那喘出的气息如同细雾,袅袅地升向冰冷的天空。不等第一声枪响,一只看去像是领头的不育的老母鹿便已发出了警报。他们三人处在顺风方向,方才响起的也许只是某个声音在山坡上的回响,上当的母鹿径直朝他们冲了过来。第一颗子弹阻挡住了一只两岁的幼鹿,但疯狂奔跑的鹿群并没有放慢速度,只见它们从幼鹿身上飞跃而过。帝国犬猎队队长瞄准就是一枪,弹壳往外一跳,旋转着落在脚下。他继续细看着,不断瞄准、射击,发出欢快的咯咯笑声。时刻跟随母鹿的那只十叉角鹿被射中了正前胸,一时直立起身子,接着向前一蹦,最后瘫倒在群鹿前。这时,群鹿仿佛才明白退路已被切断。它们终于停了下来,抬起头,张开耳朵,不料又是一声枪响,一只笨拙而又暴烈的小鹿应声倒下,它们马上朝马戏场似的谷底涌去。枪声继续在响,在狂乱的嗒嗒蹄声中，群鹿往陡峭、冰冻的斜坡发起了冲锋。一只头上长着沉重的巨角的大鹿试图越过陡坡，但身子往后一晃，摔倒在一只母鹿身上，撞断了它的脖颈。三只小公鹿受不了这般惊吓，气得疯狂地搏斗起来，忽而直立起身子，在原地打转，忽而在猛推之下，往后退却，那阵阵嚎叫声在数公里之外也可听到。最后，它们的角死死地纠缠在一起，再也无法分开，只得这样绞着，活活地死去。

等大屠杀停止时，总共有十一只公鹿和四只不生育的母鹿躺在血泊中，冒着腾腾热气。母鹿一旦不能再生育，确实有必要把它们打死，因为它们的发情期往往来得最早，会毫无意义地把雄鹿折磨得精疲力竭。但是，帝国犬猎队队长只对雄鹿感兴趣，只见他高举着阔刃矛，跑到一只只雄鹿面前，那笨重的模样，实在好看。他拉开那还颤抖着的庞大躯体的两只大腿，把两只手一起伸进去。右手有力地拉锯，左手摸索着被锯开的阴囊，取出像鲜肉丸的睾丸，白里透红。雄鹿被杀死之后，必须立即阉割，时间不能耽搁，不然鹿肉就会熏上麝香味，不能食用，反正人们通常都是这么认为的。

这种解释显然荒诞不经，尤其在这个一切都是符号与古代礼仪的犬猎领域更是如此，但迪弗热却接受了这种说法，事实上也值得他接受。他再次思忖，在这个东普鲁士的兽国中，雄鹿占有明显畸形的地位，其关键与奥秘何在呢？他打量着戈林朝天空翘起的硕大的白色臀部，只见他朝尊贵的动物俯下身子，下手玷辱。迪弗热正准备对这个无声的提问立即作出回答，可元帅站了起来，向他们打了个手势，让他们到身边去。

在他的脚下是只"怪头鹿"，鹿角长得极不规整，丑得让人不忍直视，右角长着新十叉，那分叉仿佛是一气呵成的，形状很美；可是左角却萎缩了，细细的，质地易碎，就像一只两岁幼鹿的角，直直的一根，顶部稍微开了个叉。戈林已经蹲到黄褐色的巨大躯体旁，让他的一位宾客注意观察，畸形的鹿角往往是与畸形的睾丸相对应的：这只鹿的睾丸果然有一只是正常的，可另一只已经萎缩。但是，萎缩的是右侧的那只，它在他的指间滑动，在阴囊皮下只是鼓出一点点儿，几乎看不见。森林总管跟迪弗热站在一旁，向他解释说，鹿只要受了伤——中了铅弹、铁钩或匕首——或者睾丸发育畸形，必然造成相反方向的那只角的萎缩或畸形。因此，雄鹿的角不仅是睾丸自由、胜利的旺盛表现，而且还服从着错位的规律，一般来说，都伴随着充满意义的征兆，而这些征兆所给予的狂热形象是反向的，就像是镜中的映像。

鹿角具有纯粹的男根崇拜的性质，所以赋予了狩猎与犬猎艺术一种深刻得令人不安的意义。追赶雄鹿，把它打死，取出它的睾丸，吃它的肉，窃它的角，以此作为战利品而扬扬自得，这就是罗明滕吃人魔鬼，男根神的官方祭司的五幕剧。还有第六幕，其意义更为重大，迪弗热在几个月后发现了第六幕。

有一次，森林总管气得失了言，迪弗热领会了他说话的意思：戈林并不是一个十分在行的猎物行家。在德国，随便就可找到成百个狩猎天赋与艺术更胜一筹的猎手或护林员。

不过，他很公道，不得不作出重大的让步，承认在一个不可忽视的领域里，帝国元帅往往表现出无与伦比的才能与天赋，那就是在识别猎物的粪便方面。帝国犬猎队队长善于识别印在野兽排泄物中的所有符号，显示出罕见的穿透力与经验，人们完全有理由就此发问，他到底在何时何处获得了这一切，这是否纯粹来自他那魔鬼天性的深处。

迪弗热有幸看到了罗明滕主人如何发挥这一粪便学的才能，曾有过一次特别的机会，那是在春季的一个早晨，除非粗野地违反狩猎的道德，确实不见任何可以猎杀的对象，不过，地面的情况却提供了方便，可以异常清晰地辨别出兽类的粪便。戈林巴不得有炫耀自己学识的机会，遂专心致志地寻找野兽在树根旁、矮林中以及在经常来往的小路上留下的标志。

他卖弄地说，雄鹿的粪便只是单根的、沉甸甸的，隔一段路拉一段，可母鹿的粪便为双根，黏糊糊的，很黑，粗细也不均匀。鹿粪在寒冬里冻得又干又硬，可等到春天，刚刚长出地面的野草和幼小的树苗把它们揉得软软的，就像松软的牛粪，扁扁的一摊。接着，夏天又增强了它们的密度，变成了金色的圆柱，一端凹，一端凸。到了9月，圆柱又像念珠般穿成了一串。刚生过小鹿不久的母鹿拉的粪便往往都沾着血。最后，还得知道一点，那就是夜晚的粪便比清晨拉得硬一些，干燥一些，这是白天里经过长时间反刍的缘故。帝国元帅毫不在乎地用拇指和食指捏着他发现的粪便，感觉其硬度，甚至把粪便凑到鼻下，以嗅出其时间的长短，因为时间越长，其气味就越酸。

但是，鹿粪在冬天里冻成细细的一根，可到夏天又变成一串串，像是羊粪；野猪粪在冬日形如九柱戏用的小木柱，夏天里却又稀糊糊的一摊；野兔屎则发干，尖尖的，雄野兔拉得比较松散，颜色发黑，母野兔拉得则像个大大的圆球，油光闪亮；山鹬粪像镜子般圆圆的，白如象牙，中间有个橄榄绿点；野鸡粪一般都成团地落在它们栖息的树下，可大松鸡的却堆在松树根上，还有很不起眼的兔粪，在他眼里也同样饶有趣味，值得评论一番。

眼前，那位胖乎乎的人物身上挂着叮当作响的勋章，从一棵树跑到另一棵，从一丛灌木又奔往另一丛灌木，不时发出快乐的叫喊声，活像一个在复活节的清晨在自家园子搜寻巧克力蛋的孩童，看着他，迪弗热不禁想起了纳斯托尔，想起了夜间满是评论的粪便课。尽管他早已习惯了命运统一安排的一切，但是，战争和战俘生活给予了偶然机遇，他得以成为男根崇拜学和粪便学专家，帝国第二号人物的仆人和秘密的学生，对此，他还是感到惊讶。

夏天迎来了一个不寻常的宾客，此人不是军人，个子矮小，好激动，口才好，一只大鼻子，架着一副镜片厚厚的眼镜。这就是奥托·埃西格教授，他最近在格丁根大学通过了博士论文答辩，题目为《古日耳曼与新日耳曼史中的象征机制》，受到了阿尔弗烈德·罗森贝格的注意。这位政府的官方哲学家为他的宠儿争取到了这次受邀请的机会，戈林本来最讨厌知识分子,但还是勉强地同意了。奥托·埃西格教授在罗明滕逗留的时间很短,迪弗热只有幸见过他一面,而且对他说的话有一半听不懂,因为他说得快,并且深奥,为此,迪弗热甚感遗憾,原因是此人诙谐幽默,动作笨拙,总是忙个不停,凡他涉及的话题仿佛都是迪弗热感兴趣的。

就这样,有一个晚上,迪弗热听见他在讨论鹿角的不同测定标准——纳德勒标准、布拉格标准、德国标准、马德里标准等——他往往使用这些标准来测定别人送给他鉴定的鹿角,以令人吃惊的敏捷思维来比较鹿角的各种价值。迪弗热做了记录,纳德勒标准是最简单,也是最经典的标准,共有以下十四个得分项:

——鹿角两个主干的平均长度(系数:0.5);

——鹿角两个侧枝的平均长度(系数:0.25);

——鹿角两个根部的平均周长(系数:1);

——右主干根部的周长(系数:1);

——右主干顶部的周长(系数:1);

——左主干根部的周长(系数:1);

——左主干顶部的周长(系数:1);

——侧枝数(系数:1);

——鹿角重量(系数:2);

——鹿角长度(分值:0~3分);

——鹿角色泽(分值:0~2分);

——角珠的美观程度(分值:0~2分);

——角叉的美观程度(分值:0~10分);

——角尖质量（分值：0～2分）。

　　布拉格标准还另有两个得分项：一是鹿角第三对侧枝的平均长度，二是最大枝角的美观程度（0～2分）。至于德国标准，不计最后这一得分项，但有一个整体得分项目，分值为0～3分。

　　迪弗热已深谙鹿角的男根崇拜意义，在一个如此神秘的领域，竟有着如此准确与细腻的计算方法，令他惊叹不已。猎手们往往从口袋里掏出似乎永不离身的皮尺，满脑子数字，交换着脱角与鹿头，谈起这只或那只鹿如何有名，鹿角又如何神奇，如何在每年于布达佩斯举办的国际展览会引起轰动，比如那只叫作"火炬"的鹿，按照纳德勒标准测定，竟获得210分，或者"奥西利斯"，得了243分的高分，只有在斯洛文尼亚打杀的一只鹿超过它几分——而且其得分项是有争议的——任何一个犬猎手都从来没有见过如此壮观的鹿角，其总分为248.55分。

　　埃西格教授趁在座的各位喘息、沉默的机会，试图概要地介绍一下鹿角之哲学。他首先指出，在目前使用的三种测定标准中，有着纯粹品质性的评价因素，尤其是对角珠或顶部分叉的色泽和美观程度的评价，以及在布拉格测定标准中的最大枝角的美观程度（而不是其长度）等。他认为，这是无法用数字表示的本质部分，是任何测定标准都不可能捕捉到的具体存在因素。若从动物本身的角度进行考察，便可发现鹿角的意义已经超过了将其作为格斗武器的实用意义。事实也是如此，若从纯粹实用性的观点看，一只"美角鹿"的鹿角只能得到谴责，因为它很碍事，不方便。可是，如果说由于这种鹿角的体积与重量，在实际使用中，不可能是一种有效的武器，但事实上，一只长有十个叉角的老鹿被一只刚冒出鹿角的幼鹿击死的事也并非少见。应该说，危险主要来自鹿，因为一只血气方刚的雄鹿，即使面对一只体积巨大的雄鹿，也绝不会退缩，它的细角可以把雄鹿刺得遍体鳞伤，无可救药。可幼鹿的情况截然不同，这里，便涉及最为珍贵的鹿角的基本功能问题：可以说，它们往往会给幼鹿造成某种敬畏感。因此，长有最为珍贵的鹿角的老鹿虽然因此而丧失了部分进攻能力，却赢得了百倍的精神威望。说到这里，埃西格教授朝戈林的方向弯了弯腰，对鹿角与元帅的权杖进行平行比较，元帅的权杖可以说是一种十分无效的战斗武器，但是，它赋予元帅以威望，使之在肉体上不可侵犯。因此，他下结论道，羞辱地龟缩在身体最底部、最偏僻的角落的生殖器总是把鹿往尘世拉，但是鹿角，这一纯化的体现，却高高地指向天空，使鹿浑身闪烁着威望的光芒，连盲目冲动的幼鹿也不得不叹服。

矮小的教授在其简述中倾注了许多热情，但没有注意到迎接他的那份冷漠。他还有所不知，在他们这个社会里，任何偏离尘世的想法与说法都会激起仇恨。他们谈论起野兽的重量，特别讨论了活兽的毛重与净重，或宰杀后的重量，也就是说放到肉案上去卖的净肉重量之间存在着何种关系。埃西格对此有着自己的见解，他迫不及待地介绍了他发明的一个计算公式。他解释说，要以活重为基础，求出其净重，只须以活重的七分之四加上活重的一半,再除以二,得出的就是净重。戈林让他再把公式重复了一遍,然后掏出一支金质活动铅笔,在一只香烟盒上飞快地计算了一番。

"那么,教授先生,"他最后说道,"我活重一百二十七公斤,那么放到肉案子上去的净肉重也只有六十八公斤多一点儿。我不知道我该把这看作是耻辱还是安慰!"

说罢,他拍着大腿,哈哈大笑起来,笑得像个孩子。来宾们也跟着大笑,可在他们的笑声中,隐含着对矮个子教授的几分愤慨与谴责。教授意识到了这一点,他试图极力抵抗。当大家谈到"驼鹿"时,他觉得有必要说一段逸闻。故事发生在瑞典,尽管国王古斯塔夫五世已有八十二岁的高龄,但每年仍然主持盛大的猎杀驼鹿活动。下面的人在私下告诫来宾,国王陛下视力差,若在猎杀时正好处在陛下的不远处,还是谨慎为妙,不管有多远,只要一见到国王,就得高喊:"我不是驼鹿!"一次猎杀活动快结束时,有位尊敬的来宾就这样喊了一声,可喊声刚落,他便恐惧不已,因为他发现年迈的君主就立即举枪瞄准,朝他的方向砰的就是一枪。此人受了轻伤,用担架抬着,表示围猎结束的号角吹过之后,他有机会跟国王交换意见。国王深表歉意。"可是,陛下,"受伤的客人惊诧莫名地说道,"我一见到陛下,就喊了呀,我高喊着'我不是驼鹿'!但是,我好像觉得陛下是听到我喊时才朝我的方向开枪的!"国王思考片刻,接着对他解释说:"瞧您,我的朋友,我得道歉。我耳朵已经很不方便了。不错,我是听见您喊了。可我听成了'我是驼鹿'。当然，我就开枪了！"

这个愚蠢的故事惹了大祸。戈林对他的第一位妻子一直保存着崇敬的情感，那位名叫卡琳的瑞典女人死于1931年，埋葬在那座实为陵墓的豪华的卡琳宫地底。自她过世后，凡是有关瑞典的一切，都是神圣的，矮个子教授取笑古斯塔夫五世的这段逸闻引起了令人惊愕的沉默。帝国犬猎队队长站了起来，一句话也没有对埃西格说，便回到了自己的套间。埃西格恐怕不可能再见到他了，因为第二天他要到拉斯滕堡参加会议。等他第二天上路时，教授已经在保护区东端的埃尔贝斯哈根矮林中忙了足足两个小时，陪着教授的是位森林管理员，遵照戈林的吩咐，他要教授猎杀一只整个罗明滕保护区最衰老、病得最重、角也最丑的鹿。

不料，这天上午发生了一桩事故，在森林保护区这个小范围内引起了地震般的效果，至于事故发生的具体情况，谁也不可能说清。在前一天，森林管理员就已探明了准备让教授猎杀的那只"怪角鹿"的行踪，当他俩乘坐猎车到达那儿时，那只鹿像约定似的，恰好也在，当时天才刚刚亮，在松树梢投下玫瑰色的光彩。鹿还真的富有令人感动的诚意，出现在一小片林间空地边，正好处在两位猎手的瞄准线内，他们俩距鹿只有三十来米，而且居高临下，潜伏在林边的一座观察哨上。森林管理员颇为自豪，看到自己的任务将如此神速地圆满结束，便松了一口气，遂向他的"顾客"示意可以射击了。教授举枪瞄准，可瞄了半天就是不开枪，急坏了森林管理员，担心那只鹿跑进萌芽林里不见踪影。枪终于响了。鹿猛地倒在地上，仿佛往地面掷去一般，可很快又有力地站立起来，排除了被击中要害部位的可能性。果然，他们两人发现大粒霰弹只不过把那只鹿的独角——还是畸形的，细极了——打飞了。鹿一旦失去了角，便毫无尊严可言，形同一只瘦驴，加上受到枪击的震动，惊魂未定，一时惊愕地待在原地，脑袋朝着观察哨的方向。

"教授先生，快打，别等它跑了！"森林管理员为他的"顾客"感到耻辱，央求道。

于是枪杀开始了，持续不断，扰得整个县区不得安宁。一块块腐殖土沾着枯叶向四处飞溅，击中的树叶纷纷落地，树干上突然间裸露出累累伤痕，尽是窟窿眼。唯独那只骡鹿仿佛逃脱了枪杀。它小步跑入了林边的灌木丛中，消失不见了，可疯狂的枪杀还在继续，数秒钟后才停了下来。森林管理员爬起来，晃动着身子取暖。

"这震天的枪声响了半天，"他闷闷不乐地说，"今天上午算是完蛋了。只有空手而归。今天晚上，我们得喝胡椒烧酒了。"他又尽量扮出笑脸添了一句，以设法掩饰他的不快。

这是对猎手的一种惩罚，在东普鲁士十分盛行，具体做法是在枪栓处用漏斗往枪管里——不得擦洗——灌一种掺有白胡椒的烧酒，受惩罚者必须对着枪口喝这种酒。

森林管理员不耐烦地在潮湿的草丛中踱步，等着教授，不知什么原因，教授还在观察哨上磨蹭。突然，教授喊叫起来："我又看到那只鹿了！就在那边山毛榉林中的一块空地里！至少有五百米！我用子弹来打！"森林管理员没有多加理睬，只是耸了耸肩。

最后一枪响过之后，出现了一片死寂，接着又响起教授的声音，只见他已放下枪，换了一副望远镜。

"来看，森林管理员，我想肯定打中了。"

这实在离奇，可森林管理员叹了一口气，还是不失礼貌地爬上观察哨，来到客人的身边。果然，透过望远镜，只见一片山毛榉，一直延伸到天边，在林间走廊般的一块空地上，躺着一只动物的尸体。相隔如此遥远，即使最优秀的猎手，也可能难以射中。可是，刚才教授朝其猛击，倾尽弹丸的黄褐色鹿体上确实有一个颜色较深的痕迹。

他们走进了山毛榉林。鹿仿佛在酣睡，脑袋乖乖地搭在两只前腿上，鹿角耸立着，如同一丛美丽无比的灌木，淡淡的色泽，宛若象牙一般，蜷缩着的躯体浑然有力，似乎是用乌木雕刻而成。鹿的身子还温乎乎的，子弹从鹿的前身穿过。

森林管理员觉得就要支撑不住身子。他一眼就认出了冈代拉布尔，这就是罗明滕的一号鹿，所有护林员都负有不可抗拒的使命，必须照顾并保护好它。然而，埃西格这个蠢蛋却把任何尊严都抛到了脑后，正围着令人崇敬的遗体跳起了一段斯凯尔普舞①，一边发出猫头鹰似的尖叫声！可是，这方面有着明确的命令：对保护区的所有服务人员来说，帝国犬猎队队长的宾客是神圣的。不管犯下的过失有多大，都不该让埃西格觉察到他闯下的大祸。因此，当他得意扬扬地回

---

① 从前北美印第安人从战败的敌人的脑袋上割取带发的头皮（以作战利品）时跳的一种舞。

到猎宫时,人们还是对他热情招待,可那一个个笑脸都抽搐着,"Weidmannsheil"①的喝彩声仿佛是从喉咙眼里挤出来的,那紧缩的喉咙连流水般的香槟酒也难以打开。

"您瞧,"他逢人就吹,"大粒霰弹不是我用的玩意儿。我是个用真正的子弹的猎手!"

他深感遗憾,帝国犬猎队队长正好不在,无法与他共享快乐。本来,戈林第二天夜里就要回来,回来时十有八九是深夜,可大家都对矮个子教授发誓,这一个星期,绝对不可能再见到戈林的面。整整一夜,所有人都忙着为他准备战利品,第二天一早就把他打发走了。不管怎么说,让他如此匆匆离去,他感到有点儿诧异,可他还是喜气洋洋,爱心十足地小心护着罗明滕历史上这只分量最重、长得最为匀称的鹿角——按纳德勒标准,共得240分。

戈林半夜才到。第二天上午10点,他上桌用早餐,有砂锅野兔肉、焖野鹅肉冻、醋渍小野猪肉、脆皮狍肉馅饼,还有味道十分相配的熏鲑鱼、波罗的海的鲱鱼和冻汁鳟鱼,正吃着的时候,保护区森林总管身着制服出现在他的面前,凝重的脸上显示出男子汉竭力克制的极度悲伤。森林总管见眼前的这位胖乎乎的人物裹着一件锦缎睡袍,两只小脚弓在水獭皮拖鞋里,像皇上似的端坐在那乱七八糟的菜肴面前,一时慌了神。

"今天早上,我听到了一个好消息,"戈林遂冲他说

---

① 德语,意思为"祝贺您打到好猎物"。

道,"矮个子教授昨天走了。您把他打发走的,干得真漂亮。他打了一只鹿?"

"对,帝国犬猎队队长先生。"

"按我的命令,让他打了一只怪角鹿,患蹄皮炎的骡鹿,还是一只生了病的老母鹿?"

"不,帝国犬猎队队长先生。格丁根大学的奥托·埃西格教授打死了冈代拉布尔。"

桌布、托盘、碟子和刀叉全都一扫而光,叮叮当当地摔落在石板地面上,发出一片碎裂声,膳食总管闻声赶来。只见戈林紧闭着双眼,像个瞎子似的朝前伸着两只戴着手镯和戒指的胖手。

"约阿希姆,"他声音失真地嗫嚅道,"快点,去拿双耳爵!"

膳食总管匆忙离去,端来了一只大缟玛瑙杯,放在元帅面前。双耳爵里放满了各种珍贵的宝石,戈林贪婪地把双手伸进巨爵。接着,他仍然合着眼睛,慢慢地揉摸着那五颜六色的宝石,有石榴石、乳白石、海蓝宝石、碧玉、玉石和琥珀,不得不承认,通过释放储存在身上的电能,这些宝石有着镇定他的神经,使其恢复理智的功效。他一直受到吸吗啡者特有的强烈欲念的折磨,喜欢用这副奇药来医治他的恐慌症,此药有着无副作用的好处,而且与他对奢华的酷爱相一致。

"把鹿角给我拿来。"他命令道。

"昨天教授……带走了。他……舍不得留下。"森林总管结结巴巴地说。

戈林睁开双眼，打量着他，目光中闪烁着狡黠的光芒。

"你干的好事。你们这些人，全都巴不得我见不到冈代拉布尔！罗明滕的鹿王！那个人类渣滓，他到底是怎么搞的！"他破口大骂道。

森林总管不得不一一细述埃西格教授那令人难以置信的猎杀经过：教授如何朝耻辱地失去了独角的老鹿一阵猛射，森林管理员如何失望，最后一颗子弹又如何在极远的地方射中了那只判断失误的鹿，冈代拉布尔竟然会出现在保护区的东部，这确实难以解释。这一个个天方夜谭似的情况全都凑在一起，像是下达了一道命运之令，戈林缄默不言，内心痛苦而又不安，仿佛突然面临着事物之奥秘的挑战。

从1942年夏末开始，罗明滕的人便开始忙于东普鲁士区区长埃利克·科赫准备在帝国犬猎队队长特许给他的私人狩猎场——马祖里湖附近的三个区域——组织的大型狩猎活动。这是一次规模极大的猎兔活动，预计有三千人参加，其中有五百人骑马。拉斯滕堡的全体幕僚和地方头面人物都将参加盛会，整个盛会以加冕猎王活动结束。

一天晚上，森林总管从特拉克赫南回来，他的英国马车屁股后还拉着一匹巨大的黑色阉马，肌肉凸出，马鬃浓密，肥大的臀部，像女人的屁股。

"是给您的，"他对迪弗热解释道，"我早就想让您骑马了。区长的大型猎兔活动是个极好的机会。可我费了很大的劲儿才找到了一匹能够承受得住您这身量的马！这是一匹四岁的半纯种马,有阿登马的血统,尽管它很高大,可它这张钩形的面额,这身有着波纹闪光的乌黑毛皮,让人想到野蛮的血统。它差不多有一千两百磅重,包括鬐甲,至少有一百八十厘米高。实际上,这是在伟大的时代专门驾华丽马车的那种马。没有逃走的危险,像您这样的汉子,可以坐三个。我试过了。它碰到障碍毫不躲避,不怕河流,也不怕荆棘。嘴巴是有点刁,可要是跑起来,绝对不亚于一辆冲锋的坦克。"

迪弗热接走他的马,心情激动不已,孤寂的内心中,感情的冲动交织着某种预感,他预感到随着这阵阵冲动,将完成一桩桩伟大的事业。每天上午,他都按时到一公里外的老佩莱斯玛家中去,此人原是皇家的驯马师,他家的产业包括一个相当大的马厩、一个马蹄铁铺和一个盖有顶棚的驯马场。迪弗热的那匹大马就安顿在这儿。佩莱斯玛很高兴履行自己那种驯马之人特有的教育使命,在他的指导下,迪弗热学习如何照料自己的马,并学习如何骑马。每当他站到这匹幼稚的大马身旁,抚摸着它暖烘烘的身子,用铁齿刷为它梳毛,用毛刷为它刷身的时候,他总感到满心欢悦,开始一阵子,往往令他回想起莱茵河的鸽子和在鸽子棚度过的温暖的幸福时光。可他很快意识到这只是一种浅层的模糊的回忆,是建立在一种误会基础之上的。实际上,当他为自己的坐骑擦身、梳刷时,他感受到的只是擦皮鞋、刷皮靴的那种普通的满足感,但这种满足感却得到升华,拥有了无可比拟的巨大力量。如果说莱茵河的鸽子是他的征服之物,继而成为他心爱的孩子的话，那么当他对自己的坐骑倾尽关怀时，他所安抚的恰是自身。对他来说，这是一个意想不到的发现，通过特拉克赫南的这匹巨马，他感受到了与自身的和解，激发起对自己的躯体的兴趣，并对一个名叫阿贝尔·迪弗热的男人产生了还有些模糊不清的爱意。一天上午，太阳将一束逆光投在了马的身上，迪弗热发现黑如煤玉的马毛呈现出一个个蓝色波纹光圈，宛如一个个同心的光晕。这匹柏柏尔马因此也是一匹"蓝柏柏尔马"，本该给它起个合适的名字，现在自然就有了。

佩莱斯玛的骑术课开始时很简单，但也令人恐惧。马上了鞍，但没有马镫。迪弗热必须跃身上马，然后在驯马场开始进行碎步小跑骑坐练习，驯马师说，只有这种练习才能保证新骑手获得正确的坐姿，但要经过相当长时间的训练才行，迪弗热累得腰酸背痛，浑身散架，会阴部火辣辣地痛。

开始时，佩莱斯玛目不转睛地观察着他的学生，一副责备的神态，偶尔开口指导几句，也毫不客气。骑手紧张得身子往前直倾，双脚在后。眼看着就要摔下来，这活该！本来就不该这样骑，身子应该往后坐，收紧臀部，双脚在前，后背和双肩往前弓，以修正坐姿，保持平衡。面对这种严厉的教法，迪弗热并没有感到气馁，但他心里还是把佩莱斯玛比作一只可怕的甲壳动物，永远封闭在一个死气沉沉的狭窄天地里，即使里面有财富，也没有能力去开采。可是有一天，迪弗热改变了这种看法。那天，他跟佩莱斯玛待在鞍具房里，听他谈起了马"经"，发现这位另一个时代的幸存者顷刻间变得聪明起来，富有活力，表达得恰到好处，而且绘声绘色。威廉二世的驯马师坐在一张高高的圆凳上，交叉着两条瘦骨嶙峋的大腿，脚上的皮靴在空中晃荡，眼睛戴着单片眼镜，开始谈起了骑马的关键原则，马和骑手都是活生生的创造物，因此，任何逻辑、任何方法都无法取代应该把他们联结起来的那种神秘的感应力，它要求骑手具备这一关键的品质，那就是对马要有感觉。

说到这里，他停顿片刻，以赋予这几个字应有的价值，接着，他又谈起了对驯马的看法，迪弗热听得入迷，因为他所谈的，主要是围绕着骑手的体重以及对马之平衡的影响问题，这显然有着承载术的意义。

"驯马，"佩莱斯玛开始说道，"是一项无与伦比的活动，比人们普遍认为的要崇高得多，也微妙得多。驯马的关键在于要使马恢复因骑手的体重而受到影响的自然速度和平衡力。

"请比较一下马与鹿的力量。您可以发现鹿的全部力量都集中在它的肩膀和颈脖处。而马的全部力量集中在它的臀部。马的肩部又细又瘦，而且往里缩，而鹿的臀部也是瘦瘦的，往后塌。此外，马的进攻武器实为尥蹶子，力量恰好来自臀部，而鹿则是用侧枝顶，力量来自脖颈的部位。跑动时，鹿的身子往前倾。这是一种前拉力。可马相反，是用臀部的力量，从后面把自身往前推。实际上，马的关键部位是臀，前面的一些器官都是臀部的补充。

"然而，当一位骑手骑上坐骑时，会发生怎样的情况呢？请好好观察骑手的位置：一般坐得离马肩比较近，而离马臀比较远。实际上，骑手的体重有三分之二落到了马的肩部，而我刚才已经说过，那正是马的薄弱部位。马的肩膀如果承受了过分的重量，便会挛缩，整个脖颈、脑袋，甚至嘴巴都会因此而变得僵硬，然而，马嘴的柔软、灵活与敏感是一匹坐骑的价值之所在。骑手手中的马一旦失去了平衡，出现了挛缩，便只会勉强地服从骑手的指挥。

"这时便需要驯马。主要的做法就是循序渐进，训练马把骑手的身体重量尽可能往臀部移，以减轻肩部的负担。为此，要求骑手尽量坐在马的后腿部位置，使它的两条后腿尽量往前跃，总而言之，打个比方吧，但不要滥用这个比方，要像袋鼠那样，把全身的重量移到后面两条腿上，让前面的两条腿腾空。通过各种不同的训练，设法让马忘记在它身上的骑手身体的重量，将训练的技巧推向完美的境地，使马恢复自然。这样，通过建立一种恰到好处的新机制，使不正常的东西变得正常。

"因此，马术是一种支配马的肌肉力量的艺术，主要任务在于保证控制肌肉力量集中的臀部。只要骑手的脚后跟微微一压，马的髋部就必须作出偏离的反应，臀部也必须具有柔和的韧性，以赋予臀部带动全身各个部位的力量。"

说着，大驯马师直立着，挺起胸，强烈的目光斜射向他自己的臀部——多么瘦、多么扁啊！——弯成弓形的双腿夹着想象中的一匹马的两侧，在屋子里不断地急回转，一边用马鞭在空中抽打着。

尽管说得抽象而又微妙，但佩莱斯玛拿鹿和马进行了比较而提出的看法，在迪弗热与蓝柏柏尔马共同执行的寻找与追赶猎物的行动中得到了印证。由于没有任何狗——一直被戈林禁用——马仿佛渐渐地领悟到了人们对它的期待，经常表现出猎犬般的热情，用鼻子嗅鹿的行踪，寻找它们在灌木丛中的足迹，似乎这两个本来敌对的种类命中注定要进行一番较量。

一天晚上，迪弗热在马厩里流连忘返，金色的影子中，飘忽着甜滋滋的马粪味，他看着一个个分栏中波动起伏闪闪发亮的马屁股，突然发现蓝柏柏尔马的尾巴斜斜地从根部翘了起来，裸露出整个肛门，肛门不大，卷卷的，往外鼓凸，但整个儿密不透风，往中心皱缩，宛若一只缩边扣环钱包。刹那间，钱包张开，像照相机低速摄下的玫瑰花蕾慢慢开放，如同手套一般翻开，往外展现出一只湿润的、玫瑰色的花冠，花冠中心，如开放的花蕾，拉出一个个新鲜的粪蛋，形状优美，色泽光亮，一个接着一个落在垫草上，一点也没有摔碎。排泄动作竟达到了如此完美的境界，在迪弗热看来，这是佩莱斯玛提出的理论的最高证明。任何马的价值都表现在它的臀部，这诚然有理，但正是这个臀部使蓝柏柏尔马成了排粪神、肛门神，成为终极之神，而这正是它的本质所在。

他渐渐全都明白了，马之所以对人具有传统诱惑力，骑手与坐骑之所以具有合二为一的完美倾向，原因就在这里。骑手总是坚持不懈，固执地要把自己那瘦小无力的屁股与宽厚巨大的马臀合在一起。他隐隐约约地希望通过某种接触，肛门神四射的光芒中会有某种东西给自己的排泄物带来福气。但是，他的希望破灭了：排泄物总是不规则，反复无常，忽而发干，忽而失禁，稀糊糊的，但总是臭气熏天。唯有马的后躯与人的下半身彻底合二为一，才可以使骑手拥有保证像马一样排泄通畅的同一器官。这就是半人马的意义所在，它向我们展示了一个其肉体与肛门神合二为一的人，骑手的屁股与马的臀部融为一体，在欢乐中铸造出一个个芳香四溢的金苹果。

至于马在猎鹿中所起的极其重要的作用，其意义是显而易见的。这是肛门神对男根神的追逼，是终对始的追捕与处决。迪弗热惊叹不已，他再一次从中发现了令人诧异的错位现象，在这场你死我活的游戏中，臀部肥大、怯阵逃跑的动物变成了咄咄逼人、置敌于死地的力量，而本来富于雄性力量、拥有金字塔形生命角的森林之王，却成了疲惫至极的猎物，枉然地苦苦求饶。

9月，可望困住并攻克斯大林格勒的大规模进攻迫使埃利克·科赫推迟了狩猎活动。接着，严寒早临，过分温暖的秋季飞逝而去，几场初雪一下，大家都觉得生命很快将再一次陷入冬日的死寂之中。就在这时，狩猎活动最后确定于12月初进行，人们遂又开始了有关准备活动。可后来又不得不暂时中断，因为盛会的主宾戈林恰好在这个日子被派往意大利，设法使摇摇欲坠的同盟国重新燃起激情。最后，埃利克·科赫区长的大型猎野兔活动终于于元月30日开始了。

元月25日，迪弗热就与五百名猎兔骑手的首批人马上了路。集中的地点为南部的一百公里处的阿雷西城，这是一座小城，坐落于马祖里湖区的中心。三天后，他们抵达目的地。他们按行前发的借宿证，分别住进拥有马厩的居民家中。迪弗热穿着崭新的服装和皮鞋，品尝着这机遇的滋味，竟得以像置身在被征服的国土上，征用老百姓的房间。德国人始终是征服者？法国人还是战俘？当他穿着皮靴，嗒嗒嗒地行走在人行道上，看见裹着破衣烂裳的家庭妇女们在橱窗空空的商店门前排着长队时，他心中产生了疑问。人们毕恭毕敬地伺候他用餐，他高谈阔论，由于他带着外国人的口音，加上他与"铁人"有着无可争议的关系，使他本来就神秘的底细显得愈加不可捉摸。

但是，在他心中沸腾的这股新的力量和这股征服的激情的真正源泉，是蓝柏柏尔马，是他感觉到在他双腿间生存并使他凌驾于地球与世人之上的这位巨人兄弟。在到马祖里的长途跋涉期间，为了让自己的腰放松一下，他经常往马的臀部躺去，仰望着纯净的淡色苍穹在他双目上方晃动，肩胛下感觉到了正在运动的马臀那起伏波动的肌肉。或者，他往前倾去身子，用双手拥抱着蓝柏柏尔马的脖颈，脸颊紧贴着它那闪烁着波纹闪光的长鬃。一次，他从一个村镇广场经过，广场上有个市场，拥挤不堪，走到最稠密的人群处时，马突然停下脚步。迪弗热感到脊柱像齿轮绞刹一样弓了起来，整个身子往上一抬，只听得碎石路面上响起一阵瀑布般的声音。马粪溅到人群身上，人们立即闪开，有的哈哈大笑，有的高声抱怨，可法国人迪弗热被在他下方升腾而起的甜滋滋的热气所笼罩，镇静自若，心头却涌出迷醉般的感觉，仿佛是他自己——而不是别人——当着他王国的子民的面，妙不可言地减轻了负担。

在狩猎期间指派他担当的角色并不那么辉煌。徒步驱赶野兔者负责仔细搜索林木灌木丛和高低起伏的地带。分配给骑马驱赶野兔者的任务自然是搜索平原与休闲田。经过如此扫荡的地区约达四百公顷，其中包括几个湖区。他们采取的不是封闭性的大围猎的办法——没有用标牌、信号旗和猎网——而是采取"夹攻式"，驱赶野兔者和猎手两人一组，一人在左，一人在右，每三分钟一组，走不同的路线，最终在同一目标会合。就这样，他们形成了一个巨大的半圆，两端渐渐合在一起，由此组成了一个个越缩越小的环形。一听到规定的信号，猎手们便停止往圈内射击——双方相距太近——而向圈外开枪。

在迪弗热参与的所有大屠杀中，这次是最残忍、最单调的。被逐出巢穴的野兔如飞箭般逃窜，但往往被反向逃命的野兔撞得无所适从。惶惑间，它们四处逃窜，忽而突然转向，折回原地，忽而飞身向前，把追赶者远远地抛在身后，忽而金蝉脱壳，忽而又双道曲行，但这美丽的自然轨迹很快就乱成一团，随着阵阵枪声，变得愈加溃乱不堪。迪弗热从这一天中掠取的最后一个镜头，是一块巨大无比的白褐色的皮毛地毯，这是由一千两百只野兔按类排列而成的一幅猎物图。戈林独自站在这一温暖的墓地中间——记在他名下的有两百只野兔,他因此而被冠以"猎王"——在他的官方摄影师面前摆弄姿势,大腹便便,右手举着元帅杖。

第二天早上,德国所有报刊都用标以黑框的文字,宣布了冯·保卢斯元帅及其第六集团军的二十四名将军和一万名残兵在斯大林格勒投降的消息。

凭着手中的通行证,迪弗热在选择回罗明滕的路线方面还有一定的自由度,他没有走经吕克与特罗伊堡返回的那条直线,而是取了北道,穿越马祖里湖区,这是整个东普鲁士最严峻、历史负荷最沉重的地区。这是一片荒凉的原野,布满低洼的沼泽地,稀稀拉拉地长着几丛瘦瘦的桤木,此处与彼处,不时可见隆凸的漂砾,那是苏达维人——抗击德国入侵的最后一批斯拉夫人——埋葬死难者的地方,整个荒野仿佛在继续权衡着斗争的不幸,一千年来,一次次的战斗使这片荒野饱含着鲜血。从老斯塔多抵抗条顿骑兵的最后战斗,到兴登堡大败连涅卡姆普弗的兵马,再到亚格隆打垮"白衣军"与"佩剑团"的坦能堡①战役,在这片广阔的土地上,尸横遍野,处处是沦为废墟的堡垒和被弹丸击成碎片的战旗。

穿过斯皮登湖与迪科洛湖之间那个狭长的舌状地带,迪弗热一直来到了德洛斯瓦尔德村。他被一种欢悦而严肃的预感不断地推向前方,这种预感赋予了他自信,他坚信一个尚

---

① 即波兰的斯滕巴尔克。

不知晓、但对他来说又举足轻重的目标就在他行走之路的尽头。创造历史的庞大机器发出沉闷的声音,从斯大林格勒[①]传来,重又震撼着大地的深处。迪弗热仿佛感到被人左右,给他指点方向,发布指令,他怀着淡淡的幸福之情,乖乖地服从。他穿过了一个村庄,村名奇妙至极——施朗根弗里埃斯,意思是"蛇毛皮"——他心中为之一震。

眼前是一个冰碛石岗,在这个平坦的地区中间,显得无比雄伟,石岗上,耸立着卡尔滕堡那呈平顶形的庞大轮廓。迪弗热是从施朗根弗里埃斯村方向来的,他看到的只是城堡的南侧,就是绝壁岬角上高耸的那一侧。围墙沿着高岗的自然曲线修建,最后落在一个巨大的高塔上,如同船首一般,说是高塔,实为一个高高的石建筑,石块锈迹斑斑,塔顶上建有突堞,以突角支撑着悬空的部分。每隔一段距离,有一个加固围墙的扶垛和凸塔。围墙后面,可见林立的尖塔、瞭望塔、烟囱、人字墙的装饰塔,还可见平台、风标和屋脊,无数的军旗和焰状装饰旗给它平添了富有生机的辉煌外表。迪弗热苦涩而又激动地想着,那高塔之后,肯定隐藏着一种组织严密的生活,由于与世隔绝而显得紧张无比。

他策马踏上小道,小道弯弯曲曲,伸向城堡。城堡的北侧似乎处于最高峰,前面有一个广阔的空场,构成了城堡的前沿地带,一位头戴大盖帽的老人正在扫雪。尽管围墙上均匀地布有一个个狭小的射击孔,进口处还有两座尖顶圆钝

---

① 现称伏尔加格勒。

形塔，但布局仍然显得单调而讨厌，毫无生气，只是让那本来就狭窄的进口显得更小了。进口由大槌护着。这是一座森严的城堡，没有丝毫的美观可言，红黑的色彩，总之，是战争的武器，设计并建造它的人们并不考虑其美观与活泼。但是，城堡的内部与其粗陋而凄惨的外表形成了鲜明的对照，证实了迪弗热的感觉，果然，在这古老的高墙后，颤动着青春的轻捷活力。五颜六色的彩釉瓦屋顶朝一个个平台倾斜，平台上，现代的武器闪闪发光；一簇带有"卐"字符号的红旗在北风中猎猎飘扬，耳边不时响起号角声或歌唱的回声。

迪弗热与扫雪人交谈了几句，请他帮助照看一下系在一棵树上的蓝柏柏尔马。由于无法进入城堡，他只得沿着墙根走，准备一直走到他在山下看到的那座最大的圆塔突角形防御工事的前面。这可不是个轻松的漫步场所，狭窄的小道沿着围墙蜿蜒，常常被凸出的崖石或砌体切断，得往山腰下走，等绕过障碍再往上爬。他说不清自己到底想要干什么，莫非在等待着某种承认、某种证实、某种惩罚，总之，在等待着某种酷似命运的签证的东西，犹如一个钢印，认证迪弗热在卡尔滕堡的使命。他在巨塔台阶下终于发现了他所寻觅的东西，但是，要想得到它，必须钻进荆棘、接骨木、铁线莲和虎耳草丛中，石壁上垂挂下一根根常春藤，更增加了穿过这片矮树林的难度。可这还算不了什么。到了陡峭的突角形防御工事前，他不得不用手一把把挖走工事前柔软的积雪。但是，渐渐地，卡尔滕堡给予的答案显现在他的眼前：在这个部位，工事仿佛是在一个壁龛里挖成的，凸出的砌体支撑在一尊铜质的阿特拉斯雕像的双肩上。这位黑色的巨人在重负的压迫下弓着腰,龇牙咧嘴,整个身子呈现蹲的姿势,双膝抵着胡子,脖颈弯成了直角,双臂往上伸展,固定在石块之中。雕像的表现技法平平,散发着德国末代雕刻家凯泽那种浮华的学院派气息。毫无疑问,这尊雕像是不久前才添加到巨塔之下的,仿佛在承载着整座巨塔和整座城堡。但是,它却被掩埋在草木和积雪之下,在迪弗热的挖掘下才重见了天日,在这位法国人看来,这足以证明这位泰坦巨人是专门为了他才被嵌进卡尔滕堡山腰的。

迪弗热又下山回到施朗根弗里埃斯村,在村庄的"三剑"客栈里坐下,面前摆着一壶啤酒,他向客栈老板打听城堡及其主人的情况,凡是想了解的,全都摸了个一清二楚。

东普鲁士的名门望族引以为豪的,是他们都找到了源自条顿骑士家族的证据,正是这些条顿骑士从腓特烈二世大帝和格列高利九世教皇手中接受了这个遥远的异教省份,使这块土地皈依正宗。每个容克家庭都在虔诚地接续家谱,但遇到了一个棘手的问题,因为条顿骑士都是僧侣,因此都是忠于自己的贞洁之愿的,从逻辑上讲,不可能会有后代。但是,卡尔滕堡伯爵的雄心更为远大,因为他们声称自己的族源可以追溯到佩剑骑士年代,与条顿骑士相比,征服者佩剑骑士的历史还要古老,也更勇敢。佩剑骑士团原是个宗教修会,于1197年由不来梅教界成员阿伯特·达卜尔多姆成立,后遵从里加主教阿伯特·德·布克斯奥威登的旨意,成为一个军事团体,阿伯特·德·布克斯奥威登还给这个团体的成员规定了徽章：在白色制服的左侧绣着红呢双剑徽章。立窝尼亚双剑基督骑士们——这是他们的全称——在条顿骑士进入普鲁士之前三十年便征服了利沃尼亚、库尔兰和爱沙尼亚。由于跟俄罗斯和立陶宛人战事不断，他们的力量遭到了削弱，于是派代表跟条顿骑士商谈联合之事。此事于1236年受到了教皇的确认，并在条顿大主祭赫尔曼·德·萨尔查的主持下，在维泰博举行了联合仪式。尽管佩剑骑士团仍为一个独立的军事团体，而且还保留了利沃尼亚的领主地位，但从此之后，他们的命运便与条顿骑士的命运结合在了一起，同时，在他们的心底始终保持着隐秘却警觉的意识：自己的出身比条顿骑士要更尊贵、更光荣。卡尔滕堡的纹章虽然有着传统纹章的质朴，却令人回忆起这两个兄弟团体的历史。冯·卡尔滕堡的历代伯爵佩戴的纹章是三把呈尖头桩状的唇形剑，上部呈黑色。而白底的三把红剑令人想起条顿骑士后来加入的佩剑骑士团的"双剑"。纹章上部的黑色斜条纹恰巧为普鲁士国旗的白色与红色增加了第三种颜色。至于那三把剑——除了提供家族的徽章之外——客栈主人神态自负地指出，在城堡最大的平台栏杆上就可以看到，它们比真实的剑还要大，固定在栏杆上，剑头指向天空，那个平台就在阿特拉斯塔顶，正对着太阳升起的方向。

尽管伯爵们还坚持住在城堡里，但这艘古船已经被时间销蚀得千疮百孔，纵然他们想方设法，尽力填补，早在世纪初，这座城堡——是整个东普鲁士最值得自豪的一座——似乎就已摆脱不了被拆除的命运。但它得以幸存，因为威廉二世很喜欢这个重要的猎区。凯泽曾于1900年命令修复塞莱斯塔附近的上柯尼希山城堡，作为对世世代代的西方仇敌的一种挑战，他认为，还应该在帝国的东界修建另一座无愧于其统治时代的城堡，以抵御斯拉夫侵略者。城堡的整个修复工程在1914年战争爆发前不久才结束，由一批极端的考古学家评论通过，负责修复工程的也同样是一些极端分子，他们效法上柯尼希山城堡，把卡尔滕堡修成了一个崭新的、漂亮的巨堡，不过，条顿的建筑还算没怎么受到现代修复工程惯有的奇思怪想的坑害，因为四处闯荡的骑士们当初修建这座城堡时，在里边融进了自己游历的往事和神秘的梦想，因此，在同一座建筑里，不难看到撒拉逊、威尼斯和德国的风格因素同时存在。

修缮一新的卡尔滕堡恐怕吸引了一位冲锋队首领的注意力，此人名叫约阿希姆·豪普特，从1933年开始，便致力于创建准军事性学校，依据的是赫赫有名的普伦皇家陆军子弟学校的模式，后来的第三帝国的精英人物就是从这所学校出来的。"纳粹政训学校"——Nationalpolitishe Erziehungsanstalten——一般都设在征用的城堡和修道院里，尽管1934年6月30日的"长刀之夜"导致豪普特失宠，冲锋队也因此进入了蛰伏状态，但纳粹政训学校组织却逐年增加。党卫军的高级领导人奥古斯特·海斯梅耶中将接过了豪普特的事业，并继续下去，他把希姆莱手下人马的控制权交给了尚存的四十个纳粹政训学校。卡尔滕堡的纳粹政训学校理论上在冯·卡尔滕堡伯爵将军的领导之下，此人是卡尔滕堡家族的最后一位代表，其住房占了城堡的一个侧翼。实际上，这已是位老人，依恋于普鲁士的传统，第三帝国建立的这一新团体对他并没有多少诱惑力——他一直固执地存有疑虑，心想从巴伐利亚和奥地利来的东西，对普鲁士会有什么好处——而且他主要关心的是历史研究和纹章学研究，自然也就分了心，不能履行学校的实际领导权。总之，如果说只是出于对将军的敬重，才特许给了他一个"校长"的称号，以便他在自己的城堡里占有一席之地的话，那么，实际领导权则完全归属于党卫军少校斯特凡·拉费森，他以绝无差别的统一纪律，严厉地管制着三十位军事教官、五十名士官和士兵，以及卡尔滕堡的四百名孩子。

回到罗明滕后，迪弗热在森林总管面前偶然提起了给他留下如此深刻印象的卡尔滕堡。他因此而得知那位冯·卡尔滕堡伯爵将军也参加了科赫区长组织的大规模猎兔活动，可纵然森林总管给他提供一个个准确的特征，在他的记忆中，就是搜索不出将军的影子。他仿佛闯了什么祸似的，即使他认认真真地履行交给他的任务，他的精神和心灵却始终牵挂着别的地方，飞往马祖里湖那一带，围着高墙游荡，在那高墙之中，囚犯般的生活却充溢着生机。

早临的春天以其醉人的温暖感动了世间万物，4月，他去（每月去一次）戈乌达普市政厅更换证件。他感到舒畅而又柔弱，宛如布满雏菊的幼草，犹如和煦的微风，抚摸着桦树和榛树和柔荑花序，从枞树枝上吹下藏红色的精粉。他看见一只麻雀在大路的热尘中拉屎，两个小学生嬉笑着相互碰撞，背上的书包直蹦，看去就像蜗牛的硬壳似的，面对这情景，他怦然心动，险些落泪。空中充满了啁啾声，仿佛一直传到了肃静的市政府大楼，这天上午也出乎寻常地热闹。一进市政厅，衣帽间的挂衣钩格外显眼，只见上面挂着遮阳阔边女软帽、女式短斗篷、头巾和色彩鲜艳的连指手套，地上，乱七八糟地扔着木鞋、木底皮面套鞋和小得像是孩子穿的皮靴，仿佛东普鲁士森林中所有陪伴少女出入社交场所的老妪全都披红来到了市政厅聚会。迪弗热踏上了通往婚礼厅的宽敞阶梯，被一种春天特有的美妙、清新的气息引去，觉得那气息中还夹杂着胡椒和精液的味道。他最后驻足在一扇豪华的橡木雕门前：就在这里。耳边一片叽叽喳喳声，仿佛一个大鸟笼，轻盈的清香有力地裹挟着他。他按了一下沉甸甸的铜门把，走了进去。

一看之下，他顿时惊愕万分，身子难以站稳，不得不用肩膀抵着门框：屋里挤满了全身一丝不挂的小女孩，给装饰着大厅四壁的灰色橡木增添了欢快的色彩。有的瘦得就像被剥了皮的小猫；有的则胖乎乎的，粉红色的皮肤，宛如乳猪；有的个子高高的，已经发育成熟；还有的矮胖矮胖的，圆得酷似布娃娃。一个个的头发或编成长辫，或扎成小辫，或把辫子盘绕在两耳的边上，或者干脆自由披散在脆弱的肩胛间，成了这些弱小的躯体唯一的遮羞物，她们都尚未到青春期，光溜溜的身子，如同香皂一般光滑。他的突然出现并未被人察觉，他轻轻地在身后把门推上，以恢复厅内空气的密度，只有密不透风，才可以保证其密度。他半闭起双眼，肺叶贪婪地鼓起，呼吸着自清晨以来一直追寻的美妙芬芳，在这儿，他终于捕捉到了这新生的纯洁气息，不由自主地张开双手，往前伸去，仿佛要采摘这一朵朵温柔、初放的花朵，接受东普鲁士馈赠的最后一份礼物。

"这儿没有您的事。马上出去！"

一位五官端正的日耳曼女神身上裹着洁白的护士服，神色严厉地逼视着他。他往后退去，打开门，好不情愿地做了个退出门去的动作。

"可谁让您进来的？"

"是因为……这气味，"他结结巴巴地说，"我不知道小姑娘身上……有铃兰花的香味……"

一位官员给他的证件盖了戳，向他解释了这一迷人的聚会的原因。原来，每年的4月19日，所有满十岁的孩子都要接受一次身体检查，然后编入希特勒的青年团①。

"小男孩们在广场另一侧的市剧院集中。"他又补充了一句。

"可为什么要选在4月19日？"迪弗热追问道。

对方不信任地看了看他。

"你难道不知道20日是我们的元首的生日？每年，德国民族都要把整个一代孩子作为生日礼物送给他！"他心情激动地说道，一边用食指指了指他的脑袋上方正皱着眉头的阿

---

① 原文如此，恐有误。详见后文。

道夫·希特勒的巨幅彩色肖像。

当迪弗热踏上回罗明滕的路时，在他的眼里，帝国犬猎队队长已经下降到了民间那种虚构的小吃人魔鬼的位置，都进不了祖母讲述的故事之中，包括他的狩猎活动、鹿头、猎筵，以及他的粪便学、男根学，全都黯然失色。他已经被拉斯滕堡的吃人魔鬼所压倒，拉斯滕堡的那位吃人魔鬼要求其子民在他每年庆祝生日之时，都要送给他一份完整的礼物，那就是五十万名十岁的女孩和五十万名十岁的男孩，全都以祭品的打扮，亦即全都一丝不挂，任他揉捏成装填大炮的肉弹。

自斯大林格勒一战以及戈培尔在体育宫发表演说，号召全体民众踊跃加入全面战争之后，罗明滕的气氛变得沉重起来。不断有人被征召入伍，造成了新的空缺。人们对狩猎与盛筵的乐趣想得越来越少，而越来越关心在东方的那场火光冲天的大混战，谁也没有把握可以处在旁观的位置。空中的轰炸开始令人担忧，装甲列车自然比未设防空掩体的猎宫更安全，因此，戈林来保护区的次数也越来越少了。

一天，林区总管告诉迪弗热，保护区工作人员要缩减到最低限度，因此不得不送他回穆尔霍去，由劳力调配办公室调配使用。不过，若他有什么愿望，由于他在帝国第二号头目身边做过事，也许有可能得到实现。于是，迪弗热提起了冯·卡尔滕堡伯爵将军应邀参加的元月狩猎活动以及他在归途中曾顺便参观了一下城堡的事，提出是否可以派他去纳粹政训学校当个司机或马夫。一听手下这位打杂工的话，林区总管甚感诧异,他平时总是那么沉默寡言,安分守己,竟然提出如此明确的要求。

"鉴于最近的征兵情况,"林区总管对他说道,"我想要是纳粹政训学校的领导不抓住机会,捞一个帝国元帅推荐的劳工,那才怪呢,况且还是一个不能征召入伍的劳工!我去打电话,把这事办了。"

十五天之后,迪弗热获得了调往卡尔滕堡的调动证,与也被派遣到纳粹政训学校的蓝柏柏尔马一起离开了罗明滕。

五

卡尔滕堡的吃人魔鬼

机灵的少年,你是否愿意与我同行?

——歌德

灰红色的城堡遮住了天际，城堡周围毫不规整地耸立着相当数量的房子，像是在围墙内四公顷面积的天地里建成了一座建筑密集、与世隔绝的小城。大门两侧有两座塔，一座用以存放工具，一座给守门人和他妻子住。一条通往主院的道路两旁，是乱七八糟的建筑，有一个盖有顶棚的驯马场，几个马厩，两个体操房，还有医务室、车库、停车场修理间、船库、员工小楼、四个网球场、两幢带有小花园的小别墅、一个足球场、一个篮球场、一个可以搭拳击台的影剧厅和一个设有各种障碍物的方形训练场。一直到城堡附近，才见一个猎犬笼，十一只短毛猎犬以嗷嗷的齐嚎声迎接着从笼子旁经过的一切；另有一个存放武器弹药的碉堡、一个发电机组和一座牢房。所有的墙仿佛在声嘶力竭，高喊着各种格言警句，插着猎猎欢唱的旗帜和焰状装饰小旗，仿佛思维的能力全都已经移交给它们。颂扬增强体质的一切训练几个字表明了一间体操房的存在，另一间似乎予以回击，标上了尼采的名言：不要舍弃自己灵魂中的英雄。歌德和希特勒共同存在于礼堂大门的上方。歌德的格言：耻辱不在于摔倒在地，而在于倒地不起。希特勒的格言：权利不是乞求来的，要通过英勇的斗争去获取。

迪弗热被这不容置辩的题词惊得双眼发花，对纳粹政训学校给他的初次人际接触几乎没有什么感觉。他受到了一位少尉书记官的接待，少尉看了看他的军籍证和调动证，让他填写了一份详细的调查表，上面不仅涉及他自己的情况，同样也涉及他父母和祖父母的情况。接着，少尉把他交到了一位下士长的手中，下士长领着他去看了看蓝柏柏尔马的分栏和留给他住的小房间。去小房间的路上，他们经过了城堡的军械库，然后登上一级级越来越窄、越来越陡的台阶，来到了一条走廊里，一个个狭小的天窗朝走廊射进光亮，正对着走廊的，是一排房门，房间很小，是专门给被派遣到纳粹政训学校执行任务的党卫军士官住的。

"由于您是帝国元帅推荐来的，校长已经事先得知您的到来。他会召见您的。除非他忘记，"他宽容地一笑，补充说道，"但不管怎么说，上司在等着您。"

所谓"上司"，就是斯特凡·拉费森少校。他长着椭圆形的脑袋，尖塌的下巴，两只德国弗里斯人特有的眼睛，靠得很近，令种族主义理论家们叹为观止。法国人迪弗热被带进他在城堡底层的校长室，过了很长时间，"上司"的双眼还没有离开正看得入神的卷宗，一直到翻完最后一页，才屈尊地朝迪弗热抬起那颗金黄色猎兔狗似的脑袋。他神情狡點，默默地盯着迪弗热，然后张口甩了三句话：

"您由负责总务的约希姆少尉调配使用。凡见到党卫军上尉军衔以上的军官，您都要敬礼。您可以走了。"

连迪弗热自己都感觉到奇怪，怎么自己就没有多少好奇心去发现孩子们，说到底，所有这些竞相显示，喋喋不休的机构和位在其中的这些言语不多的人们，都是为这些孩子而设置安排的。迪弗热无疑在城堡气氛的质量中感觉到了孩子们的存在，空气仿佛凝聚在此处与彼处，无论是放在椅子上的拳击手套里，挂在衣架的军人便帽中，丢在排水沟里的皮球内，还是乱脱在绿茵茵的草坪上的红色外套中，都凝聚着这种气氛。他清醒地意识到，在孩子们和他中间横着一根隔栏，需要长时间的等待，才可能消除它。这一隔栏首先由保证学校正常运转、为学生配备的党卫军人员所设置，刚来几天，迪弗热就相当痛苦地掂出了它的分量，默默地记住这支黑军的军衔和阴森森一式的军服上那些供人识别军衔高低的细小标志。

他必须牢牢记住，党卫军普通士兵的领章上没有任何饰物，但一等兵有一条杠，下士两条杠，下士长一颗星，中士一杠一星，中士长两星，军士两星一杠，少尉三星，中尉三星一杠，上尉三星两杠，少校四星，中校四星一杠，上校一片栎树叶，将级军官两片栎树叶，准将两片栎树叶加一颗星，少将三片栎树叶，中将三片栎树叶加一颗星。只有党卫军首领——亨利希·希姆莱——佩戴的肩章饰着四周缀有一圈栎树叶的栎树花冠。

肩章式样较少，因此常常引起令人遗憾的混淆。一直到中尉军衔，肩章上只饰一根六支的银线。从中尉到上校，银线的数量增加两倍，组成一根细鞭。从上校军衔开始，饰有两根细鞭。

负责总务处的约希姆少尉胖胖的身子，脸膛红润，掌管着一个商店，里面摆满了一袋袋干蔬菜、一盒盒牛肉、火腿、荷兰奶酪、一桶桶果酱，还有一摞摞毯子、一包包衣服，甚至还有一卷卷敷料，总之像个旧货铺似的，东西挺丰富的，散发着一股难以说清的杂味，在这个物资匮乏的时期，这里真好似阿里巴巴的洞窟，应有尽有。仅有的两辆可以行驶的汽车分别由校长和"上司"使用，迪弗热干的是供应给养的苦差事，分到了一辆四轮马车，由两匹马拉着，马车可以装上侧栏，甚至可以配上一套托架，支起顶篷。

迪弗热继续干起他在穆尔霍就已熟悉的行当，不过用的工具更加简陋，却赋予它更为深刻的意义。确实，他从未忘记自己是为了孩子的需要而工作，因此，他觉得自己这个供给食物的角色——Pater nutritor——又是一次阴错阳差，实为自己担负的吃人魔鬼之使命的极妙倒错。每每当他卸下车上的东西，送进充满气味的仓库，透过总务处装有铁栅的狭小窗户时，他就乐滋滋地想到他双手抱着或肩上扛着的这一片片肥肉、一袋袋面粉或一块块黄油不久就将通过点金术，变成孩子们的歌声、活动、肉体或粪便。他的工作因此而具备了新型的承载意义，诚然，这是派生、间接的承载之举，但在等待更好的使命之时，这是绝对不能鄙视的。

学员——称为Jungmannen——的总数为四百,分为四个百人队,每个百人队由一位百人队长(Hundertschaftführer)领导,同时配备一名成年的辅导员,一般由党卫军的军官或士官担任。一个百人队又分成三个分队(Züge),每个分队三十余名学员,分队又划分成小组(Gruppen),每个小组十来名学员。分队由分队长领导,小组则配备有组长。每个小组在饭堂有自己的一张餐桌,还有自己的宿舍。

"从今往后,"希特勒于1935年在帝国党代会上的讲话中说道,"年轻的德国人将从一座学校逐渐升往另一座学校。所有孩子都将严加管教,直到退休的年龄都不放松。任何人都将不可能抱怨在他一生中的某个阶段曾被人抛弃不管。"不过,暂时——由于缺乏合格的人员——不满十岁的儿童还没有被统一组织起来。一满十岁,小女孩便进入女少年队,小男孩加入男少年队。满十四岁分别加入德国女青年团和希特勒青年团,直至十八岁,然后进入劳动服务队,再加入国防军。

纳粹政训学校的学员逐年晋级,因此管理更为严厉。他们十二岁进校,十八岁毕业,在此期间,一方面要接受传统的学校教育,另一方面又根据各人的选择,接受陆、海、空军或党卫军紧张的军事训练,学员中有半数以上都喜欢选择党卫军。学员的招收有两条途径:一是自愿申请,二是到市镇小学招收。由于纳粹政训学校的建筑物总数不超过四十座,所以自愿申请的人员已经足以使学校爆满。可这样一来,入校的儿童大多是资产阶级子弟——职业军人或党的干部子弟——然而帝国的民粹主义哲学要求尽可能大范围地朝社会最底层开放。因此,必须尽可能提供手工业者、工人与农民的子弟占有适当比例的数据统计。为达此目标,要求乡村教师们向巡回招生委员会推荐在他们看来符合候选人资格标准的儿童。被推荐的儿童集中到招生中心,接受严格的种族审查与体格检查——戴眼镜者首先被淘汰——然后还要进行体力与智力测验。招收学员的指令反复强调的首要素质,就是"冲击性"(Draufgängertum):儿童首先必须是一个"冲击者",换言之,他必须表现出尽可能畸形的自卫本能。倘若不具备这一品质,在参加测验的人选看来,他们所必须接受的某些项目的考测便纯粹只有自我残害的意义,比如,从十米的高处往水里跳,不管会不会游泳;跨越设有隐蔽的陷阱的障碍,比如壕沟、铁蒺藜、水坑等;从房子的三楼往大孩子们张着的毯子里跳,或者在数秒钟之内挖一个单人掩体蹲进去,以躲过并排压来的坦克车。检测挑选是相当严格的,以保证学员的智力都能远远超过中等水平。不过由于战争,纳粹政训学校的非军事科目完成得十分糟糕。学校的教官——开始时都为党卫军军官——不断被征召入伍,教官队伍经常出现空缺。迪弗热来此不久,便目睹了一次教师大换班,卡尔滕堡的科学与文学教育因此而完蛋,有关军事教官全被换成非军人教师。为弥补教官大批调走的空缺,一些退休的小学教师和教授被紧急征召而来,尽管他们有决心、有水平,但在这座到处是杀人武器和格言警句的城堡中,他们仍无法改变在学员眼中缺乏威望的状况。这些教师都上了一定年纪，而且在战争的紧急状态下，他们教授的某些科目——他们中间有一位希腊语教师和一位拉丁语教师——显得滑稽可笑，加之他们穿的是老百姓服装，树立不起威信，本身也无法跟上纳粹政训学校的紧张节奏，因此处处被顶撞、起哄，弄得很泄气。他们一批批相继离去，唯独有个名叫施奈德兰的柯尼斯堡新教神学院学生，是个见习牧师，对任何可怕的凌辱都无动于衷，通过努力抗争，终于在这个儿童"野兽笼"中赢得了普遍承认的一席之地。

学校的一天从早上6点45分开始，急骤的电铃声在窄小的宿舍过道里疯狂作响。刹那间，身穿红色外套的学员奔下楼梯，跑向大院子，进行晨练。同时沐浴室里热气腾腾，仿佛女巫师们在作法一般，然后百人队伍每五分钟一批，来此沐浴。8点钟，全校人员身着制服在城堡前的场地上集中，举行升旗仪式。接着，队伍解散，学员冲向饭堂，等待着他们的是一杯咖啡代用品和两片硬邦邦的面包。然后，治校有方的管理机器给百人队伍下达各种科目，或上课，或自修，去操场、体操房上课，到附近野地和湖区的各个训练点，进行马术、划船训练，在射击场练习武器使用，或到军械修理厂上有关科目课程。

迪弗热观察着这架沉重的机器的运转。由于有着铁一般的纪律，学员又是经过严格挑选的，所以机器运转正常，不正常的情况从未出现，到处是号角声、短笛声、鼓点声，尤其是嗒嗒的皮靴声。但是，给迪弗热印象最深的，是那高昂有力的歌声，随时都可从清亮而严肃的嗓门中迸发而出，在城堡和周围此起彼落,仿佛在遥相呼应。他在琢磨着有朝一日自己能否在这架儿童风车中获得一席之地。在这里,为了一个共同的事业,儿童们的精神和肉体全被这架风车所驱动。这台机器的各个零部件完美无缺,具有可怕的力量,始终把他排斥在外,但是,他知道,任何组织都有沙粒的藏身之处,而且说到底,命运一直都在为他效力。

尽管事物的发展不以他的意志为转移,他在很长时间内一直被排斥在纳粹政训学校严肃而紧张的生活之外,但他终于找到了"校母"埃米莉·纳塔太太这个附着点。埃米莉·纳塔太太住在城堡的一座小房子里,掌管着学校的医务室。1940年,她丈夫在战争中身亡,她成了寡妇,三个孩子中有两个在俄国战场的前线打仗,小儿子就在这所纳粹政训学校上学。与其说是她担负的工作的缘故,不如说是卡尔滕堡的传统使然,反正不管是否得到允许或有没有特殊理由,大家都愿意到她身边,或者到医务室,或者干脆上她家来。她始终为大家服务,她家的大门也总是为大家敞开。迪弗热很快成了她家的常客,砖砌的小厨房间暖烘烘的,散发着腊味和红叶卷心菜味。他经常来到厨房间,一动不动地坐在一角,默默地长时间待着,谛听着时光随着大座钟的钟摆节奏和炉灶上炖东西的大锅喷汽的节奏而流逝。不时有孩子像阵风似的闯进来,急匆匆地诉说自己遇到的问题,诸如消化不良、衣服撕破、有急信要写或受到了不公正的倒霉惩罚等,得到解答后马上离去。纳塔太太是城堡中唯一的女性,她拥有一定权力,远不仅是对学校的学员有着影响。士官和军官们都尊重她的决定，大家都坚信就连"上司"本人也绝不会当面顶撞她。只要法国人迪弗热在她家待着，总务主任约希姆就决不会想到要斥责他。

他自然而然地产生了疑问，自问在这个以战争为中心的天地里，一个女人——尤其是她这样一个女人——应该有着怎样的位置，况且学校到处宣扬的精神本质就是要使人类的慈爱之乳汁发酸变臭。埃米莉·纳塔跟她丈夫都是斯拉夫人。她个子矮小，深色的头发，平常总是扎着一条色彩鲜明夺目的头巾，在一个种族主义的圣地里，这头发本来足以给她惹来麻烦，可在这儿却反而使她显得与众不同，成了她在卡尔滕堡占有特殊地位的补充象征。从她的讲话，迪弗热绝不可能弄清她到底是否同意纳粹政训学校的思想。但是，她的一举一动无不证明她全身心从属于这一思想。不过，她对植物、动物、湖泊、森林似乎有着天赋的知识，在采摘浆果和蘑菇时，总是她带队，不可替代。她在医护工作中表现出特别的护理与医治的天性，因此又显得深深地植根于生活最具体的土壤之中。迪弗热一直等到后来的一天，才开始明白个中的原因，那天，传来了纳塔的一个儿子在科涅夫将军率部争夺哈尔科夫的战斗中身亡的消息。很不走运，在她心里存着不现实的希望，怀着荒诞可笑的荣誉感。读到讣告的那一天，迪弗热正好在她身边。她没有任何激动的表示，只是动作缓慢了一些，目光也有点儿发呆。当她发现迪弗热一个劲地看着她时，她终于开口低声地说话，声音中不带任何色彩，仿佛在吟诵心中熟记的祷言：

"生与死，是一回事。痛恨或害怕死的人，也同样痛恨或害怕生。因为死是生的永不枯竭的源泉，而大自然只是一个巨大的坟场，一个扼杀分分秒秒的地方。弗朗齐现在恐怕也死了，要不他也会在某个俘虏营里丧命。不该悲伤。生育孩子的母亲本来也应该有为孩子服丧的准备。"

突然闯进一群学员，打断了她的讲话，大家围着她，一起叽叽喳喳说了开来，而她没有显示出丝毫的悲痛，照例不让大家失望，做了该做的事，说了该说的话。

在城堡右翼的二层，有三间屋子，构成了奥托·布拉特森少校的领地，此人是位教授、博士，是遗传研究会的特派员。他蓄着细细的黑山羊胡，长着两只大媚眼，上面卧着两道似用墨染过的黑黑的眉毛，像蛇一般弯曲着，光秃秃的脑袋呈茶褐色，身上裹着一件白色工作服，活脱脱像一个靡非斯特大恶魔[①]；他以罕见的纯洁程度，体现着党卫军中实验人员之类的形象。此人在一年前突然发迹，斯特拉斯堡学院的人体解剖学教授奥古斯特·希尔特交给了他一项在遗传领域极为棘手的任务。不久前，上层有些人形成了一种看法，既然犹太人和布尔什维克构成了现存的万恶之源，那恐怕研究犹太人种和布尔什维克人种的共同起源，确定其尚待探索的特征，是一种富有意义的工作。布拉特森就这样被派遣到帝国的俄国俘虏营执行任务，寻找既是犹太族，又是人民代表的俘虏作为研究对象，

---

① 欧洲中世纪关于浮士德的传说中的恶魔。

这项任务确实让人为难,因为国防军得到的指令很明确,只要抓到苏联的人民代表,便就地枪决。

在整个冬季,没人听到有人再谈起奥托·布拉特森,可在复活节前夕,遗传研究会的领导人惊喜万分地收到了一百五十只短颈大口瓶,上面贴着犹太布尔什维克人种的标签,标号为1~150。每个大口瓶里装着甲醛,上面漂着一颗保存完好的人脑袋。

这一成就给他赢得了除少校军衔之外的东部(包括东普鲁士、波兰和被占领的苏联国土)领土著名研究专家的美称!遗传研究会派他常驻卡尔滕堡,主持——或他自以为在主持——学员候选人的选拔工作。迪弗热很快发现布拉特森和"上司"之间存在公开的对立情绪。拉费森认为人种学家是个阴险的寄生虫,布拉特森则把"上司"当作一个粗野的酒鬼加丘八,可由于他们俩在党卫军系统中的军衔一样高,所以也只得相互忍着。不过,"上司"占上风,因为卡尔滕堡纳粹政训学校的所有工作人员都由他管,可布拉特森孤家寡人,总是待在他的那个领地里,经常落到要乞求别人的帮助的地步,而别人也只在空闲之时,才乐意帮他一把。就这样,布拉特森不久便发现他倒可以大大利用一下迪弗热这位法国俘虏,只要总务处工作允许,他就尽可能把迪弗热留在自己身边。久而久之,迪弗热慢慢地熟悉了三间属于卡尔滕堡人种研究中心的屋子:一间为布拉特森的卧室,房间很小;一间为办公室;还有一间是宽敞的实验室,漆成白色,正面朝向西塔楼的平台,平台上不知为什么还修了一个仿大理石的水池，教授充满爱心地在里边喂养了百来条金鱼。

"这是Carassius auratus①，也叫Cyprinopsis auratus，"迪弗热第一次到这儿来时，布拉特森竖着拇指说道，"此乃中国创造性生物学的杰作。要知道，迪弗热，在这儿养这些小生灵，目的是使自己牢记，那些亚洲的蛮人通过选种与配种的途径，成功地培育出了金鱼，那创造统治世界的、无与伦比的人，即Homo Aureus②的重任就落在了我们的肩头。您将在这儿看到的我所从事的一切，其目的只有一个，那就是要在给我送来的儿童身上，找到证明优选与生殖行为之合理的片状金。"

对布拉特森来说，伟大的时刻莫过于每届新学员进入卡尔滕堡的时刻，他总是贪婪而又迫不及待地等待着新生的到来。新生注册入学后不久，都得立即来他处填写人种卡片。这位博士教授加少校在迪弗热的协助之下，摊开他那套品种齐全的工具，包括外卡钳、肺活量计、音色检测计、有色试剂、显微镜等，开始履行职责，用专门的量身高器具和测体重衡器对学员进行仔细的检测，并标号存档。除了R. 马丁的《人种学校教科书》上规定的一百二十个传统项目之外，他少不了还会增添一点自己的创造个性的项目。他这人相当自命不凡，总以为自己富于创造才能。

迪弗热因此而了解到，就头发这一角度而言，人类分为卷发发型、波浪发型或直发发型；至于皮肤的纹路，或指纹的

---

① 拉丁语，意思为"金鱼"。
② 拉丁语，意思为"金人"。

纹路，主要存在三种：一种为旋涡形，一种为曲端形，还有一种为弓形；根据人腿长短与上身的比例大小，分为长腿型与短腿型；根据脑袋的长短，分为长头型与短头型；根据脑袋的宽窄，分为宽头型与窄头型；根据鼻子的厚薄，分为长鼻型与扁鼻型。但是，当布拉特森谈起令他激动而又尊敬地称之为血谱的东西时，简直激情荡漾。兰德施泰纳①所发现的四种血型：A、B、AB和O型，以及后来发现的两种Rh因子：阴性与阳性，给他打开了组合微妙、变化无穷的大门。所有这些数据、标准和平均值没有陷入死气沉沉、毫无个性的客观性之中，而是被一种严格的善恶二元论注入了活力，成为善与恶的各种不同表现。因此，在测量人头的水平指数时，布拉特森决不限于区别圆头型或短头型和椭圆型或长头型。他向迪弗热解释说，智慧、力量和灵感属于长头型的人，法兰西的全部不幸在于一直被圆头型的人所统治，如爱德华·埃里奥、阿尔贝·勒布伦或爱德华·达拉第。不过，出于对真理的考虑，也迫使布拉特森承认这一规律也有特殊的例外，如好的皮埃尔·赖伐尔——脑袋圆得不能再圆了——和坏的莱翁·勃鲁姆，毋庸置疑，后者的脑袋是长形的。

布拉特森的人种特征表上含有一定数量的可诅咒的特征，这些特征构成了同样数量的具有危害性的缺陷，这自然不足为怪。比如"蒙古斑"②，这一处在人体骶部的一种蓝灰色的胎斑在孩子身上较为多见，而在成人身上就比较少。"蒙

---

① 兰德斯泰纳（1868—1943），奥地利免疫学家、病理学家。
② 医学上称"新生儿骶部青斑"。

古斑"在黄色人种和黑色人种中比较普遍，可在白色人种身上就很少见，在种族主义理论家的眼里，它构成了一种侮辱的印记，如同魔爪留下的印迹。同样，闪米特人的"6"字形鼻子、印第安人的有抓握能力的脚、第纳尔和亚美尼亚族的短头颈——他们的脑袋的后部与脖颈线呈垂直状，弓形，这些均为俾格米人的特征——以及血液中的B凝集原等，在游牧、罗姆或犹太民族中比较常见。

所有这些数字分明的数据，足以进入代数公式之中，却并不妨碍布拉特森充分使用他的第一感觉和灵感，尽管这些无法验证或证明，但几乎从不出错。他那黑黑的眼睛总是仔细地观察着孩子们的一举一动，观察他们的脸部的表情、通常的姿态，从中得出不容置疑的结论。但是，他的伟大之处，在于他的人种嗅觉，因为他认为每个人种都有其特有的气味，因此，他有百分之百的把握，闭着眼睛就能辨别出黑人、黄种人、闪米特人或斯堪的纳维亚人，而这全凭着从他们的汗腺和皮脂腺中散发出的挥发性碱味和浓酸味作出的判断。

迪弗热洗耳恭听，一边记下朝他飞来的一个个数字，迪弗热也细心地观察着布拉特森，与他一起使用肌力计或白洛嘉[①]发明的量规；他不停地记录，不断地思考。诚然，党卫军使他厌恶至极。但是纳粹政训学校——其纪律、制服和声嘶力竭的歌唱与他无政府主义的爱好与信念是冲突的——迫使他作出种种让步，它显然就像一架机器，降服并刺激着

[①] 保尔·白洛嘉（1826—1880），法国外科医生、人类学家。

一切无辜与纯洁的肉体。布拉特森的这种降服力和刺激力,被他总是处在暴虐与罪恶的边缘的博学多才推向了极致,而它与帝国犬猎队队长的男根学或佩莱斯玛的马术理论颇有相似性,这同样也起了作用,迫使法国人迪弗热保持忍耐与沉默。他的命运发展有着一致性,尤其是从鹿与马到孩子,这一命运的突飞猛进相当清楚地向他证明了他是在自己使命的道路上前进。问题是要战胜周围的环境,获得占有布拉特森所属领地的手段,用自己的方式来改变它,就像他当初在罗明滕那样,善于因势利导,获得意想不到的、纯粹为迪弗热式的果实。他虽然暂时还在跟布拉特森一起工作,但他坚信这位党卫军的博士不过是个昙花一现式的人物,迟早要消失,把位子让给他。

正是处在这种精神状态之中,迪弗热自战争爆发以来第一次享受到了几分清闲和某种安逸,设法弄来了一本学生作业簿,又开始写起他那"用左手写下的文字"。

E.S.[①] 今晨去约翰尼斯堡运床垫。不知何因,在阿道夫·希特勒大街举行了盛大的阅兵式。那里人山人海,有一半人身着制服——统一服装、统一本质、清一色的呢制服、皮带和钢枪,难分你我——齐步向前,换言之,纯粹为同一步伐,如同一条巨大的千足虫,在马路上摆动着土灰色的足爪。这群人具有高超的变形术,把数百万德国人变成了一个

---

① 缩略词,即"用左手写下的文字"。

不可抵挡的梦游巨人——国防军。就像一群沙丁鱼被吞入巨鲸的腹中，被夹裹进这位巨人之中的人们已经相互黏合，成为胶状，正向解体的方向发展。

在另一半人群中，这一现象还处于萌芽状态，这些人为老百姓，仿佛五颜六色的泡沫，毫无规则地聚集在人行道上和树下，乱哄哄一片。但是，绿色巨蟒的消化液以强烈的气味浸入暂时还算自由的弱小生灵的体内。这缠绕不绝的悲切乐声，这在行进中的队伍的沉闷脚步声，这人潮不时掀起的排浪，还有在微风中轻柔地拂动的"卐"字军旗，构成了魔魔法仪式，深深地作用于人们的神经系统，使他们的自由意志陷于瘫痪。一种致命的温馨勾走了他们的魂，浸湿了他们的目光，以一种被称为"爱国主义"的美妙而有毒的魔力使他们一动不动地站立着。Ein Volk，ein Rein，ein Führer。①

但是，帝国这块磐石已经布满裂纹，在我返回的途中，一件令人惊诧的事情在等待着我，给我提供了一个几近喜剧性的佐证。事情发生在西加滕，这是个极小的村庄，坐落于斯皮滕湖畔。我要到村里一位农夫家取六袋土豆。可那家伙偏偏制造麻烦，非要让镇政府验证一下我的征调证。行。镇政府占据着一幢崭新的小楼房，为今日的新古典建筑风格。我把马车系好，沿着墙向石阶走去。这时，我从大敞的门中听到了一个我并不陌生的声音，用令人可怖的德语大声号叫着，具有不容置辩的权威性。我停下脚步听着。

---

① 德语，意思为"一个民族，一个帝国，一个元首"。

"不错，火车勉强还在开，现在什么地方都已经没有汽油，煤气车也行不通了，"那声音在咆哮，"但是，这一切是不难预料的事！你们这些前线的士兵，总以为我们在后方生活优越！可我们也一个样，天天挨炸弹，没人管，挨饿受冻！你现在要我给你超假出证明！换句话说，想要我承担你迟二十四个小时归队的责任。这可不在一个镇长的权力范围之内，我的小伙子！"

面对这阵连珠炮般的厉声责问，对方怯弱地自我辩解，结结巴巴，半天才冒出一句，听口音，像是个乡里的年轻人，这一来，惹得镇长更是火冒三丈。

往台阶上走时，我心中就有了数，知道要打交道的是个什么样的人，我品味着约翰尼斯堡阅兵式之后命运为我准备的这场大闹剧。

"迪弗热！真想不到！"

维克多，这个穆尔霍集中营的疯子，激动地紧紧拥抱着我，接着，他一拍身着土灰色军装的年轻人的肩膀，让这个休假的士兵走，小伙子赶紧出门离去。维克多拉我进了一间办公室，把我往一把扶手椅上推。他一个劲儿地直问，我一一作答，首先一五一十地讲述起我在罗明滕的情况。不过，我很快三言两语结束了介绍，因为我发现尽管维克多摆出一副聚精会神的神情，两只眼睛像螺旋似的在转，嘴角咧着，挂着凝固不变的微笑，但实际上对我说的毫不注意。就连戈林的名字——一般都具有神奇的效果——也没有震动这张听而不闻、却假装在洗耳恭听的面具。可这又有何妨？我感兴趣的,是他的经历。

维克多先后在阿尔特德森林中当过伐木工,在穆埃尔湖当过渔夫,在弗劳恩弗里埃斯种马场伺候过种马,最后到了西加滕当锯木板工人。在这一带,渔业与锯木业是不分家的,因为有一家相当规模的细木工场就是专门用木材的边角料制作鱼箱的。每天从西加滕约要外运五百公斤的鳗鱼、鲈鱼、白斑狗鱼,特别是半熏制的淡水鲱鱼。维克多突然情不自禁,朝我扑来,揉捏着我的双手:

"啊,木材,老兄,到处是木材,你只能见到木材!"

他告诉我工场拥有两台基尔希纳排锯,每把有十四根锯条,五把圆锯,一台平衡横锯床、一台镶木地板条锯和一个锉锯工场。接着,他又给我讲起了传奇般的捕鱼故事,比如网鱼,有时用两条船、三条船、四条船,甚至用五条船,一天就捕回十三吨鱼!至于他自己,维克多,他正是靠了木材和鱼才当上了老爷,成了西加滕的真正主人。

首先是多亏了木材:每天晚上,在工场的大工棚里,他不顾众人的讥笑和讽刺,孜孜不倦地用心制作一部细木镶嵌的杰作:坦能堡的兴登堡[①]墓的模型,模型制作得绝对忠实于原型。维克多是利用了一次偶然的机遇,还是有人给他通风报信?抑或他有着预感?兴登堡元帅之子,隐居在柯尼斯堡的奥斯卡·冯·兴登堡将军一天路过西加滕。维克多获准把模型献给了将军,就这一下,他身价倍增,变成了另一个人。

---

① 冯·兴登堡(1847—1934),第一次世界大战期间的德国元帅。

得益于鱼：去年冬天，他在结冰的湖上捕鱼，由于天气突然转暖，冰面不那么结实。可老板十一岁的亲女儿埃莉卡和她的几位同学却冒冒失失地来湖上滑冰，不料出了事，埃莉卡险些丧命，多亏了在场的唯一的大人——维克多。当时，冰在融化，吃不住埃莉卡的重量，碰巧维克多在场，手里还有根捕鱼绳，才把她从冰窟窿里救了出来。

他因此而走运，老板让他当了自己的右臂，因为他是西加滕的镇长，维克多自然成了镇政府的秘书。此后，按照传统的发展途径，随着镇里的男人们一批批上前线，生活条件愈益恶化，他的独立性和权力也不断增强。如今，就是由他分发食品卡、负责孩子的出生登记，偶尔——我刚刚亲眼所见——还训斥逾期不归队的休假士兵。他一边讲述着这一件件奇闻，一边像个疯子似的哈哈直笑。

随着他继续往下说，我心间渐渐地充满了一种双重的不快感觉。他竟然取得了众人瞩目的成功，而这正是我到德国以来妄想得到的，他的情况使我充满了苦涩的醋味。但是，我更不得不痛苦地发现，维克多的成功完全归于他的疯狂，我再一次想起了苏格拉底对维克多下的论断，这一论断曾给我留下了无比深刻的印象：这是个精神失常的家伙，由于战争与溃败而变得动荡不安的世界才是最适合他的用武之地。说到底，我难道不是另一个维克多吗？我唯一的希望，不正是想借助命运，让卡尔滕堡顺应我的疯狂本性，任我疯狂支配吗？

不知是为了抗议他认为很不严肃的党卫军军服，还是对他在纳粹政训学校里的傀儡角色不满，反正，埃伯特·冯·卡尔滕堡将军伯爵几乎总是披着一件灰色的罗登厚呢披风，头戴一顶蒂罗尔毡帽。确实，当他故意一身老百姓打扮时，他的军人风姿才显示出来。尽管他实际上还够不上中等身材，却显得很高大，四方脸上，留着弗朗索瓦-约瑟夫式的胡子，给人以和蔼可亲、善解人意的印象，与他生活中恪守的狭隘、顽固的思想毫无联系。

迪弗热第一次是在马厩的墙边见到他的，当时，迪弗热正靠着墙给马刷洗身子。伯爵用德语喊了他一声，跟他交谈了几句，显然为有机会显示他的法语水平感到高兴。后来，看他的样子，好像早已把迪弗热忘了，直到9月的一天，迪弗热要赶大车去洛特森的一个屠夫家拉半头小牝牛肉。

到了洛特森，迪弗热找到了肉店，可店门关着，上面贴了封条。据说，屠户因为做黑市买卖被抓起来了。迪弗热有机会到处跑，所以每个星期都能目睹到这一带因灾难性的战争的破坏而出现的败落景象。在很长一段时间里，只有西德遭受飞机轰炸，东普鲁士因此而成为K.L.V组织（"护送儿童去乡村组织"）的特别地区，将遭受轰炸的大城市的儿童一列车一列车地送到东普鲁士。但是，开春以来，比轰炸机更为可怕的威胁渐渐地在东部形成，东普鲁士虽然缓慢却不可避免地成为帝国的一块被诅咒的土地。尽管东区区长颁布禁令，严禁往外撤退和进行任何逃离的准备，但是，一些最有钱和最神通广大的人还是往西区涌去，由于走时不可能把什么东西都带走，因此往坏处考虑的人们和继续存有希望的人们开始做起规模很大的买卖来。根据别人的告发、谣传或新闻界的胡言乱语，警察作出了盲目和混乱的反应，监狱渐渐地人满为患；随着西边的墨索里尼下台，意大利投降，国防军又在东边退到了乌克兰，尤其是日报军人阵亡的讣告栏上天天出现的黑方块里名单密密麻麻，致使溃乱的潮流越来越汹涌，虽然，N.S.D.A.P（纳粹党）的头面人物们严厉指责，暴跳如雷，但这一潮流已经无法阻挡。

但是，在这正在逝去的夏末，马祖里的乡野却格外生机盎然。迪弗热看自己的任务已经完成，于是在返回卡尔滕堡的途中，沿着洛温廷、沃伊诺沃和马丁谢根湖畔，好好消闲了一番。湖水清澈见底，在空中飞翔的捕鱼鸟和在黑色的湖底游动的银色鱼仿佛拥有同一个本原。停泊在浮码头的渔船宛如用绳索吊住的气球，悬挂在空中。油菜田里，是灿灿的黄花，蜜蜂忙着采花，发出巨大的嗡嗡声；农场的院子里，脱粒机在安然地隆隆作响；铁匠铺里，叮当声不断，还有一只绿色的啄木鸟，正嗒嗒嗒地啄着一棵落叶松的树干，这一切仿佛组成了一支轻快而平静的队伍，在左右前后拥着他。这一辉煌的景观与他在洛特森看到的败落的氛围并不矛盾。在他看来，随着德国的毁灭渐趋明朗，大自然必定会给他准备胜利者的殊荣，这是合乎情理的。

正是在这种胜利的酝酿氛围中，迪弗热在离城堡的几公里处发现了校长的那辆黑色旧轿车停在公路旁。轿车出了故障，司机加副官去求助了，老人正在路旁等待着，一动不动,简直比树根还更静固。迪弗热请他上车坐在车夫的位置上,把他送回城堡。短暂的归途中,校长偶尔问了迪弗热几句,迪弗热已经记不得自己到底回答了些什么。可几天之后,迪弗热很惊讶地受到了将军的召见,将军把他召到办公室,随便谈了一个微不足道的话题之后,郑重地问他道:

"前几天回城堡的路上,我问过您对普鲁士有些什么看法。您回答我说:一个黑与白的国家。这话是什么意思?"

"因为有枞树、桦树、泥沙、泥炭沼……"迪弗热犹豫地列举道。

将军拉起他的胳膊,领他来到一堵挂满武器和军旗的墙前。

"普鲁士的土地是黑色与白色的,看得很准,"将军对他说道,"东普鲁士的旗帜也是黑色与白色相间,这显然是对条顿骑士和他们那黑白色盾形纹披风的暗示。但千万别忘记佩剑骑士团,倘若没有他们,普鲁士将永远处于平庸无奇的状态。"

"对,将军,"迪弗热赞同道,"他们像盐分一样刺激了这块土地!"

说罢,他一口气背诵了客栈老板给他讲过的那段故事:什么阿伯特·达卜尔多姆、阿伯特·德·布克斯奥威登,世界之巅的帝国将利沃尼亚、库尔兰和爱沙尼亚统一在它的红色双剑之下,后来的哥达尔·凯特勒,还有赫尔曼·德·萨尔查,促成了与条顿骑士的联合,因此而巩固了东普鲁士的辉煌地位。

校长惊喜不已。

"正因如此,"他下结论道,"除了条顿骑士的黑与白,不能忘了添上佩剑骑士团的红色。它是您刚才所说的泥沙和泥炭沼中一切富有生机之物的象征。"

迪弗热回忆起那过去的一幕幕,确实,继他承受了穆尔霍的黑色土地和白雪之后,普鲁士不断地给他派来一个个颤动着生命的温暖的创造物:"加拿大"的昂霍尔德、群群候鸟、罗明滕的鹿、实为另一个"他"的蓝柏柏尔马,戈乌达普的小姑娘,最后还有卡尔滕堡的这些学员,他们犹如一块坚不可摧的磐石,活泼、健壮,他经常听到他们以金属般清脆的声音高歌,以一致的步伐在高塔下那个封闭的院子里行走,发出锻铁般有节奏的声响。

校长引他穿过小教堂,登上平台,他们驻足在那铜剑前,三把铜剑,以其锋利无比的剑刃,将森林与湖泊那宁静却翻滚着白浪的云际一劈为三。

"这几把铜剑,每一把上都刻着我的一位先辈的名字,"他解释道,"中间的是赫尔曼·冯·卡尔滕堡,在他阵亡的那场战斗的前夕,圣女出现在他的面前,告诉他已经为他在骑士天堂准备好了位子。西侧的是维普莱希特·冯·卡尔滕堡,是一位名副其实的基督健将,他曾在一天之内亲手为一万普鲁士人施行洗礼。东侧的是维特·冯·卡尔滕堡之剑,他是我的父亲,他在冯·兴登堡元帅的指挥之下,于1914年8月率部从斯拉夫侵略者的手中解放了他自己的这片土地。"

说罢,他满怀深情敬意,用手抚摸着非凡之剑的青色金

属。封闭的院子里,升腾起汹涌的海浪般的歌声,学员们声音整齐地歌唱道:

> 让古老世界蛀痕累累的朽骨战栗吧!
>
> 战斗已经开始。我们消除了恐惧。胜利在等待着我们!
>
> 我们前进,前讲,前进,一切都将粉碎在我们的脚下!
>
> 今天,德国属于我们,明日,属于我们的将是全世界!

E.S. 在法国时,我这人那么不容忍人,动辄发怒,总是骂骂咧咧,怒气冲冲,可自我踏上德国的土地之后,却如此耐心、顺从,连我自己也常常感到纳闷儿。原因是我在这儿经常面临着一种富有意义的现实,它几乎总是明朗的、可辨的,如若它变得难以理解,那肯定是在深入发展,获得表面看似丧失的丰富意义。法兰西不断地触犯我,在那死气沉沉的沙漠之中,出现的是一些微乎其微的亵渎神明的征兆。当然,这儿出现的一切并不都符合善与真,不,远非如此!但是,这儿献给我的物资是如此精细而又严肃,即使它相当猛烈地撞击着我,我也无暇、无力量生气。

比如这位布拉特森,令人憎恨至极,总是想方设法惹我生气。他有不少癖好,其中之一就是把外来的——此指波兰的或立陶宛的——地名和人名统统改成纯粹日耳曼化的名字，包括发音。他以怪诞的嗅觉，嗅出一个个看似最正常不过的地名的不纯来源，上书帝国元首，检举丑闻，并向元首提出了一些至少对他的耳朵来说，较为悦耳的供选择的更换名。这不，他的这一癖好大发作，竟然抓住了我的姓！这一次，他觉得问题不在于用德语来取代波兰语或立陶宛语。他坚信Tiffauges（迪弗热）一姓实由Tiefauge（提浮格）演变而来，因此含有久远的条顿渊源，而条顿的历史越久远，就越令人尊敬。这一来，他只喊我提浮格先生，遇到高兴的时候，甚至封我为贵族，称我冯·提浮格先生。

"那证明了您的血统的纯洁性的，"他对我说，"是您至今还显赫地带着与您父系祖先的姓有着同等价值的特殊符号：Tiefauge，意为深深的眼睛，即深嵌在眼眶里的眼睛。当人们见到您时，冯·提浮格先生，便能深刻地领会这个姓，不禁会自问这不会只是一个绰号吧！"

可是前几天，他越说越远，我差点儿怒气发作。那天情况不妙，我们检查的一个小男孩所显示的均为Ostisch（低下的）特征，而且从他强健结实的肌肉组织、特短型脑袋（88.8）、矮短身材，灰暗的肤色和AB血型看，他的特征恐怕永远不会改变，为此，布拉特森十分生气，负责挑选学员的人竟然没有一点眼力。当时，我测量时也连连出错，最后又打碎了一瓶检测Rh因子的试剂。这时，布拉特森开口侮辱起我来。哦，当然是很微妙的！他不过在我的姓中添加了一个字母。

"小心点，提利浮格先生（Triefauge）！"他说道。

我的德语已经相当不错，知道Triefauge的意思是"病眼"，常淌泪水，老有眼屎！由于我近视得很厉害，要是不戴这副厚厚的眼镜，就什么也看不见，所以对此类侮辱我很敏感。我走到了教授、博士的身旁，几乎都碰到了他，然后把脸冲着他的脸，慢慢地摘下了眼镜。平时，在那厚厚的舷窗似的镜片后，我的眼睛总是眯得像条细缝，这时却张得大大的，眼珠子鼓满了眼眶，差点凸了出来，以蛇怪般的呆滞目光，紧紧地盯着教授博士。

我不知道怎么会突然想到扮起这副鬼相来。这是我平生第一次尝试，可效果如此之佳，以后肯定还要再试。布拉特森脸色唰地发白，往后退去，结结巴巴地说了句道歉的话，然后一直到孩子的检查结束，他再也没有说什么。

迪弗热一直认为，他人生的各个发展阶段的决定命运的价值能否得到全面证实，关键在于这一价值能否在被超越的同时，得以保留到下一阶段中。因此，他迫不及待，希望他在罗明滕获得的一切能在卡尔滕堡臻于完善。到了10月份，当物资供给变得极为困难，不得不考虑采取极端措施之时，他的愿望终于实现了。"上司"出门了几天，回校后解释说他跟区长在柯尼斯堡进行了磋商。埃利克·科赫答应给他武器弹药，以便卡尔滕堡能够保证学员训练的进行，同时给他一门防空高射炮，以防越来越频繁的空袭。此外，他还给了"上司"以立即生效的许可令，可以捕猎约翰尼斯堡区域内的任何猎物，以改善学校的伙食。"上司"决定，搜捕驱赶猎物的任务由迪弗热承担，因为他具有双重的头衔：一是学校的给养员，二是曾当过帝国犬猎队队长的陪猎员。不过，区长作了进一步说明，他并没有赋予严格意义上的狩猎权力，并明确规定不得使用火器。因此，只得采取追逼猎物的方法，用刀剑杀死被追捕的猎物，或更简单，采取布设陷阱的办法。这等于一手交出权力，一手又收回权力。然而，迪弗热还是在这种限制的情况下尽量想办法，他要求给他一个百人学员队，由他统一安排，立即在索斯特洛兹纳泥沼地的养兔林和野兔经常出没的地方设下准会有收获的绳圈。另一路，则由纳塔太太率领——也是一个百人队——负责到德洛塞尔瓦尔德森林采蘑菇。秋天，东风阵阵，天气干燥，而且有点冷，如果说这种气候对纳塔太太的出征确实不利的话，那么对迪弗热倒是有好处的。这一年，清晨结冰的日子也早早来临，11月初第一场雪下了之后，就再也没有断过。

E.S. 今天上午，一阵大太阳过后，平原上骤然间昏天暗地。西边，一团金属色的巨大乌云黑得十分奇特，正慢慢地向我们滚来。这不过是宇宙忧患的一时表现，是返祖性战栗的短暂显示，对我来说是十分熟悉的，但是这一次，却是从我心间进出，笼罩了世人、野兽和世间万物。突然，空中生机盎然，千千万万的白色絮片欢快地四处旋转。真可谓黑白倒错的奇观，与毫无色彩变换的环境和谐一致。就这样，铅色的乌云不过是一袋洁白的羽毛！那位曾说过"白雪的隐秘黑色"的希腊宇宙学家是谁？

圣诞之夜，刮起了猛烈的西北风，仿佛要抹去总的说来还算平静、灿烂的一年的记忆。正午时分，纯粹为铜色的云彩铺天盖地，沉重地压在头上。只见一群群惊慌失措的海鸟在高空飞过，发出恐惧的叫声。沉睡的平原突然间躁动不安，与令人窒息的噩梦进行搏斗。在宁静温馨的黑夜中默默落下的白雪此刻翻卷着，宛若一座黑白色的城墙向大地逼近。冰封的湖面上，狂风驱赶着被折断的树枝、被掀起的树根、树干，甚至崖石。由于前面有个开阔地带，整座城堡成了暴风肆虐的乐器，仿佛一把巨大的伊奥利亚的竖琴在有力地吹奏着，响彻了前门、通道、顶塔、钟楼和尖顶。风向标在呻吟着，犹如人们的泣诉声，一扇扇大门猛烈地抽打着墙壁，走廊过道里仿佛奔跑着一群群无形的恶狼，发出阵阵嚎叫。

然而，Julfest①仪式将全校学员聚集到了检阅厅，大厅的正中摆着一棵灯火闪烁的圣诞树。这一仪式庆祝的不是基督的降生，而是"太阳儿"在这冬至时分从灰烬中死而复生。冬至这一天，太阳的轨道达到其最低点，白昼也最短，人们哀悼着太阳神之死，仿佛宇宙受到了厄运的威胁。与大地的不幸和苍天的冷漠和谐一致的哀歌赞颂着逝去的光明之神的恩德，祈求它重新回到人间。这一祈求得到了满足，因为从这天起，白昼将一点点夺走黑夜的时间，开始时难以察觉，但不久就将变得显而易见，战绩辉煌。

"上司"高声朗读着分散在帝国各地的其他四十座纳粹

---

① 德语，意思为冬至节。

政训学校致卡尔滕堡的祝愿信,它们是:普伦、克斯林、伊尔费尔德、斯图姆、新泽尔、普特布斯、黑格讷、鲁法施、安娜贝格、普洛斯施科维兹……每报一个地名,半圆形的学员队伍中便走出一位孩子,在高大的冷杉树上添上一支蜡烛。接着,出现了一阵寂静,只听得狂风在呼叫,突然,"上司"仿佛顿悟,高声道:

"祝天堂在剑的保护下永远安宁!"

终于,他以平静的声音解释道,每一种类型的人都是通过一种特殊的工具造就成的,所谓工具,也是一种象征。比如文人,写作是其自然职责;农民,总是与犁铧结合在一起;建筑家,角尺是他们的象征;铁匠,则在铁砧之中看到自己使命的形象,卡尔滕堡的学员们则双重地注定要使用剑,首先他们是帝国的年轻斗士,其次是因为这是城堡的纹章。凡是不属于剑的一切都应该与他们格格不入。若使用剑以外的一切东西,都是怯懦、叛逆的行为。他们应该始终牢记伟大的亚历山大的一生中快剑斩死结的那段故事。在弗里吉亚的戈尔迪乌姆卫城上,耸立着朱庇特神殿,神殿里陈列着该国第一位国王的战车。战车的轭是用绳结绑在辕杆上的,可绳结的两端却看不见。据一位令人崇敬的先知宣告,谁能解开这个结,亚洲就将属于谁。亚历山大渴望拥有亚洲帝国,面对考验的难题而迫不及待,于是一剑劈开了连接战车两部分的绳结。因此,每个难题都可能有两种解决办法:一种是拖拉、缓慢和怯懦的解决办法;另一种是快剑斩绳结般的解决办法,以迅雷不及掩耳之势,瞬间解决问题。全体青少年学员应该以亚历山大为榜样，一旦有死结违抗他们的意志，就抽剑将它斩开。

在他说话的时刻，猛烈的暴风如同羊头撞钟，不断地撞击着四壁，冷杉树上的小火花被震得直晃。突然，世界末日般的一阵狂风袭来，检阅厅的大玻璃窗顿时被击得四碎，火花全都熄灭了，伴随着雷鸣的黑暗吞没了所有孩子。只有一颗星星，宛若一只黄眼睛，刺破了东方那正在怒号的、沉沉的黑暗世界。

E.S. 我费了很长时间，才在运动中跳入了这个巨大的木马旋转装置，装置上挂满了彩旗，五颜六色，赫然入目，正在驱动着一大群孩子和一小撮大人。此刻我置身其间，便更清楚地明白了这一装置服从的是何种驱动力。显而易见，时间的轨迹在此不是直线形的，仅是环形的。人们不是生活在历史之中，而是生活在日历之中。因此，这是永久旋转的独裁统治——木马旋转装置的形象是再也准确不过了。希特勒主义与任何进步、创造、发现或创建纯洁的未来的思想都是格格不入的。它的道德原则不是决裂，而是复兴：崇拜人种、祖先、血统、死者和土地……

在这个圣人与节日属于一个特殊的殉难名册的日历中，元月24日永远都是个不幸的纪念日，因为在1931年的这一天，年轻的赫伯特·纳库斯离开了人世，由于他的年龄，他成了所有青少年组织的神圣的保护主。

再次为学员们放映Hitlerjunge Quex[①]一片，受到了学员们强烈反对，因为他们已经看过了。此片是根据申曾格尔那部从纳库斯的命运中得到启发的小说拍摄而成的。我对影片选择的演员感到吃惊。这是一个比真正的纳库斯要小得多的孩子，体质羸弱，有点儿像女孩，皮肤略显白嫩，一出场就命中注定要成为祭司的牺牲品；相反，那些残酷地杀害了他的年轻的社会党人却一个个像是早熟的小野蛮人，穿着大人的服装，离不开烟、酒和女人。影片中的这只温顺纯洁的祭献羔羊，与希特勒赞颂的男孩子形象相去甚远，希特勒曾赞扬他"像皮一样坚韧，像猎兔狗一样瘦削，像克房伯的钢铁一样坚强"。这部影片的导演竟然比我早十年发现这一德国儿童形象——与官方宣传的真理截然相反——我觉得实在了不起，这一形象并非充满活力，充满征服的欲望，而是从来都免不了要成为屠杀无辜者的牺牲品。

放完电影，是夜间守灵。鼓点没完没了地击打着，有节奏地伴随着对黑体的凄声呼唤：右侧的鼓手击两个长声，左侧的鼓手击三个短点，然后众人答之以五个短点、三个短点和两个短点。不绝于耳的凄惨的鼓点声模拟着在前进中的命运之神的群舞。突然，冗长单调的鼓声被小号的嘀嘀声所打断。沉寂。黑夜中响起了一个恬静的少年之声。另一个声音与它一唱一和。接着又响起了第三个声音。

"今天晚上，我们隆重纪念我们的同学赫伯特·纳库斯！

[①] 德语，意思为《希特勒青年赞》。

"我们不是在守着一尊冰冷的石棺。我们紧紧地站在一位被杀害的同学的周围,我们要说:

"已经有一个人在我们之前勇敢地进行了我们今日致力的事业。虽然他的嘴已经不会说话,但为我们树立了活的榜样!

"许许多多的人在我们的周围倒下了,但许许多多的人同时又降生于世。世界是广阔的,它拥抱着生者和死者。但是,先辈的伟大业绩激励着在战斗中以他们为榜样的后来人。

"他年仅十五岁。1931年元月24日,社会党人在柏林的博塞尔基茨居民区用匕首杀害了他。赫伯特·纳库斯不过是履行了他的希特勒青年团员的义务,但正是这一点使他招致了我们的敌人的仇恨。他的尸体将永远是马克思主义和我们之间的一道分水岭!"

此刻,他们在高唱着"一个年轻的民族站立起来,冲向……",宛若水晶玻璃般清脆的声音升向寒冷的天空,"卐"字旗在旗杆上扭动着,像是一条被聚光灯细细的光束烫伤的章鱼。

斯特凡·拉费森

我于1904年生于东弗里斯兰地区的埃姆登。这是一个荷兰式的富足的小城,一半从事商业,一半为港口城,因为城内有两条运河,分别将它与埃姆斯河和多特蒙德河联结在一起。我父亲在城中的一个贫民区开了一家肉铺,由于穷人吃不起肉,所以我们也一样穷。父亲有个哥哥,就是我的齐格弗利德大伯,他也是屠户,不过是在石勒苏益格—荷尔斯泰因州的基尔城,是在该城海军司令部的所在区开的肉店。齐格弗利德于1910年过世,我们很快移居,继承了他的遗产。

当时我还很小,难以清楚地察觉到北海海滨小城和波罗的海军港之间的不同气氛。前者往往死气沉沉,但干干净净的;后者则是一片充满斗争、骚乱的动荡气氛。不过,我倒是在一种激烈的政治氛围中长大的。德国皇帝认定德国的前途是在海上,所以将基尔定为他选定的圣城。他常来此城,不过在每年6月底的基尔帆船周①期间,他的来临更为引人注目,因为他是为亲自主持国际赛船会而来的。

1914年,我父亲被动员入伍,在一艘潜水艇上当兵。1917年,他跟他的LL-Boot号潜水艇一起消失了。在一条很少被历史否定的残酷规律的作用下,对德国皇帝的宝座最猛烈的打击恰恰来自基尔。1918年11月,海军官兵的叛乱敲响了第二帝国的丧钟。说到底,这是天地公道:停战与和平实现了,德国海军被取缔,德国的舰只被驱逐出地球的各个海域,基尔及其造船厂和码头突然被判了死刑。我家的肉铺自然跟着完蛋了。我对此毫不在乎。当时我十五岁。由于缺猪肉,我常用垮台的皇家马队的马肉做红肠,可我总是心不在焉。候鸟的感伤早已触动了我的心……

候鸟的行动,首先是一种年青一代与老一辈分道扬镳的行为。这场失败的战争,这贫困的生活,还有这失业和这政

---

① 基尔为德国北部港口城市,每年举办一次为期一周的国际帆船比赛。

治骚乱，我们都不愿意接受。我们把先辈试图让我们承受的可鄙的遗产扔回到他们的脸上。无论是他们的赎罪道德，裹着紧身褡的妻子，还是贴着墙纸、挂着门帘、摆着流苏软垫的令人窒息的套房，冒烟的工厂，或是他们的钱，我们统统不要。我们成群结伙，衣衫褴褛，头戴已经破旧的花毡帽，手拉着手，唱着歌离去，全部的行装只有肩上挂着的一把吉他，我们发现了广阔清纯的德国森林，发现了林中的清泉和仙女。我们一个个瘦骨嶙峋，满脸污垢，却激情满怀，睡在干草房和秣槽里，以爱情和清泉滋养着我们的生命。我们如此团结的原因，首先是我们都属于同一代。我们仿佛在维系着一个年轻人自己的共济会。当然，我们也有导师。他们是卡尔·费希尔、赫尔曼·霍夫曼、汉斯·布鲁赫、塔斯克等。他们在一些小杂志上为我们写故事和歌曲。但是，我们话说半句，就能彼此心领神会，用不着什么理论学说。在基尔时，我们从来没有见过他们。

就在这个时期，出现了乞丐团这一奇迹。我们这些到处闯荡的小学生，突然间从乞丐团那儿获得了启示，他们与我们是多么相像，就如同兄弟，但是他们属于纳粹的意识形态，我们意识到自己的理想和生活方式并不一定非要与一个组织严密、惯性强大的社会格格不入。这些乞丐，就像是候鸟，具有革命的力量，直接威胁着社会大厦。

梦想破灭了。开始了街巷激战。我的肉铺突然间拥有了意义：我成了行会的政治负责人。我们张贴标语，攻击非正统的宗派，阻止在基尔放映反军国主义影片《西线无战事》。市政府作出了反应，不加区别地打击纳粹党人和社会党人。一天，发出了禁止穿戴希特勒青年团制服的命令。我领导的小组中所有杀猪的小伙子全都上街游行，身着屠夫服，粗糙的白围兜上沾满猪血，腰带上别着杀猪的大刀，资产阶级分子看了，无不魂飞魄散。社会党人有一帮吹短笛的，笛声是他们的集合信号。我们也有一帮吹短笛的，经过了多次冲突对抗之后，短笛成了纳粹的专有品。

但是，哪一天都永远超不过1932年10月1日这个日子。巴尔杜·冯·席拉赫①决定于这一天在波茨坦召开纳粹青年团第一次代表大会，因而租了三十八个巨大的帐篷，以接待一千名与会者。结果，从帝国各州涌来了十万多名姑娘和小伙子。他们有的步行，有的骑自行车，有的乘火车或坐汽车，车上人挤人，旗帜招展。闻所未闻的大混乱！热闹、混乱的友情大奇观！不供应任何吃的。全都累到了极点。我们一个个情绪激昂，沉浸在歌声、喊声之中，陶醉在前进、反向前进的脚步之中！对，前进！它成了我们的神话，我们的鸦片！前进，前进，前进！这是进步的象征，征服的象征，也是团聚的象征和集合的象征，它使我们业已变得像轮船、像传动杆一般沉重、生硬和布满尘土的大腿变成我们自身的主要政治器官。

六万个男孩集结在"猎人场"上，五万名姑娘待在体育场上。整整七个小时，我们的队伍在观礼台前一队队走过。

---

① 巴尔杜·冯·席拉赫（1907—1974），纳粹政客，曾被任命为德国全国青年领袖。

但是，我们基尔的青年是最出色的，也是最狂烈的。我们卷起了袖口，翻下了袜子，因为我们为自己铜铸般的肌肉而自豪。在如雷贯耳的短笛声中，我们经过了主席台，这时，元首的一位副官跑到了我们身旁。

"元首派我来问一问你们是做什么的？"

"请告诉他，我们是誓死为他效力的基尔希特勒青年团员！"

这声回答中，饱含着多大的快乐，多么强烈的牺牲热望！

四个月之后，阿道夫·希特勒成了帝国的首相。

E.S. 今天上午，布拉特森递给我一份纳粹政训学校总监察部发的有关从候选人中挑选学员的通函。"在挑选时，"通函特别指出，"必须考虑到无论就生理还是心理角度看，达利克或北欧民族的儿童的发育一般都比较缓慢。他们从外表看去懵懵懂懂，智力迟钝，与东波罗的海和阿尔卑斯山人种的同龄儿童相比，明显是不利的，对此，挑选者切勿判断失误。实际上，敏捷的智力与句句中的、巧于言辞的能力（'终于有了个口齿伶俐的儿童'）往往是与德意志人种的纯洁性格格不入的早熟标志。通过深入的检查，几乎总能揭示出往同一方向发展的人种特征。"

"瞧，冯·提浮格先生，"他接上话头说，"这份通函的起草者具有辨别力与胆识，怎么赞颂他都不会过分。您是否已经发现每个民族首先依仗的往往是它最缺乏的德行？比如，纯粹法国式的殷勤在现实中是否包括一种到处表现，尤其是向女人显示的根深蒂固的无礼行为呢？西班牙人如此嫉妒地往自己脸上贴的荣誉感往往被古利比里亚人种那种难以自已的背叛与腐化癖性所揭穿。至于瑞士人的正直——海尔维第的领事馆总是把主要时间用于设法把犯有欺诈罪的同胞救出监狱；英国人的冷漠——啊！这些人是多么疯狂而又盲目地怀有仇恨；荷兰人的清洁——哦，荷兰的宿营地臭气熏天；还有什么意大利人的欢快……您到实地去看看，自己得出看法吧！德国也不例外。自从您到德国之后，恐怕整天有人朝您耳朵里灌什么我们的理性，我们的组织意识与效率意识。实际上，冯·提浮格先生，德意志的灵魂像地狱般混乱！北欧儿童的迟钝与无神并不是因为发育迟缓造成的。不管他们发育得多么成熟，也永远不可能达到地中海人种的智慧闪光度。理性是古希腊人的创造，可那是个巴尔干化的第纳尔-阿尔卑斯山人种与地中海东岸及埃及人种相结合而极度退化的民族，简言之，是整个欧非人种难以辨清的大杂烩。纯洁往往是模糊不清的，冯·提浮格先生，这是必须有勇气正视的真理！北欧儿童看似愚不可及，可他恰恰具备直接驱动在深层焕发的生命力。他懵懵懂懂，可他却是在倾听从他的本原升腾而起并指挥着他的一举一动的肺腑之言。任何人都不具备德国人的那种隐秘地创造着事物精髓的黑源意识。正是这种原始本能致使他在大部分时间里像个昏昏沉沉的傻瓜，可以做出最为可怕的蠢事，可有时却从他身上出现无可比拟的创造性！"

E.S. 尽管我的德语进步很大，但显然我到德国的时间太迟了，这一辈子都不可能像讲法语一样用这门语言。我对此并不太遗憾。我的思想与语言之间的差距——尽管已经变得微不足道——使我在用德语思维、说话或做梦时拥有不容置疑的好处。首先，因此而稍有些模糊的语言在我和对话者之间造成了某种像隔墙似的东西，赋予我意想不到的自信，让我受益匪浅。有些事情若用法语是怎么也说不出口的，比如说不客气的话和某些供词，但一旦变成刺耳的日耳曼语，却毫无阻碍地脱口而出。除此之外，由于我对德语并未完全掌握，自然说起话来也就直截了当，与用法语的迪弗热相比，我这个人就毛糙、直率、粗野得多了。这种变化是非常值得欣赏的……至少对我而言。

德语没有联诵。词，甚至音节，像卵石一样堆在一起，中间留有空隙。不像法语的句子那样被某种流动性淹没在令人愉悦的连续性之中，而是往往有着不连贯的松散危险。由于德语是用一个个硬件构成的，如积木游戏用的木块，所以可以用极为易解的组合词进行无穷的构建，而法语，若用同样的创造方法，那准会很快变成一锅烂粥。因此，德语的句子要是讲得快，讲得急促，那霎时间就会像一堆卵石在碰撞，嘎吱作响。要是雕像或机器人，恐怕可以勉强忍受。可我们这些分泌黏液的温和的创造物，我们还是喜欢法兰西岛的柔声细语。

最荒诞的，是德语词给物、甚至给人所规定的性。中性的引入自然是富有意义的完善手段，但条件是要加以区别地运用。不然，就会出现普遍变性的不良用心。月亮成为阳性的创造物，太阳则为阴性的创造物。死为阳性，生为中性。

连椅子也变成了阳性,简直就疯了;相反,马车成了阴性,这是符合明理的。但是,有悖常理而到了无以复加地步的,是德语中肆无忌惮地将女人中性化(诸如Weib, Mädel, Mädchen, Fraülein, Frauenzimmer①等词)。

纳粹政训学校的学员最大的有十七八岁。在那些名副其实的儿童中间却夹杂着这些年轻小伙子,这对苛求纯真的迪弗热来说,是个刺激。这些人在饭厅、宿舍和整个学校里散发着一种雄浑的丘八气味,令他感到厌恶,并在他和卡尔滕堡之间制造了一种令人遗憾的障碍。不过,与他的使命如此作对的障碍或早或迟是必定要消除的。东区区长答应的武器要是运到的话,就可在校内训练被征召入伍的学员班。"上司"始终抱有希望,梦想卡尔滕堡有朝一日可以拥有一支训练有素、装备齐全的青年士兵队伍。但是,尽管他一次又一次催促,武器却迟迟不到。3月1日,出现了不可避免的事情。两个高年级学员百人队——十六岁和十七岁的两个队——被取消,受令立即编入有关组织。年龄最大的直接进入国防军,最小的则到强化训练营进行训练。给这些学员配备的十位党卫军士官同时离开纳粹政训学校。

E.S. 下星期就要送往屠宰场的大孩子们正在训练场上准备进行训练。他们全都脚蹬皮靴,身着短裤,在清晨刺骨的寒

---

① 德语,意思分别为"女人,姑娘,女孩,小姐,妇人"。

风中光着上身。斯特凡要把体力训练与集体行动结合起来，想出一招，让学员练习抛接木柱。木柱约长十米，十二人为一组，用手臂扛着。每个小组先做抛接练习，从左肩换到右肩，然后呈直线抛向空中，接住后紧接着抛向右侧，右侧的小组必须接住。万一失手，自然免不了会发生脑袋被砸、耳朵被刮或肩膀骨折的情况，但这种危险准不会使我们的"上司"大惊小怪的。

这些朝气蓬勃的学员都在十五至十八岁这个年龄段内，他们中大都下巴和双颊上刮须刀痕清晰可见。但是，必须公道地承认，所有这些赤裸的上身都充满令人心动的柔情，粗糙的腰带、短裤和皮靴更突出了这一点。白皙的胸脯上，不见一根胸毛，连胳肢窝里也大都光溜溜的。乳白色的脖颈上，有人挂着系有奖章的链子，衬托出某种稚气，更需要妈妈的亲吻，而不是哥萨克骑兵的马刀。

从肉体角度看，一个二十岁人的胳膊也许跟一个十二岁人的大腿差不多，但切勿被此现象蒙骗。在他们的腰带下部，儿童的纯洁已经消失，只有黑黑的部位和寡廉鲜耻的雄性标志……

这次学员的损失，显然使卡尔滕堡恢复了"儿童的纯洁性"，但学校人数减少了一半，干部的配备也出现了混乱，不久后，斯特凡召开了一次军事会议，迪弗热也参加了这次会议，躲在布拉特森、党卫军军官和留下来的几名非军人教官的身后。斯特凡一一作了解释，士官们走后，由学员们自己的参与来进行弥补，让他们更多地参与学校的物资管理生活。让分队轮流下厨房、洗衣房、马厩，同时建立正常的轮班制度，保证完成柴火及其他物资供应等任务。比较严重的是新学员的招收问题。卡尔滕堡应该在在校学员人数上保持纳粹政训学校中的第一流地位，决不应该因为战争中出现的困难而改变自己的使命。诚然，原则上每座纳粹政训学校的学员应该来自帝国各州，避免只偏重在某个地区招收。但是，情况不同，可以采取应急措施。"上司"为此要求与会的所有负责人亲自到各地去巡视一下，去发现具备条件的少年，以填补因两个百人队应召入伍而造成的空缺。他本人与布拉特森博士、教授一起负责入围人选的审查。

什么纳粹政训学校的地位和使命，迪弗热一点也不关心。但是，如果说他为剔除了学校中年龄最大、最不纯洁、自然也最不能激起他的柔情的学员而感到欢欣的话，那么，他也很敏感地感觉到了卡尔滕堡一旦失去其稠密、喧嚣的丰富色彩之后，整个氛围里显现出无可置疑的松散。因此，他强烈地希望学校能够重新满员，尽管他对"上司"的号召并不抱有任何幻想。实际上，他领悟到了一点，那就是对所有这些头脑不清的外行人来说——也许只有布拉特森还有点在行，但其方式是多么污浊、多么邪恶——这一号召根本起不了作用，而只是向他发出的，总有一天，命运将扫除这帮恶棍，把他生来就该掌管的王国的钥匙重新交到他的手中。

E.S. 不出所料，十位士官的离去以及儿童们对学校物质生活运转的参与，在我们所置身其间的完美的机器中造成了不可救药的混乱。除了还有几个可供参考的标志还勉强存在之外——点名、向国旗致敬仪式以及另几项仪式——学校中原来十分协调的时间安排现已变得乱七八糟，纪律也有了缺口。对我来说，这种自由与春天的来临是不可分割的，百兽在疯狂地呼唤春天，积雪下无形的溪流已经在汩汩流淌。新年并不是开始于元月1日，而是在3月21日。人类的日历竟然与制约着四季更替的巨大的宇宙之钟如此不协调，这到底是怎样犯下的谬误呢？

我自然不知道这正在开始的一年将把我引往何处？但是，这位浑身散发着罪恶的气味的布拉特森，使我窥见到了一种巨大而又令人心碎的启示的可能性：谁知道这儿绝对——或看似——符合我的渴望与向往的一切实际上是否是**一种恶性的错位**？

今天上午，他在黑板上写道：

活人 = 遗传 + 环境

接着，他又在这第一个公式下写下了下面这个公式：

存在 = 时间 + 空间

最后，他又把**环境**与**空间**圈了起来，称之为**布尔什维克主义**。剩下的遗传与时间则构成了**希特勒主义**。

"这就是二十世纪初大辩论用的词语，"他评论道，"共产党人否认活人的遗传财富。在他们看来，一切都应该归于教育。如果一只猪没有成为猎兔狗，那是社会的不公，是喂养者的错！啊，啊，啊！还搬出巴甫洛夫的话！还有那个犹太人弗洛伊德,他认为我们生命中的一切完全取决于我们最初来到人世的那几年的幸福与不幸,他说的是一个意思,只不过更为微妙罢了。这是一种无传统无民族的杂种与流浪者的哲学,是无根的世界居民的哲学。希特勒主义则顽强地植根于古老的德意志土地,是一种耕作者与定居民族的学说,推翻了上述那一观点。对我们来说,一切都存在于遗传财富之中,它世代相传,而且遵循着世人皆知、万古不变的规律。不纯的血统是无法改善,也是不可能教育的,唯一可取的做法,就是干脆把它彻底毁灭。

"要记住,旧制度的贵族哲学预先形成了我们的思想。对贵族来说,'天生'就应该是,或'天生'就不是,任何功绩都决不能使平民忘却其平民身份。家族越古老,就越尊贵。我自然承认像冯·卡尔滕堡伯爵将军这样的人都是我们的种族主义的先驱。但是,他们却不善于发展。生物学应该取代哥达式轰炸机①。贵族头衔应该让位于染色体。血谱,提浮格,血谱,这是出没在我们脑中的神!我们用我们身上最珍贵、最富于生命力的东西,用充满血液、柔软颤动的肺腑取代了旧贵族的古纹章!正因如此,我们决不应该惧怕抛洒热血。您明白"Blut und Boden"②吧。两者互为依存。热血源自大地,又回归大地。大地应该用热血浇灌,它呼唤着热血,它需要热血。而热血又降福于大地,肥沃着大地!"

但是,当我听到这番荒诞的评说,我想起了自己属于

---

① 第一次世界大战末期德军用的飞机。
② 德语,意思为"血与土",是近代德国的种族意识形态之一。

亚伯之族，是流浪的民族，是无根的民族，耶和华曾对该隐说：“你兄弟的血从地下向我呼喊。你必将在这地上受到诅咒，这地开了口，要从你手中接受你兄弟的血。”

夜幕一降临，全体学员便集中在训练场上，排着密集的队伍，在城堡一侧留出了一个四方形的空位。在空位上，有一个低低的站台，两旁点着火把，插着彩旗，用作即将举行的祈祷仪式的祭坛。一侧是年轻的鼓手，高高的鼓身饰着黑白色的火焰斑纹，紧贴着他们的左腿，当年法国雇用的德国士兵用的就是这种鼓；另一侧是年轻的号手，花冠状的铜号执在髋部，全都在默默地等待着。

突然，响起刺耳的号角声。咚咚的鼓点紧接着升向夜空，如汹涌的波涛向前翻滚，充满危险，接着渐渐平息下来，仿佛消失在远方。

一个个孤独却狂烈的声音以饱含控诉之情的诗句讲述着一个背叛与死亡的故事。

"此刻，乐队保持静穆，人们排着不见队尾的长队，全都在虔诚地默哀，国旗徐徐降下，向为祖国献身的人们的亡灵致敬。

"此时此刻，我们在纪念帝国的第一位战士艾伯特·莱奥·施莱格特。

"施莱格特出生在黑森林南部舍瑙地区的一个世代农民家庭。他的遗体就安葬在他的家乡。他自愿入伍，在战争中多次受伤，《凡尔赛条约》签订之后，他先后任波罗的海突击队队员和上西里西亚的边防守卫队队员。

"但是在西线,暴风雨骤起,雷电朝这位杰出的战士劈来。法国军队践踏了正义与和平,入侵鲁尔河。抵抗的火焰四处燃起。施莱格特在第一线战斗。他和战友们奋勇作战,使敌人的交通线陷于瘫痪,并切断了他们的增援之路。

"可由于有人背叛,他落入了法国人的手中!

"我们是热爱德国的青少年,我们在自己的旗帜上写下了两个字:战斗!必须消灭一切怯懦、怕死的行为!我们的权利只能来自热血与大地。烈火将焚尽软弱分子!让我们粉碎腐朽与被虫蛀的一切!把祖国从奴役中拯救出来!锻造出德意志民族!我们是热爱德国的青少年,我们在自己的旗帜上写下了两个字:战斗!

"当人民在绝境中发出呼唤时,施莱格特没有丝毫的犹豫。这位在前线作战的中尉,驻守在波罗的海海滨地区的炮兵中队长,这位民族社会主义事业的捍卫者,鲁尔河的抗敌首领时刻准备着献身。

> 你是否已见东方淡红色的曙光?
> 正在升起的是自由的太阳。
> 我们手挽手,誓死同心协力。
> 为何还要怀疑?请结束我们的争端,
> 血管里是德意志的鲜血在流淌。
> 人民,立即拿起武器,人民,立即拿起刀枪!

"施莱格特受到了一个军事法庭的审判,因他试图炸毁杜塞尔多夫与杜伊斯堡之间的卡尔库姆哈尔巴赫大桥。自元月11日占领了鲁尔河之后，侵略军征用了所有的列车，主要是为了保证装运抢夺来的煤。施莱格特决定阻止这一掠夺行径，向铁路发起了进攻。2月26日，侵占了鲁尔河的法军将军发布命令，凡破坏铁路者，一律处以死刑。施莱格特被判处死刑，立即枪决。

"一支力量强大的押送队于1923年5月26日凌晨把他拖到了戈尔兹海默荒原的一个采石场，如今，那儿耸立着刻有他名字的十字架。他被反绑着双手。他们打他，逼他下跪，但是，在他脑中响起安德烈亚斯·霍费尔①的声音：'决不。'他要站着死，就像他站着战斗一样。他又挺直身子。死亡的枪声在拂晓的寂静中响起。他的身体最后一次猛地挺立而起，紧接着迎面倒向地面。

"我们的这位同胞就这样倒在了石头上。太阳消失了，我们面对他的遗体，悲痛万分，那曾是我们的一切希望所在。上帝，你的道路是黑暗的！这是一位英雄。我们的旗帜披上了黑纱，但是他却带着伟大的业绩，与我们先辈走到了一起。我们与这位死者团结一致。他的意志就是我们的意志，他的命运就是我们的命运。虽然我们失去了他，但他对祖国来说是永垂不朽的，就在他的坟墓的深处，响起他的声音：我在！"

卡尔滕堡的干部四处招收儿童，但收效甚微。这些人

---

① 安德烈亚斯·霍费尔（1767—1810），蒂罗尔的爱国志士、军事首领，1810年被法军俘虏，拿破仑下令将他处决。

自己已经精疲力竭，动不动就被征召入伍，所以全都得过且过，缺乏任何承载使命感，招收新学员的事根本就不放在心上，况且他们效力的这个机构，他们迟早要离开，而且私下他们已经在说，这座学校的解体已经为期不远。然而，拉费森始终被疯狂的信念所激励，大骂他们无能，而布拉特森则对带来给他检查的几个人平平的人种素质感到遗憾。

这一天，迪弗热从尼古拉伊斯肯给蓝柏柏尔马换钉蹄铁归来。这一年，春天姗姗来迟，可突然间以极为温柔欢快的步履走来了，迪弗热毫不怀疑，某件幸福的喜事正在为他酝酿。被阉过的蓝柏柏尔马为崭新闪亮的蹄铁而骄傲，在燧石路面上踏得嗒嗒直响，迪弗热想起了佩尔斯纳尔那双仿佛会发出雷电似的、掌了钉的高帮皮鞋，心中不无怀旧之感，正是这份怀旧之感给他一生中最悲惨、最困苦的时刻投上了一圈带有病态之美的光晕。他由此联想到了纳斯托尔那辆漂亮的"翠鸟"牌自行车，至今，每当他想起这辆车子，心中仍然会升腾起几分骄傲。他走到离鲁卡尔滕堡一小时路程的勒克南湖畔，这时，他看见了六辆自行车，全都靠在湖岸边的树下。正是这种重型的德国自行车，如奶牛角般翘起的车把，配有脚刹车，车架上固定着一个旧式的木手把气筒。透过树枝，向他射来如镜的水面发出的束束闪光，同时传来阵阵喊叫声、嬉笑声和泼水声。

他下了马，把蓝柏柏尔马放在一小片鲜花盛开的草地上，两分钟后，他跳入了清澈、清凉的水中，水面遂泛起阵阵富有生机的波浪，如闪电一般。他估算了距离，一口气潜到了孩子们中间，探出水面。孩子们以喝彩声和欢笑声对他表示欢迎。他们来自三百公里外的马林堡，这次是趁五旬节的假日，结伴骑自行车游览马祖里地区的森林和湖泊。迪弗热跟他们谈起了卡尔滕堡，谈起了城堡及其体操房、射击场、马匹、船只、武器，谈起了学员们在里面过的令人振奋的生活。末了，他邀请他们去吃晚饭，跟与他们年龄一样大的几百名同学一起过夜。

拉费森一听到马林堡这个地名，又高兴又自豪，不禁浑身颤动。那是条顿骑士的历史和精神首都，那座保存完善、令人赞叹的城堡无疑是东普鲁士最骄傲的建筑杰作。在马林堡，每年4月19日，B.冯·席拉赫都要在骑士大厅发表广播讲话，向德国满十岁的全体儿童宣读将他们与元首永远联结在一起的那句名言。布拉特森看到新来的几个孩子，激动得禁不住连声赞叹。他从来没有亲眼见过如此纯的博尔比东波罗的海人种的标准模样，兴登堡是迄今最为杰出的代表。他遂与这些少年的家人及所在城市当局进行了电话与信函联系。他们恐怕再也见不到马林堡了。

这漂亮的一网之后，"上司"召见了迪弗热。他承认在这之前低估了法国人的价值。迪弗热所做的事，向他证明了除了可以给卡尔滕堡运回奶酪和一袋袋蚕豆之外，他还可有更出色的表现。当然，"上司"无法赋予他任何官方的权力，但委托他负责巡视整个地区，以寻找无愧于纳粹政训学校的少年学员。他将发通函，通知约翰尼斯堡行政当局，包括吕克、洛特森、森斯堡和奥特尔斯堡，如有必要，还可通知更远的一些地区。迪弗热只向"上司"负责,由他对迪弗热的工作作出评价。

布拉特森没有来得及对他助手的提升表示祝贺。近来,传说要进行一次大规模的行动,代号为"收割行动",发起人就是帝国党卫军首领本人。这次行动的内容是要在从中央军团占领的地区来的孩子中挑选四万至五万名十至十四岁的白罗塞尼亚儿童,流放到德国的一些专门为他们修建的村庄中。东部占领区事务部长A.罗森贝格再次对筹划这次纯粹为党卫军风格的行动的人员表现出固执至极的不理解,并提出异议,这么小的一些孩子对帝国来说是个负担,而不可能增加什么劳动力,因此,他建议只挑选十五至十七岁的男孩。希姆莱的密使向他耐心解释,这次行动并不是输送劳动力的粗野做法,而是要在两个共同体的生物底层进行大输血,以致命的方式削弱斯拉夫邻国的有生力量。但毫无结果。他们只得决定把东部事务部撇在一边,采取行动。

这时,他们想起了奥托·布拉特森以及他在一百五十颗犹太布尔什维克人头事件中的出色表现。毫无疑问,他对俄罗斯波兰边境地区的了解在当时的情况下是很了不起的。

6月16日,他跟校长及"上司"告辞,然后把他的那些金鱼——Cyprinopsis auratus——集中放进几个铁桶里封好,离去了。走时,他冲着那么点行李大发脾气,最后,给他派了一辆蹩脚的奥佩尔牌汽车,帮他运走了。第三天,经"上司"同意,迪弗热搬进了"人种研究中心"的那三间屋子。

当他成了屋子的主人,走进"实验室",独自置身于少校教授博士丢弃的乱七八糟的人种检测仪器中间时，不禁发出了神经质的狂笑，其中夹杂着胜利的快感和面对命运的新变化而令他担忧的不安情绪。

E.S. 今天晚上，各排学员默默无声地在温暖芬芳的夜色中散开，分别到塞豪赫、斯皮滕湖畔以及提尔科洛湖对岸去点起夏至之火，在这些地点，各排点燃的篝火相互都能看到。

这个太阳节含着隐隐的悲伤气氛。初春刚刚来临，刚刚被庆祝，便马上开始衰败，诚然，衰败得并不明显，并不显眼，但每日都要被噬咬掉一两分钟。就这样，孩子一旦到达了健康的顶点，便已开始孕育着衰退的萌芽；相反，处于年终的圣诞节却在冬季最黑暗、最潮湿的时刻在暗暗地欢庆艾多尼斯①的复活。

学员们围着柴堆，留下刮走黑烟和火星的风口。最小的一位学员从队伍中走出，往柴堆走去。他手中拿着一颗小小的火种，像光蝶一样轻盈，颤动着，如梦如幻，我们真担心这位点火少年没有完成任务，火苗便熄灭了。果然，当少年跪到铺着树叶的多树脂木柴堆前时，火种突然灭了。少年往后跳了一步，这时，柴堆里蹿起了火苗，发出疯狂的噼啪声。清脆的声音遂在颤动着突现的闪光的黑夜中响起：

人民与人民走在一起，

---

① 又译阿多尼斯，希腊神话中的美少年，爱神阿佛洛狄忒的情人。

如同火苗与火苗一起燃烧！

升向空中，神圣的烈火，

呼啸着从一棵树跃向另一棵树！

他们一个个轮流走出队伍，到火堆边点燃手中举着的火把。接着，他们重又回到方队，整个队伍成了一片颤动的火花。

在黑黑一片的远处，他们看到其他各排也点燃了篝火，一个羸弱的朗诵者在欢呼着那燃烧的火焰：

请看那火光闪耀的门槛，它将把我们从黑暗中解救出来。在门槛的彼端，已经出现了灿烂季节的曙光。前程的大门已经为心中充满着对祖国狂热之爱的人们打开，请看那一个个闪烁的光点，它们给尚处在黑暗之中的大地注入了生命。古老、悲惨的马祖里湖在回应我们的召唤，燃烧起千万朵兄弟般的火焰。它们在催促、激励着一年中最灿烂的一天的到来。

三位学员每人端着一个栎树枝织成的花圈，向火堆走去：

"我敬献上这个花圈，以纪念战争中的死难烈士。"

"我把这个花圈安放在民族社会主义革命的前线。"

"我把这个花圈献给准备为祖国奋勇献身的德意志青年。"

其他学员同声回答他们的献辞:

"我们是烈火和干柴。我们是火星和火焰。我们是击退黑暗、寒冷和潮湿的光明与温暖。"

燃烧的柴堆轰的一声崩塌,顿时火星飞溅,方队旋即活跃起来。学员们围着火堆转圈,随即一个接着一个跃过火焰。

这一次,无须任何解释,也用不着解码用的密格。这一仪式如此执着地把前程与死亡结合在一起,把孩子们一个个抛入烈火,这分明是一种召唤,是魔鬼在祈求屠杀无辜,而我们正高歌走向屠杀无辜的道路。

我怀疑卡尔滕堡是否还能维持到庆祝下一个夏至。

打这之后,常可见到迪弗热骑着他那匹高大的黑马在马祖里湖区奔波,从西部的柯尼希山区到东部的吕克沼泽地区,甚至还踏上了南部波兰边境地区。他带着印有卡尔滕堡纹章的介绍信,到各市镇政府自报家门,察看市镇小学,与老教师交谈,仔细观察儿童,最后巡视活动以拜访家长而结束。凭着他软硬兼施,令人眼花缭乱的许诺夹杂着隐晦含蓄的威胁,很少有哪位家长不转变思想,同意把儿子送到纳粹政训学校的。然后,他飞马回到卡尔滕堡,向拉费森做汇报。一般来说，拉费森都确认迪弗热的决定，可以付诸实施。但是，有时候，迪弗热也会遇到某些公开或不甚公开的阻力，在这个因为失败而到处笼罩着阴暗气氛的国度里，往往很难战胜这些阻力，不用说，最难接近的猎物大多是他出于这种或那种因素最为看重的孩子。

在约翰尼斯堡沙漠中心地带，有个小湖叫贝尔达赫恩，宛如一条狭长的绿舌，弯弯曲曲，小湖尽端，在一座渔家木屋里，住着一户贫苦人家，迪弗热发现他们有一对双胞胎。他对双胞妊娠现象一直很着迷，在他看来，双胞妊娠蕴含着深层的生命力，在这个层次，肉体指挥着灵魂，奴役着灵魂，任其摆布。这是大自然的任性，不管是情愿也罢，被迫也罢，双胞胎中的一位自然要向另一位暴露自己最隐秘的东西，从而把另一位变成第二个我。除此之外，哈伊奥与哈洛长着幼狐皮毛色的红棕头发，奶白色的肌肤，布满同样的雀斑，像是在同一个糠堆里滚过似的。一见到他们俩——当时他们正在湖畔采芦苇——迪弗热马上想到了布拉特森教给他的那套令人困惑的理论，一套令他愤愤不平，不屑一顾并予以驳斥的理论，在布拉特森看来，人类只有两个人种，一个是红棕色人种，这一人种哪怕在细胞这一深层次，都是别具一格的；另一个是金褐色人种，那只不过是同一色素的不同变异而已。

情况令人失望，招收这对双胞胎遇到了来自孩子父母的消极性阻力，几乎难以克服。他们硬是装着听不懂德语——他们自己之间讲一种斯拉夫方言——无论迪弗热如何解释，他们始终像是智力不健全的人似的，就是听不明白，一个劲地反复唠叨孩子才十二岁，去当兵还小。迪弗热只得又到附近村镇去转，但白费气力。所有市镇的政府都不太愿意卷入这件说不清道不明的事情中去，都不承认这个湖区属他们管辖。最后还是拉费森出面，在法国人迪弗热的鼓动下，让约翰尼斯堡当局直接干涉，市长本人最后把两个孩子亲自领到了卡尔滕堡。

E.S. 来了一个电话，通知我那对双胞胎最终招来了。约翰尼斯堡司令部的一辆汽车正把他们往卡尔滕堡送。一个小时之后到。

我心中遂充满了一种自己极为熟悉的激情。这是一种强直性痉挛，浑身颤抖，牙齿咯咯直响，下巴颏成了一台主马达。我竭力搏斗，以克制住震颤，我只感觉到牙齿在打架，嘴巴里迸射出一小股一小股的唾沫。这是我本能的搏斗，但我很快任凭自己被巨大的幸福感所淹没，实质上，这是一种提前到来的幸福。我甚至在思忖，虽然猎物还没有完全到手，但唾手可得，不可能令人失望，此刻的等待难道不正是生活给我带来的最珍贵的东西？

他们到了。市长那辆笨重的奔驰车拐进了院子，停在门前。两个双胞胎先后下了车，他们长得像极了，简直就像同一个孩子先后两次弯腰，又两次跳到铺石地面上。可他们明明是两个人，肩并肩站着，身上裹着同样的希特勒青年团服装，黑色的绒裤，棕色的衬衫，佩着肩带，更加浓重地衬托出他们那红棕色的头发和白皙的皮肤。

几个星期以来,我一直在纳闷儿这两个特殊的孩子,尤其是普遍意义上的双胞胎现象为何对我有着如此强烈的诱惑力。这恐怕不过是卡尔滕堡遵循的一种规律的特殊体现,根据这一规律,卡尔滕堡的四百名小男子汉构成了一个集体,具有特别强的凝聚力,远不是所有个性相加之和所能相比的。究其原因,正是这样形形色色的个性相互矛盾,使得大部分个性相互抵消,从而剩下了一个巨大的毫无掩饰的整体。个性是灵魂,它渗透到肉体中,使肉体布满细孔,变得轻盈而富有生机,就如酵母给面团以灵性。可一旦灵魂消失,肉体便又恢复其原始的纯洁性和原始的分量。

在这一肉体的非精神化过程中,这对双胞胎走得就更远了。不再是灵魂相互抵消的矛盾冲突。实际上,这两个肉体只有一个可以精心地打扮,且拥有思想的头脑。因此,他们发展失衡,却心安理得,炫耀其乳白的肤色、粉红的汗毛、多肌肉或多脂肪的肉体,达到了一种无法超越的动物性裸露程度。因为裸露并非一种状态,而是一种量,就其权利而言,是无限的,但实际上却是有限的。

我马上在实验室对这对双胞胎进行了检查,结果证实了这些观点。哈伊奥和哈洛属于淋巴体质,呼吸类,反应缓慢,比较肥胖。短头型的脑袋(90.5),高颧骨宽脸膛,农牧神似的耳朵,扁平的鼻子,宽宽的牙缝,带有细褶的绿眼睛。简而言之,脸有点儿像食肉动物的模样,既懵懂又精明,表现出一种平平的智力,受到强大的本能生命的控制。

强健的躯体，表明了永远难以打破的平衡力。浑圆的肩膀，鼓鼓的胸肌，但软软的，显然脂肪多于肌肉。胸廓宽大，形成了半圆的拱腹，与之相呼应的是腹股沟和上耻骨沟构成的尖拱，下方的顶部挂着一朵位置颠倒的百合花——生殖器。在这两张对称的弓之间，是三条腹肌，清晰地显现在肉滚滚的躯体上，倒是挺奇怪的。宽宽的颈背下，是肥胖的后背，仿佛是用面团揉捏而成，是白的，呈椭圆形，宛如面包心，中间一条椎骨沟，将之一分为二，椎骨沟最后消失在浑然收缩的腰部。猛地凹陷的腰酝酿着奇凸的臀。短短的手指，四方的手掌，掌心鼓着肌肉。笨重的大腿，粗粗的踝骨，膝盖的髌骨宽而平，双膝总是倾向于处在一种过度伸展的状态，这一姿势刺激着肥肥的大腿，两条大腿像是悬崖似的安放在两只脚上，一点儿也不平衡。

　　白皙的肌肤上，红棕色的雀斑构成了散点、长条和滑道，连胳膊和颈背上，也是一片片雀斑，四周尽是缺刻，像是地图一般。大腿的内侧，布满了青紫色的小静脉，富有规则的布局，简直就像是网眼。

…………

E.S.　　由于迫不及待想占有，双胞胎兄弟刚到，我就匆匆给他们做了检查。这次检查没有给我揭示出精华与奇迹，但是今天上午，这一切却清楚地进入了我的眼帘，给我以奇妙的幸福。

　　我一直耐心地做出努力，竭力寻找某种差异——哪怕很小——以免把他们混淆了,可差不多白费气力。说实在的,差异是存在的,经过几天的共同生活之后,我一眼就可分辨出哈伊奥和哈洛。这种分辨力并不是建立在某个确切的区别性标志之上,而主要是建立在孩子的整体姿势、一般举动和行为的基础上。在哈洛身上,有着活力和激情,一举一动干干脆脆,可在哈伊奥身上却没有,速度比较缓慢,仿佛总是在思考什么。不难发现,这对双胞胎中带头的是哈洛,需要时,哈洛还会出面指挥,但是哈伊奥却总是善于以自己的梦想和拖延为自卫手段,对抗那位过于亲近、过于活跃的兄弟。

至于可用几个字概括的确切的人种区别性标志,我也找到了,但是在另一个层次,比我误入的层次要更微妙、更抽象、更具理性。我早就发现,倘若以鼻梁为中心点把一个孩子一劈为二,那么左边的一半和右边的一半,尽管总的来说非常相似,但实际上还是有着无数微小的差异的。人们可以说这个孩子是以同一个模子创造出来的两半构成的,却满足了不同的愿望——左边的一半倾向于过去,倾向于思考与激情;右边的一半则着重于前途、行动与攻击——并在创造的最后阶段达成一致。在人体的另一终端,从肛门的前侧开始,沿着会阴嵴、阴囊中线,一直到阴茎包皮的尽端,有块微微隆起的皮肤,呈琥珀色,像是有轧花的图案似的,称为"raphè",连这一部位也以其野蛮、粗鲁的方式暗示,男孩是由两瓣合成的,而且是处于最后的阶段合成的,就如贝壳或赛璐珞娃娃,由两瓣合为一体。

然而却出现了奇迹,将以白色的标石给今天这个日子留下纪念的标志：事实不容置辩，哈洛的左边一半与哈伊奥的右边一半吻合，同样，哈洛的右边一半与兄弟的左边一半一模一样。这是一对镜像类双胞胎，可正面重叠，而不是像别的双胞胎一样，正面与背面重叠。对移位、倒位与重叠程序的操作，我一向都极感兴趣，尤其是摄影术，给我提供了特殊的例证，但总是处在想象的范围之内。可现在，我在孩子的血肉之躯上重新发现了这一不断萦绕在我脑际的主题。

我让他们俩肩并肩坐在一起，带着一种识破秘密的感觉细细地进行观察，说实话，每当我面对一张脸庞或一个人体，总会产生这种感觉，但这一次，却没有以往那种令人遗憾的念头，总认为事与愿违，我越坚持，就会越觉得对方是张假面具，最终总免不了产生狐疑。这时，我发现哈伊奥的前额上有圈按顺时针方向卷的头发，而在哈洛的额头上，恰有圈逆时针方向卷的头发。虽然很暗淡，但是这首次闪现的光亮却很快引我注意到哈洛的右颊上有一道伤痕——实际上是某种美人痣——而在哈伊奥的左颊上，也同样有一道，而且一模一样。不过，继首次闪光之后如光束般不断闪现的诸多发现中，最有启发意义的显然是他们身上那些红棕色雀斑的形状。

我给柯尼斯堡人种学研究所打了电话，当初在布拉特森手下做事时，我曾求过他们帮助。我向他们汇报了我的新发现。他们马上向我们证实确实存在着"镜像类双胞胎"，但这种现象相当罕见，他们认为，产生这一现象，是因为胚胎分离时间比较晚，不是在原生阶段，而是在胚胎开始分离之时。他们还说，等到有机会到我们所在地区来视察时，他们一定来看看我的这对双胞胎。

7月份,学员们收到了几个月前早就许诺赠送给他们的神奇玩具:一门高射炮,包括四挺双管重机枪,四挺口径2厘米快射轻机枪——每分钟发射子弹两百至三百发——一门37炮,还有三门105毫米远程大炮。此外,还发给他们一部测听器(Horchgerät),不过,还得再等一段时间才能给他们探照灯,配全这套防空设备。高射炮隐蔽在离城堡两公里处的德洛塞尔瓦尔德村一个高地的松林里,必要时,可以用炮火封锁东部的侵犯之敌必经的阿雷西公路。两名教官率领着从各队抽调来的四个学员分队,轮流值勤。

打这之后,射击训练接连不断,天空布满了絮状的白色烟云,隆隆的胜利炮击声不绝于耳,提醒着人们战争迫在眉睫,有时甚至可以听到弹片落到城堡屋顶的声音。迪弗热定期给值勤的学员分队运送给养。他发现这些男孩子有的待在松树下,身着运动裤在晒太阳,有的则戴着封得死死的毡护耳,在咆哮、轰鸣的大炮周围忙个不停。他们从来没有这么玩过,但大家都为空中没有出现一架飞机当作他们的活靶而遗憾。

E.S. 乍一看,事情好像众说纷纭,但战争与儿童之间的深刻联系是不能否认的。松林里,钢与火的魔鬼偶像张着血盆大口,一群少年学员如痴如醉,在幸福地伺候着、喂着这些魔鬼偶像,此情此景无可辩驳地证明了战争与儿童之间的内在联系。不管怎么说,孩子都硬要枪啦、剑啦、炮啦、坦克啦这些玩具，要不就要铅制兵或者全套杀手玩具。人们也许会说，孩子这样做不过是学前辈的样，但是，我恰恰给自己提出疑问，真正的情况是否相反，因为总的说来，与去工厂做工或去办公室办公的时间相比，大人们打仗的时间要少多了。我在纳闷儿，战争的爆发，目的是不是想让大人当一下孩子，轻松地退回到玩各种武器和铅制兵玩具的年龄。大人做腻了办公室领导、丈夫和家长这些角色，一旦被征召入伍，便卸掉了各种职务和称号，自由自在，无忧无虑，跟同年龄的战友们一起玩乐，操纵飞机、大炮和坦克，这些东西不过是把他们儿时玩的玩具放大了一些。

悲惨的是，大人并未能成功地退回去。诚然，大人又拿起了儿时的玩具，但是他已经不再有玩耍的天性和对玩具的寓意性的认识，正是这种寓意性赋予玩具以本来的意义。在大人粗糙的手中，这些玩具变得巨大而可怖，如同一些恶性肿瘤，吞噬着人体和鲜血。大人杀人的严肃态度取代了儿童游戏的认真劲儿，大人模仿儿童，形象整个儿倒置。

倘若现在把这些由病态的想象力设计、失控的力量制造的畸形玩具给孩子的话，那将发生怎样的情形呢？发生的就是德洛塞尔瓦尔德高地，以及卡尔滕堡纳粹政训学校和整个帝国给我们展现的场面：标志着大人与儿童理想关系的"承载"性可怕地出现在儿童与成人玩具中间。玩具不再被儿童所承载——玩具丧失了其想象性的性质，不再被儿童破坏性的小手拉呀，推呀，翻呀，滚呀；相反，儿童被玩具所承载——被吞入坦克、关入飞机驾驶舱或囚禁在双管重机枪的转塔上。

我在此第一次触及了一个无疑是关键的现象，即**承载的恶性错位**。我的象征力学的这两个形象迟早将相互影响，总的说来，这是情理中的事。两者结合而产生的新形象为**亚承载性**，我的意思很明白，这只是一种亚承载性，因为显而易见，恐怕还存在着这一偏差现象的其他形式。

又有一个新的元件加入了我的系统。我还未抓住其各个方面。因此，我必须看着它运转，观察它在不同的环境中的表现，以衡量其重要性。

7月的第二个星期，一场异常猛烈的暴风雨袭击了整个地区，险些给卡尔滕堡造成悲剧。夏季多雷电，这一天，由于天气闷热，"上司"在斯皮滕湖组织了一次划船比赛。数平方公里的湖面上，漂浮着一只只编了号的瓶子，瓶内装着情报，一百艘小帆船横渡湖面，寻找漂浮的瓶子。每艘船上有四个学员，必须尽量找到瓶子，通过瓶内装的情报片段，重组情报的完整密文。滚烫的狂风越来越猛烈地吹打着湖面，百叶白色的小舟在风中急驶，灵巧地相互避让，只见一个个儿童探出半个身子，顺手打捞装有情报的瓶子，令人赞叹不已。下午5时许，天空骤然黑了下来，狂风卷进湖水。"上司"遂下令返回码头。除了四艘帆船被掀翻（但没有造成损失），其余的船只全都停在了泊位上。可是，暴雨把他们全都赶进了棚子。这时，点名发现少了第三学员队的一艘帆船。天已近黄昏，加之铅黑一片，落下道道疯狂的雨帘，湖面上几乎看不见任何东西。"上司"差人给湖畔的所有主要村庄打了电话,同时用快艇在湖上仔细搜索。结果白费气力。第二天,湖面又恢复了平日的宁静,但空荡荡一片。

这时,迪弗热想到应该去搜索无人居住的湖岸。他带了十一只短毛猎犬。这些高大的猎犬对孩子们的出没与气味已经十分熟悉,只听得它们发出快乐却不协调的吠声,马上在湖岸搜索起来,迪弗热骑着蓝柏柏尔马,在后面吃力地紧紧跟着。最后猎犬找到了四个男孩,他们都还活着,但已经冻僵了,原来他们的船撞在了一条小河入湖口的岩石上,把船撞坏了。

迪弗热在这次经历中受益匪浅。既然猎犬熟悉并能重新找回少年学员,也许它们对所有达到进入纳粹政训学校年龄与质量标准的少年也同样有着识别的本能。于是,他带着信念,领着这群猎犬到各处招收学员。一进村口,猎犬便分散开来,跑进一家家住户和小园子,只要它们忽然停下,一个劲地冲着哪扇门或在栅栏前,在树下狂叫,那必定是向负责招生的迪弗热报告里面有令他感兴趣的人选,几乎从不落空。每次,迪弗热都带着那根长长的猎鞭,口袋里装着一块块鲜肉,对出了乱子或搜索到好猎物的猎犬分别给予奖惩,把猎犬的训练推到了极致。这一意外的辅助方式极为珍贵,因为随着美好季节的到来,越来越多的教官被征召入伍,因此学校渐渐空了,孩子们很分散,凭一个人的力量,很难到处都眼到耳到,管得过来。不过,也有危险,这些嗷嗷狂吠的黑色猎犬和这个骑着夜色大马、脸色黝黑的骑士,居民们看了总是感到突然,受到震动。这种恫吓的效果有时也有好处,但也会激起对方致命的反应,如7月20日的谋杀事件就是个证明。

一个星期来，收获异常丰富。这一天，迪弗热从埃尔勒诺村回来，他刚刚征得同意，镇上于1931年出生的男孩将全部让"上司"过目。他正骑马小步穿过一片幼木林，离他耳朵两指之处突然响起嗖的一声，他正前面的一棵小桦树身子一歪，被一把无形的砍刀砍落在地。一秒钟之后，耳边传来了枪击声。蓝柏柏尔马一闪，差点把骑手摔到地上。迪弗热脑子一转，想驱猎犬朝枪响的方向追去，可这等于又要吃一颗子弹，而且射程将更短，再说，要是他真的跟谋杀者正面相对，他又能怎么样呢？于是，他策马回到卡尔滕堡，心中暗暗发誓，决不提起这次成为谋杀目标的事。

他在院子里下了马，"上司"在办公室的窗口招呼他，递给他一张劣质的字条，上面用复印纸粗糙地印着这样的文字：

告家住格尔亨堡、森斯堡、洛特森和吕克地区的所有母亲！

当心卡尔滕堡的吃人魔鬼！

  他在觊觎你们的孩子。他走遍我们的各个地区，劫走孩子。如果您有孩子的话，一定要始终想到吃人魔鬼，因为他在始终想着孩子们！不要让孩子单独出远门。要教导他们，一旦看见一个骑着蓝马、带着一群黑犬的巨人，一定要逃，要躲起来。要是他来找您，您千万要顶住他的威胁，对他的许诺也不要听。作为母亲，你们在一举一动中都应该牢记住一点：要是吃人魔鬼带走了您的孩子，您就再也见不到他了！

布拉特森离去前不久，有一次曾漫不经心地跟迪弗热提起过："有人跟我说在尼古拉伊肯森林有个烧炭工的儿子。他长着一头雪白的头发，两只紫色的眼睛，头型的宽度系数差不多为70。您有机会应该到那儿转一转。他名叫洛塔尔·武斯滕洛特。对我的一封封召见通知，他父母从来就没有理睬过。"迪弗热第一次踏上了这个地区，这是全区最贫困的地方，此外，交通也很不便。必须乘木筏穿过一道湖峡，木筏十分简陋，是用圆木扎起来的，一点儿也不结实，开木筏的患有甲状腺肿，人倒挺快活，但看去像是个聋子。蓝柏柏尔马左躲右闪，最后终于绝望地往木筏上猛地一跳，险些落水。接着，患有甲状腺肿的木筏手发动了小马达，马达声阵阵，在湖畔回响。蓝柏柏尔马转动着两只外凸的眼睛，在短短的航程中不断地用两只前蹄疯狂地踢打着圆木筏。迪弗热看见林间空地上堆着无数烧炭用的木柴堆，令人想起某个矮人村。一个个浑身黑乎乎的男子在围着木柴堆忙碌个不停，迪弗热想起了布拉特森的话。他先后跟好几个木炭工搭讪，问起武斯滕洛特这个名字。他们全都装出不知道的样子，好像帮不上忙，直到最后，他们中有一个人给他指了指东边五六公里处一个名叫贝伦温凯尔的地方。

迪弗热策马走进了开阔的伐木区,里面只有很少的几棵幼树,再往前,便是一片紫色的荒原和采沙场。蓝柏柏尔马在齐膝深的沙中靠腰的力量费力地往前走。接着,又是森林,林间有一堆堆的木柴。在已清理的采伐区和开阔的林间空地里,那火光刺激着已经习惯了荆棘丛和矮林绿荫的眼睛。一帮男了围着一个噼啪作响的炭火堆,迪弗热凑上前去。第一个注意到他出现的是个孩子,至少从他的个子看,像个孩子,因为他身上也套着同样的麻布袋,在腰间一扎,像件古代罗马战士穿的宽袖外套。迪弗热正欲开口问他,可马上又住口:这个问题已经没有必要问了。只见孩子朝他抬起尽是烟炱的脸,两只银莲花颜色的眼睛闪烁着淡紫色的目光,穿透了那张像面罩似的黑脸。

"洛塔尔·武斯滕洛特。"迪弗热喊了一声,声调中夹杂着疑问与确信。

孩子没有丝毫吃惊的表示,也许只有那两只银莲花颜色的眼睛再一次闪烁,压倒了那张黑脸。他慢慢地摘下头上戴着的羊毛帽,露出一头直直的头发,白白的颜色,仿佛镀了白金一般。

迪弗热料定非得经过吃力的商谈不可,而且也不一定有什么结果。凭他的经验,他知道学员人选的社会出身越卑微,就越难招收。而大资产阶级则挤破了纳粹政训学校的大门,要把自己的后代往里送;相反,每次到工人农民家庭——这是青年团领导部门最为赏识的——招生,却免不了受到怀疑,其中含有恐惧与敌意。然而,结果令迪弗热大为吃惊，武斯滕洛特夫妇马上就同意了他提出的一切条件。他们答应得这么快，弄得迪弗热也感到纳闷儿，怀疑他们到底是不是真的明白谈的是什么事情。为了避免误会，迪弗热把他们领到了最近的瓦尔诺尔德镇政府，镇政府秘书给他们翻译了迪弗热的主要意思，并白纸黑字写了下来。

回到贝伦温凯尔，迪弗热被一大群可爱的孩子抬了起来，一边高唱着善行赞歌，因为他在最后时刻已经商定，当晚就把洛塔尔带回卡尔滕堡，脑中已经浮现出他身裹大衣，怀抱紫眼睛白头发的孩子，在落日辉煌的余晖中策马飞奔的场景。然而，他不得不放弃这一场景：趁他不在的时候，洛塔尔离开了烧炭村。有人见他往瓦尔诺尔德方向走了，还以为他洗了一把脸之后，出门去找他父母和那个陌生人了呢。时间已经很晚，他始终未能找到，迪弗热只得空手踏上回卡尔滕堡的路，心里又是气，又是悲，直喘粗气。

他们讲妥，瓦尔诺尔德镇政府负责与武斯滕洛特家保持联系，一旦洛塔尔回家便通知卡尔滕堡。因此，迪弗热给洛塔尔在学校留了位置，因为他预见到洛塔尔会被编入哪个队，包括饭厅的餐桌位置和宿舍的床，而且早就开始整理他的衣装、餐具，甚至还有隆重发给他的短剑。但是时间一天天过去，每次给瓦尔诺尔德打电话，得到的只是模糊的许诺和回避的沉默。迪弗热没有绝望，更没有把这事忘了，而是满怀希望地等待着。跟他一生中的任何一个重大事件一样，洛塔尔的失踪不可能是偶然造成的。情况确实令人非常失望，而且是命中注定的，仿佛一只巨手在他的眼前击破了云层，在他的眼皮底下接走了紫色眼睛的男孩。如果说洛塔尔在这一天从他手中溜走的话，那是因为洛塔尔进入卡尔滕堡之事非同小可，命运必定要给它营造传奇般的氛围。

直到8月末，所有氛围才营造完毕。这一天，一个百人学员队穿过了湖，在约翰尼斯堡森林进行了一次类似围猎的活动，结果奏凯而归，小舟上满载着鹿和狍，猎物的脖子耷拉在船外，鹿角掠着水面。围猎时，迪弗热、蓝柏柏尔马和他那群猎犬守着东侧，孩子们搜索着矮林和荆棘丛，把所有想逃命的野禽走兽往湖边赶。他们没有火器，只有短剑和木棍，外加套索和绳网。由于参加围猎人数众多，而且灵活，弥补了方法与经验的不足，加上几年来一直没人打过，猎物出奇地多，所以这些临时组织的欢快的围猎活动几乎从来没有空手而归的。然而这天早上，林下灌木丛区却静悄悄的，没有什么动静，见不到野兔之类的小猎物，这似乎说明附近的矮树丛或萌芽林中潜藏了大的野兽。搜索活动进行了整整一个小时，没有遇到什么开心事，可突然从一棵山毛榉枝上嗖地飞出一只硕大的松鸡，发出断断续续的扑棱声。原来，松鸡在树上挨了一记木棍，遂飞快地朝一个荆棘丛扑去，正要往里钻，一只短毛猎犬一口咬住了它。这是一只漂亮的松鸡，像火鸡那么大，大家把它挂在一根长竿上，由两个孩子抬着。

大家渐渐靠近搜索活动本该正常结束的地点——湖畔。这时，只听得一条砾石小道上响起嘚嘚嘚的蹄子声，大家顿时一动不动。迪弗热令猎犬保持寂静，却被蓝柏柏尔马的姿势吸引了过去，只见它激动地站着，双耳朝前倾，仿佛凝固了一般，只是呼吸急促，浑身肌肉直颤。接着，掠过一道黄褐色的闪电，蹿出一只十叉鹿，旁边跟着两只母鹿。套索嗖嗖地一只只被扔出，几个孩子不顾一切地紧紧追逐三只鹿，但白费力气。他们很快被迪弗热拉下了远远的距离，呼喊声在身后渐渐消失。迪弗热朝蓝柏柏尔马的前部弓着身子，向前飞奔，前面是早已看不见影子的那群猎犬，在用吠声给他引路。

开始几个小时，纯粹像一场漂亮的游戏，但毫无收获。三只鹿径直朝前奔去，灵活地越过斜坡，穿过小径，后面是穷追不舍的群犬，呈手指状向前冲去，十一只狂热的嗓子发出汪汪的齐奏。迪弗热放松了蓝柏柏尔马的缰绳，任它穿过灌木丛，掠过柳林，踏过蕨地和欧石楠丛生的地方，每次遇到壕沟，枯树或树篱，它便疯狂地扬起四只铁蹄。有时，骑手不得不低下脑袋，闭起双眼，以免被松针刺到或被低垂的橡树枝击伤。迪弗热和着马的节奏，那喷着白沫、浑身发烫的巨大躯体中，透溢出如此强烈、如此贴近的生命力，不可阻挡地使他信赖而又盲目地与它合为一体。

他终于在一个湖湾的岸边追到了群犬，只见那头十叉鹿正往对岸游去，鹿角高高地露出水面，像个在飘动的烛台。两只母鹿不见了踪影，迪弗热惊叹不已，群犬竟然没有被这两只次等的动物分心，引入岔道。十叉鹿爬上了对岸，浑身淌水，群犬见状，遂冲下湖去，湖水不深，蓝柏柏尔马也跟着蹚水过了湖湾。追逐重又开始，黑色的猎犬瞪着血红的眼睛，汪汪直叫，在越来越稀疏的乔林中并肩猛追。迪弗热见它们穿过一块块耕地，紧接着钻入了一片榛树林，重又不见了。耳边又传来了吠声，群犬紧逼猎物，越过矮树林，穿过染木林，跑过荆棘丛生的紫色荒野和长着一片片养兔林的沙丘地带，突然，迪弗热醒悟过来，追逐已经停止，被追逼的猎物此刻肯定正对群犬，因为耳边狂吠声不断，其音调和音色似乎已经变了，当然，那吠声更响了，但同时也更深沉、更不协调。不再是竭力追赶猎物时的齐声狂叫，而是瓜分猎物前的死亡之歌。

他催马前行，蓝柏柏尔马遂小跑起来，仿佛也明白群犬已经停止追逐。拐过一个凸出的林角，迪弗热发现前方是一片开阔的休闲地，尽头耸立着一棵紫金色的山毛榉，显现出很不规则的树身轮廓。他快马来到群犬身旁，群犬紧紧地围着树根，莫名其妙地朝着粗粗的树枝方向狂吠。只见一个紫色眼睛的男孩蹲在树杈上，双手握着枝丫。

"我怕猎狗，"他老远就冲着迪弗热高喊，想让他听到自己的声音，"把猎狗喊走！"

即使他想这样做，迪弗热也不可能把紧紧围在他脚下狂跳的十一只高大的猎犬赶开。他把蓝柏柏尔马推到树身旁，设法站在马臀上。这匹阉马仿佛明白了即将举行的"承载"仪式的重要性，整个身子一动不动，仿佛凝固一般，尽管群犬在身边骚扰着，仿佛卷进阵阵黑色的狂涛。洛塔尔赖在树杈上，小脚乱踢，不让迪弗热挨近。最后，猎手终于抓住了他的一条腿，把他往身边拉。孩子落到了迪弗热的怀里，这时，他狂喜不已，都没有感觉到怀中的小猎物用牙齿死死咬着他，把他的手咬出了血。

E.S.　　马不仅是象征排泄的图腾动物,也是出类拔萃的承载动物。这一"肛门天使"还可成为劫持、诱拐的工具——如骑手怀抱猎物骑着马——上升到超承载的高度。更有甚者,即使已经完全达到超承载的高度,如在《桤木王》一诗中,一个超乎人类的生命从一个骑手手中夺走了他带着的儿童,还可以采取劫持行动。在歌德的这首叙事诗中,可以看到一位父亲用大衣紧裹着怀中的孩子,骑马在荒原上拼命逃跑,可桤木王想方设法诱骗这个孩子,最后诱骗不成,干脆武力劫持,从而把承载之举推向了第三级力度。这正是被极北的魔力推向白热化程度的克利斯托夫-阿尔伯克尔克拉丁神话。在这场围猎中——"肛门天使"把"承载天使"追逼得走投无路——我特殊的天才把鹿变成了孩子,由此而出现了"超承载"仪式。这又一次飞跃为本质竞技打开了新的一页,最终将在卡尔滕堡臻于完善。

校长经常紧急召见迪弗热,把他留在城堡里,有时一待就是几个小时,拉费森在很长一段时间里对此一直感到纳闷儿,心想校长到底想要迪弗热做什么。出于自尊,拉费森不能直接问法国人,而等级观念又不允许他要求将军对此作出解释。实际上,只是他们那次在路旁相遇,然后一起坐马车回来后,老贵族在迪弗热那个充满符号和象征标志的天地里发现了一块可供探索的田地,与他本人的所忧所虑相当贴近,同时也是一个比较新鲜的领域,从而引起了他的兴趣。他总是严肃地单独待在自己的房间里,从不过问学校的日程、工作和节日,而每次迪弗热来,总是毕恭毕敬,而且态度认真，对此，校长大为欣赏，尤其是迪弗热说话时总是不乏能引起共鸣的话语，令人忘却这不过是个毫无头衔的法国平民。确实，迪弗热生来第一次打开了他对自己的忧虑、欢乐和始终维护的绝对秘密。当然，他对校长公开的秘密是有分寸的——比如，他就没有向校长袒露自己属于吃人魔鬼这一种族，也没有泄露把他与命运维系在一起的默契关系——但是，他跟校长谈起错位（恶性与良性）、饱和、承载以及体现这一切的英雄等，目的是有更多的了解。

在交谈时，校长经常回忆起他的往事，谈起他在普伦军人子弟学校度过的童年与青少年时代，在这所学校里，他跟帝国皇帝的儿子共同接受培养；谈到他在柯尼斯堡军营的生活，即使对一个在深宅大院中长大的容克来说，那种军营生活也难以忍受，因此，义和团战争一爆发，他便连忙抓住机会，逃脱了军营。他当时刚从波茨坦毕业，作为中尉参加了由冯·瓦德西陆军元帅率领的国际征伐团①，为遭受杀害的德国公使克特勒报了仇，解救了被围困在北京的外国使团。他还毅然投入了1914年的战争，那股激情是他的年龄所无法解释的，但似乎得到了德国进攻初步胜利的证明。可是，当后来不得不拆散骑兵团，将骑兵与步兵混为一体，全都投到尽是污泥的战壕中去时，他明白了某种本质的东西正在事物发展的进程中被砸碎，那就是事物发展中最灵活、微妙与闪光的原动力。随之而来的是失望与惨败，而这正是当初铸成大

---

① 指八国联军，即由英、美、法、德、俄、日、奥、意组建的联合侵华军队。

错所不可避免的恶果。

后来，他经历了皇帝退位与社会党人的动荡，但他因一个他感到与之息息相关的世界的消亡而过早地衰老，所以对这一切也都无动于衷。此后，纹章学像一道半透明的屏幕，把他与现实隔离了开来。

"一切都表现在征兆之中，"他口气肯定地说，"当1919年国民议会在魏玛市剧院——魏玛！在剧院开会！混乱不堪！——开会，取消了直接取向于条顿骑士国的辉煌的黑白红三色帝国旗帜，换成金色的横长条的黑红两色旗时，我就意识到我的祖国的伟大事业已被彻底葬送。早在1848年，这一作为民族新象征的旗帜就已像一朵毒花在街垒上空开放。这是公开地宣告一个羞辱与堕落的时代的到来。谁要以征兆来说教，都要受到他们的惩罚！迪弗热，您是一个能释读征兆的人，我很清楚，再说，您也给我证明了这一点。您好像已经发现了德国是一个纯本质的国家，这里发生的一切都是征兆，都是寓言。您言之有理。再说，一个被命运打上印记的人在德国是必定要丧命的，就如一只夜蛾，在黑夜中飞旋，而最终必然找到光源，被其陶醉，进而被夺走生命。但是，您还有许多东西要学习。迄今为止，您只是发现了事物之上的征兆，犹如刻在界碑上的字母和数字。这不过是象征存在的脆弱形式。您千万别以为征兆永远都是不给人以伤害的、脆弱的抽象物。征兆是有力量的，迪弗热，正是它们把您领到了这里。征兆是有感应的。受到嘲弄的征兆会变成魔兆。它是光芒与和谐的中心，具有制造黑暗与分裂的力量。您的天赋指引您发现了承载、恶性错位与饱和等。您还要去探索这一象征机制的极致,亦即**这三个形象的组合,那是世界末日的代名词**。因为令人可怖的时刻必将到来,征兆将不再容忍自己像士兵举着军旗那样被某个创造物所承载,它将获得自己的自主性,摆脱象征的事物,而且令人恐惧的是,**它要取代象征物**。这一来,便祸从天降!要记住耶稣受难之事。他曾长时间地负载着他的十字架。可后来,变成了十字架负载着他。于是,时间的帷幔撕碎了,太阳黯然失色了。当象征吞噬了被象征之物,当十字架变成了受难的对象,当恶性错位打乱了承载,世界末日便为期不远了。因为一到这个时候,象征便不被任何东西所控制,而成为天之主宰。它将迅速扩散,侵占一切,化成千百种不再表示任何东西的意义。您读过圣约翰的《启示录》吗?那里面可看到壮观而又可怖的场面,大火映红了整个天空,烧着了奇形怪状的动物、星星、利剑、冠冕、星座,而大天使、权杖、御座和太阳则混乱不堪。这一切都是象征,这一切都是密码,这是不容置疑的。但是,千万不要设法去弄明白、去寻找每一个符号所象征的事物。因为这些征兆都是魔兆:它们不再象征任何东西。由它们的饱和而造成了世界的末日。"

他一时打住,朝窗户走了几步,从窗口可见一杆旗,夜风正以柔和的飒飒声抚摸着旗帜。

"您看,在我自己的城堡里,到处插着军旗和'卐'字焰状装饰旗,"他继续说道,"1933年,我承认,当新上台的首相把魏玛的三色旗扔进垃圾堆,重又恢复俾斯麦帝国的三色旗时，我一时曾燃起希望。但是，当我看到他对三色旗的处理时——旗以红色为底，中间一个白色的大圆盘，圆盘中间标着一个黑色的'卐'字，我怀疑再也没有比这更不祥的了。这只大蜘蛛失去了平衡，一边扭动着身躯，一边以其钩状的爪子威胁着阻碍了它行动的一切东西，而这正是燕尾十字再也明显不过的反衬，因为燕尾十字闪耀着安详与宁静的光芒！第三帝国继续恢复传统的标志，意欲在辉煌之中重新引入普鲁士军队的鹰标，这一来，便糟糕透顶了。您当然知道，在纹章学术语中，右称为左，而左读作右，嗯？"

迪弗热点了点头。他第一次听说这一纹章学的规则，但这一规则与象征主宰的游戏中他经常发现的左右错位现象是一致的，所以，他很快就不觉得陌生了。

"他们对这一错位现象作出应用性的解释，那恐怕是事后编造出来的。据他们说，对一枚盾形纹章，不应该从面对它的外人的角度去看，而应该从左臂佩戴着纹章的骑士的角度去看。尽管如此，普鲁士鹰标的头按照正常的纹章学传统应该是朝右的。可是，请看看第三帝国的鹰标，它的利爪紧捏着一顶栎叶冠，上面标着'卐'字：头往左倾。这是一只头向左侧的鹰，实在是太反常了，一般来说，它只用于贵族的混血或堕落的支系。当然，纳粹党的任何一个要人都无法对这一离奇的现象作出解释。他们含沙射影，暗示宣传部的徽章绘制人出了差错。今天，戈培尔终于找到了一种解释法：第三帝国之鹰看着东方，即它们威胁、进攻的苏联方向。事实并非如此，迪弗热先生。"

说着,他挨近了法国人,以咝咝作响的低声把令人可怖的秘密告诉了迪弗热,从此将与他共守这一秘密。

"事实是,归根结底,第三帝国是起主宰作用的征兆本身的产物。1923年的通货膨胀是一次很说明问题的警告,但谁也没有醒悟到,那铺天盖地的贬值的纸币,那一个个货币象征不再象征任何东西,而成了乌云般的蝗虫,疯狂地扑向全国,到处破坏。请注意,正是在一美元值四点二兆马克的那一年,希特勒和鲁登道夫在一小撮党徒的簇拥下走向慕尼黑的奥第昂广场,想推翻巴伐利亚政府。后果您是知道的:一阵枪响,扫倒了与希特勒一起前往的十六名纳粹党人,戈林受了重伤,施勃纳-里希特被子弹击中了要害部位,倒下时把希特勒也带倒在地,致使希特勒肩膀脱臼。元首被关进了兰茨贝格堡,整整十三个月,他在狱中写了《我的奋斗》。但是,这一切都是次要的。在此后涉及德国的一切之中,人都是次要的。在1923年11月9日这一天于慕尼黑所发生的一切,举足轻重的只是一面旗,就是那面阴谋家的'卐'字旗,它倒在了十六具死尸流淌的血泊之中,那血染红了旗帜,赋予它以神圣性。从此之后,这面血旗——die Blutfahne——成为纳粹党最神圣的圣物。自1933年以来,它每年要展示两次。首先是11月9日,重现当年在慕尼黑统帅部行进的情景,犹如中世纪纪念耶稣受难的活动,但更重要的是9月份,帝国党代表大会在纽伦堡召开,标志着纳粹典礼的最高潮。在这期间,血旗宛如给无限的雌体授精的种源,与渴望'受精'的新旗帜相接触。我亲眼见过那个场面,迪弗热先生，我敢肯定，元首主持旗徽结合仪式的一举一动，完全像是用自己的手慢慢地把公牛的生殖器塞进母牛阴道里的配种者的做法。一支支队伍在游行，每一个士兵都是一个旗手，而最终成了旗帜的队伍，如一片广阔的海洋，在狂风中波涛起伏，到处是军旗、旌旗、旌麾、会旗和装饰旗。夜晚，一支支火炬把典礼推向高潮，火光映红了旗杆、旗面和旗冠上的微型铜像，把命该结局惨淡的人群淹没在大地的黑暗之中。当元首迈步走向一个巨大的祭坛主持祭礼时，一百五十盏防空探照灯一齐闪亮，在齐柏林草坪上方构筑了一座光的大教堂，八千米高的光柱证明了在庆祝的秘密祭礼具有通往天体的力量。"您热爱普鲁士，迪弗热先生，因为您说过，在极北的光线下，征兆闪烁着无与伦比的光芒。但是，您还没有看清这一令人害怕的征兆激增现象将导致何种后果。在充满象征的空中，正孕育着一场世界末日般猛烈的暴风雨，将把我们全都吞没！"

E.S. 夜里3时许，全体紧急集合。我第一次目睹了被孩子们称为"化装舞会"的场面，而这是普鲁士士官的脑袋瓜想出来的最令人憎恶的惩罚形式之一。实际上，拉费森意识到卡尔滕堡纪律涣散，整个学校已经摆脱了他的管制。为此，他作出疯狂的反应，不断给予猛烈的敲打。

按照命令，孩子们须在三分钟时间之内，穿着作战服在操场上集合完毕。迟到者连连受罚。检查之后，凡着装不合格者，也受到了惩罚。接着，他们以立正姿势站立了十五分钟，突然，又响起一道新的命令。两分钟后，全体学员必须换上青年团服装，赶回原来位置。飞登楼梯。冲向宿舍。在衣橱间一阵挤撞。开口说话的、迟到的、还有某个部位不合着装规定引起了"上司"注意的，全都遭到了劈头盖脸的一顿惩罚。又是一刻钟的立正，解散。两分钟后，全体人员着外出服在此集中。然后又是运动服、检阅服。他们一个个咬紧牙关，竭力当好小机器人，但是我也看到不少人气得落泪。

我本来可以待在床上。说实话，我不想错过这次观赏服装大检阅的机会。我激动地观察着，他们的个性是多么适应那不断变化的服装，他们在无意识地为我进行服装表演。他们的个性不是通过服装表现出来的，不像声音那样，根据墙体的厚薄，或多或少总能透过一点儿，只是清晰程度不一。然而在这里，每次呈现的总是全新的个性，不仅是崭新的，而且还具有难以预料的效果，每一次都彻底变样，仿佛完全暴露。就像一首诗被译成这种或那种语言，丝毫不丧失其本质的魅力，只是每一次都饰以崭新的、奇特的诱惑力。

就最粗俗的层次而言，服装是人体的钥匙。在这一不加区别的层次，钥匙与栅门多多少少是相混淆的。说服装是钥匙，是因为它们是由人体穿戴的，但实际上，服装与栅门更为相似，因为服装常常把人体整个儿遮起来，就像一种完整性的翻译，甚至像一种冗长的解说，比被解释的本文还全面。但是，这儿涉及的正是一种乏味、啰唆、庸俗的解说，毫无象征意义。

服装不仅是钥匙或栅门，更是人体定型的工具。脸的形状由上方的帽子和下方的衣领所确定——注解与解释。根据衣袖的长短、紧松或有无，胳膊也就有别。紧而短的衣袖贴合胳膊的曲线，可衬托出二头肌的隆起、三头肌的鼓凸，并突出肩膀的浑圆，但不惹人喜爱，没有撩人触摸的意味。宽松的衣袖则隐没胳膊的圆胖，使之显得比较细长，但是，底袖的肥大舒适，让人不禁想搂住、占有那胳膊，甚至肩膀。短裤与袜子为膝盖定型，根据短裤的长短、袜筒的高矮，赋以膝盖不同的形象。倘若裤腿较长，袜筒较高，那两头受夹的膝盖便只能担当那种连杆头似的拙笨、生硬的角色。它表现出的是严厉、功效与对肉体的冷漠。倘若袜筒不高或者袜子紧贴着鞋子，那么腿肚的柔韧便展示出其全部价值，与膝盖对严厉性的追求分庭抗礼。这一形象清楚地令人想到从外部强迫某个无所顾忌、富有魅力的人恪守陈规的必然后果——失败，不管人们给他穿怎样的衣服，这种人总是在无意中由自己的躯体对服装作出本能的选择使用，而不受任何限制。较为和谐的是穿长筒袜，袜子一直穿到膝盖的下部，甚至盖过部分膝盖，同时配上很短的短裤，充分地裸露出大腿。这样一来，大腿便被定型、被突出，而膝盖则黯然失色，成了它的陪衬。这是最为恰当的方式，既体现了服装的严肃性，又充满激情地赞美了肉体；既尊重了秩序，又颂扬了最丰满、最温柔、最诱人的大腿部位，实现了两者的结合。人们从极为可靠的本能出发，往往在小男子汉的不同着装中使用这种方法，尤其是青年团服与运动服。但是，长筒袜往往起不到自己的作用。可要是袜子太短，拉得不美，或卷得不得体，便会过分地暴露大腿，使之丧失任何表现力。因此，只有寄希望于鞋子了，鞋子该是相当倔强，可以在最终时刻挽救整座溃散的大厦，它也相当固执、好嘲弄，可以为大厦提供其缺少的坚固基石。

E.S. 洛塔尔·武斯洛特。1932年12月19日生于贝伦温凯尔。身高：148厘米。体重：35公斤。胸围：77厘米。头颅宽度系数：72。

他像弓一样敏感，有力地颤动，瘦削的身材更突出其隆凸的肌肉，赋予它非凡的价值，而他肌肉之发达，也确实令人惊诧。深凹的胸口形若大敞的尖形拱肋。这是布拉特森没有意识到的一种特征，但上身的结构却取决于它。在最不幸运的人身上，可以说胸廓往往因肋骨的靠近而呈封闭状，而肋骨则右前侧完全连在一起。一般情况下，胸廓呈三角形，为倒V状。V的两支可能向内弯曲，但越接近半圆拱腹，曲线便越和谐。任何人的悟性都取决这一胸口，其作用远超过天庭的开阔或嘴巴的柔美。在这里，我并不是在玩弄字眼。事情是合乎情理的，在这一层次，本义与转义混合一体，但是切勿忘记，esprit（精神）一词源自spiritus，而spiritus的第一个义项就是"气""风"的意思。

线条简练的脸庞，仿佛是以单线条勾勒而成的，瘦削的脸，薄薄的嘴，轮廓不太明显的鼻子，两只紫色的眼睛，但是，一头银白色的秀发，宛若套着沉甸甸的发罩，使脸庞显得更为瘦小，发型为当地流行的"锅盖形"，呈圆弧状。

根本就用不着布拉特森的那套人种测量仪器，单凭他这个别具一格的头型，就可探讨人体之美的金科玉律。人的美主要取决于头与脸的比例。儿童之所以比成人美，奥秘正在此。儿童的头一般很早就可定型，一旦定型后，便几乎不再长；相反，脸却会再长。其面积至少会扩大一倍，这一来，美感便消失了。因为随着脸与头的比例逐渐加大，人的脑袋便越来越接近动物的形状。确实，动物的头与脸的比例与人的是相反的：无论是狗还是马，脑袋全被脸占了——我指的是额、眼、鼻和嘴——头几乎不占任何位置。当然，我也必须指出，男人与人们普遍欣赏其美的女人在一定程度上都保持了儿时的头与脸的比例，或不成比例的关系。在从动物到人的这条标线上，儿童处于成人之上。因此，儿童应该被视为"超人""超越成人"的存在。此外，就智力而言，难道不是可以得出同样的结论吗？若把智力的定义确定为学习新事物、解决首次出现的问题的能力，那么，谁能比儿童更聪明呢？要是没有儿童时代的学习，哪一个成人能在没有掌握任何语言的基础上，凭空学成一门语言，会写会说呢？

在我做记录时，他在乖乖地等着，整个髋部凸出，柔软而无活力的右大腿架在生机勃勃的细长的左腿上，两者形成强烈对照。生殖器呈梨形：龟头和睾丸呈三个差不多均衡的组织，被一道皱网连成一体，皱褶呈辐合线状会聚在与耻骨连接的狭窄的肉质茎部位。

我抬起头，他朝我微微一笑。

孩子们全部集中在城堡的骑士厅里，今天晚上，骑士厅成了一个昏暗的大阶梯教室，响着窃窃私语声和强压的笑声。低矮的站台被四把火炬照得通亮，拱顶仿佛在晃动，拱肋呈簇状垂落在支柱上。这次如同往常，一切都是事前安排妥当，而且不走漏任何风声，因此，当校长身着庄重的将军服出现在讲台上时，全场顿时鸦雀无声。由于他在学校中几乎过着隐居的生活，总是身着毫无特色的便装，尽管谁都知道——连最小的学员也不例外——他的名声与头衔是党卫队员们那种阴森可怖的虚假荣耀所远不可及的，但他身上却仍然笼罩着神秘的色彩，这一切无不赋予他今晚的讲话以非凡的吸引力。他开口说话，全场更静了，如同凝固一般，因为他的声音低沉，几乎难以听清。全体儿童淹没在昏暗之中，可以说都朝他倾去身子，以听清他的讲话。但是，他的声调渐渐升高，语气也随之而变得坚定，他祈求的一个个高大的形象占据了整个空间。

"学员们，"他说道，"今天晚上，我们要举行一个仪式，这是你们年轻的生涯的顶点。你们中间有三位将荣获佩剑。哈伊奥、哈洛和洛塔尔，从今往后，你们将左身佩剑，鲜血与荣誉的双重奉献将永远高于你们的生与死。在任何地方，这一仪式都不可能获得像在这拱顶之下产生的深沉反响，这些拱顶是由我的祖先赫尔曼建造的，他叫冯·卡尔滕堡伯爵，是利沃尼亚双剑基督团骑士、佩剑骑士团的修院院长、波美拉尼亚选帝侯和里加的御医。你们是佩剑团的传人，你们今晚成为佩剑骑士团的小骑士，他是你们的主人和保护主。因此，必须让你们了解他是怎样一个人，是怎样生活的，以使你们在任何状态下都能回答这一提问：若处在我的位子，伟大的赫尔曼会怎样做呢？

"赫尔曼·冯·卡尔滕堡与他同时代的所有骑士一样，首先在东方的烈日下练就了胆识。他经历了伟大的十字军东征的一切苦难与欢乐。但是，如他的大部分战友，他并不满足于攻杀非基督教徒。他同时也是一位仁慈的修士，知道照料病人，医治伤员，他把东方的祆教僧侣秘传给他的伤口敷药和软糖式药剂带回到我们地区，使他在里加的主教宫里声名大振。13世纪初，他参加了历次旨在保证佩剑骑士团牢牢控制极北边缘地区——自波罗的海沿岸至纳尔瓦和佩普西湖畔地区——的战斗。佩剑骑士团的骑士为数不多，只有几百人，跟你们，跟集中在这个大厅里的学员人数一样多。但是，他们是些巨人！他们一无所有，没有财富、没有妻子，甚至都没有自己的意愿，因为他们一直宣传贫洁，宣传顺从。他们睡觉时也不离开武器，佩剑时刻放在身边，可以说，佩剑是他们唯一的配偶，因为他们有着严格的规定，不能拥抱他们的母亲和姊妹。每星期只有两天，喝点牛奶，吃点鸡蛋，星期五一律守斋。他们对首领不能有任何秘密，不该知道的秘密也从不接受。他们出发打仗，骑着像大象一样的高头大马，尤其是那全身的盔甲和全副武装，煞是壮观，每一个骑士就像一座活动的堡垒。但是，在他们的锁子甲下，他们的肩和背在隐隐地淌血，因为他们全都在战斗之前相互挞以苦鞭……

"走在他们前头的,是他们中最伟大的赫尔曼·冯·卡尔滕堡,他闪耀着神圣的光芒,那光芒是如此强烈,连异教森林中的千年橡树也跪倒在他的面前。虽然其他的季节比较温和,但赫尔曼更爱冬天,因为冬季的严寒象征着道德的严格,因为森林的袒露令人想起一个光明的神圣生命,因为被寒风扫荡过后的天空的纯洁展现着被信仰洗涤过的灵魂的纯洁。他同样也喜爱坚硬的大地、冰冻的沼泽和湖泊,因为给他的马车和炮队的前进提供了方便。

"在所有的树木中,他喜爱的是冷杉,因为冷杉树挺拔而又茂盛,四季常绿,闪烁着光泽,像一座公正的大厦,层次分明,总而言之,因为冷杉树是树木中最具有德意志性格的。"

就这样,校长讲了很长时间,他谈到了过去、现在和将来,把学员们佩在左髋上的童剑比作插在城堡大平台的护栏上直刺苍天的巨剑,把坦克师团与苏联的战斗比作了德国骑士与斯拉夫人的斗争。历史上在坦能堡有过两次战役,一次是1410年,条顿骑士与佩剑骑士寡不敌众,惨败在波兰和立陶宛人的手中;另一次是1914年辉煌的复仇战,兴登堡率领的德国人消灭了萨姆索诺夫率领的俄军。最后,他回忆了法国和德国对待各自的修士骑士所采取的不同态度,在圣地复兴,条顿骑士兴建马林堡——这是他们对皇帝和教皇赐予他们的教省拥有权利的象征——的时刻,法国的圣殿骑士团骑士却遭受污辱,被押上了美男子菲利浦的焚尸堆。同样,德国的骑士精神至今仍然活在这块土地上,活在这城堡中,可法国却永无尽头地为假王赎罪。但是,迪弗热注意到,校长从来没有一次暗示被打入地底、肩负城堡的阿特拉斯。

他讲话完毕后,全体学员起立,高唱K.霍夫曼的诗:

> 展开血染的旗帜
> 燃起冲天的大火

在这铿锵的歌声的撞击下,古老的拱穹发出震颤。接着,那三位新生所属的百人队集中到城堡前的空场上,庆祝庄严的守夜仪式。

这可不是微不足道的小事,因为他们要排成半圆圈,朝东处留下缺口,一直守到太阳升起。当火球在尼克尔贝格山峰后出现时,学员们将高唱太阳颂歌;然后,队长再次提醒三位新手,一旦成为元首的佩剑骑士,就要保证绝对忠于元首;接着,队长命令,若他们感到没有为第三帝国无条件献身的力量,那他们就出列离去;最后,在曙光的辉煌之中,他再庄严地把佩剑交给他们。

也许把他们集中在一起的那场仪式起着某种作用:哈伊奥和哈洛变得与洛塔尔密不可分。不管他做什么,无论他到哪儿去,好动、外露、不倦的洛塔尔身边总是跟着安静、寡言、甘于无所事事的双胞胎兄弟。开始时,学员们对这个有悖于小共同体不言明的行为准则的三人团作出了反应。但是这三位新手结成了不可动摇的漠然阵线,反击别人的含沙射影和讽刺嘲笑,最终攻击者们泄了气,这个三人团成为一个无可指摘的既成事实。

迪弗热最喜欢观察他们，很容易就发现了那两个双胞胎表现出本能、默契的忠诚，伺候着白发少年。他们不慌不忙，但也没有丝毫的犹豫，总是带着某种准确无误的先见之明处处为洛塔尔构成恰当、舒适的理想环境。无论是集合、点名、向国旗致敬，还是练马术、搞体操器械训练或六毫米毛瑟手枪射击训练，哈伊奥和哈洛总是先到一步，然后，轻浮、急躁的洛塔尔才匆匆忙忙地来到他俩中间就位。

一个笼罩着雾霭的灰蒙蒙的上午，"上司"命令学员们在战术训练场上进行训练。红色的外衣强烈地映衬在白色沙土的苍白色光线中。迪弗热在三人帮面前停下脚步，他们三人正在叠罗汉，哈伊奥在右，哈洛在左，两人用手托着洛塔尔。所有学员都三人一组在进行叠罗汉训练，但是与白发少年和"镜像类"双胞胎构成的形象相比，无不显得杂乱而欠完美。因为他们三人的形象是那般平衡、那般沉着，又是那么严密、对称。

"啊，这三位，我早已发现了。不管他们做什么，总是团结在一起，就像卡尔滕堡的佩剑。"

迪弗热没有听到校长拄着铁手杖靠近的声音。他转过身，向校长致意。

"对，"校长继续说道，"他们是如此协调，就像是从美丽的古纹章中印出来的！"

"上司"一声令下，每个小组处于中心位置的男孩子便跳到他的脚下，与其他人一起保持一动不动的立正姿势。

"这白色的背景,红色的身影,难道没有让您想起什么,迪弗热?"老人顺着自己的思路继续说道,"若我让您当从属于我家族的骑士,佩戴上令人想起我家族纹章的徽章,比如尖头桩形三侍从黑顶银纹章,您看如何?哈哈哈!再说,这三个男孩不是您招来的吗?"

校长的玩笑正与法国人迪弗热的忧虑不谋而合,他慢慢靠近校长,露出询问的神色,没有意识到自己的这一举动也可以被理解为某种威胁。

"您要记住,"老人镇定自若地往下说道,"纹章学常常求助于植物,尤其是动物,可很少使用人脸。为什么?我给自己提出过这一问题。不错,普鲁士的纹章中有一种由两位野蛮人托着盾牌、脚下放着狼牙棒的图案。有时也看到摩尔人的头像,但大都是传说中的人物,半人半兽,类似半人马、斯芬克司、塞壬或哈尔比亚①等。但就我所知,没有男子、女子或儿童的形象,或者说十分罕见。"

他转过身去,细心地选择落脚的空处,慢慢地朝城堡走去。突然,他又停下脚步:

"哦,我有个想法。您难道不觉得把活人的形象刻到纹章中是与某种祭献的观念隐秘地联系在一起的吗?总之,若我们追根溯源,便可发现图腾动物都是被拥有、宰杀、食用的动物,正是这样,图腾动物才把自己的德行传达给佩戴图腾标志的人。说到底,最有名、最神圣的人像纹章是什么

---

① 希腊神话中司暴风的有翅女怪。

呢，请告诉我？是钉在十字架上的基督！这是最高牺牲的典型象征！因此，在自己家族的纹章中，展示某只鹰或某头狮子仪式性的祭献，杀死某种恶魔，如龙或人身牛头怪，或者表现对黑人奴隶或野蛮人的征服，都是情理之中的事。但是，尤其需要斗士、女人，特别是儿童！您明白一点了吧，我可怜的迪弗热，用我的尖头桩形三侍从黑顶银纹章，我就赋予了您吃人魔鬼纹章！哈哈哈！"

E.S. 骑蓝柏柏尔马从埃本洛德回来的路上，见到了一个骑自行车的儿童。我拉住蓝柏柏尔马，小步前行，始终不超过这个孩子。到底是怎么回事？自行车是种有高度、长度但没有厚度的物品。人一骑到车上，人体立即就变成了一个侧影，突出了人体的各种线条。人体因此而变得明晰、清纯，宛若一幅图画；成了一件浮雕，一枚纪念章。只见一条大腿，然而它的反射却能使我们看清其内侧。脚不触地。整个人体被一种由腿肚、膝盖和大腿参与的完美的循环运动所驱动，而车座上那小小的臀部的有力振动消融循环运动。肌肉显然在起作用，单调地重复着循环动作，仿佛是人体活动模型的动作。双肩支起，几乎挨到了耳朵，上身一动不动，表现出一种蔑视一切或恐惧的姿势。

到了奥赫尔道夫村口，那位小自行车手停下车，把车架好，离去了。魅力顿时消失。第三空间重又拥有了他。行走的不规则动作模糊了他的线条。方才我觉得如此奇妙、几乎对他产生企图的儿童，一下了自行车，便马上落到平庸无奇的地步。当然还谈不上令人鄙视，但确实不值得特别关注。

到底是怎么回事？自行车对成人毫无作用，可对儿童却能起到译码格的作用：它隔出关键所在，使密码明晰可解。这双重地阐释了校长某些相当含糊难解的话语。首先，自行车之经验揭示了儿童的承载天赋，若这一使命必然招致牺牲的结局，那它是可怖的。其次，我现在更清楚地领悟到了钥匙与译码格之间的差别，钥匙只赋予我们一种抓住关键的特殊意识，而译码格却能彻底地抓住关键所在，给我们的直观提供闪光的实体。这也是承载等级的区别，因为钥匙由关键所承载，如锁带着钥匙，而译码格却承载着关键所在，就如燃烧的铁条承载着殉难者的躯体。现在，还需要弄明白的是钥匙如何向译码格转变的问题，校长将之定义为恶性错位，正是这种恶性错位，把钉人的十字架转变为被钉的十字架。

老先生所知道的肯定远多于他所跟我说的。只有靠我自己利用他允许我跟他保持的亲密关系，抓住一切机会套他的话，让他和盘托出。

迪弗热没有空暇去问校长。自7月20日的暗杀行动以来，整个德国，尤其是暗杀行动发生的所在地东普鲁士，掀起了逮捕与枪杀的狂潮，实为史无前例。令人可怖的警察盲目疯狂地打击阴谋分子及其家人、朋友，甚至连最远的关系也不放过。在盖世太保的报告中，经常出现普鲁士贵族最显赫的姓氏，诸如约克、莫尔特克、维茨勒本、舒伦堡、施威林、施图尔普纳格勒、多纳、勒道夫……

一天上午，一辆配有伪装车篷的小车停在了城堡门前。从车上下来两个身着便装的人。他们跟冯·卡尔滕堡伯爵将军进行了秘密交谈。然后，他们马上开车离去。不过，他们只是离开了城堡，把车停在了城堡前面的空场上等着。一小时之后，约莫11点钟，空场上的孩子们十分惊奇地发现他们的校长身着庄严的军服走了出来。他脚步很快，动作机械，目光直盯着前方。就这样，他没有向大家回礼，走过了中心小径，钻进了在等候着他的小车，车子窗帘紧闭，遂向施朗根弗里埃斯方向开去，消失不见了。

校长是迪弗热唯一可以信赖的人，他的离去深深地影响了迪弗热。校长善于思辨，在自己身边造成了一片旧时伟大的氛围，总是诱使法国人迪弗热作出努力，保持清醒的头脑，进行思考，这一切无不起到作用，使迪弗热超越了欲念的层次。老人走了之后，迪弗热便听任于自己强烈的本能力量，有时也表现出几分荒唐离奇的文雅，他的"用左手写下的文字"可对此提供证明。不管怎么说，局势的恶化使他越来越自由。9月26日，希特勒宣布集体征召（Volkssturm），把女人、老人和儿童全部征召入伍，试图改变失败的命运，这在迪弗热的发展历史中标志着一个新的阶段。校长不辞而别，拉费森还是忍了，可他眼看着自己手下的军官、士官和与他合作共事的老百姓一批批被抽走，好不气恼，直抱怨留给他指挥的是个"幼儿园"。不过，他至少还是要求学员们进行训练，保持武装，以接受最后的考验。他常常去柯尼斯堡，说是到希姆莱参谋部的所在地波塞尔纳办事，把权力全交给了法国人，让迪弗热勉强保证纳粹政训学校的日常生活。

E.S. 三天来，在地下室的一间屋子里，埃本洛德的剃头师傅和他的学徒不停地用电动理发剪糟蹋小男子汉们的长发，那理发剪大极了，我以为是专门用来剪马鬃的。应该说明一点，孩子们已经五个月没有理发了，得用手撩开碍事的头发才能看清东西或者吃饭。如此不修边幅，自然我负有一定责任，原因是每次想到大家要遭受如此野蛮的修剪，我心里总是感到一揪。后来，我还是屈服了无法避免的命运，可现在，我却发现我完全可从中得到益处。

我首先注意到头发本身就可以是美的，但是，在头发与脸庞所处的关系中，头发始终扮演着消极的角色：它削弱表现力，冲淡脸部轮廓，使整个脸庞黯然失色。不过，对丑陋的脸面，头发倒是有用的，有一头浓密的头发，总不像光秃秃地任人打量那么丑。丑陋是一般的规律，有头发总比秃脑袋强。但是，如果是一张俊美的脸，最好还是避免被头发扼杀了。从地下室上来的孩子闹腾着互相拍打被剃得光溜溜的颈背，他们脸庞的美全都暴露无遗，几乎到了过分的程度，令我惊愕不已。这是赤裸裸的美，无遮无掩，没有纤毫的含糊，宛如雕像，像佩剑和大理石面饰那般线条清晰。当笑声振作了这张面饰，赋予它生命，它便讲起话来，讲得是那么美，那么富于感染力！

看到这场面，我遂下到地下室去目睹形变的景观。我久久地观察着理发剪从脖颈到前额在浓密的头发中挖起一条又一条苍白色的"壕沟"。头皮即刻暴露出它的秘密，显得坑坑洼洼，布满道道斑痕，尤其是展现出头发的布局。一团团柔软的头发落到孩子的肩上，地上积了厚厚的一层，发出浓烈的气味。理完发后，剃头师傅无所谓地用扫把将头发全都扫到了屋子最里面。我马上下达了命令，要保存好这些褐金。准可以装满几麻袋。可到底派何用场我还不知道。

E.S. 观察孩子们理发时，我发现大多数情况下，头发好像都是以处在枕骨正顶部的中心部位为出发点，呈螺旋形的布局，构成一个个离心旋涡，遍及整个脑壳。最不平服的那一绺往往由螺旋中心的头发所组成，只有这个部位的头发不被一起卷入旋涡。

我想起了上星期学员们在饭厅的桌子上剥鹿皮的情景。在斜斜掠过的光线下，可以清晰地看到一团团朝不同方向卷着的细皮。也同样存在着人发的旋涡现象，根据毛发从中心点往外辐射还是从外面往中心点辐合，而成离心状或同心状。此外，还可看到界限分明的毛区，只见大片的鹿毛在冠状凸起部位的两旁相对峙，势不两立，或弃阵而去，被一条暴露的毛一分为二。我还想起了布拉特森博士说过的一些话，按照他的说法，人身上的毛跟熊的毛或狗的毛一样多，只是——人体的某些部位除外——很细，无色，要用放大镜才能看清。这一来，我觉得若对儿童的毛发分布图做一研究，比较一下它们之间的几种不同式样，恐怕不无意义。

我于是选择三个最突出的对象，在夕阳的逆光中，他们显得毛茸茸的,仿佛饰满了金银闪光片。我把他们一一召到实验室,让他们站在窗户和我中间,用放大镜一厘米一厘米地细加观察。

结果很有意思,但每个人的情况并无差别。纳粹政训学校的学员再次表明自己是一个比人们可能认为的更一致、差异更少的种类。

人体的毛发都是呈螺旋形布局的,根据旋转的方向不同可分为两类:在眼内角、腋窝、腹股沟、臀内角、脚背、手背,当然还有枕骨部,呈辐散旋涡状;相反,在颌角、尺骨鹰嘴、肚脐和生殖器根部,则呈辐合旋涡状。在肋部上有一条分路,将腋窝和腹股沟的旋涡连在一起,分路旁的旋涡为辐射状。与之不同的是,在胸膛的前部和后部,在脊柱和胸骨一线,可见细毛辐合、冲撞,构成了一个长长的中心毛团,很不服帖。

在大部分情况下,这一分布图只有在合适的光线下用放大镜慢慢观察才能发现。但是,若用双唇快速轻拂皮肤,则可以很快了解毛发的分布情况。一片片细软的毛以较为丰满或较为柔和的触摸来回答唇的轻拂,展示其走向。

E.S. 我对自己这双笨拙的大手埋怨得够多了,所以,一旦它们有所贡献,我便还它们以公道。我过去一直梦想有一双魔术师的手,手指细长、灵活,可以轻而易举地插入短袖衬衣或短裤的开口处,看来,我这种梦想恐怕是错了。虽然我这双大手绝对不可能完成类似轻拂的动作,但仍有着它们特有的灵巧性。它们就曾在很短的时间内，学会了熟练地饲养莱茵河的鸽子。我的这双手有着极为明显的养鸟的天赋，所以当我的双手向鸽子伸去时，哪怕是陌生的鸽子，都不会有逃跑的反应。

至于孩子，我是多么善于抓住他们，真可以说是令人赞叹不已！任何人看我摆弄小男孩，都会觉得我粗暴而又放肆。可小男孩却不会误会。通过第一次接触，他就会明白在这一粗暴的外表下却遮藏着温柔和丰富的才干。跟他们打交道，我的一举一动，哪怕是最粗鲁的，也都暗含着某种温柔。我的超然的命运赋予了我一种天赋，生来就了解孩子的分量、孩子身体的平衡点、重心、各关节、韧带、肌肉的颤动及骨骼的活动强度。母猫叼住小猫的脖子就走，并不是特别小心，就像叼一只包似的。可小猫却快活得直叫，这是因为母猫表面的粗野遮掩着内心的母爱与默契。

跟一个不认识的小孩，我第一个动作就是把手搭在他的颈背上，搭在他颈背下面一点的部位上。不管是细瘦还是粗壮，皱巴还是平滑，挺立还是弯曲，这一关键的脖根部位是人脑与人体的钥匙。它立即可以告诉我等待着我的是抵抗还是顺从。这一动作并不承诺什么，可以不受任何指摘地收回。不过，它也可以自然而然地升华，占有背部、双肩，然后顺势而下，一直到腰部，那是顶天立地、持物负重的平衡点。

我的双手天生就是为了承、托、运之用。手的两个传统位置——旋后位和旋前位——中，只有旋后位适合于我的手。它们总是自然而然地呈旋后姿态，手指挺直、合拢，手心朝天张着。旋前位总是让我感到不自在，造成肌肉痉挛。总之，是双负有承载使命的手！不仅我的这双手，我的整个身体都负有此使命，首先是我的高大的身材、搬运夫般的背以及赫拉克勒斯那样的非凡力量，总之我身上的一切都是与孩子那弱小轻盈的身体相对称的。我的高大与他们的矮小是大自然装配得完美无瑕的两个部件。这一切都是自古就已准备、规定和安排好的，因此易受劫难，同时也令人神往。

E.S. 必须有某种仪式来表现学员人数的总清点、总统计，城堡应该是这一活动的圣地。每次"上司"不在，由我主持每晚在内院举行的点名时，我抱的正是这一目的。我根据一丝不苟与随机应变的双重要求安排点名活动。

孩子们在三剑平台俯瞰的院子里自由自在地玩耍。我在小教堂静心地等待着，教堂的彩绘玻璃使夕阳的余晖显得绚丽多彩。我任凭自己沉浸在喊声、叫声、赞叹声之中，这一交响曲宛若有声的焚香朝我袅袅飘来，透过我在纳伊的经历，把我带到圣克利斯托夫中学。东普鲁士人的声音确实有着法国人没有的嘶哑和尖厉，但是我从中恰好找到了德国赋予我的那种本质的纯洁与我留在此地的原因所在。

时间一到，仿佛被仪式的齿轮传动装置所驱动，我穿过平台向前走去。当我的身影出现在赫尔曼剑和维普莱希特剑中间时，喧闹声戛然而止，我把手往赫尔曼剑的尖上一放，队伍立即排列得整整齐齐。四百个孩子共排成四十个纵队，每队十人，构成了一个密密麻麻的长方阵，正好被内院所容纳。没有几个月的无情"操练",他们不可能在瞬间便排成无可挑剔的队列,我真怀疑他们是以脚下的方砖为排列方位标,可我发现这四百张脸庞齐刷刷地正朝着我,同时映出我投向他们的目光。这时,我一挥手,打破我手下这批严守纪律的小战士所保持的庄严的寂静,下令唱起东普鲁士赞歌:

一手紧握长枪,一手捏紧马缰,西方的儿女们,我们骑马向东方驰骋,为了完成条顿人的事业。

狂风在呼啸,暴雨如鞭打,水淋淋的马儿不时失蹄,但我们始终向前,像昔日的骑士和农夫,奔向我们信仰所在的土地。

我们在尘土中飞驰,风驰电掣,目光紧逼东方,看着不懈地监视着天边的卡尔滕堡的楼塔。

我们重新锻造了被铁锈侵蚀的犁铧和利剑。利剑在握,犁铧深耕土地,明天,太阳将为我们升起。

少年的众声朝我涌来,铿锵有力。它们刺穿了我,给我带来痛苦与欢乐,我的心在紧缩,因为在这一不可抵挡的冲击中含着鲜血与死亡。接着,是美妙而悠长的点名"连祷"。在这个报名字和出生地的仪式中,我想引入一个新的因素,而且每次都花样翻新,任点名与应答自由意外地结合。因为长方形队伍中每个人的位置并不是事先规定的,因此,每天晚上每个学员所占的位置都有变动。然而,点名是这样安排的:最后一列的左侧第一位点右侧一位的名字和出生地,后者答"到"。然后再点下一位的名字和出生地,这样按顺序点到第一列右侧的最后一位为止,最末了一位的答"到"声标志着点名的结束。

显而易见,如此安排的点名并起不到这类活动的传统作用,因为点名的目的在于查明缺席者。但是,我期望从中得到的正是相反的结果,我要这关闭在狭窄的天地里、却绝对无拘束的四百个不同的个体轮流有彻底、完满的表现。一个个始终变化的声音轮次高声点着一个个富于联想意义的名字,对我来说,再也没有比这更悦耳的音乐了。约翰尼斯堡的奥特马、迪尔恩塔勒的乌尔利施、柯尼斯堡的阿尔明、马林堡的伊伦、普鲁士艾劳的沃尔夫拉姆、蒂尔西特的尤根、拉比阿乌的盖洛、贝伦温凯尔的洛塔尔、赫恩萨尔兹贝格的格哈德、海默费尔登的阿达尔贝特、诺登贝格的霍尔格、霍恩斯特恩的奥尔特温……我不得不忍痛打断这一统计,这是对我的财富的统计,它把一个人体的分量与普鲁士一块土地的气息结合在了一起。

点名之后,是片刻的寂静。接着,四百个孩子以整齐一致的动作,唰的一声往后转,跟我面朝着太阳升起的方向,眼前,只见一片铺满金色的麦穗和麦茬的田野,这是我业已拥有的金发,对此,我必须创造一种适当的庆祝形式。齐唱重又筑起有声的金字塔,牢固而又辉煌。他们齐声歌唱吸引着他们灵魂的东方大平原:

在东风中展开旗帜,

东风把它们鼓起,卷向前方,

出发的号角已经奏响,

我们的热血听到了它的呼唤。

德意志形象的大地定将向我们作出回答,

因为多少人用鲜血把她浇灌。

她不可能永远保持漠然。

在东风中展开旗帜,

让旗帜为新的出征猎猎飘扬!

我们要坚强,

去东方战斗,

经受不可幸免的一切考验。

在东风中展开旗帜,

东风使旗帜变得更加舒展……

E.S. 今天上午在比肯默海尔停留了一下,有人告诉我那儿有个叫德恩太太的妇人,她的职业是纺织梳理工,可据说她自己家有一台织机,如果把羊毛送到她那儿,她可以为你织成布。战争破坏了经济生活,使之落到了如此原始的地步,以后,谁家养了羊,才可能谈得上有衣服穿!我没有羊,可手下有一帮小男孩。我一想,岂不可以用他们的头发给自己织一件披风或类似上装的衣服。可以说,这就是我的金羊毛,一件既带着爱又作装饰的短披风,一方面满足我内心的激情,另一方面又显示我外部的权力。我想起了那些本来麻木的情人,胸前却挂着颈饰,里边装着一绺心爱的人儿的头发，真是可悲，我不禁哈哈大笑起来！

德恩太太是个又高又大的女人，粗粗的大腿和胳膊，大大的鼻子，看见一个身着标志不明的军服的骑手停在她的门前，马上表现出极大的不信任神情。当我跟她谈起她织布的事时，她充满敌意，始终缄默不言。恐怕是因为这事会受到处罚吧，确实在这一带，凡是非义务性的事早都已经被禁！为了让她明白我希望在怎样的基础上与她进行交谈，我从军大衣下拿出一只布包。到了她家的厨房里，我把布包里包着的一条狍腿拿了出来。她好像放心了一些。接着，我把进门后一直在身后拖着的一只麻袋包打开，让她看了看里边装着的孩子们的头发。我向她作了解释，告诉她我有很多头发，希望她把头发织成布。她反应强烈，令人难以理解。只见她突然浑身颤抖，往后退去，一边连声说着"不、不、不"，两只手直推，对狍腿、一袋头发还有我表示拒绝。最后，她从后面的一扇小门逃了出去，消失不见了，只听得菜园里传来狂乱的奔跑声，声音越来越远。

我在纳闷儿她一见到我那袋头发为何会害怕到如此程度。我的希望落了空，从屋里走了出来，带着狍腿和我的这袋具有强大力量的金羊毛，我真担心它们在很长时间里还派不上用场！

E.S. 我用那次集体理发剪下来的所有头发填塞了一个床垫、一床压脚被和一只枕头。那个愚蠢的纳塔太太竟然还说用之前要洗一洗！

我在这更为温柔的"羊毛"被窝里度过了非凡的一夜,这种羊毛散发的强烈的气味并不亚于未经加工的羔羊毛!不用说,我一秒钟也没有睡着。孩子们的羊脂味很快冲上我的头,把我抛入如痴如醉的幸福之中。欢快、泪花,欢乐的泪花!夜里2点左右,我再也受不了外面包着的那层荒唐的布。我打开了垫子、压脚被和枕头,把里面的头发统统倒进布拉特森的养鱼池,自他走后,这池子一直干干的,这下突然又获得了存在的理由。我钻进了这一新型的窝中,就像以前待在铺满绒毛的鸽棚里。我的那些可爱的孩子,他们全都聚集在这儿,我脸上紧贴着他们的一把把头发,一一认出了他们:那散发着收割的牧草味的,是亨纳克;闪烁着蓝灰色反光的,是阿尔明;别具一格的金灰色的头发,只有奥特维尔才有;而细得难以触辨的环形鬈发——小天使般的鬈发,对——是伊伦的;那铜一般坚硬的金发是哈洛的,充满铁的味道,还有巴杜尔和洛塔尔,以及所有其他的孩子。接着,我把他们的头发拌开,搅乱,混杂在一起,大把大把地紧抱在怀中。这时,我激动得浑身抽动,啜泣起来,我不禁自问——如今仍在自问——我的理智是否在这过分的激动中开始粉碎了。

我就像一个好喝酒的人,但属于深层次,纯粹是遗传性的,虽然饮酒成癖,但平常喝的从来都是一种名牌的甜苹果酒,可突然让他毫无节制地喝起70度的劣等烈酒来。

一个不眠之夜后,我今晨起床时发出了阵阵号叫声。

E.S. 他们挤满了内院,又喊又叫,在一丝不苟地做着交叉移位舞蹈游戏。突然出现了一阵粗野的挤撞:一个小孩朝我飞来,我以灵敏的承载反应力,在空中接住了他。我的两只大手紧紧地捂着这颗头发浓密的圆脑袋,只见两只浅褐色的眼睛直打转,一会儿朝左,一会儿向右,射出逃避的目光。我朝这面像湖一般清澈却深邃的灵魂明镜俯下身子。我就像一只在九重天上遨游的飞鹞,可突然感到一阵眩晕,在水镜上方摇晃。那嘴巴微微张开,宛若贝壳一般清凉。

这时,我发现那仿佛缲了边的深红色的双唇上布满了一道道线状的裂痕,鼓起一块块干燥的唇皮,仿佛一个个分隔的孤岛。

"你嘴唇痛?"

"对,先生。"

"你的同学都这样吗?"

"我不知道。"

"快去看看!"

我松开了他,他对我这离奇的命令感到惊讶,很快消失在人群中,就像一条鱼重被放进鱼缸里。可一分钟之后,他又出现了,身后拉着一个学员,与他像极了,恐怕是他的兄弟。这一位的嘴巴简直成了一条开裂的伤口,布满皲裂的口子,有的裂口甚至在渗着脓血。

当天晚上,我便到阿雷西的药店里弄到了一小罐用甜杏仁与可可脂混合配制的防裂油。晚饭之后,大饭厅变成了一个奇特而又动人的"礼拜仪式"场所。孩子们列队在我面前走过，我给他们一个个敷擦圣油……他们一个个在我面前停下脚步，朝我伸出嘴巴。我左手慢慢举起，拇指和食指并拢，一派祝圣者的庄严姿态。紧接着，我的手，我的这只"左手、天才之手、神圣之手"便纹丝不动：由孩子们自己朝它低下头，顺势抹上一点圣油，仿佛在晚间接收临终圣体，就像祈祷的人们在吻一位神圣的护主那可以显圣的雕像。当然也不乏——哦，少有的几位！就那么不该少的几位！——异端分子，他们往后仰去脑袋，或者把头扭向一边，表示拒绝。

奇妙而含混的承载之道，它要求人们在奉献、克己的范围内去拥有，去主宰！

E.S. 我发现淋浴室是个得天独厚的场所，可以造成空气的密度，在我看来，它向来都是与承载之道相对而互补的另一极。淋浴室位于一个更衣间后，是间宽十二米、长二十米的大屋子。石板地面上挖着排水沟，天花板下开花似的挂着五十个莲蓬头，由一个容量为五千升的混合型锅炉供水，流量控制器装在更衣间里。一个混合龙头可轮流放出冷水或热水，也可把冷热水合在一起，调到一定温度。

孩子们以学员队为单位被领到淋浴室。为了节省热水，从今天起，孩子们将成批进入浴室。出于男性的友爱精神，平时都有一个军官或士官与他们共同淋浴。但以后，只有我陪他们了。

由于由木柴代替了煤，得整夜不停地添柴，才能使水温上升到40℃。我先后五次起床来给锅炉添水，脑袋里萦绕着有关纳斯托尔的回忆，在这个闷热的不眠之夜，他的幽灵四处游荡，他就是在圣克利斯托夫中学的锅炉房中窒息而死的。按规定，孩子们将在早饭前领到淋浴室，时间是8点钟。我光着身子躺着，任热水往我身上冲，我几近窒息，眼睛什么也看不见，正在这时，孩子们清脆的叫声和光脚丫在石板上的啪嗒声充满了整个楼梯道。他们在莲蓬头喷出的细细热雨中快乐地喊叫、欢笑，你挤我撞，蒸汽的热浪弥漫成一片白色，淹没了一切。孩子们的身体全都溶化在蒸汽里，偶尔露出一点，遂又消逝，宛如一个瞬间即逝的梦。所有这些孩子在被吞噬之前，无一幸免地全都投进这只大锅里煎熬，而我受爱心驱使，主动投入其间，与他们一起经受煎熬。多少次我被倒下来的水淋淋的身体压在底下，任其践踏，突然间，我回想起一个久违的旧友。多少年来，更确切地说自宣战以来，我就一直没有再想起"它"，那就是天使症。但这是一种在蒸锅中经受的天使症，忽然变换了征兆：不再是那种将我抛入焦灼的深渊之中的窒息感，而是一种辉煌的升天的感觉，仿佛在滚滚的洁白的云海之上升腾，此时此刻，倘若没有我这膨胀的心脏往肋骨发起猛烈而沉闷的冲击，没有为我飞往辉煌顶点的盛大典礼击打着节奏的激动人心的鼓点，这恐怕只是一种平淡无奇的感觉，甚或还含着几分粗俗的意味。我想起了宗教给我的许诺：肉体的复活，那复活的肉体将改变相貌，变得无比年轻，生机勃勃。于是，我展开了我这个已经受到玷污的成人的棕色肉体，如雕像般的茶褐色脸膛伸向滚热的气流,把布满道道皱纹的黑脸埋进这堆精白面粉之中,任凭它被这些富有生气的肉体夹裹而去,把它从不幸中解救出来!

E.S. 夜开始变冷,由于缺煤,暖气设备无法继续运转,不得不放弃每室八人的小宿舍,把骑士大厅改建成集体宿舍,用铁炉烧火来取暖。孩子们对宿舍的变动欣喜若狂,心想这样一来,就有机会喧闹起哄了。就我自己而言,我觉得这是个好机会,可以将自己那种专注而烦躁的孤独感直接面对这一充满叹息与梦幻、惊惧与轻松的黑夜大团聚的场面。

孩子们把他们的小床一张张拼在一起,看上去就像是一层加高了的地板,又如一条铺了垫子的白色大道,我赤脚行走在上面,在四处留下自己的足迹,心中不乏快意。总之,这仿佛是一个催眠场,而不是通常意义上的宿舍。

…………

催眠场出现了奇迹。孩子们盼望已久的尽情喧闹起哄的时刻终于来临了,显得热闹非凡!在白色小床铺就的松软的大平原上,他们疯狂地驰骋。紧接着,被子和枕头四处横飞,斗士们成群地倒下,发出欢快的叫喊声;疯狂的追逐战最后在床绷下展开,他仍向一个由床垫筑起的很不坚固的堡垒发起了猛烈的进攻。屋子里闷热不堪,充满了动物气息,厚厚的窗帘遮着所有窗户,密不透风。

我蜷缩在墙角,终于忘记了自我,注视着这一场场战斗。我知道,孩子们整个白天都在挖反坦克壕,早已筋疲力尽。这不，有的已经在他们伏着身子打埋伏的地方睡着了。孩子们的兴奋劲儿已开始减退，这时，我一下关掉了照亮大厅的七十五只大灯泡，结束了这场大狂欢。夜间使用的七十五只暗淡的小灯使宿舍内摇曳起淡蓝色的微光，比黑夜更具有催眠效果。虽然有几个狂人仍在继续进行后卫部队的战斗，但嘈杂声很快平息下来。这时，我感到自己的眼皮已经重得快睁不开了，真想不到我这个夜猫子、常失眠、梦游的人，居然也是最先入睡，蹲在床边，背靠着墙角就睡着了。这恐怕是这个晚上最出人意料、最富有启迪意义的事儿。我平时睡不着，这大概是因为我这个人生来就是要跟四百个小孩一起睡觉的命。

但是，我身上也许还有另一个"我"，认为我在这儿的任务不只是为了睡觉，正因如此，我在半夜突然被惊醒，必须明确说明，我醒来后就像闪动的眼睛一样精神。一个个身子横七竖八地躺在月光下的大平台上，呈现出千姿百态，奇特而动人。有的成团地紧拥在一起，仿佛因为恐惧而像兄弟般地紧抱着；还有的像是被同一梭子弹成排地打倒在地；最令人感到悲怆的是那一个个独自躺在一处的人，有的一个人爬到一个角落，像死了的动物一样，有的则相反，用尽最后一口气，想爬到战友们的身边去，可未能如愿。

继夜晚一阵欢快的喧闹之后，却出现了这个大屠杀的场面，它残酷地使我想起了命运对我的戏弄，始终充满威胁，这就是所谓的恶性倒错。校长毫不吝啬地对我发出一次次警告，但通常都是暗示性和象征性的。可今晚的忠告却明确而可怖。

迄今为止，我所发现并推向白热化高度的一切本质明天就会**改变征兆**，甚或今晚就有可能改变，将化成一把地狱之火，在我对这一切本质不断高涨的赞美声中，烧得越来越猛烈。

但是，这些预感带来的悲伤却如此崇高而壮丽，轻而易举地与庄严的快乐感融为一体，每当我朝入睡的孩子倾去身子，心中总是升腾起这种欢乐的感觉。我满怀温情地轻声走过孩子们身旁，行走在这个催眠场上；我记下每个人独特的睡姿，偶尔，我翻过一个入睡的孩子的身子，看着他的脸，就像我们在沙滩上翻过一块卵石，观察一下它阴暗潮湿的一面。不远处，两个双胞胎兄弟搂在一起睡，我轻轻地把他们俩一起抱了起来，他们嘴里低声哼哼着，脑袋在我肩上轻轻滑动。这两个浑身汗涔涔的温顺的大娃娃，我永远不会忘记他们**入睡时的身体的分量**，永远不会忘记这一分量的特征！我的双手、双臂、我的腰和我身上的任何一块肌肉，都从来没有接触过可与此相比的特殊重力……

E.S. 这一令人难忘的夜晚富有启迪，我后来又作了深深的思考，发现孩子们在睡眠时呈现的千姿百态可以归纳为三大类型。

首先是仰卧式，处于这种睡姿的孩子如同一具雕刻的死者小卧像，虔诚地躺着，面朝天空，双脚并拢，必须承认，这种姿势令人想到的是死亡，而不是睡觉。与这种仰卧姿势相对的是侧卧式，双膝蜷到腹部，整个身体蜷缩成鸡蛋的形状。这是一种胎儿的姿势，是三种类型中最常见的一种，仿佛是对出生前的时代的一种回归。以上两种姿势一种象征着彼世，一种模拟着此世，与这两种相反的，是俯卧式，唯有这种睡姿充分体现了大地的存在。它赋予入睡者所栖身的基础以重要性，而这至关重要。入睡者委身于这一基础——理想的基础就是我们的大地——一方面是为了拥有它，另一方面也是为了乞求它的保护。这是依恋大地者的姿势，他们用自己的肉体来哺育大地，同时，这也是教给新兵躲避子弹和炮弹碎片的姿势。人若以俯卧式睡觉，脑袋总是侧向一边，枕在左颊或右颊，或者更确切地说，总是枕着左耳朵或右耳朵，仿佛在为大地听诊。最后，我们指出值得布拉特森注意的一点，那就是这种睡姿似乎是长头型的人最合适的睡眠方式，倘若考虑到婴儿颅骨的可塑性，经常让婴儿趴着睡，而且注意让婴儿的脑袋侧向一边，那恐怕有助于制造出长头型的人。

E.S.　昨天，我仔细打量着蓝柏柏尔马，它没有系缰绳，也没有上马鞍，只用一只简单的笼头扣在一个墙环上。一旦卸去了所有马具，它便整个儿放松了，耷拉着脑袋，驴似的竖着耳朵，弯着脊骨，显得松弛无力，萎靡不振，一副瘦得肋部凹陷、疲乏不堪的模样。可要是给它套上笼头、扣上鼻羁、束紧肚带，它遂变得精神抖擞，矫健地跺着蹄子、高昂着脑袋、眼珠一动不动，耳朵如同标枪……我也如此，此刻，我满脸病态，局促不安，徒长着一副魁梧的身材，浑身没劲儿，两条腿疲软不堪，两只胳膊无力地摇荡着。但是，一旦用孩子的身体把我装备起来，用孩子的腿当我的肚带，用孩子的上半身当作我的马鞍，用孩子的双手当作我的缰绳，用孩子的笑声当作马刺，那我马上就会恢复成原来的我。

E.S. 成年人的臀部就像一团死肉，积存着脂肪，如同骆驼的驼峰那样可悲；孩子们的臀部则完全相反，总是生气勃勃地颤动着，始终处于警觉状态，虽然有时也消瘦干瘪，但无时不挂着微笑，一副纯真的乐观模样，像脸一样富有表情。

E.S. 6点钟，初现的霞光映红了东侧塔楼上的瓦片。在阳光的爱抚之下，催眠场上的四百个小男孩骚动起来，抬起还闭着眼睛的脑袋，仍梦着百花竞开，获得光明、色彩、芬芳，还有那男根天使头上呈金字塔形状的生命角。这阵清晨的骚动过去之后，他们重又陷入昏昏沉沉的状态之中，命该经受黑暗，作出牺牲，被打入生殖的牢笼之中，只有在苦服传宗接代的劳役之时才会有一点生机。除非……也许是承载之道？谁知道这是不是圣克利斯托夫得到巨大奖赏所表示的意思呢：由于肩头承载了上帝，所以他那根杆子突然花满枝头，果实累累？

E.S. 他们耳朵里流出的液汁，像蜂蜜一样呈金黄色，带有精妙的苦涩味，除我之外，谁见了都会倒胃口。

六
承载天体

到了半夜,耶和华把埃及地的所有长子全都杀了。

——《出埃及记》
第12章第29节

1944年的最后几场战争将赌注押在了东普鲁士的戈乌达普，该城位于卡尔滕堡东北方约一百公里处。10月22日，契尔尼亚柯夫斯基将军指挥的白俄第三战线的部队一街一房地占领了该城，但在11月3日，德克尔将军率领第二十九坦克军团发起反击，又夺回该城。直至1945年1月13日苏军发动新的攻势之前，居民们得到了短暂的喘息时间，得以衡量一下所面临的危险，看一下纳粹政府慷慨承诺的保障是否可靠。但是，谁要猜测苏联红军有可能攻入东普鲁士，那就是犯罪，将被扣上失败主义和背叛祖国的罪名。苏军不断逼近，从东面逃来的队伍络绎不绝，开始是白俄的农民，然后是立陶宛人和梅梅尔地区的居民，后来连东普鲁士的德国公民也开始出现了，但是作为德国平民，无论如何也不能把逃难的队伍看作一种危险警报。在村镇的广场上，城市的公园里，常能看到被绞死的公民在摇晃，因为有确凿证据证明他们在做逃跑的准备。因此，当红军攻入被德国国防军放弃的地区时，那里的居民一片惊慌。据苏军士兵说，当他们进入农庄时，牲口都还在马厩或畜棚里，壁炉的火还在熊熊燃烧，甚至锅台上还炖着菜汤。该地区仅有的几条狭窄公路上，不同种族的难民顶着三九严寒，像疯了一样往西部逃，与开往前线或撤回后方的国防军车队挤成一团。

尽管迪弗热对外部事件基本上漠不关心，但有两次他曾目睹了这一大逃亡的惨况。第一次是在1944年圣诞节前不久，在阿雷西镇至吕里克镇的公路上。当时，一个德军纵队向吕里克缓慢地前进，可迎面而来的难民似乎被严寒冻结在路上。恐怕阿雷西镇那边车子堵住了，大车在路上一动不动，看上去像散了架似的，因为男人们趁停车间歇纷纷检查马具和固定货包的绳索，孩子们则在路边斜坡上或公路边的树丛里嬉戏。迪弗热顺着队伍策马往阿雷西镇奔去，走了一千五百米，他发现了堵车的原因，只见一群老百姓和军人正在两辆搅在一起的车子周围奔忙。原来是一辆军用马车在下一个冰冻了的小坡时滑向一侧，不巧撞上了一辆农民的四轮运货马车，运货马车的辕杆像长矛一样刺进了一匹军马的前胸。那匹垂死的军马双膝跪在地上，被右边的军马和左边农民的马支撑着，可左右两匹马不耐烦地尥蹶子，直立起来，想挣脱羁绊。

这一逃亡的情景给迪弗热留下了深刻的印象，他不由得想起1940年6月法国人的大逃亡，真像是《舟发西苔岛》[①]的情

---

① 《舟发西苔岛》为法国画家华多的作品，取材于法国短衫党起义，描绘了当时贵族逃亡的景象。

景。他反复念着《圣经》中的祷词：**祈祷吧，愿您别在冬天逃亡。**那匹前胸被刺穿的军马的模样深深地刻在他脑海里，再也无法抹去。他不禁揣摩这也许是一个象征——可惜无法破译——或更确切地说是一个与卡尔滕堡的纹章不乏相似之处的纹章。然而，当难民的队伍重新移动，他所见到的东西就没有丝毫象征意味，而是触目惊心的赤裸裸的事实：一具人尸在冰冻的路面上，坦克履带、汽车轮胎、马车轮子或干脆是靴子不知多少次从上面经过，将尸体轧扁、碾平、碾碎，薄薄的，像块地毯，简直可以说是按人体轮廓粗裁出的一块地毯，上面隐约显出一个人影，一只眼睛和几绺头发。

几天之后，迪弗热在洛特森到莱茵的路上又遇到一队人马，他内心受到了更为猛烈的震动。他远远看见一队战俘迎面而来，一个个头上戴着军人橄榄帽，脑袋缩在围巾里，双脚裹着破呢绒布或包着扎成靴子似的废报纸，用麻绳拉着身后的铁皮箱或混凝纸箱，箱下装着木制滑板权当雪橇。他们有几百人，或许有上千人，一路说笑着，一点也不像其他难民那样心事重重、默默无言。只见他们腰间的食物袋鼓鼓的，走起路来一晃一晃，他们一出现，迪弗热便知道他们是什么人了。可当他听到第一句法语时，心里还是像刀绞一样难过。他张开嘴想向他们问候，向他们询问，然而某一种羞愧感卡住了他的喉咙。他突然想起了司机厄纳斯特、莫伯日人米米尔、庞坦的费飞、苏格拉底，尤其想到了疯子维克多，心中涌起一股怀旧之感，连他自己也感到吃惊。总之，没有任何东西阻止他加入他们的行列，向着法国的方向快乐地前行，在这隆冬季节，他们穿着破布和废纸做的靴子，准备跨越近两千公里被战争蹂躏的土地……他低头看了看自己的靴子，那是一双卡尔滕堡老爷穿的漂亮灵巧的黑靴，就在这天早上他刚上过油，擦得锃亮。此刻战俘们从他面前走过，一个个压低了声音，以为他是德国人，可是有一个像费飞的黑发棕肤的小个子经过时却朝他喊道：

"德国佬完蛋了！到处都是苏联人，到处都是！"

只是与同胞擦肩而过，就招致了巴黎式的嘲笑，这使迪弗热突然意识到了自己——笨拙、寡言和忧郁——与这众多的战友始终有着不可逾越的鸿沟。他的蓝柏柏尔马很不耐烦地仰头嘶叫起来，他拨转马头，重又踏上了回卡尔滕堡的路。他很快便忘记了这次遭遇，因为他已属于普鲁士的一员，尽管身边的普鲁士已分崩离析。可回卡尔滕堡的路上，他脑子里一直萦绕着桤木王的形象：桤木王深陷在沼泽中，由一层厚厚的泥沙保护着，不受任何侵害，无论是人类的侵害，还是时间的侵蚀。

E.S. 今天上午，在古姆比恩。鞋匠铺子前面，一些妇女和老人在排着队，每人手中拿着一截旧轮胎。鞋铺里面，顾客脱下鞋，等着鞋匠把旧橡胶皮钉到鞋上，给就要磨穿的鞋子配上新鞋底……

随着我的力量不断增加，我怀着焦虑中夹杂着迷醉的心情目睹着德意志民族渐渐解体。小孩子们被转移到了后方。大一点的孩子应征成了高炮部队的帮手。学校因此而先后关了门。只有县府所在地的邮局尚在运转，寄封信或寄个邮包必须跑上数公里。各市镇的政府里，总有一位老人同时兼任市长、副市长及秘书，处理一些必办的公务，例如发放购粮卡，向阵亡人员的家属报告亲人为国捐躯的消息等。纳粹省党部还被要求承办结婚登记工作。虽然伟大的帝国已经摇摇欲坠，但它还不忘要以合法手段保证世代繁衍。在方圆一百公里的范围内，再也找不到一名医生。

人们偶尔听到一些怨言，抱怨生活愈来愈复杂。事实上，生活在简单化，不过生活愈简单，就愈艰辛、愈苦涩。现代生活中的行政、商业及其他沟通渠道就像一些小型弹簧，缓冲着人类与物质之间的冲突。居民们愈来愈面临着严酷的现实。

正因为这个国家在崩塌，因此她更为深切地触动着我。我看着她倒在我的脚下，赤裸裸的，软弱无力，疲惫不堪，一贫如洗。可以这么说，大厦不断摇晃，使往日深埋的根基突然失去遮掩，暴露在光天化日之下。她又像一只撞昏了的昆虫，突然失去了昏暗和地面的保护，在那柔软灰白的肚子上，六只爪子朝着天空拼命挣扎。在混乱不堪的民族那苍白的腹中，似乎已嗅到湿土的气息和活尸腐烂的臭味。在这块土地上，长眠着普鲁士的庞大身躯，她已没有防卫能力，虽还活着，身子尚是热的，但那柔软和脆弱的肢体已经散落在我的皮靴之下。这一切足以迫使这个国家及其儿女服从于我的要求，服从于我对温情的迫切要求。

拉费森已有一个星期不见踪影。一天晚上，他带领国防军的一个车队回到了城堡，在院子里卸下了三千枚反坦克火箭弹和一千二百颗反坦克地雷。反坦克火箭弹是单人用火箭发射筒发射的，虽然轻便简单，却威力极大。这种武器来得非常及时，是分散的游击队员对付入侵者装甲车的理想武器。火箭弹在装甲板上爆炸时，会喷出一股燃烧气流和一个高熔金属核，速度每秒达数千米，温度高达数千度。高熔金属核从燃烧气流烧穿的洞口进入坦克舱，熔化舱内的金属，伤害或杀死驾乘人员，还能点燃舱内滞留的油渍或油雾。然而，反坦克火箭弹射程有限，仅为八十米。军事教官反复强调，射击手必须尽量让目标靠近，勇敢迎敌。教官多次指出，十五米为理想距离，但这也是异常危险的距离，极其大胆的距离，他要求射击手在重型坦克面前沉着应战，临危不惧。

于是，拉费森在城堡的一个大厅里支起一块黑板，给孩子们开设理论课，让孩子们先在精神上驯服"装甲怪物"。

"坦克是个聋子，半个瞎子，"他一字一句地说，显得胸有成竹，"你们能听见坦克，而坦克听不到任何声音。马达声使舱内驾驶员辨不清武器的发射地，听不出是自动步枪、火炮还是飞机投弹。

"坦克也看不清东西。瞄准装置受到许多死角的限制，主要分布在坦克四周近处。前进中车身震动很大，更难进行观察。夜间行车时，坦克还得打开炮塔和护窗板。

"坦克不可能同时向四周射击，也无法对近处射击。炮塔旋转一周至少需要三十秒，有这个时间加上死角掩护，对一位果断的步兵来说，下手并不危险。坦克炮的死角从七米到二十米不等，自动枪的死角因坦克型号而定，一般在五到九米。最后一点，坦克在前进中无法准确射击。要想打准，坦克必须停下来，这就给轻步兵发出了警报。"

接着，他列举了坦克的六个致命点，射击手应该集中火力攻击这些地方，它们分别是：传动系统、底板、通风系统、发动机、炮塔颈部及瞄准装置。

随着他的讲解，孩子们仿佛看到一头具有可怖力量的怪兽跃出地面，张牙舞爪，吼声震耳，但它步履缓慢，手脚笨重，眼睛近视，两耳全聋，与他们平时打的红黑猎物没什么两样。诚然，这个猎物比梅花鹿更危险，但相较而言，却更容易接近，置它于死地。这不过是一头超级野猪，如此而已。孩子们想象着欢乐的狩猎准备活动，不由得开心地笑了。

反坦克火箭实弹演习在艾兴多夫荒原上进行，靶子由砖砌的矮墙构成，形状大致像坦克。通过实弹演习，孩子们明白了现实比说的要严酷得多。发射时爆炸声震耳欲聋，喷出的火焰直冲射击手的颈部，因夹角太小射到地面而未能爆炸的火箭弹头在雪地上乱蹦，发出啰啰的声音。可一旦击中目标，火舌遂将矮砖墙化成彩色碎屑，这一切无不在告诉孩子们，他们刚刚获得了一种恐怖的玩具，因而开始了一个新的年代。然而，第三天便发生了伤亡事故，夺去了一个少年学员的生命，他就是赫尔默特·冯·比贝尔西。

根据无后坐力炮原理，发射药点火后会产生两股威力相等的推力：一股向前，掷出弹头；另一股向后，消失在空气中。射击手和副射击手的主要威胁来自向后喷射的那条火舌。

它由钢管喷向人们往往认为没有什么威胁的后侧。这一火舌若碰上近处的障碍物,就会飞溅开来,会对射手造成致命危险,而站在射手后面的副射手危险更大,因为火舌在三米以内能置人于死地。

迪弗热得知了赫尔默特被反坦克火箭弹的后坐火焰烧掉了整个脑袋的消息后,立刻来到安放遗体的城堡附设小教堂,待在死者安眠的担架旁,孤身一人守了大半夜。

E.S. 我难以克制自己,在晨曦闪现之前一直目不转睛地观察着这具纤瘦的躯体,它被安放在白色床单上,宛若一幅水墨画,一副骨架上挑着几块肌肉,鼓突在外面,犹如圆形的肉瘤,又像是光树枝上长出的几个槲寄生球。这副古怪的模样是否足以令人感到,这具无头遗体已没有丝毫的人性?我说没有人性,是想说他和成年人的忙碌再也没有任何关联。赫尔默特·冯·比贝尔西不再是赫尔默特,他并非来自尘世。他像一块陨石,一个从天外飞来的精灵,应召融化在地球上。他死后的肌肉比他生前任何时候都发达。他的肌腱、神经、内脏、脉管等组成了一台神秘的机器,给他能量,给他滋养,但现在已融化成单质、生硬的一堆物质,只有形状与重量。他的胸腔似乎因吸气而高高隆起,叩指发出实声的腹腔皮肤微微起伏,然而这一切绝不意味着他尚有一丝气息。当然,我应该就重量——净重——概念进行思考,而负载之举将是思考的完美的顶点。

我一直在猜想,人的脑袋不过是个充满精神(spiritus,

气）①的小球。它吊起人的躯体，使之处于直立状态，同时抽去它的大部分重量。通过脑袋，躯体才有了精神，才能脱离肉体，减去分量；反之，没有了脑袋，躯体就会掉落在地，突然还原为非凡的肉体，拥有闻所未闻的重量。随着精神的逐步分离，肉体便相应地加重，双胎妊娠为此提供了相对的样板，而死亡则给这一现象恢复了绝对的原型。因此，尽管松弛的躯体一动不动，失去一切弹性，但它似乎反而显得格外福态。

我双手托起死去的孩子，双眼凝视着他脖子上那个可怕的伤口。突然，我觉得力不可支，不出所料，我被这一躯体的分量压得左右摇晃。我可以庄严地证实，这具无头尸体的重量是它活着时的三倍或四倍。

至于承载之举产生的欢悦感，它将我带向了空中，世界末日的大炮在不停地发射，震荡着黑暗的天穹。

E.S. 半夜时分。他们都在那里，集中在催眠场上，处于绝对服从的境地。怎么办呢？我成了夜间的大飞蛾，一身绒毛，笨拙地从他们面前飞过，不知如何倾诉我的欲望。我是多么渴望吐露我内心的悲哀啊！我这只夜间的天社蛾，抖动着仁爱的翅膀，飞向了电灯泡。那东西有一股无法抗拒的诱惑力，但当飞蛾真正靠近它时，却不知如何是好。它不知道怎样对付灯泡。而事实上，一只飞蛾又怎样奈何得了电灯泡呢？

---

① 法语中的esprit（精神）一词，源于拉丁文的spiritus（气，精神）一词。

说实话，我在不断作出努力，以打消心头的疑虑，可它一直固执地缠着我，我只得在夜深人静时将它付诸笔端。是否因为在赫尔默特遗体旁守了那次灵，使我染上了一种嗜好，喜欢上比催眠场上呼呼作响、乖乖喘气的人体更为沉重、更为冷酷的肉体呢？

E.S. 压在我头上的最沉重的厄运之———难道不能更准确地说，是飘荡在我头顶的最荣耀的福分之一？——就是每当我提出一个问题或说出一个心愿时，命运迟早总会作出相应的回答。虽然我对它的打击早已习以为常，但命运的回答几乎总是以其强大的力量令我感到吃惊。

这些被我关在卡尔滕堡这个与世隔绝的天地里的孩子，该怎么办呢？我现在才明白，那些拥有绝对权力的暴君为什么最终总会变得极度疯狂，原因就在于他们不知道该如何使用权力。世上没有任何东西比无限的权力和有限的能力之间的失衡更为残酷。除非命运能够突破贫乏的想象力的界限，践踏摇摆不定的意志。

从昨天起，我领教了野蛮而又绝妙地使用这些孩子的方式。

拉费森可谓不遗余力，要让卡尔滕堡响应元首反复下达的拼死抵抗的命令。赫尔默特的死并没有影响反坦克火箭的实弹射击训练。同时，学员队轮流按弹幕法埋设反坦克地雷阵。这是一种碟式地雷，操作起来相对安全一些，因为至少要四十公斤的压力才能引爆。不过，这种地雷自重十五公斤，对孩子们的体力和耐力无疑是一次严峻的考验。他们必须将地雷从卡车上搬运到事先选好的埋设地点,即敌方坦克可能突破的"必经之路"。在纵深两百米到三百米的范围内,地雷呈梅花状分布,每两米的阵面就有三颗地雷。

我曾大胆地拉过一军车地雷,军车是国防军借给我们暂用几天的,车上装着五百颗重型地雷,足够把整座城市掀上天。前面已卸过两车,已分埋完毕,只剩下二十来个孩子在等我。按规定,每人只搬一个地雷——只许搬一个——并且独自向前走,在至少四十米的范围内不得有其他运雷者。我负责分发,分完后,我就尾随最后一位运雷者往前走去,这一半是因为无聊,一半则出于好奇与友善。

他叫阿尼姆,是乌滕堡省乌尔姆人,一个典型的施瓦本①农民子弟。施瓦本人个头不高,但腰圆背厚,长着党卫队挑选者们认为是罪过的圆脑袋和硬脑门儿,两只淡绿的眼睛,一头金发。施瓦本人被德国其余地区的人公认为吝啬、记仇、恋乡和肮脏,总之,他们与金发奥弗涅人别无二致。不过,我倒挺喜欢这位阿尼姆,因为他有力量,而且主要集中在双腿上,看上去,那双粗壮的腿与他的体重极不相称,双腿外表笨重,却步伐轻盈,一蹦一跳,仿佛为脚步如此轻松而感到高兴似的。

然而这一次,乌尔姆的阿尼姆失去了平地生风的步子,他右手提着沉重的死亡之碟,这个铁甲封闭的圆饼压得他身体歪向左侧,另一只空手的胳膊直直的,在空中呈水平状摆

---

① 德国南部一地区名。

动着。他迈着碎步向前走去，我从后面撵上去，暗自想帮他一把，尽管这样做是违反命令的。走出百米后，他停了下来，重新把又细又锋利的地雷用垫手的破布裹好，换了一只手拿着，又小步走了起来，步子比刚才还急促，右胳膊在空中晃荡。然后，他又停了下来，忽然看见了我，朝我笑了笑，鼓了一下腮帮表示累了。最后，他采用了一种更省劲的搬运技术，但完全违反了教官所教的布雷和排雷规程。只见他两手托在地雷下端，将它抱起，紧贴在腹部，上身微微往后倾。他又停息了两次，这样，我离他就更近了，当地雷爆炸时，我离他只有十来米的距离。

我什么也没听见，只看到那孩子行走的地方燃起一团白色火光，紧接着，一阵耀眼的风暴将我横扫在地，一阵气化的血雨淋了我一身。有一阵，我恐怕已不省人事，只记得有人围上来，很快将我抬走。当时的情景似乎难以想象。在医务所，大家见我毫发未损，甚为惊奇。我从头到脚像穿了一件血衣，却没有一滴血是从我自己身上流出来的。原来是阿尼姆被气化成红血球雾，使我染了一身血。

这次野蛮的洗礼发生在为赫尔默特守灵后不久，把我变成了另外一个人。

一轮鲜红的大太阳在我面前突然升起。这轮太阳是个孩子。

一阵朱红色的龙卷风将我抛入尘埃之中，犹如索勒①在大马士革的路上被光芒击倒在地。这阵龙卷风是个年轻的男孩。

---

① 《圣经》里以色列人的第一代国王。

一阵鲜红色的飓风将我的脸埋进了泥土之中，如同授神品的大主教陛下使年轻的教士激动得像被钉子钉在地上一般，一动不动。这阵飓风是卡尔滕堡的一个小男孩。

一件紫金色大衣压在了我的肩头，不堪重负，表明了我这位椴木王的尊严。这件大衣，就是施瓦本人阿尼姆。

E.S. 其实我早就恢复了元气，但还赖在纳塔太太那双镇痛的手中不想离去，原因不得而知。细细想来，很奇怪我竟没有早点儿来这地下室看看，现在这里成了医务所，一股甜丝丝又呛人的乙醚味令我激动异常。绽开的皮肉、受伤的肉体较之完好无损的肉体更具有肉体的本质。它有其洁净的衣装，那些绷带就像破译密码的格子，比普通的服装更意味深长。这种焦虑中混杂着迷醉的气氛，一下将我带回到圣克利斯托夫中学的医务室。想当初，佩尔斯纳尔让我用嘴给他舔受伤的膝盖之后，我曾在医务室里住过一段时间。

上帝保佑，我现在身强体壮，头脑清醒，有着足够的承受力，可以对这一万分痛苦而又跨度很大的人生阶段作一反思。确实需要经历这漫长的岁月，才能认清并承认自身优柔寡断、怯懦害羞的本质。但是我们应该精确一些，避免在时间上出错：当高烧与抽搐将我击倒在佩尔斯纳尔面前的时候，我显然还没想过要去分析一下我自己的状况。我总是过分贴近地经历生活中的每一件大事，难以设法拉开距离去进行评判。况且，当时要是那样做了，那我所经受的极度痛苦足以说明我的神经系统已经彻底垮掉。幸好后来我在校医务室休息了很长时间——也许有十五天——这段时间本该打开我的眼睛，然而某种难以名状的恐惧却使我固执地死闭着眼睛，害怕过分了解自己。

直至今天，也只有今天，我才有力量写出那次危机的真相，我尽量以简短的词语作一说明：当我嘴唇碰到佩尔斯纳尔伤口的嫩肉时，刺激我的是一种极度的快感，强烈得无法忍受，无论在这之前，还是在这之后，我都没有领受过比这更为深刻、更为残酷的灼热感觉，那是给人快意的灼热感。我那尚封存着柔情的纯洁机体自然经受不住这电击般的刺激。

至于后来在医务所度过的日子，可以说是重新经受那无法忍受的考验，只是有了缓冲淡化，有所减轻罢了。那股甜<u>丝丝</u>的乙醚味，实在说不清道不明。它碰到东西就沾，甚至渗透到食物之中，使我沉浸在轻飘飘的迷醉状态，幸福中夹杂着不安。然而，对我最有吸引力的是包敷伤口，我总是贪婪而好奇地观看着揭绷带的情景，先是揭去胶带，然后除掉棉塞，最后取下敷料纱布，露出伤口的真实面目，四周的皮肤白白的，仿佛印有凹凸条纹。就这样我度过了一个个令人激动、耀眼的疯狂时刻。对我来说，包上一块鱼胶硬膏，再呈"十"字形贴上两条氧化锌胶布，远比最令人眼花缭乱的衣饰更让人心动。至于伤口本身，其形状大小、深浅程度甚至愈合的过程，无不为我的欲念提供精神食粮，比纯粹的裸体提供的精神食粮要丰富得多，也更出人意料，不管那裸体多么诱人！伤口愈合的不同阶段的标志就是痂盖：它们有时被揭去，又裸露出新的伤口，鲜血在那里重新凝固；有时则自动脱落，露出红里透白的新长的皮肤。连各种消毒剂也都给伤口增添一种矫饰逗人的外表。在双氧水留下的乳白色水迹上，一经涂抹，便产生了奇妙的化妆效果，宛若一朵散沫花。然而，任何东西都无法与一种新药品——因无痛感而被怀疑为无效药物——的刺眼的红色相媲美，那就是红汞。当然，有的伤口也像薄唇的嘴巴，线条朴实严峻，但为数极少。大部分伤口泻着笑意，扮着怪相，浓妆艳抹，如同妓女的嘴脸。

E.S. 今天早晨，四百名孩子全都集结在城堡前的场地上，排着密密麻麻的队伍。他们刚做完操练的准备工作。尽管寒风刺骨，可他们身上只穿一条黑色短运动裤，光着上身，露着双腿。拉费森必须在11点赶到约翰尼斯堡司令部，他戴着军帽，紧束腰带，脚登皮靴，架着单片眼镜，将马鞭夹在肋下，急匆匆地走了过来。啊，瞧他全身披甲，金龟子似的站在这群手无寸铁的无辜孩童面前的模样，我便明白了几分，此刻，他的灵魂已被邪恶的念头死死勾住！只听他一声号令，队列便像多米诺骨牌般地向前倒去，只见一大片人体富有规则地卧倒在地，恰似收刈者身后的一把把麦子或牧草。这时，他往这一个个人体中走去，可他不是在人体之间落脚，却偏要踏在人体之上。两只皮靴毫无顾忌地践踏着这个由人体编织而成的地毯，随意地从孩子们的手、屁股或后颈上踩过去。他甚至在这些被"砍倒"在地的孩子中央停下脚步，叉开两腿，把马鞭夹在胳膊下，点起一支雪茄……

你以魔鬼的本能,准确地找到了反负载之举的方式,为此,基尔的斯特凡,我要向你宣告,残酷的死神时刻就要降临!

他们来自爱沙尼亚的雷尔瓦和佩尔瑙、拉脱维亚的里加和利巴乌,以及立陶宛的梅梅尔和科乌诺,不像其他难民那么引人注目,因为他们主要是在夜间迁徙,由党卫军负责押送,所到之处,被党卫军扫荡一空。一位老农妇看见他们在月光下像鬼魂似的静悄悄走过,说是面对盗墓的敌人,东方墓地的死人从坟地里爬了出来,匆匆逃跑了。另外一些目击者说,他们光光的脑袋下面长着一张骷髅似的脸,身子摇摇晃晃,俨然是支撑着睡衣的木头架,还说什么他们常常被铁链扣在一起。要是他们中间哪一个再也没有一点儿力气、瘫倒在地时,离得最近的一个押送队员就会朝他的脖子上砰的一枪,结束他的生命,因此,这种神秘大迁徙的身后留下了一具具尸体。

红军到来之前,势必要转移那些死亡工厂、矿井、采石场、犹太人居住区或东部集中营里的人,迪弗热还没碰到过一支从这些地方转移出来的队伍。可是有一天,他去北方昂格尔堡办事,途中,他勒住蓝柏柏尔马,发现路边的壕沟中有一具用牧羊人旧披风盖着的躯体。这是一具人尸,分不清性别、年龄,只有左手腕刺着一个号码,左胸前缝着一颗淡红色的大卫星,上面清晰地显现出一个黄色的"J"字。迪弗热重新上马,但只走了两公里,又在一块界石边停下来,发现一只麻袋包似的东西靠在界石上。这次是一个儿童,戴着一顶帽子,帽子是用三块毡子缝起来的。他正在呼吸,还活着。迪弗热轻轻地摇一摇他,希望他能有所反应,却徒劳,他已完全麻木,仿佛濒临死亡。当迪弗热把小孩抱在怀里时,他的心不禁痉挛起来,他发现这小孩轻得不可思议,粗布包上只探出个脑袋,里面仿佛什么东西也没有。迪弗热重新踏上了去卡尔滕堡的路,离城堡还有二十多公里;他希望在天亮之前回到那里。

果然,在一小时之后,极北的夜色泛出微明,闪烁的光亮和神秘的气氛笼罩着迪弗热。蓝柏柏尔马迈着宁静而匀称的步子向前走着,路面上的冰块在铁蹄从容不迫的击打下纷纷开裂,化成一颗颗星星。迪弗热不像往日狩猎满载而归时那样,手抱满头金发的纯洁的猎物,风风火火地赶回卡尔滕堡。他也不再被平常那种承载的迷醉状态所左右,难以自已地发出号叫与狂笑。在他头顶上方的苍穹中,大斗兽星座围着北极星慢慢地转动。大熊星座及其他星座、鹿豹座与天猫座、白羊座和海豚座、天鹰座和金牛座与诸神怪星座,如麒麟座、室女座、飞马座和双子座混为一体。迪弗热向前走着,庄重而缓慢,隐隐约约地感觉到他正在完成承载天体的第一步,开创了一个崭新的纪元。在他肥大的大衣之下,标着星记的孩子不时颤动着嘴唇,用一种未知的语言吐出几个字。

城堡屋顶盖的瓦片大都不太合缝,给成群的夜鸟提供了通道。可是在城堡顶楼的一角,有一间隔开的小屋,那是热水管和排气管的集散点,里面若点上一个小油炉,就可以保持暖房那样的温度。迪弗热在杂物堆里随便找了一张行军床,安放在小屋里,将孩子安置在床上,然后下楼来到厨房,做了碗牛奶面糊端上楼,想方设法让那孩子吃,可白费力气。

此后,他除了要在城堡内外忙碌,还要在这间塞满破烂却很温暖的小屋里作出种种努力,设法使遍体鳞伤的埃弗拉伊姆获得新生。这孩子的年龄根本无法确定,可以说他八岁,也可以说他十五岁,或者在这两者之间的任何一个岁数,而且他的身体的极度虚弱与智力的过早成熟形成鲜明的对比。迪弗热在医务室找到了一块除虫菊皂,用药皂轻轻地擦洗埃弗拉伊姆的脑袋,只见他头上的头发、虱卵和痂盖粘在一起,像是罩着一顶帽子,臭烘烘的。但令迪弗热感到不安的,是这个骨瘦如柴的身体染上了痢疾,剧烈的肠绞痛使他身体乱扭,在迪弗热放在他身下的便盆里排出夹带有血丝的淡白色粪便。他一个劲地要水喝,一喝就是很多,强烈的干渴无法抗拒,迪弗热不在时,他就自己爬到阁楼里一个硕大的铜制水龙头上去喝水,水龙头四周摆放着管子、斧头、喷嘴、水桶等一套消防设备。喝完水,他倒头就睡,可常被噩梦惊醒,梦见他在与一些看不见的敌人搏斗。为了不引起别人注意,迪弗热在自己的屋子里安装了一个小灶,为他那位病人熬肉汁或做菜汤。

两天后,孩子才开始跟他说话。他说的是一种夹杂着希伯来语、立陶宛语和波兰语词汇的意第绪语。迪弗热只能听懂其中一些源于德语的音素。但是,他们有大量的时间,也有无穷的耐心，总可以达到互相理解；当孩子那张尽是脱皮、只见两只黑色大眼睛的瘦脸转向迪弗热时，迪弗热便侧耳倾心地细听，因为他看到正慢慢在建立起一个新的世界，它以惊人的忠实性反照出他的世界，将其中符号全都改变了方向。

他发现，在以战争为中心的疯狂的德国，集中营系统形成了一个地下世界——除偶然情况外——与地上那个活人世界没有任何联系。在被德国国防军占领的欧洲——但主要是在德国、奥地利和波兰——数以千计的村庄、小寨或村镇，组成了一幅象征国家的地狱版图，拥有其圣地、首府、地方行政机构、通信网络及火车编组中心。希尔梅克、纳茨维莱、达豪、新加默、贝尔根-贝尔森、布亨瓦尔德、奥拉宁堡、特里锡恩斯塔德、毛特豪森、斯图索夫、罗兹、拉文斯布吕克……在埃弗拉伊姆的嘴中，这些地名具有方位标的价值，在这个黑暗的世界上，他最熟悉的就是这些地方。但它们还没有奥斯维辛那般黑暗，奥斯维辛在波兰境内，位于卡托维采东南三十公里处，德国人叫它奥斯维茨，那是个邪恶的渣滓洞，是个卑鄙、痛苦与死亡的大都会，欧洲各地的运尸车全都开往那里。埃弗拉伊姆很小的时候就到了那儿，差不多可以说是在那里出生的，他似乎为自己能在这样一个魔窟中长大而感到几分自豪，在集中营囚犯们的眼中，这个魔窟拥有葬身之地的威望。德国国防军入侵爱沙尼亚不久，他和他的父母于1941年7月被特别机关逮捕，被直接送到了奥斯维辛。他们是被装动物的车运来的，只记得下车时，灰暗的空中飘着一只只气球，用绳子系着，像红肠似的被穿成一串。党卫军们用大棒驱赶着牲畜似的囚犯们往前走，然后是冲洗身子、剪发、消毒，再命令他们在一大堆乱七八糟的破衣服中找几件穿上，孩子们见了，一个个都高兴极了。

"有的孩子穿上女人的衣服取乐，有的则一瘸一拐地乱跑，因为他们穿了两只左脚鞋或两只右脚鞋。真像是在过儿童化装节！"

埃弗拉伊姆回忆起到达时的那种滑稽场面时，忍不住咯咯地小声笑了起来。后来，他跟父母分开了，再也没见到他们。他被关进了儿童监号，里面集中关押着十六岁以下的孩子，甚至还有几个婴儿。一个以前当过老师的人常来给他们上课，他永远也不会忘记有一次上课时老师给他们出的作业题目：如果万有引力终止了，你们会怎样呢？答案是：我们都会飞到月亮上去。每次想到这次作业，埃弗拉伊姆总忍不住发笑！有时，党卫军对他们还算友好。孩子们可以留头发。他们给了孩子们一张乒乓球桌，还给了他们一包来自加拿大的衣服。

当埃弗拉伊姆第一次说出"加拿大"这个地名时，迪弗热便立即领悟到伟大的恶性错位的号令刚刚发出了回声。"加拿大"是他个人梦境中的一个省份，是他儿时在景教氛围中寻找的避难所，也是他被囚禁在普鲁士土地上的最初几个月的栖身地。他要孩子做详细解释：

"加拿大？"埃弗拉伊姆对他如此无知感到很惊奇，回答说，"那是奥斯维辛的宝库。你知道，囚犯们身上总是藏着最珍贵的东西,如宝石、金块、首饰、手表等。当他们被煤气毒死之后,他们的衣服以及衣袋、衬里中所有能找到的东西都集中放在一座特别的木棚里,大家都管这木棚叫'加拿大'。"

迪弗热所拥有的最秘密、最幸福的东西却遭到了如此可怕的变形,他实在无法就此罢休,忍不住追问道:

"但是为什么呢?你们为什么把木棚叫作'加拿大'呢?"

"啊,因为对我们来说,'加拿大'意味着财富、幸福和自由!你知道,人们常对我说:'如果你想得到幸福,就移居加拿大。你的舅公热胡达在多伦多有一家服装厂,他很富有,有很多孩子。'我一直梦想去加拿大。可在奥斯维辛,我找到了它。"

"加拿大还有些什么呢?"

"有些房间装满衣服,还有的放着眼镜、夹鼻镜,甚至还有单片眼镜。哦,还有间小屋堆满了头发。都是女人的头发,至少得有二十厘米长才有用处。有的女人想逃跑,为了辨别女逃犯,不管她们头发有多长,一律在脑袋中间剪出一道缝。头发成车成车地运来。据说是用来为在苏联的德国士兵制作毛毡鞋垫的。"

迪弗热听着孩子讲着,脑海中不禁浮现出他自己一手拖着一口袋头发,另一只手把狍腿递给德恩太太的情景,想起了那个高大的女人,满脸恐怖地向后退去,用头、用手、用整个身体在说着"不、不、不"的场面。她也许早就听说过奥斯维辛存放的头发，以为要逼她到那座庞大的地狱工厂去干活。

接着埃弗拉伊姆讲起了点名的折磨，有时点名持续六个小时之久，不管天冷还是天热，囚犯们都得一动不动地站着。迪弗热立刻意识到这是他的清点人数的仪式的恶性错位，因为他主持孩子们的点名仪式时总是不乏爱心。从那时起，对埃弗拉伊姆来说，集中营中经过专门训练、用来追捕、撕咬囚犯的短毛猎犬不过扮演了一个小小的角色，只是淡淡的一笔，旨在完善可怖的相似性，正是这种反衬构成了他个人的地狱；相反，当他发现那些浴室实际上是些伪装过的毒气房时，他彻底绝望了。

"最后，"埃弗拉伊姆继续说，"我和另外二十个孩子用一辆马车组成了一个运输分队，拉车的马就是我们！我们推着车或拉着车，顺着集中营内宽阔的路飞跑。真的是在奔跑。我总是跑在最前面，把车辕推向左边或右边，指挥车子的前进方向。我们运送衬衣、被子和木料。就这样我们在集中营里到处走，可以看到一切。我目睹过优胜劣汰的场面。有一次，我给一个妇女送去了胭脂，让她涂在脸上，免得一副病恹恹的样子。还有个冬季的一天，一个盖世太保开恩，让我们到毒气室里去暖和一下。这些都是假淋浴室。他们让犯人们脱光衣服并关照他们记住衣服放在什么地方，免得把自己的衣服穿错。他们甚至还分发了浴巾。接着，他们把男男女女尽量往里边塞。最后，盖世太保们用肩猛顶，把门推上关严。他们有时还把小孩子从人们头顶上扔进去。淋浴的莲蓬头是假的。我亲眼见过那上面是有小孔，但没有真的戳通。等放完毒气打开门时，那场面可以想象得到，最强者曾经踩着弱者拼命往高处爬，以逃避从地面往上升的致命毒气。那人呀，整个儿一堆，一直堆到天花板，下面是妇女和儿童，上面是身体最强壮的男人。"

尽管埃弗拉伊姆的年龄和他所谓的运输分队给他提供了种种便利，他当然不可能看到巨大的死亡城里发生的一切。但他有耳朵可以听，要知道，消息在集中营里传播得很快。埃弗拉伊姆知道集中营里有一个B区，门格尔博士在那儿用囚犯做医学实验。埃弗拉伊姆对迪弗热说，门格尔对双胞胎特别感兴趣，一有新的车子到，便注意下车的人，选出所有能找到的双胞兄弟或姐妹，供他试验。他主要的兴趣在于对两个同时死亡的双胞胎进行解剖，显而易见，门格尔特别寻觅的这种巧合在现实中几乎是不存在的。然而，门格尔博士的手却促成了这种巧合的发生。后来，传说在奥斯维辛有用囚犯进行真空致死的试验，用以研究治疗飞机高空飞行中突发性减压造成的生理后遗症。用作试验的囚犯被关在一个沉箱里，这种箱子的空气可以随时抽空。透过沉箱的玻璃小窗，可以看到鲜血从受害者的鼻子和耳朵里喷射而出，受害者拼命地用手指甲抓脑门上的皮肤，动作缓慢而又不可抗拒地一片片撕下整个脸上的皮肤。

迪弗热恐惧地透过埃弗拉伊姆那深长的回忆，看到了一个地狱之城在残酷无情地建立起来，与他在卡尔滕堡所梦想的承载之城——对接，完全对称。"加拿大"、头发织品、点名、短毛猎犬、双胞胎研究、气压实验，尤其是那假淋浴室，所有这些发现、发明，都反照在一面恐怖的镜子里，被推向了白热化的极致，成了地狱。迪弗热还了解到党卫军拼命追捕、要斩尽杀绝的两个民族，是犹太民族和罗姆民族。这样，他便发现了定居民族对游牧民族的千年遗恨在这里被推到了极点。犹太民族和罗姆民族，这两个漂泊不定的民族，都是亚伯的后裔，都是他的兄弟，无论在心灵上还是在精神上，他都感到与他们息息相通，但是，他们却在奥斯维辛经受着脚蹬皮靴、头戴钢盔、用科学武装起来的该隐的打击，一批批死去。迪弗热对死亡集中营的猜想至此便告结束了。

死亡之门饰着极富讽刺意味的门匾，上面写着"劳动带来自由"（Ardeit macht frei），如果说对通过了这扇大门的大多数的囚犯来说，奥斯维辛是个死亡终极地的话，那么对有的人来说，它同样也是一个中转站，把他们从这儿送到另一些集中营、工地或工厂，这完全取决于管理部门的矛盾心理，因为管理部门既想把他们灭绝，又想最大限度地榨取他们的劳动力。1944年的春天，埃弗拉伊姆随一车囚犯开往他的故乡立陶宛，可途中被迫进了考纳斯集中营。不过，在里面没待多久，因为自8月起，苏联部队步步逼近，集中营只得撤退，出现了向西南方向的逃难队伍，而这次是靠两只脚。凄惨的逃难队伍不得不从一个临时集中营到另一个临时集中营，最后穿越了昂格尔堡，就在这里，迪弗热捡到了埃弗拉伊姆。

纳粹当局尽量拖延往西德转移兴登堡元帅的骨灰，因为这对东普鲁士来说恐怕具有不幸的象征意义。兴登堡的骨灰原来安放在坦嫩堡陵墓,四周插着他曾指挥过的普鲁士军团的旗帜。1945年元月,他的骨灰终于被送走了,当时,战局刚刚平静了两个半月,苏联向德军防线发动了大规模的反攻。1月13日,一股寒潮降临了。装甲部队在湖泊和沼泽地的冰上通行无阻,在三百五十门大炮的掩护下,苏军两个重坦克旅突破了德军在贡比嫩和埃本罗德之间的防线,后面紧跟着十三个步兵师。罗明滕森林被包围,一座座猎宫被烧成了废墟。白雪覆盖的田野和冰封的湖面上,眼睛疯狂、长鬃蓬乱的群马无拘无束地奔跑,只见它们的右腿上都系着一块驼鹿角形的铁牌,本地区的人们不难看出,特拉克赫南帝国种马场的种马已不复存在。27日,苏联人攻到柯尼斯堡城下,德军工程兵部队炸掉了希特勒在拉斯滕堡构筑的军事掩体和"狼穴"设施。听说在瓦尔齐恩,铁腕总理的儿媳,老冯俾斯麦男爵夫人,死活也不愿意离开1866年国王赐给萨道瓦征服者的城堡和土地。她跟一个老仆人留着不走,只要求下人在逃离之前给她挖一座坟。她用发罩包着白发,戴着单柄眼镜,虽然弱不禁风,却勇敢地等待着"红潮"的倾淹,她知道自己是无法逃生了。

但是,苏军的挺进方式不是长驱直入横扫全国,而是尽可能地各个突破,有时战线拉到数百公里之长。胜利者的后方因此而残存着无数的小股抵抗力量,由于希特勒下达死命令,要求他们拼命抵抗,拒绝投降,所以这些抵抗力量有长期存在下去的可能。正是由于这一原因,驻扎在立陶宛的北部兵团,自1944年10月初与东普鲁士切断联系后,单靠利巴乌港的海上补给，一直坚持到了停战。柯尼斯要塞到了4月10日才投降。当5月8日德国国防军全面投降之时，各地还存在不少重要的袋形阵地，尤其在海尔半岛和但泽湾东岸一线。

在这世界末日来临的日子里，落在各纳粹政训学校肩上的任务已有明确规定。纳粹政训学校总领导、党卫军中将海斯梅伊在1944年10月2日的通告中写道：当敌军打来之时，虽然政训学校几乎全部坐落于旷野上，孤立无援，但不得坐等军队的保护，必须采取一切措施，把一座座学校筑成一个个独立的抵抗堡垒。柯尼斯司令官把一队儿童送上了前线，可头盔尺寸成了难题，孩子们一开枪，头盔就会震得滑落到眼睛上，进攻前分发的白酒和香烟也都换成了糖果和巧克力。不过这一切并不足为奇。

1月22至23日的夜间，在卡尔滕堡东面的平台上，可以看到天边火光闪耀，那是吕克城在燃烧。接着，整整两天两夜，一支支溃逃的部队从卡尔滕堡的城墙下经过。几辆战争初期使用的老式M-2坦克拖着四五辆大卡车，车上载满了伤员，马达发出最后的喘息，在冰冻的车辙上颠簸、打滑。还有在法兰西战役中使用过的B.M.V三轮摩托车、车身掀了盖的客车和盖着篷布的马车，拖车的马像熊一样浑身长毛，每走一步，脑袋便点一下，同时呼出两道热气。最后是零散的步兵，用童车推着他们的武器和行装往前走去，仍然少不了出现混乱不堪的情况。拉费森觉得应该把学员们关在城堡里，以免他们看到国防军这种一败涂地的场面。

接着，出现了空虚与死寂。最后，在2月1日传来了消息,据此可在地图上标出一条新前线,这条标线从库尔姆到但泽,穿过卡尔滕堡西部两百公里的格劳登兹、马林韦尔德和马林堡。这一来,情况已经十分明朗了,城堡与后方的联系已被切断,被困在一个激战暂时中断的袋形战场里。

迪弗热对这些插曲并未留意。他最美好的时光,是在埃弗拉伊姆身边度过的。小孩已恢复了一点生机,一缕微弱甚至欢悦的火焰奇异地跳动着。一天,迪弗热让孩子骑在他肩头,漫步登上城堡顶楼,在小圆窗奇异的映照之下,整个背景显得宏大而驳杂。他在小圆窗前叫住那孩子,让他观看卡尔滕堡四周那广袤的森林、湖泊和沼泽。埃弗拉伊姆对此产生了兴趣,此后,每次见到迪弗热,就要骑在他背上散步。

"以色列骏马,驮我吧,"埃弗拉伊姆对他说,"让我去看看那些树木,我得时刻注意着解冻的日子,地一解冻,尼散月①15日的夜晚就快到了。"

这游戏并非没有危险,而且迪弗热心里也明白,这个佩戴着星标的孩子,待在这窝金毛"猛兽"之间,时刻都冒着极大的危险。然而,这孩子曾经历尽地狱般的磨难,现在他再经受威胁,已经不算什么了。

可是,有一天晚上,"以色列骏马"刚刚奔驰到城堡北翼,不料,迎面碰上了党卫队员亨德奈希特,那家伙正上楼把几块床垫放在杂物间里。双方都愣了一下,可片刻之后,

---

① 犹太教历的一个月份,尼散月15日晚,逾越节活动开始。

迪弗热来不及将孩子放下,便一把抓住党卫队员作战服的翻领,将他拎起来,顶在墙上。麻布军服像铁钳一样夹住了党卫队员的胸脯,绷得他肋骨咔咔作响。党卫队员渐渐无力招架,扭曲的面孔变成了蓝色。这时,埃弗拉伊姆突然尖叫起来,挥起两只小拳头直擂他"坐骑"的脑袋,一边在他肩头猛地蹬脚。迪弗热已因恐惧和愤怒失去了理智,完全听任孩子踢打,可孩子乱挣乱扭,结果身子向后一仰,滚落在地板上,蜷缩成一团,神经质地抽噎着。这一下,迪弗热松开靠着墙、像只海豹似的直喘粗气的"猎物",跪到小孩身边。

"比希摩特①,不要杀他!"孩子抽泣着说道,"上帝的士兵就要来解放以色列人民了,可你,不要杀人,不,别杀!我向你发誓,他什么也不会说出去的!"

迪弗热不再理会那个党卫队员,抱起孩子回到那间破房子里。埃弗拉伊姆也许是对的,但这风险确实很大。这是第一次在紧急关头,埃弗拉伊姆将自己的意志强加给这个法国人。迪弗热毫不怀疑,在被他保护的人面前,他今后将作出越来越大的让步。他甘愿如此,因为他感到,这孩子比他更加受到命运的支配。可是他很想知道,究竟谁是比希摩特,孩子为什么给他起了这样一个名字。第二天,他就问了那个小孩。

"这是因为你力大无比,以色列骏马,"小孩回答道,"有一天,上帝从暴风中对约伯说:

---

① 《旧约·约伯记》(见第40章18节)中讲的怪兽,状似河马,"肢体像铁棍"。

'看那比希摩特吧,

我创造了你,也创造了他,

他食草为生,像牛一般。

看哪,他的力气就在腰间,

他的尾巴像雪松一样竖立,

肋间肌肉中藏着他的强健!

他那大腿的筋啊,结成坚固的一簇。

他的骨头好像铜管,

他的肋条仿佛铁杆,

这是上帝的杰作。

创造者赐他利剑。

群山为他长出青草,

身边有游玩的百兽拥绕。

他在莲叶下安眠,

潜伏在长满芦苇的池沼。

睡莲为他遮荫,

垂柳将他环抱……'"①

---

① 参见《旧约·约伯记》第40章,中国基督教协会与中国基督教三自爱国运动委员会所编的《新旧约全书》的译文为:"你且观看河马。我造你也造他。他吃草与牛一样。他的气力在腰间,能力在肚腹的筋上。他摇晃尾巴如香柏树。他的大腿的筋互相联络。他的骨头好像铜管。他的肢体仿佛铁棍。他在上帝所造的物中为首。创造他的给他刀剑。诸山给他出食物,也是百兽游玩之处。他伏在莲叶之下,卧在芦苇隐秘处和水洼里。莲叶的荫凉遮蔽他,溪旁的柳树环绕他。"

埃弗拉伊姆曾在犹太教唱诗班里吟诵过这些《约伯记》中的诗句。他背完诗之后，发出一阵精灵般的笑声。

迪弗热——他脑子里立即闪现出桤木王潜伏在长满芦苇的池沼中的情景——赞叹孩子对自己的上帝最终的胜利如此深信不疑，他靠近孩子，仿佛在靠近熊熊燃烧的火炉，以让自己处在孩子那先知般的光辉照耀之下。一天，自来水突然断了，原来本地的蓄水池闸门被炸弹炸毁了。后来，水管里又有了涓涓细流，却是红色的，水槽、水盆里留下来一道红色的锈迹。埃弗拉伊姆并不感到惊异：埃及蒙受第一次灾难时，全国的水不就全变成了血吗？"时机成熟了，"他重复说道，"解放的日子就要来临了。"

3月底，气温骤然升高。一场暴风雨横扫整个地区，风卷着大批的惊鸟、鸨和凤头麦鸡漫天乱飞，解冻的湖中掀起狂涛，淹没了处在低洼地带的村镇的街道。随后，风势减弱了，可以看见一群群野天鹅排成"人"字形从高空中飞过。防空高炮队的孩子们情不自禁地瞄准飞过射击场的活靶子开炮。一发炮弹在密集的鸟群中炸开，鸟群顿时在纷飞的羽云中四散，炮手们大声欢呼。

拉费森为大地早早解冻而暗自庆幸，因为苏联人有可能因此延迟发动进攻。当晚，一切又都恢复了平静，植物在发芽，空气中充满了清新的气味，在这夜中，人们第一次听到了远处，俄国坦克的履带发出的清晰、刺耳又可怖的咔咔响声。即使有人还不相信，可怀疑马上会被打消：一个青年农民，骠骑一匹特拉克赫南种马场的栗色马赶来，只见他赤脚带着马刺，显得古里古怪的。他是从阿雷西赶来的，那是十几公里外的一个大镇，居民几乎全撤光了，只剩下他和几个老年人，还有一些牲口。三小时以前，苏联人占领了阿雷西镇，恐怕他们随后就会打来。拉费森立即命令占据预先选定的一切制高点。年轻炮手们以班或分队为单位执行任务。

如果坦克履带不绝的合奏还能给人的精神留一点缓冲时间的话，那么等待可就显得漫长了。终于，晦暗的暮色里，两辆坦克出现在斜坡上，灯也不开，往城堡的高墙驶来。这是T-34型坦克，这些"厚皮动物"是由西伯利亚农夫制造的，粗糙无比：装甲没有按尺寸装配好，边上布满了拇指大小的毛口，履带宽大得像张滚动的地毯，车体低矮，呈流线型。可这些笨重的战车对寒冷和泥泞毫不在乎，从亚洲边界一直开到这里，将希特勒的装甲师团碾碎在履带之下。

坦克停下来，打开车灯，扫向城堡的高墙，高墙毫无反应。坦克后面紧跟着的是一辆小型两栖军需车，这是美国货，这种车在湖沼遍布的地区很受青睐。车上下来一个军官，径直走到坦克前站住，他的身影在几束灯光的映照下，十分醒目。只见他手中拿着一个麦克风。这是尼古拉·季米特列耶夫中尉，他是参加过斯大林格勒战役的老兵，在明斯克前线得过勋章，他的蛮勇和运气使他在士兵和战友之间成为传奇式人物。他把那个电"漏斗"伸到嘴边，带着乌克兰人的大舌音，用德语喊了几句话。

"我没带武器！我们知道这儿有孩子。投降吧！你们不会受到任何伤害。请打开门……"

城堡的一座侧塔中射出一串子弹,打断了他的喊话。麦克风在雪地中滚动,季米特列耶夫双手捂着前胸。由于坦克关掉了灯,没人看见他倒下。黑暗旋即又被火箭弹的闪光划破,一发发火箭弹猛烈射向坦克。狄塞尔柴油发动机轰鸣起来,两只怪物慌忙开始撤退。可是其中一辆已被炸断了履带,它猛地打了一个偏转,正撞在另一辆坦克上,发出一声沉重的金属撞击声,随即一动不动了,像两只斗牛在顶角。一阵弹雨削平了坦克表面的一切凸起部分,一股股浓烟从坦克两侧喷出。半小时的短暂平静之后,一门155毫米火炮开始向城堡直射,雷鸣般的轰响震动了空气,紧接着奏响了清脆的音乐,整座建筑的玻璃全都炸碎震飞。片刻之后,从更远处传来了高炮中队的怒吼,那大炮恐怕正在纵射挤满了苏军的施朗根弗里埃斯的公路。

拉费森无意死守城堡。他早就考虑过,一交上火之后,便立即后撤,然后集中火力,攻击扑进入口或缺口的苏联装甲部队。然而,这些盘算中缺少了一个主要依据:对进攻者火力的估计。来敌炮火凶猛,攻克了部分旧墙,使他大吃一惊。进攻者并不是要打开一个有限的、很容易堵上的缺口,而是要将堡垒全部摧毁,将基石上的工事墙整面整面地轰倒。一小时后,两挺重机枪增到了八挺,架在带平台的卡车上,以仓库为掩护,火力攻占城堡正面的所有门窗,同时,榴弹炮小分队——是防坦克火箭的蹩脚靶子——分散在建筑四周。防御阵地就要守不住了。被围者只剩下一条出路:设法和分散在围墙外的轻步兵分队会合,那些人负责以不断变幻的攻击位置,神出鬼没地骚扰来敌的装甲车及机动大炮。

迪弗热刚刚脱下华丽的、卡尔滕堡主人的衣服,换上那件印着K.G.两个字母的法军战俘囚衣,迫击炮弹便开始雨点般地落在屋顶。他匆匆登上顶楼,经过拐角小屋时所瞥见的情景,促使他加快了脚步。小屋的门已被炸碎,三个少年学员横七竖八地趴在一挺轻机枪架上,枪口还指着黑洞洞的矩形窗口。一间仓库里储存的床垫正散发着浓重呛人的黑烟,虽然屋顶已朝着满天的星斗开了几个大窟窿,黑烟仍然在地上弥漫。迪弗热冲进了埃弗拉伊姆的破房子。

犹太儿童正坐在屋子里一张摇摇晃晃的小桌旁,桌上铺了一块长方形的白布。他在桌上摆上了几片面包,一根羊骨头,一些青草和一杯掺了葡萄酒而发红的水。

"埃弗拉伊姆,我们必须离开这儿,"他进屋就喊,"苏联人攻破堡垒了!"

"尼散月15日的夜和其他夜晚有什么不同呢?"埃弗拉伊姆严肃地问道。

"快走,一分钟也不能再耽误了!"

"比希摩特,上帝的杰作,回答我的问题:'那一夜,我们出了埃及。'这一夜和其他夜晚有什么不同呢?"

"那一夜,我们出了埃及。"迪弗热被问住了,他重复着。

可是大地一阵抖动,脚下的地板直晃。一些泥灰从天花板上雨点般地落下来。

"跟我来,埃弗拉伊姆,该走了!"

"好,我们马上就走,"小孩挪开了小桌子,说道,"上帝的士兵正在击杀埃及人的长子,可他们会保佑我们逃走的。就是你不愿意跟我一起坐在逾越节的家宴的桌边,起码也得让我背诵一遍哈迦达①开头的诗句吧。"

他凝神端坐,嘴唇开始翕动。又传来几颗榴弹的爆炸声,接下来是一片比炮声更令人心焦的死寂。迪弗热等得不耐烦了。

"你的哈迦达,坐到我肩头上继续背好了!来,快跨上以色列骏马!"他跪到小孩身边,下了命令。

他弯下腰向外走,好让骑在他肩上的小孩出门。正要离开那间破房子,突然噼里啪啦的手提式冲锋枪四处响成一片,防空炮队却依然悄无声息,仿佛表明已向城堡发起了冲锋。迪弗热不得不往回走,因为城堡的整个左翼已成一片火海。必须从中央楼梯下楼,冒险通过厮杀声不断传来的主楼。迪弗热每走一步,都能看到战死的少年学员,这儿一个,那儿一堆,有的全身没有任何伤痕,像睡着了一般——他痛苦地想到了古代的催眠场——有的却残肢断臂,已无法辨认。外面传来高叫的俄语命令和手枪声,迪弗热急忙又上了一层楼。一扇小门大开着,那是校长的办公室。他马上跑了进去。朝向剑台的窗子大开着,使得屋子深处好像开了一个大窟窿。迪弗热靠在挂毯上,积攒着力气。就在这一刻,响起了那声呼喊。迪弗热立即就听出来了,而且他知道,

---

① 希伯来语"hāgādar"的音译,是犹太教用来解释圣经的诗文。

这是他生平第一次绝对清楚地听到了它。这是用婉转的喉音发出的悠扬的哀鸣，充满了和声，有的和声带着一种奇怪的喜悦，有的则含着难熬的痛苦。从迪弗热在圣克利斯托夫中学冰冷的过道中熬过的苦难的童年时代起，这声呼喊就不停地萦绕在他的耳畔，直到在罗明滕森林中回响，向死去的巨鹿致哀。刚才，在剑台上，响起了这声非凡的歌唱，无比清晰，以前那些或远或近的回声，无不在摸索着向他靠近。他知道，他第一次听到了悬于生死之间的那一声呼喊的原声，这就是他命运的本音。而且，又一次——如同遇到法国战俘撤退的那天一样，可这次却带着无比的折服力——夹在裹尸布般的泥炭层中的桄木王那张平静、虚灵的面容浮现在他的脑海中，仿佛是他最后的救星，最后的生路。

"你听见了吗？"他说，"我觉得剑台上好像有个垂死的人在咽气。你看见什么了吗？"

埃弗拉伊姆俯身勉强看见了剑台的栏杆，他说借着炸弹爆炸不断闪现的暗淡亮光，他看到了三把剑。对，三把剑，可它们都带着浓重的暗影，仿佛变成了三根旗杆，挂着黑褶的、沉重的锦旗。

他重又走向主楼梯，快到二楼平台时，附近突然响起枪声，他赶紧躲进墙角。几个苏联士兵——他第一次看见苏联士兵——推搡着一个人走了过来。那人踉踉跄跄，一头倒在地上，被猛地踢了几皮靴又爬了起来。他们用力一推，他跌跌撞撞朝这边走来，面孔一时正对着迪弗热，迪弗热这下看清了那张浮肿的脸，一只眼睛已被打瞎，面颊上流着血红而又透明的液体。他认出了拉费森。党卫队员又一次扑倒在地,他想用手抓住楼梯扶手重新起来。他终于跪了起来,这时,一个苏联士兵用手枪枪管顶住他的脑袋。一声闷响,拉费森的整个脑袋被掀起,向前抛去,撞在了扶手墙上遂又反弹回来。死尸顺着楼梯滑下去。此时,迪弗热抓住埃弗拉伊姆两个瘦小的膝盖用力向前拉,他让自己的头深夹在小孩两腿之间,仿佛想让小孩放心,迪弗热一定会保护好他的。然而,他童年的一句话回响在心头:**其唯一目的在于在遭受海难时,孩子的无辜可以作他的担保和依靠,保证他获得上帝的恩赐,将他拯救。**

现在楼梯是过不去了。他被迫再一次上楼,也许可以到小教堂里去,藏在巨大的平台上。迪弗热从来不多考虑什么。他总是根据当时的紧急情况本能地采取行动。小教堂屋顶的一部分已被炸塌了,可是通向大平台的门依旧大开着。迪弗热急忙冲了进去。他跑了几步,可是面前的情形不禁使他呆住了,一动不动。

一层洁白无瑕的雪覆盖着平台上的石板。虽然已经解冻,这儿的雪还没有融化。栏杆也是雪白的,只有三把剑下方沾上了大片的红色,仿佛有人在每把剑旁扔了一件鲜红的披风。哈伊奥、哈洛和洛塔尔三人都站在那儿。棕红头发的孪生兄弟像忠诚的战友一样,守在白发小孩的两边,大睁的双眼凝望着茫茫虚无,利剑从肛门处刺穿了他们的整个身体,他们的伤口却各不相同。剑从哈伊奥左肩胛骨穿出,只见他呈斜立姿势,仿佛抬起一只膝盖,头侧向一边,似乎想要竭力站稳的样子。一丝已凝结的血迹在夜风中颤抖,将栏杆和他的一只像得过破伤风挛缩般的脚趾连在一起。哈洛的头歪向右侧,仿佛微微偏向洛塔尔一边:这是由于利刃从他喉管左侧穿出,一直刺到耳朵。他双拳紧握,两膝微屈,一副想要全力跃向天空的姿势。洛塔尔头向后仰,他咧开嘴咬着冲开了他牙关的剑尖。他是从下往上被利剑垂直刺穿的,他双腿并拢,两手下垂,像是完美的剑鞘,护着刺穿了他身体的利刃。星星隐没了,殉难的儿童屹立在黑暗的天幕之下。"尖头桩形三侍从黑顶银色纹章。"迪弗热喃喃地说道。

一枚炸弹炸毁了小教堂,震得平台直颤,碎石乱瓦雨点般打在迪弗热和埃弗拉伊姆身上。

"埃弗拉伊姆,我眼镜掉了,几乎什么也看不见了。你给我指路!"迪弗热说。

"没事儿,以色列骏马,我揪住你的耳朵,给你指路!"

一串曳光弹划破夜空,像一颗颗火球落在树上。

"埃弗拉伊姆,我看见黑暗的天空中有一只拳头。它紧握着,里面喷出了血来。"

"我们走吧,比希摩特,我觉得你meschugge①了。"

"埃弗拉伊姆,《圣经》上不是说他的头发纯白如雪,他的双眼好似火焰,他的双腿有如炉中烧红的青铜,而且有一柄双锋剑从他口中吐出吗?"

"比希摩特,你要再不转身,我就揪掉你的耳朵!"

---

① 德语,意思为"发疯"。

迪弗热乖乖地服从了。自此刻起，在这个佩戴星标的小孩双腿和双手紧夹之中，他反倒成了一个小孩了。走出不到十米，他们就被一群苏联士兵挡住，手提式冲锋枪对准了他们。埃弗拉伊姆连忙用假嗓子大喊："Voïna Prani! Franzouski prani!"①苏联人一听，才往后退去，给肩上驮着孩子的人让开了一条路。

古堡中的战斗已经结束，只有城堡右翼和阿特拉斯塔楼看上去还完好无损。可苏联人不得不派出小分队去一股一股地歼灭分散在城堡四周树林和沼泽中的纳粹政训学校的学员分队，枪声越来越远了。迪弗热沿着被烧毁的建筑走去，走过了猎狗圈，栅栏里十一条被冲锋枪打死的短毛猎犬构成了卡尔滕堡最后的狩猎图。他踏上了去施朗根弗里埃斯的大路，恍惚中被引向了救难的西方。他仿佛落进了汪洋大海，本能地向前游去，但并不抱任何得救的希望。他做出了也许可以使他得救的一切，但从不相信他真的会得救。在施朗根弗里埃斯，火光亮如白昼，燃烧的房屋像一把把火炬闪烁着，火光的烟柱直冲云霄。穿过施朗根弗里埃斯后，黑暗重又在他周围合拢，他又走了几分钟，更是什么也看不清了，埃弗拉伊姆忽然猛扯他的耳朵。

"停下！比希摩特，你听！"

他停下了脚步，侧耳细听。静夜里，一列坦克前进中发出的多重的金属声正朝他们逼近。前方一公里处，一枚红红

---

① 用法文记录的俄语发音。意为"战俘，法国战俘"。

的火箭呼啸着在黑暗中划出了一道曲线。几乎同时,一发发炮弹怒吼着飞出,在公路上开了花。看来,高炮中队并没有被歼灭,他们正在回答轻步兵分队的信号。

"必须离开公路,"埃弗拉伊姆做出了决定,"你向左去,走荒野,我们绕过坦克纵队。"

迪弗热没有争辩,径直向左侧斜坡走去,踏入泥泞、没脚的雪堆,感到脚下的土地十分松软,触到了蕨类植物。一棵小灌木划破了他的脸,这一来,他便像盲人一样,伸直双手向前走去。就这样,他走了很久很久,直到公路上的爆炸声渐渐消失了,耳边只剩下一片隐约而急骤的飒飒声。慢慢地,他脚下的泥土变得像海绵一样,极有吸力。每走一步,都得用力拔脚。后来,他的双手触到了一棵小树的枝干,认出了是棵沼泽地的黑桤木。他想停下脚步,转过身去,但是肩头上有一股无法抗拒的力量在推动着他。随着他的双脚在半透明的水洼地里越陷越深,他感受到小孩——本来是那样的瘦削,那样的苍白——像铅块一样重压在他的身上。他向前走着,淤泥沿着他的双腿不断上升,每前进一步,他身上的负担就沉重一分。此刻,淤泥挤压着他的腹部,压迫着他的胸膛,他必须以超人的力量才能克服这一黏性的阻力,可他依然坚韧不拔,因为他知道这样都是正常的。他最后一次朝埃弗拉伊姆仰起头,只看见一颗六角的金星在黑暗的夜空中悠悠地转动。

在善恶之间：人性与魔性的交织与倒错
——再读《桤木王》

许 钧

多年前翻译《桤木王》，对小说的情节已经有些模糊，但书中那个"负载着人性的"魔鬼形象至今挥之不去，而关于善恶的追问一直纠缠着我的神经。近日再读《桤木王》，试图结合小说的主题与创作手法，就小说所揭示的深刻寓意和图尼埃的思想倾向作一探讨。

一、征兆与寓言

《桤木王》是法国作家米歇尔·图尼埃的代表作，出版于1970年，小说选择的是世界文坛反复诠释和观照过的二战题材，作者以独特的视角，犀利的笔触，富于象征的手法，在作品中融入了自己对世界、对战争、对人性的深刻思考。

这部小说一问世，便激起了广大读者的强烈共鸣，荣膺了当年的龚古尔文学奖。

翻开小说，我们首先看到的，是小说主人公阿贝尔·迪弗热用左手写的一段文字：

> 你是个吃人魔鬼，拉歇尔常对我说。一个吃人魔鬼？就是说一个在时间的深夜出现、浑身充满魔力的怪物？对，我相信自己的魔性，我的意思是说那种隐秘的默契，它将我个人的命运与事物的发展深刻地结合起来，并给我命运以力量，让事物顺应我的命运发展。

小说一开始，"吃人魔鬼"这四个字便清晰地闪现在读者的眼前。如果说主人公认同"吃人魔鬼"这一人生角色，那么他的命运，便是"魔鬼"的命运。然而，是怎样"隐秘的默契"，是什么神秘的力量，将魔鬼的命运与事物的发展深刻地结合起来，赋予其力量的呢？

我们特别注意到，小说开头的那段文字写于1938年1月3日，也就是从德国法西斯开始进犯、吞并奥地利，燃起世界大战战火之时，写到1945年3月苏联军队攻入德国本土，法西斯德国面临全线崩溃和末日来临之际，涵括了整个二战时期。而正是在这个大的背景之下，小说展示了迪弗热的人生轨迹。

如果不直接进入文本，回过头来看一看小说的目次，可以发现在小说的六个章节中，有两个章节打上了"吃人魔鬼"字样。在作品简介、小说目录和小说开头的一段，"吃人魔鬼"这四个字反复出现，在某种程度上无疑为读者的阅读起到了一个先入为主的作用，将弗迪热的形象定了格、定了位。

然而，与读者的期待相反，在《桤木王》这部作品中，我们几乎看不到刀光剑影，也听不见杀声震天，凶残的战争杀戮场面似乎也不在作者视野之内。迪弗热呈现给读者的也不是一副恐怖的吃人魔鬼的面目；相反，作品的每一章都是由许多琐细零碎、互不关联的生活画面和感受组成，没有完整的、连贯的情节，甚至轻易看不出人物性格的明显发展过程。作品虽然明确地以二战为背景，有关二战的时间、地点与重大事件，如德国吞并奥地利、法国的大溃退与投降、苏军的斯大林格勒大会战、苏军攻入德国本土与法西斯德国的全线崩溃等，在作品中都有明确的交代。但作品完全避开了正面描述战争双方的交锋，可以说在近三十万字的作品中，虽然处处充满着恐怖、处处可闻到血腥，但是看不到正面交锋的一枪一弹。充满作品篇幅的，作者不惜笔墨大加渲染的，是许许多多琐细的，似乎与战争无关的事物。作品中的人物，虽然都有明确的身份，但是，又都表现得像战争的局外人。主人公迪弗热先是法军的士兵，后来又成为德军的俘虏，但在作品中却看不出他对战争的态度。在被征召进法国军队之前，他满脑子想的都是与战争丝毫无关的东西；在被征召进法国军队当了信鸽通信兵后，他的兴奋点也只是在鸽子本身；在当了德军俘虏并被要求为德军服务的时候，他毫无怨言，而且所关注的也还是服务内容本身，如挖沟、开汽车、赶马车、陪同打猎等。作品中花费笔墨描述相对较多的德军元帅戈林，应当是这场战争的一个最直接的当事人，是一个真正意义上的吃人魔鬼，然而在这部作品里也似乎超然于战争之外，人们看到的，只是他如何猎鹿，如何养狮子，如何大嚼野猪肉等。在小说的叙述中，我们确实很难将那一个个琐细零碎的场景与二战血腥的场面联系起来，更难把心灵敏感，有时甚至充满柔情的阿贝尔·迪弗热与吃人魔鬼的形象联系起来。然而，小说却又无时无刻不在字里行间，或以简短的文字提醒读者，这一切都发生在战争之中。那么，在这部显然是以战争为题材的作品中，作者刻意地"犹抱琵琶半遮面"，看来是"别有用心"的。

要挖掘图尼埃这部作品的深刻"用心"，我们认为有必要了解一下图尼埃对小说的独特见解和他的创作倾向。对小说，图尼埃有着独特的见解。在图尼埃看来，"小说的基本功能是'秘传'，即小说家应该显示认识自我和认识世界的所有复杂的发展阶段，这一过程就像生活本身一样是无法穷尽的，往往也是无法解读的，作品的意义只可能是潜在、悬置的，是读者放入其中的"[1]。在当代法国文学中，图尼埃的创作独树一帜，被称为新寓言派文学的代表人物。我们知道，无论是东方，还是西方，都有着寓言的传统，像早期广为流传的印度、埃及和希腊的动物寓言。后来，西方又有伊索和巴布里乌多斯的寓言；东方则有《梵天、毗湿奴寓言故事》

和《贤哲寓言集》等。在法国，最有影响的当属拉封丹的《寓言诗》。寓言主题广泛，涉及人类生存最基本的状态、最基本的道德体验，还涉及人类的生存环境、生存态度，但寓言并不直接指向人类生存的本身，而是往往借助神话、传说的英雄或动物世界的鸟兽，来喻指人类的行为与思想，给人以深刻的教诲意义。图尼埃看重的正是这一点：一方面，古老的寓言形式为他提供了一种有效的文学创作样式，开拓了他的创作空间，如他创作了大量带有寓言特性的短篇故事；另一方面，基于他对小说的基本认识，他又以长篇小说的创作，赋予了寓言新的生命样态，渐渐地又在他的创作中形成了一种鲜明的创作倾向。在图尼埃看来，人类之存在和人类本身像是谜，难以认识和把握，而小说的根本功能之一，则是要显示认识自我和认识世界这一复杂的过程，而寓言则是小说家可以利用的最佳形式之一。埃梅·米歇尔在《法兰西的传说与传统》一书的序中对传说与寓言的作用作过深刻的解说，他认为传说与寓言是利用隐喻的方式，指向人类的存在，透过人类存在的现象，去揭示人类存在之谜。[2] 图尼埃作为新寓言派小说的代表人物，深谙寓言之奥妙，由思辨到小说，他借用的正是寓言这一路径。在他的小说创作中，他往往借助影响广泛的神话与传说作为构建他整个小说的基础，进而在新的现实空间中，赋予小说中的寓言性人物以新的意义，拿法国评论界的话说，图尼埃赋予了古老的传说或神话以"现代性"[3]。对图尼埃的这一创作倾向，郑克鲁在《现代法国小说史》中作了很好的诠释："图尼埃的小说在艺术上有一个显著的特点，就是带有一种神话性。他在《圣灵之风》中说：'由思辨到小说，应通过神话提供给我。'鲁滨孙和礼拜五的故事是现代神话，三王朝圣也是一则神话；《流星》叙述的是双胞胎的神话（这是政治神话），《吉尔和贞德》写的是民族女英雄和恶魔般的元帅的神话形象。"[4]

深刻的哲理性，也是图尼埃小说创作的特征之一。他的作品富含深邃的哲理，具有强烈的思辨色彩。关于图尼埃作品中的哲理性，我们认为，是与他的哲学主张有着深刻的联系的。虽然他不认为自己具有某种统一的、基本的哲学倾向，一再申明主导自己"每一部作品的哲理核心都不同，每一部作品都是重新开始，都有自己的新起点，新的哲学核心"[5]，但我们还是能够从他的人生经历和整部作品体系中把握住其主要的思想倾向与思想脉络。图尼埃出身于一个日耳曼化的家庭，父母都是通晓德国语言文学的知识分子，他本人从小就受到德语教育与德国文化艺术的熏陶，大学毕业后，还专门去研读过德国哲学，如康德的本体论。可以想见，以康德的本体论为代表的德国哲学在图尼埃的思想上打下了深深的烙印。从作者为数不多的已经发表的具有影响力的作品中，不难看到康德、胡塞尔、海德格尔等德国哲学家有关本体论、现象学等哲学思想的影子。这些哲学思想都有一个共同的倾向，就是重现象、重超感觉、超理性的直觉，认为世界的本质是永恒的、难以捉摸的，只有借助自己的直觉、感觉，借助各种现象去推测、感知。在《桤木王》里，我们可以看到作者同样是以这种哲学思想来建构、统率这部作品的，作者也许觉得这种人的直觉更能客观地接近时代的本质。作品集中描写迪弗热在战争期间的各种直觉、感觉与感受，把这一切称为"征兆"。作品反复强调，"一切都表现在征兆当中"；"对征兆的释读，一直是我一生中的大事"；"一切都是征兆。但是，得有一道耀眼的闪光或一声震耳的呐喊，才能打开我们近视的眼睛，或震击我们发聋的耳朵"。这里所说的"征兆"，实际上就是现实生活中那无穷无尽的、变幻莫测的、琐细零碎的、常常不能引起我们注意的现象。作者认为只有从这些"征兆"中才能解读出世界与人生的本质。

如何将这些征兆组合起来，形成时代的画面，并且引发读者去思索它们所包含的意义呢？从全书来看，图尼埃充分运用了他十分擅长的小说技巧，以寓言的形式来建构整部小说，主人公在战争期间所感觉到的各种征兆，包括人、动物、事件、场景等，都被刻意处理成一则则寓言的形式，以时间为线索贯穿组合起来，整部作品是一篇寓言，每一章都是一篇寓言，每一章里又包含着无数则寓言，在整部作品中，读者可以感受到作者刻意为之的象征性的寓言俯拾皆是，正如作品中人物所表达的："这里发生的一切都是征兆，都是寓言。"

二、人性与魔性：恶性倒错症

在上文中，我们已经谈到在《桤木王》这部作品中反复出现的一个关键词——魔鬼。由"魔鬼"到"魔性"，从"人"到"魔鬼"再到潜藏在人性深处的"魔性"，整部作品以寓言的形式要着力揭示的正是这样一个复杂的演变过程。应该注意的是，在西方的传统中，上帝、魔鬼和人在某种意义上是相伴相生相长的。历史学家罗贝尔·穆尚贝尔在《魔鬼的历史》一书中指出，魔鬼与上帝同在，始终伴随着人类的苦难史。他甚至认为，"将撒旦形象置于每个人都要面对的'恶'的哲学或象征意义中"，尚不足以帮助我们抓住魔鬼问题的关键。[6]图尼埃显然突破了哲学的范畴，将"魔鬼"形象贯穿整个作品中，让我们在书中见到了形形色色的各种魔鬼：有形的与无形的，想象的与现实的，庸俗化的与神圣化的。图尼埃在逐步将读者引入充满了各种征兆、"魔鬼"无处不在的世界的同时，无疑也是在引导读者去面对这个世界，一步步帮助读者打开眼睛，去认识这个世界，进而思考这个世界。

我们现在进入作品，再来看一看小说的主人公阿贝尔·迪弗热的人生轨迹。看一看他如何从普通的人，变成"吃人的人"，最终化为"泥炭沼人"的演变过程。有分析认为，迪弗热成为纳粹的信徒，即"吃人魔鬼"，"其中有内在的因素，他在战前就想逃避日常生活的平庸，有一种不合群的本能，他要寻找一种高于别人的社会价值，他要成为命运的工具与同谋。这其实是一种种族主义的思想萌芽。他在纳粹德国终于找到了合适的土壤"[7]。按照这种分析，迪弗热的人生轨迹似乎十分清晰，他的变化过程似乎也十分自然，那就是迪弗热身上有着成为魔鬼的内在因素，一旦出现适合这种内在因素生长的环境与土壤，其嗜血的本能便得到了发挥。然而，从整部小说看，迪弗热这个人物显然充满了寓意和象征。从小说一开始，善于从传统神话中开掘出现代精神的图尼埃就以日记的形式将一个神秘的人物带上了前台：他认为自己是一个吃人的魔鬼，早在一千年前，十万年前，就已经在世了。"与世界一般古老，与世界一般永恒。"

迪弗热对魔鬼历史的这份认同，是清醒的，也是严肃的。他认为自己"不是个疯子"，而且他告诫读者对他写下的这些文字，"应该以百分之百的严肃态度去对待"。为了说明这种与世界、与人类一样古老的"魔性"的存在，在迪弗热日记中，我们看到了对《圣经》的质疑，特别是对《创世记》的质疑，迪弗热认为《创世记》第二章有关上帝造人的文字有着"明显的矛盾"，而且他认为《创世记》中有关"人之堕落"的记载也有误。有趣的是，每当迪弗热在他的人生道路上遇到苦难，遭受到恶的打击的时刻，他便到《圣经》中去寻找解释，去寻找根源。在《圣经》中，他读出了罪恶，读出了谋杀、诅咒和仇恨。"每次进入教堂，做弥撒，我总是带着相应的复杂情感。因为尽管有千错万错，路德谴责圣皮埃尔的宝座上出现了撒旦是有道理的。形形色色的等级都是受制于魔鬼，并厚颜无耻地给全世界披上了魔鬼的号衣。打开教会的大事记,只要不因迷信而瞎了眼睛,谁都会看到撒旦稀奇古怪的排场,君不见那一只只主教冠,如同驴耳纸帽;那一根根权杖,表示着一个个问号,象征着怀疑与无知;那一个个主教,身披滑稽可笑的红袍,酷似世界末日的荡妇;还有那一套罗马的用具,诸如蝇拂和圣皮埃尔大教堂最高处的教宗御轿,轿上是出自骑士贝尔尼尼之手的巨形顶盖,猛犸的四条大腿和肚子盖住了祭坛,仿佛要用粪便来玷污它。"从这段文字中,毫无疑问,我们可以清晰地看到一点,那就是魔性与人类同在。作者借迪弗热之笔,把"恶"的根源,指向了教会,指向了被撒旦取代了位置的上帝。看来,迪弗热身上所体现的魔性,有着深刻的根源。

如果说,魔性与人类同在,在人类的血液中流淌着恶的毒液,或者拿现代科学的术语来说,人类基因中存在"恶"的因素,那么,迪弗热的身上兼具"人性"与"魔性"便成为某种必然。在小说中,迪弗热身上体现的这种人类的两面性处处可见,顺着迪弗热的人生轨迹,我们看到了善与恶同在。有读者这样写道:"许多个日子,我跟随迪弗热在又像监狱又像教堂的寄宿学校、沦陷的法兰西军鸽棚、德国北部的战俘营、罗明滕自然保护区的森林、卡尔滕堡纳粹政训学校、长满桤木的沼泽中跋涉,我对他的那双手倍加关注。当他去捕杀鸽子时,那双手会顿生出无限情态;当他搜捕到合格的孩子时,那双手又对孩子们表现出无限的仁慈。他用右手写下了杀人业绩,用左手记下灵魂深处的痛苦。在对生灵的掠杀中,他时时产生堕落欣快感,对捕杀的生灵又充满温情。由人变成吃人魔鬼的过程中，他负载了多少痛苦？灵魂内部的战斗本身就是构成一个人的战争，构成了他所身处的双重战争的根由。"[8]

迪弗热到底是一个怎样的人物呢？如果按照上文的分析，迪弗热这个充满寓意的人物身上带有魔鬼的内在因素。那么，又是什么外在的因素触发了他内在因素的滋生与发展呢？细读《桤木王》，我们可以看到全书约有五分之二的篇幅用来讲述迪弗热在少年时代的不幸。迪弗热十一岁时便离开家乡，进入圣克利斯托夫中学。正是在这里，开始了他不幸的人生。一个又一个的不幸，使他再不指望"在天边看到一束希望的火光"。迪弗热的不幸，首先来自他的身体："我身体孱弱，相貌丑陋，一头黑发，耷拉在脑袋上，框着一张既像阿拉伯人，又有几分罗姆人模样的茶褐色的脸，整个身子瘦骨嶙峋，笨手笨脚的。"这种在人种意义上的弱点，导致了他"命中注定，甚至要遭受最怯懦之人的攻击，最弱小之人的痛打"。他成了受侮辱受欺压的对象，成了侮辱他欺压他的人的一个"证据，证实他们还可以统治别人，加辱于人"。在这里，我们如果对二战期间德国法西斯有关日耳曼人种优越性的那套理论有所了解的话，那么，我们便不难理解，迪弗热的人生悲剧源自人种意义上的"缺陷"的描述，是意味深长的，也是富于象征意义的。

迪弗热的不幸，还在于其精神意义上的软弱。当他备尝了学校的小恶魔佩尔斯纳尔的"侮辱和恶行"时，他"简直像个大傻瓜似的乖乖忍受着"。他"心甘情愿地"把食堂分的饭给佩尔斯纳尔一半；毫不反抗地被人当作畜生，"认认真真地"咀嚼着硬往他嘴里塞的狗牙草；甚至老老实实地为在游戏中受了伤的同学舔血腥的伤口。在圣克利斯托夫中学，迪弗热不断受到"示众""隔离""罚站""关禁闭"等全套惩治。然而，欺凌他的人却依靠虚伪的掩饰，或通过卑鄙的手段，在"老师和学监那里享有豁免权"。于是，他幼小的心灵里，深深埋下了一颗善恶倒错的种子：行恶不会受惩罚；相反，行恶者往往会受到崇拜。多少年后，由儿时的经历联想到社会的"不公"，迪弗热在日记中这样写道："我们的社会有着它应该具有的公道。这种公道与人们对杀人犯的崇拜是吻合的，在每一个街角里，在每一块蓝牌上，无不明明白白地显示出对杀人犯的崇拜，一个个最为杰出的军人，亦即我们历史上最为残暴的职业杀手的姓名，全都标在牌上，供众人敬仰。"

更具深长意味的是，恶行往往在圣洁的殿堂横行。学校的小教堂，学生每天至少去两次，在礼拜天和节庆日，至少要七进七出，活动包括早祷告、圣餐弥撒、大弥撒、晚祷告、晚课、圣体降福仪式和夜祷告。正是在这神圣的教堂里，左轮手枪、小刀等凶器有着"炫耀"的机会，欺凌与侮辱更是披上了一件神圣的外衣，罪恶也似乎显得无辜而纯洁。儿时发生的这一切，显然只是一些征兆。所有这些征兆，无疑具有象征的作用，而其针对社会的深刻寓意昭示在如下的这段文字中："被纯洁这一魔鬼驾驭的人往往在自己身边制造废墟和死亡。宗教的净礼、政治的清洗、对人种清洁性的保护等，有关这一残酷主题的变奏数不胜数，但最终都是那么千篇一律地与无数的罪恶联系在一起……"

渐渐地，图尼埃以异常冷静的笔触，把读者的目光从迪弗热身上所遭受的不幸引向了他四周的人，引向了他所处的那个社会和他所处的那个时代。身体孱弱、逆来顺受的迪弗热本来是无辜的，他是一个"躲藏在大众中的无辜之人"。但是，对这个无辜之人，社会表现出不容：小时候备受欺凌，成人时又被诬告为强奸犯，他终于发现，是"那些社会渣滓竭力玷污我，使我陷入了绝望的境地"。他也终于认识到，造成这一切的根源在于他身处的那个邪恶的时代与社会："我怎么会这么疯，竟然以为这个万恶的社会会让我一个躲藏在大众之中的无辜之人安安静静地生活，安安静静地爱？"随着叙述的展开，随着迪弗热被征召入伍，迪弗热的命运被投放在二战的大背景下，更是深刻地与他所处的那个时代结合在了一起。于是，在小说中出现了战俘营，出现了德军元帅戈林，出现了卡尔滕堡纳粹政训学校。然而在整个叙述中，作品没有对法西斯的残暴与杀戮进行任何正面的描述，而是始终通过象征的寓言表现手法，从不同的角度去揭露法西斯的本质。

小说第三章写的是迪弗热在穆尔霍战俘营的经历。开始，这个血腥的战俘营在迪弗热的眼中竟然是个宁静的、带有几分田园风光的所在。挖沟渠的劳动，守林人的小屋，屋中燃着木块的壁炉，一切都那么自然。接着，作者深含寓意地在这里安排了一头流落在山林中的、瞎了眼睛的驼鹿与迪弗热相遇，两者之间的交流始终笼罩在一种神秘氛围之中。直到作品的最后，迪弗热才通过一个小孩之口得知，那个被他视为幸福之地"加拿大"的战俘营的木棚里，堆满了从被煤气毒死的囚犯身上拿下来的宝石、金块、首饰、手表等。还有间小屋堆满了头发，都是女人的头发，据说是用来为在苏联的德国士兵制作毛毡鞋垫的。此前，迪弗热像被蒙住了眼睛，对这一切浑然不知。读到这里，读者会很自然地想起那头瞎眼的驼鹿。在某种意义上，正是这头瞎眼的驼鹿为他打开了眼睛，透过层层迷障，从种种征兆中最终看清了企图蒙蔽天下的法西斯的本质。而"加拿大"这块看似宁静的大地，见证了法西斯的罪恶，引导着迪弗热"深入每一则寓言中去"，让他去识破东普鲁夫那个充满寓意的星座。

第四章描写迪弗热在罗明滕自然保护区的经历。这里虽然名为自然保护区，却是以德军元帅戈林为队长的帝国犬猎队打猎的场所：这一章通篇写的是以戈林为首的法西斯对罗明滕自然保护区各种动物的疯狂杀戮，作品显然是以此来隐喻法西斯的兽性。展示在读者面前的是一幅幅血淋淋的图画：戈林让迪弗热宰马喂野猪，马宰了以后，当场肢解，让野猪来吃。接着，他又将野猪杀掉，喂他本人和他养的狮子。"他满嘴塞得鼓鼓的，把野猪腿递给了狮子，狮子跟着张牙猛咬。就这样，那块猎品在两个魔鬼之间正常地来回移动，只见两个魔鬼满含深情地相互凝望着，一边大口大口地撕咬着散发着麝香味的黑色野猪肉。"他们还对鹿群展开了大屠杀，"总共有十一只公鹿和四只不生育的母鹿躺在血泊中，冒着腾腾热气"。戈林"高举阔刃矛，跑到一只只雄鹿面前"，"他拉开那还颤抖着的庞大躯体的两条大腿，把两只手一起伸进去，右手有力地拉锯，左手摸索着被锯开的阴囊，取出像鲜肉丸的睾丸，白里透红"。这些描写虽然对战争不着一字，但通过一个个深含寓意的画面，以狩猎的血腥与野蛮，昭示着战争的恐怖与残酷，将法西斯嗜血成性的凶残邪恶的本质暴露无遗。

第五章则又从一个新的角度来揭示法西斯的吃人本性。这里描述的是迪弗热在卡尔滕堡的纳粹政训学校的见闻。作者同样运用象征与寓言手法深刻揭露了法西斯对本国青年儿童的毒害和摧残。为了侵略战争的需要，纳粹将这些十二岁到十八岁的青少年从家中劫走，以法西斯思想毒化其心灵，再将他们驱赶到战场上去充当刽子手与炮灰。作品象征性地描述了一个又一个少年被自己手里的火箭发射器与地雷烧掉了整个脑袋，炸得血肉横飞。作品还提醒，要"当心卡尔滕堡的吃人魔鬼"，"如果有孩子的话，一定要始终想到吃人魔鬼"，"要是吃人魔鬼带走了您的孩子，您就再也见不到他了"。至此，我们终于发现，作品最终将矛头指向了真正的魔鬼。而最大的吃人魔鬼，是拉斯滕堡的阿道夫·希特勒。与阿道夫·希特勒相比，"帝国犬猎队队长已经下降到了民间那种虚构的小吃人魔鬼的位置，都不能进入祖母讲述的故事之中，包括他的猎狩活动、鹿头、猎筵，以及他的粪便学、男根学，全都黯然失色。他已经被拉斯滕堡的吃人魔鬼所压倒，拉斯滕堡的那个吃人魔鬼要求其子民在他每年生日之时，都送给他一份完整的礼物，那就是五十万名十岁的女孩和五十万名十岁的男孩，全都以祭品的打扮，亦即全都一丝不挂，任他揉捏成装填大炮的肉弹"。字里行间，饱含着对法西斯战争和人间恶魔的控诉与谴责。

通读全书，可以看到，图尼埃在忠实于"桤木王"这个古老神话的历史内核的同时，又赋予它新的历史和社会的维度。阿尔莱特·布洛米埃认为，在图尼埃的笔下，"所谓的'吃人魔鬼'并非本义上的吃人魔鬼，而是米歇尔·图尼埃所开拓的整个吃人的隐喻场：吃人魔鬼，是战争，是纳粹"[9]。从对迪弗热神秘命运的展示到对法西斯邪恶本质的揭露，图尼埃将读者对战争、对人性、对邪恶的思考一步步引向深处。迪弗热一步步走近罪恶的过程，是战争对人性扭曲的过程，也是他负载着痛苦，一步步透过征兆认清恶之根源的过程。"征兆总是变幻莫测的，它潜藏了生活的无限偶然性，然而，'恶'是无所不在的，它与人之历史一样永恒。"[10]如此看来，图尼埃是要透过迪弗热这个人物，把他的人生经历当作一道耀眼的闪光或一声震耳的呐喊，打开我们近视的眼睛，或震击我们发聋的耳朵，让我们从冷漠或麻木中走出来，帮助我们认识人类灾难的根源。贯穿全书的"桤木王"的形象正是起着这个警示的作用，由厚厚的沉沙包裹着、深深埋藏在黑暗之中的"桤木王"在默默地诉说：人类"灾难的根源就是在他们每个人身上"。作者试图唤醒的，也许是人类与自身的恶之根源抗争的意识；作者内心在呼唤的，也许是人类对正义和善良的回归。"桤木王"，这是一个富有象征性的悲剧，它已经远远超出了非善即恶的二元对立，超出了人性与魔性之间的永恒的冲突。透过《桤木王》，我们似乎更为清晰地看到：疯狂的战争，丑恶的魔性，也许就潜藏在人类奔腾的血液中，也许就存在于麻木的世界中。人性与魔性的倒错，善与恶的倒错，在于人本身，也在于这个世界。如果进一步说疯狂的年代和疯狂的世界导致人的"恶性倒错"，助长了人的"魔性"，把人变成"吃人"的魔鬼，那么在我们这个"物质化"与"金钱化"时代，人与物的倒错便不可避免，人被"贪欲"所扼杀，也不是没有可能。也许《桤木王》的寓意，正在于此。它给予我们这个时代的，就是这个弥足珍贵的启示。

马上扫二维码,关注"猴博士",
和千万考生一起成长吧!

参考文献

[1] 张泽乾等:《20世纪法国文学史》,青岛出版社,1998,第331页。
[2] Aimé Michel et Jean-Paul Clébert: Légendes et traditions de France. Denoël, 1979, pp. 13-19.
[3] Arlette Bouloumié: Mythologies, Magazine littéraire, janvier 1986.
[4] 郑克鲁:《现代法国小说史》,上海外语教育出版社,1998,第847—848页。
[5] 柳鸣九:《巴尔扎克名作鉴赏》,北京社会科学文献出版社,1997,第213—214页。
[6] Robert Muchembled: Une histoire du Diable. Seuil, 2000, p. 4.
[7] 郑克鲁:《现代法国小说史》,上海外语教育出版社,1998,第847页。
[8] 胡丹红:《苦难人性的展览——读〈悼亡人〉》,《中国妇女报》2001年3月26日第3版。
[9] Arlette Bouloumié: Mythologies, Magazine littéraire, janvier 1986.
[10] 朱子南:《图瓦斯的提案令》,《杂文晚报》2000年10月6日第12版。